까마귀 목욕탕 가는 날

### 까마귀 목욕탕 가는 날

**초판 1쇄 발행** 2024년 7월 26일

**지은이** 박종삼
**펴낸이** 장길수
**펴낸곳** 지식과감성#
**출판등록** 제2012-000081호

**교정** 김나현
**디자인** 강샛별, 정은혜
**편집** 강샛별
**검수** 주경민, 이현
**마케팅** 김윤길, 정은혜

**주소** 서울시 금천구 벚꽃로298 대륭포스트타워6차 1212호
**전화** 070-4651-3730~4
**팩스** 070-4325-7006
**이메일** ksbookup@naver.com
**홈페이지** www.knsbookup.com

ISBN 979-11-392-2002-5(03810)
값 17,000원

- 이 책의 판권은 지은이에게 있습니다.
- 이 책 내용의 전부 또는 일부를 재사용하려면 반드시 지은이의 서면 동의를 받아야 합니다.
- 잘못된 책은 구입하신 곳에서 바꾸어 드립니다.

지식과감성#
홈페이지 바로가기

박종삼
장편소설

까마귀 목욕탕 가는 날

## 목차

1 까마귀 사우나 간 날      6
2 굉장히 불편하고 껄끄러운 맞선      28
3 원수는 집안에 있다      50
4 입장권 한 장      71
5 학력과 직업만 믿다가 발등 찍힘      91
6 외국인 여성을 선택한 러브 스토리      112
7 피 말리는 사랑과 전쟁      134
8 순탄치 않은 귀농 생활      156
9 타락한 의류학과 여교수 임빈나      178
10 사랑도 뚝심으로      201
11 끝없는 파경과 갈등      220
12 생계형 남자 노래 도우미      242
13 전국노래자랑 연말 결선 대상을 위하여      266
14 끝없는 지도층의 색욕과 타락      289
15 사욕으로 점철된 사악한 정기국회 특별 법안      309
16 결국 멧돼지 두 마리가 해결사      326

작가의 말      335

# 1

## 까마귀 사우나 간 날

♨

　거울은 자기 자신의 모습을 그대로 숨김없이 보여 주는 도구일 수도 있고 멋을 부리기 위한 도구일 수도 있다. 지금 이 상태 그대로 머물고 싶지만 1년이 지날수록 사람의 모습은 조금씩 바뀌어 가며 처량함을 연출한다. 과거를 돌아볼 수 있는 거울은 존재할 수가 없고 단지 상상만 할 수 있을 뿐이다.

　거울처럼 다른 것들도 크기나 시설, 성능도 다 같은데 그것이 어느 위치에 있느냐에 따라서 사람들에게 두 가지 판단을 일으키는 작용을 할 수 있다. 그러나 이런 자기만의 진짜 모습을 돌아다볼 수 있는 제대로 된 거울을 간직한 이는 거의 없다.

　왜 이럴까?

　이것이 바로 인간의 한계인 듯하다. 뭐든지 번쩍번쩍해야만 그곳을 들여다보려는 본능을 갖고 있으니 말이다. 서울에서 살아야 사는 것 같다고 느낀다. 반지하에 온갖 빚을 지고 궁핍하게 살더라도 서울이 좋고 어깨에 힘이 들어가는 것이다.

　구로동에 한 옷 만드는 회사를 다니는 여섯 명의 남자 직원들이 있었다. 처음엔 악착같이 회사 생활을 하였으나 턱없이 부족한 월급으로 허탈감을 느껴 다른 삶의 돌파구를 찾아 나섰다. 반복되는 빈곤감에 일종의 권태기를 느끼게 되었고 각자 다른 길을 가려고 마음을 먹게 됐다.

이 중 다섯 명은 회사에 사직서를 던졌고 한 명만이 남아서 계속 일을 하고 있었다. 나온 이들은 다른 일을 찾았지만 마땅치 않아 고민을 거듭하다가 결국엔 각자의 고향으로 귀농하게 된다. 김홍철은 강원도 홍천으로 떠났고, 이장순은 경남 고성으로 갔고, 최영선은 전북 정읍으로 향했다. 조완수는 충북 진천으로 갔으며, 임철수는 경기도 용인으로 발길을 움직였다. 정해진 일은 없고 특수 작물을 할 것인지 무엇을 할 것인지 고민에 휩싸였다.

홀로 구로동 회사에 남아 근무 중인 안하철은 월급이 부족해도 절대 서울을 떠나선 안 된다는 신념을 지녔다. 그의 고향은 이장순과 같은 경남 고성이다.

나름대로 고집이 센 편이라 서울에서 살고 있다는 자부심 또한 하늘을 찔렀다. 둘의 나이는 36살로 같고 한 마을에서 자란 친구이다.

2023년, 2월 말일에 하철은 이 회사를 관두고 나간 친구 장순에게 잘 지내는지 궁금하여 안부 전화를 걸고 있다. 뚜르르르르, 신호가 가자 장순이 받는다.

"아! 그래, 하철아."

"그래, 장순아, 고향에 내려갔는데 잘 지내고 있는지 궁금해서 전화했다."

"아! 난 잘 지내지! 그런데 지금은 무엇을 할까 고민 중이다."

"그렇지, 뭐! 내가 다음에 전화할게."

"그래."

"잠시만, 장순아. 그나저나 시골은 너무 삭막하지 않아? 길거리에 논과 산밖에 없잖아? 너무 텅 빈 것 같지! 갑갑하지 않을까? 너 얼마 못 버티고 또 여기 서울로 올라오는 거 아냐?"

"야, 그럼 서울은 뭐 별거 있어? 요란한 빌딩과 길거리, 깔리고 깔린 사람들만 있지. 그게 네 거야? 다 널 아는 사람들이야? 없는 사람들은 더 빈곤감을 느껴. 요란한 불빛들이 더 초라하게 한다고……."

듣던 하철은 문득 엉큼한 상상이 떠올라 갑자기 여자 얘길 꺼내 든다.

"야, 장순. 여기 서울은 사방천지가 다 여자들이 깔리고 깔렸잖아! 내 눈을 즐겁게 해 준다고! 거기 시골은 뭐가 있냐?"

이 말에 다시 식상하게 장순은 말을 되풀이할 뿐이었다.

"그렇게 많이 깔렸으면 뭐 해? 그게 다 네 거야? 지나가는 그림의 떡이라고, 서울의 그림의 떡! 서울은 돈 좀 있는 사람이나 살 만하지. 없는 사람들은 그런 떡을 떠나 더 초라하고 죽을 맛이다."

"그래, 그건 네 말이 맞긴 맞다. 그렇긴 한데 그래도 서울에 있는 게 왠지 사는 폼은 좀 나긴 한다."

"이런 얘긴 답이 없다. 그래, 다음에 통화하자."

"장순아, 시골에 박혀 있으면 너무 답답하니 가끔 바람 쐬러 여기 서울로 놀러 와라. 네가 말하는 서울의 그림의 떡이라도 와서 느껴 봐야지?"

"아! 됐다. 그만하자."

형식적인 대화가 오간 뒤에 전화 통화는 끝이 났다.

이즈음 광주지방검찰청에 다니는 검사 한보철은 근무가 끝나 밖으로 나가 저녁을 먹으려다가 머리가 국가 공무원답지 않게 너무 긴 것 같아 자르려고 식당 옆 미용실에 들어갔다. 매번 지나가며 보던 미용실이었지만 그냥 스쳐 지나갔을 뿐 이곳에 들어가는 것은 이번이 처음이다.

대기하던 손님들이 그를 쳐다봤지만 그가 검사라는 것을 알아보는 이는 한 명도 없었다. 검찰청 일의 특성상 무슨 범법행위로 끌려가야 안면이 있지 그렇지 않으면 전무하기 때문이다. 미용사는 60세가 조금 넘어 보였다. 대기하던 손님들은 다 여자들이었는데 그중 유난히 보철의 가슴을 짓누르는 사람이 하나 있었다. 그녀의 바로 옆자리가 비어 있어 앉자마자 그는 오금이 저리기 시작하였다. 왜냐하면 그녀에게서 뿜어져 나오는 관능적인 매력 때문이었다.

그의 그런 마음이 통했는지 난데없이 그에게 그녀는 "이 잡지를 보시지요." 하며 월간 잡지를 손으로 밀어 놓았다.

"아! 정말 고맙습니다."

보철은 벌써부터 떨리기 시작했다. 잡지를 중간쯤 펴자 아주 요염한 모델이 수영복을 입고 있는 사진이 나왔다. 사진은 마치 바로 옆에 앉아 있는 손님과 비슷한 느낌을 주기에 충분했다. 멍하니 책자만을 바라보고 있는데 다짜고짜 그녀는 예상치 못하게 접근하는 듯한 멘트로 그에게 물었다.

"하하하, 손님! 이 모델 너무 예쁘네요?"

가슴이 철렁하며 그가 답했다.

"아, 네. 그렇습니다. 그러네요."

이런 미묘한 대화들이 오고 가는 사이 어느새 그녀가 머리를 자를 차례가 되어 자리에 앉으려고 일어났다. 그녀의 몸매는 그 잡지의 그 모델보다 더욱더 빼어난 수준이었다. 물론 그 잡지 모델의 실제 모습은 볼 수가 없지만 말이다.

자리에 앉자 미용사는 그녀의 머리를 손질하기 시작하였다. 그녀는 앞에 놓인 대형 거울 앞으로 보이는 뒤편 소파에 앉은 그의 얼굴을 아주 야릇한 표정으로 바라보았다.

그는 그녀가 자신에게 반했기 때문에 그러는 것이라고 확신하며 고무되기 시작하였다. 아까 잡지를 자신에게 밀어 놓은 것부터 그럴 것이라는 아주 강한 추측이 회오리쳤다.

그렇다고 해서 거울로 그녀의 얼굴을 계속 바라보기엔 너무 겸연쩍고 무안함이 엄습했다. 마치 눈싸움 같기도 했기 때문이다. 그래서 슬쩍슬쩍 눈을 피하다가 기회를 틈타 또다시 바라볼 수밖에 없었다. 조금 더 시간이 흐르자 그녀는 약간의 도발적인 속내를 드러냈다.

"하하하, 대기하고 계신 남자분이 너무 매력적이십니다."

"어!"

한보철은 가슴이 찌릿찌릿하였다. 그럴 뿐 무어라 표현하기가 어려웠다. 금세 그녀는 펌을 하고 정돈할 때까지 기다리기 위해 뒤쪽 소파에 앉으며 다시 눈웃음을 치기 시작하였다. 둘은 한두 마디 더 잇다가 아주 빠르게 교감을 느끼기 시작하였다. 미용사가 "다음은 남자분 앉으세요?"라고 하자 그가 사양했다.

"아니, 아닙니다. 저는 다음에 하겠습니다. 다른 분이 먼저 하시죠?"

그는 그녀와 조금 더 옆자리에 앉아 있고 싶었다. 그녀는 이 마음을 눈치챘다. 그의 콧속으로 펌 약 냄새가 진동했지만 그저 달콤한 향기 같았다. 조금 더 기다리다가 그녀가 마지막으로 펌을 정리하고 마치고 나갈 때 그는 자기는 머리를 깎지 않고 곧장 그녀를 뒤따라 나갔다. 시내는 주말이라 인파가 북적였다. 그녀는 그의 의중을 대략 알았지만 조금 이상한 기분에 사로잡혀 물었다.

"왜 머릴 자르지 않고 그냥 나옵니까?"

"아, 네. 더 얘길 나누고 싶어서입니다."

쑥스러움을 타는 검사 한보철이었다.

몇 미터 더 걸어가자 길을 지나가는 행인들이 그녀를 알아보는지 어찌는지 힐끔힐끔 쳐다보며 지나가는 듯했다. 그는 속으로 '아! 이 여자가 확실히 매력이 넘치긴 넘치는구나! 지나가는 남자들이 그냥 그럴 리가 없지!'라고 되새겼다.

광주지방검찰청 정문이 보이자 그는 갑자기 이곳이 자신의 직장이라고 밝혀 그녀로부터 환심을 사고 싶어졌다.

"이봐요. 여기가 제 직장이고 저는 한보철 검사라고 합니다. 하하."

그는 웃으며 급진전을 시도했다. 검사라는 말에 그녀는 눈이 번쩍 뜨였다.

"어! 그러세요? 와아, 검사님이 제게 관심을 보이시다니요. 검사님을 여기서 뵙다니요. 와우, 정말정말 영광입니다."

그녀가 좋아서 펄쩍펄쩍 뛴다. 그가 굉장히 오버하며 물었다.

"저녁때가 다 됐는데 어디 가서 식사라도 같이 할까요?"

그녀가 대답했다.

"네, 그러곤 싶은데 지금은 그럴 수가 없습니다. 이건 제 번호입니다. 다음에 연락하세요. 지금은 바쁜 일이 있어서요."

그녀는 번호만 알려 주고 황급히 달아나듯 달려갔다. 따라가고 싶은 충동을 느낀 그였지만 그게 그리 쉽진 않았다.

그녀는 동구 지산동 위치 지하 다방으로 쏜살같이 내려가 다방 종업원 일을 시작하였다. 마담이 헤어스타일을 극찬하였다.

"야, 선미야! 너 펌 하니까 더 훨씬 낫다. 너무 섹시하게 보인다. 여기 남자 손님들이 줄줄이 줄을 서겠다. 하하."

미용실에서 검사에게 관심을 받아 번호를 알려 주고 온 사실은 절대 마담에게 밝히진 않았다. 거울을 보며 얼굴 화장을 점검하는 사이 어디선가 전화가 걸려 왔다. 열어 보자 아까 그 한보철 검사라고 말한 남자였다. 그사이를 못 참아 전화하는 것이었다. 다소 떨리는 목소리로 전화를 받았다.
"네, 접니다. 바빠요. 다음에 전화할게요."
대충 대화하고 끊었다. 이런저런 복잡한 상념들이 머릿속을 스쳤다. 검사가 자신에게 반해 그러는 것은 너무너무 즐거운 일이지만 자신의 직업이 알려질까 봐 전전긍긍하는 마음이 앞섰다. 하지만 절대 그에게 말만 하지 않으면 될 것 아닌가! 이런 판단도 해 봤다.
보철은 토요일이라 술 생각도 났지만 참았다. 내일 하루 더 남은 주말이 엄청나게 길게만 느껴졌다. 밤에 잠이 잘 오질 않을 정도였다. 거의 뜬눈으로 밤을 지새웠다.

날이 밝았다. 어제 그녀가 전화를 하겠다고 했지만 그걸 그대로 기다릴 순 없는 노릇이었다. 다시 전화를 걸자 그녀는 조금 피곤한 듯한 목소리로 받았다. 대화가 진행되어 둘은 결국 점심때 지산동 사거리 체리 레스토랑에서 만나게 됐다.
그녀가 지금 이 시각 피곤한 이유는 어젯밤 늦은 시간 거의 새벽이 다 될 때까지 다방 종업원 일을 한 여파이다. 피곤한 건 그도 제대로 못 잤으니 동일했다.
"검사님 내일부터 또 근무하시려면 힘들지 않으세요? 너무 대단한 일을 하시는 분이라서, 이히히……."
"아니, 아닙니다. 힘든 거 하나도 없습니다. 이렇게 어여쁜 분을 만나게 되어서 마냥 기쁩니다."
어제 미용실에서 처음 봤을 때보다도 더더욱 몸이 달아오를 정도로 그는 안절부절못하고 서두르는 마음이 앞섰다. 고급 요리가 나왔는데도 그는 손이 부르르 떨려 제대로 음식을 먹질 못하였다. 떨려서 젓가락을 제대로 잡질 못하는 그를 빤히 바라보며 그녀는 머릴 긁적였다.

"검사 오빠, 너무 그렇게 떨진 말아요. 저는 별것도 아닌 여자입니다."

차지선은 문득 자신이 다방 종업원이란 현실이 너무 버거웠다. 다방에서는 가명 '김선미'로 불렸지만 그녀의 본명은 차지선이다. 제풀에 꺾여 별것도 아닌 여자라는 자기모멸감이 나타나기 시작하였다. 일종의 트라우마 같았다. 요리를 거의 다 먹어 갈 즈음 그가 물었다.

"근데 저는 아직 그쪽의 성함과 나이도 모르고 있습니다. 어떻게 되나요?"

"……."

그녀는 잠시 침묵을 지켰다. 그러자 그는 더 자세히 자신을 알리며 그녀의 신분을 알려고 재촉했다.

"네, 저는 어제 한보철 검사라고 신분을 밝혔지만 나이는 밝히지 않았죠. 나이는 올해 33살이 됩니다. 왜 그대는 이름과 나이를 밝히지 않나요?"

결국 잠시 머뭇거리더니 "하하하, 저는 대한민국에 살아요."라며 약간의 미소를 띠었다. 농담조였지만 그래도 그는 지금 이 순간 완전히 반해 버려 함몰된 상태라 그런 것도 다 애틋하게 느껴졌다. 식사를 다 마치자 그는 자신의 차가 주차된 곳으로 그녀를 안내했다.

끝내 이름과 나이를 밝히지 않는 그녀였지만 그래도 태우고 어디론가 드라이브를 떠나려고 마음먹었다.

"우리 아주 멋진 바닷가 부안 변산 채석강으로 떠날까요?"

"음, 거기 너무 좋아요. 좋지, 오호호."

회색 그랜저가 그녀의 머릿속엔 다소 복잡함을 유발시켰다. 그녀가 평소 느끼는 생각으론 검사는 대단히 높은 직위라 그 차종보다 더 높은 최상급을 유지한다고 알고 있었기 때문이다.

"검사님이 이런 차는 조금 그러네요. 최상위 엘리트가 아니신가요?"

"우하하, 아닙니다. 검사가 뭐 별건가요. 그리고 저는 그저 평검사잖아요. 지검장 정도 되면 몰라도 저는 이 정도 차종이면 맞습니다. 평검사가 너무 오버하는 느낌을 줘선 안 되지요."

그래도 검사가 자신을 좋아한다는 데 너무너무 감격한 상태로 옆자리에 동승하였다. 해변가로 간다는 게 황홀경 그 자체였다. 금세 목적지에 도착하게 됐다. 내려 아이스크림 전문점으로 들어갔다. 아이스크림을 먹으면서 그는 압박을 가하였다.

"왜 끝까지 이름과 나이를 말씀하시질 않나요? 제가 마음에 안 듭니까?"

차지선은 다방에서 일할 때도 손님들에게 그랬던 것처럼 이번에도 가명으로 알려 줘야겠다고 판단했다.

"네, 김선미라고 해요. 나이는 33세입니다."

"아! 김선미 씨, 나이도 저와 같으니 뭔가 좋은 일이 생길 것만 같습니다. 하하하."

보철은 너무 기뻐 몸 둘 바를 몰랐다. 밖으로 나와 바닷가 쪽으로 걸어갔다. 바닷가의 물결치는 소리가 가슴을 시원하게 울려 퍼지게 할 때 그녀에게 어디선가 전화가 걸려 오고 있었다. 다방 마담 언니였다. 받을 수가 없어서 거절 버튼을 눌렀다. 기묘하게 생긴 바위가 강한 밀물에 부딪혀 철썩철썩 엄청난 굉음이 울려 퍼졌다.

나란히 앉은 둘은 마냥 바닷물을 바라봤다. 문득 그는 그녀의 손을 잡고 싶은 충동에 사로잡혔다.

"손을 잡아도 되겠습니까? 선미 씨?"

"뭘 그런 걸 물어봅니까? 여기까지 내가 따라온 것만 해도 더 설명이 필요할까요?"

그는 하염없이 그녀를 바라봤다. 눈빛을 전혀 피하지 않는 그녀였다. 간접적인 표현으로 손을 잡아도 된다고 허락했는데 순간 보철은 그 이상의 욕망이 불타올랐다.

그는 있는 용기 없는 용기를 다 발휘하여 자신의 입술을 그녀의 입술에 기습적으로 갖다 대고 꾹꾹 눌러 버렸다. 이미 다 예상된 일이었다. 지선은 이름을 속여 그가 선미 씨라고 표현하며 키스하는 데 이상야릇한 쾌감 같은 게 느껴졌다.

본명을 속이고 데이트하며 키스를 받는 색다른 사랑의 감정을 느낀다. 오후엔 더 밀착된 시간 속으로 빠져들었다.

그는 포근하고 아늑한 이 주변 모텔에서 그녀와 밤을 지새우고 싶은 충동에 휩싸였으나 내일 출근해야 하기 때문에 그럴 수가 없었다. 오후 4시쯤 되어 라일락이라고 글자가 새겨진 아늑한 모텔이 보여 그녀를 데리고 들어가려고 손을 잡아당겼다. 그때 그녀가 앙칼지게 쏘아붙였다.

"검사 오빠! 이런 건 너무 빠릅니다. 이게 도대체 뭡니까?"

문득 그는 이상하다는 느낌이 확 들었다. 아까까지만 해도 검사님이라고 하더니 이젠 검사 오빠란 표현은 이상할 수밖에 없다. 물론 아까 첫 키스를 했으니 친근해져 그럴 수도 있겠지만 말하는 목소리나 분위기가 사뭇 일반적이지 않은 느낌이 들었다. 보철은 이것저것 더 복잡하게 생각하진 않고 온 힘을 다하여 밀고 들어갔다.

막상 들어가 정신없이 스킨십을 시도하자 그녀는 달콤한 미소를 띠며 또다시 펄쩍펄쩍 뛰었다.

"검사 오빠 너무 좋아!"

'아니, 근데 선미 씨와 난 나이도 같은 동갑인데 왜 자꾸만 오빠라고 부르지?' 하고 그는 몹시 의아한 얼굴로 그녀를 쳐다본다.

하지만 그는 내일 월요일 출근도 해야 하는 상황이라 서둘러 관계를 이루고 싶어 그녀를 번쩍 들어 침대에 눕히고 관계를 맺었다.

만난 지 이틀 만에 섹스까지 벌어지며 초고속으로 애정을 쌓아 가게 된다.

"나가서 저녁을 먹고 광주로 내려갑시다. 내일 출근을 해야 하니까요. 선미 씨? 근데 선미 씨는 하시는 일이 뭡니까? 여태 이런 것도 묻질 않았군요."

"그냥 놉니다. 돈이 많아 노는 게 아니라 그냥 노는 겁니다. 검사 오빠가 날 책임져 주면 되지 뭐! 그럼 좋겠다. 이히히히."

말투나 느낌이 다소 상스러운 것 같은 생각이 문득 드는 그였으나 이 모든 게 묻히고 있었다.

"난 선미 씨에게 반하여 충분히 그럴 마음이 드네요. 내가 책임지겠습니다. 검사의 힘으로."

"네, 좋아요."

"오늘이 토요일 같으면 여기서 더 뜨겁게 놀다가 가고 싶긴 하지만 일요일이라 애석합니다. 으으, 가서 맛있는 요리나 먹고 가요."

나가서 참치회를 먹었다. 한 검사가 복분자주를 한잔하려고 하자 그녀가 소리를 질렀다.

"안 돼요. 그럼 음주 운전이 되잖아요? 무슨 꼴을 당하려고 그럽니까?"

"아아, 그냥 한 잔 정도는 괜찮습니다. 걸려도 나는 검사잖아요. 경찰 새끼들 그냥 확, 어휴~"

"확실히 검사 오빠는 멋지긴 멋져."

 이들은 밖으로 나가 그의 승용차를 타고 광주로 내려갔다. 콧노래로 울려 퍼지는 그녀의 야릇한 목소리는 그의 가슴을 더욱더 흥분시키기에 충분했다. 다 도착할 때가 되자 그녀는 그의 볼에 달콤한 키스를 시도했다.

 "여기 지산 사거리에서 내려 주세요. 검사 오빠?"
 "아니, 선미 씨 집이 어디예요? 집까지 바래다주고 싶은데요."

 그녀는 이런 대목이 꽤나 신경이 쓰여 화들짝 놀라며 손사래를 쳤다.
 "아니, 안 돼, 오빠. 이렇게 너무 일찍 집을 알려 주면 되나? 나만의 자존심이 상한다고……."

 그래도 그냥 꺾여 주는 게 낫겠다고 판단한 그는 물었다.
 "그래, 좋아. 다음엔 집도 알려 줘야 돼?"

 그러자 그녀는 "그건 그럴 수도 있어."라고 답하고 사거리에서 내려 한 골목으로 쏜살같이 뛰어갔다. 그녀의 일터 세리다방은 지하에 있는데 안정된 집이 없어 거기서 숙식도 해결하고 있었다.

 자이 2차 아파트로 들어간 그는 그녀를 생각하면 할수록 몸이 달아오르기 시작하였다. 이런 현상은 그녀 또한 마찬가지였다. 행여나 다방 종업원이란 게 알려질까 봐 두려워 얼른 관둬야겠다는 조급함도 들지만 경제 여건이 마땅치 않아 그럴 수도 없는 노릇이었다. 다른 식당 같은 곳의 서빙 일은 벌이가 턱없이 부족했다. 노심초사로 다방 일을 전전할 수밖에 없는 그녀였다.

 어떻게 날이 밝았는지 모르게 금세 아침이 되었다. 보철은 날아갈 듯한 기분으로 검찰청으로 출근하였다. 다시 그녀의 목소리가 듣고 싶어 핸드폰 버튼을 눌렀으나 얼마 지나지 않아 받을 수가 없다는 자동 입력 멘트가 나왔다. 그래서 문자를 보냈다. 내용은 이따 퇴근 후 만나고 싶다는 것이었다.

그랬지만 곧장 답장은 오질 않았다. 그녀는 이 시각 어젯밤 다방 일을 마치고 곯아떨어졌기 때문이다. 오후 2시가 조금 지나자 그녀는 눈을 비벼 대며 일어났다. 일할 준비를 하려다가 핸드폰을 보자 한 검사에게서 부재중 수신과 문자가 온 것을 보게 되었다.

전화는 하지 않고 문자만 보냈다. 내용은 '지산 사거리 싱카카페에서 저녁 7시 잠시 만나요.'였다. 잠시 틈을 내어 가서 만날 생각에서 그랬다. 둘은 굉장히 설레었다. 어제 첫 섹스가 벌어졌기 때문이다. 그는 오늘도 또다시 그러려고 마음을 먹고 있었고 그녀 또한 마음은 같았다.

퇴근할 시간이 오는 게 마치 수천 년이나 지나가는 듯하였다. 화장실로 들어가 머릴 정리하고 곧장 싱카카페로 발길을 옮겼다. 그녀는 이미 6시 반쯤에 나와 기다리고 있었다.

한 검사가 6시 45분쯤에 그곳에 들어갔다. 서로 웃으며 뭐라고 말하는 것 같은 장면을 그 카페 밖 인도를 지나가는 6급 검찰계장과 7급 주사, 8급 서기가 다 보게 된다.

이들은 순간 깜짝 놀랐다. 왜냐하면 한 검사가 만나는 여자가 세리다방 종업원이란 걸 알아보았다. 이들이 그녀를 알 수 있는 이유는 가끔 그 다방에서 커피를 마셨기 때문이다. 하지만 이들은 그냥 못 본 척하고 지나가 버린다. 얼마 더 걸어가자 이들은 재밌다는 듯이 말을 이어갔다.

"으하하! 한 검사가 저 다방 종업원을 만나네. 우리도 저 다방에 가서 커피 많이 먹었잖아! 2차로 데리고 나가기도 하고 말이야!"

한보철은 자신이 검사라고 권위에 찌든 행동을 하지 않고 아래 검찰 직원들과도 평소에 스스럼없이 가깝게 지내는 편이었다.
   카페에서 데이트하는 시간도 아깝다는 생각이 들 정도로 지금 두 사람은 몸이 잔뜩 달아올라 있다. 어제 채석강에서 벌어진 첫 섹스 때문이다. 당연히 오늘 또 그러고 싶은 마음이 타올랐다. 이들은 황급히 밖으로 나가 모텔이라고 간판이 달린 곳으로 달려갔다. 또 그렇게 연이틀 몸을 섞게 되었다.
   "우리 집으로 갈까? 나 혼자 사는 아파트야. 가서 더 많은 얘길 나누자고. 너무 고독한 집이지. 갈까? 선미 씨?"
   "으흠, 난 지금 바쁩니다. 가서 일해야 돼! 오빠."
   "아니, 무슨 일인데? 왜 무슨 일을 한다고 말도 안 하는 건데? 집도 안 알려 주고 말이야?"
   "으흠, 다음, 다음에, 다음 기회에 알려 줄게."
   이들은 그곳에서 나와 헤어졌다. 한 검사는 33세란 나이라 정력이 최고조로 올라가고 있는 상황이었고 차지선도 같은 나이라 마찬가지였다. 끝까지 가명으로 김선미라고 말하는 중이었다.
   한 검사는 아파트에 들어가 너무 좋았던 그녀를 떠올리며 혼자 술을 마신다. 전화가 걸려 오자 선미일 거라고 생각하고 다급히 핸드폰을 보았다. 검찰계장 이송배였다.
   "아하! 계장님 무슨 일인가요? 이 시간에……?"
   "아니, 검사님! 아까 퇴근길에 우리가 싱카카페를 지나가다가 검사님과 세리다방 종업원이 커피를 마시는 걸 봤습니다. 으하하하, 그 여자가 확실히 그 세리다방에선 캡틴이죠. 몸매가 완전히 남미 모델형이죠. 인기가 너무 좋아요. 근데 아, 아, 아니, 아닙니다. 그런 말은 하면 안 되겠네요. 재밌는 시간 되셨나요? 검사님?"

"뭐! 뭐요? 그걸 봤다고? 그 여자가 다방 종업원이라고……? 어, 어."
매우 충격을 받아 쓰러질 것만 같았고 당혹스러운 그였다.
끊는다는 말도 없이 보철은 끊어 버렸다. 그는 내친김에 방금 전에 문제가 된 계장의 말대로 세리다방에 가서 확인하리라! 마음먹고 만취한 상태에서 비틀거리며 허겁지겁 밖으로 나갔다.
핸드폰을 켜서 약도를 찾자 세리다방이 나왔다. 지산 사거리 도보 15분 거리이고 지하였다. 만취한 남자가 비틀거리며 이 거리를 100미터 전력 질주 하듯 달렸다. 지하로 뛰어 내려가 문을 열자 어두컴컴한 실내 분위기에 조명은 빨간색이었다. 군데군데 탁자마다 칸막이가 설치되어 있었다. 40대 초반으로 보이는 여자가 문을 바라보며 야릇한 미소를 지었다.
"어서 오세요. 거기 앉으시지요."
그는 일단 앉았다. 잠시 멍하니 있는데 선미가 쟁반에 물컵을 담아 왔다. "안녕하세요." 하면서 바로 앞자리에 앉으려는 찰나에 서로는 두 눈이 마주쳤다. 화들짝 놀라며 그녀가 말한다.
"어, 어, 어머머, 검사 오빠가 어떻게 여길, 으으으!"
마치 쓰러질 것만 같은 충격을 받는 그녀였다.
"아니, 선미 씨. 선미 씨가 여기에서 일합니까?"
확인하는 순간 그도 아까 계장에게 전해 들었을 때보다 몇 배는 충격적이었다. 그는 확인된 것으로 모든 걸 정리해야겠다는 생각이 즉흥적으로 떠올랐다. 그가 느닷없이 밖으로 막 뛰쳐나가자 그녀가 그 뒤를 막 따라 나왔다. 그는 횡단보도를 건너 눈에 보이는 아파트 내 놀이터로 달려가 벤치에 턱 걸터앉았다. 어느새 그녀가 뒤따라와 천천히 그 지점으로 걸어왔다. 약간 가라앉은 목소리로 시무룩하게 그녀가 옆자리에 앉으며 말했다.

"검사 오빠, 내가 다방 레지라서 싫은가요? 이건 현실입니다."

잠시 침묵을 이어 가던 그가 결국 야멸찬 반응을 보였다.

"글쎄, 꼭 그렇다기보단 생각이 많아졌다. 우린 잠시 생각할 시간을 좀 가질 필요가 있어 보여! 나 지금 혼자 있고 싶으니 잠깐 가 있어. 내가 연락할게."

그러자 그녀는 "검사 오빠, 그럼 전화해."라며 그의 허벅지를 아주 세게 팍 치고 일어나 가 버린다. 3월 초라지만 밤이 되자 점점 추워져 그는 더 이상 앉아 있질 못하고 일어나 자신의 집으로 들어갔다. 다방으로 돌아간 지선은 먹먹하기도 하고 그저 무덤덤하기도 했다. '어차피 그 검사는 내 차지는 아닐 거다! 그래도 검산데, 검사가 나하고 사귄다는 게 말이나 돼!'라고 속으로 되새겼다.

그는 속이 답답하고 어이가 없다고 여겨 아까 마시던 술에 이어 또다시 혼자만의 술자리를 이어 갔다. 그러던 중 문득 자신의 서울대 법대 대선배인 이사관 검사장이 떠올랐다. 사관은 그와 무척이나 친한 사이였다. 만취되어 혀가 잔뜩 꼬부라진 말투로 전화를 걸었다. 사관이 전화를 받으며 매우 반가워했다.

"와우, 우리 대후배가 전화를 다 하네! 너무 반가워, 동생님! 하하."

"별일 없으시지요? 대선배님이자 검사장님? 으아악."

벌써 술에 잔뜩 취한 목소리라 사관이 물었다.

"아니, 왜 그렇게 술을 그렇게 많이 먹었어? 우리 동생? 누구랑 같이 먹었나? 거기 검사들과……?"

"아니, 아닙니다. 저 혼자 막 들이부었습니다. 미칠 것 같고 괴로워요, 형님!"

"야, 후배야, 난 지금 바빠서 전화를 끊을 거니까 핵심 본론은 다음에 얘기하기로 하고, 너 그러지 말고 한번 여기 서울로 올라와라. 그럼 내가 멋지게 한잔 사 줄게. 그때 동생의 아픔을 들어 줄게."

"네. 알겠습니다."

이들은 전화를 끊었다. 벽시계를 보자 금세 밤 11시를 가리키고 있었다. 내일 검찰청 일을 위하여 자야겠다고 생각하여 얼른 이불을 깔고 누웠다. 금세 잠이 들자마자 꿈을 하나 꾸게 된다. 선미와 헤어지고 다른 여자를 만나서 수천 배의 행복이 찾아오는 꿈이었다. 새로 만나는 여자는 미모와 지식이 뛰어난 데다가 오로지 한 남자만을 사랑하는 완벽한 현모양처로 나타났다. 그 여자와 하와이로 6박 7일 멋진 신혼여행을 떠나는 광경이 비춰지고 황홀경에 빠져드는 것이었다. 그러다가 함박웃음을 지으며 꿈에서 깨나게 된다.

"아, 아, 아! 꿈, 꿈이었구나! 꿈! 아, 아! 그래도 좋은 꿈이!"

일어나 정신을 차리려고 냉장고로 가 차가운 물을 꺼내어 마셨다. 아까 과음한 몸이 찬물에 의해 말끔히 회복되는 듯하였다.

한편 3월 초 고향에 귀농 정착한 이장순은 포도, 복숭아 재배를 구상하는 데 서울에 있을 때보다도 더 많은 노력이 필요하다고 느꼈다.

그의 부모는 36살 나이로 점점 30대 후반으로 기울어 가는데 아직 장가를 못 가고 있는 아들 장순만 보면 걱정이 태산이다. 부모님은 겉으론 말은 안 하지만 내심 속으론 그대로 서울에 그냥 있는 게 낫지 않았을까, 하는 생각도 했다. 시골은 다소 안정은 될지는 모르겠지만 여성을 만나기는 그리 쉽지 않기 때문이다. 서울에서 회사를 다닌다고 여자를 만나는 일이 쉬운 일도 아니겠지만 조금은 수월할 수도 있지 않을까, 하는 선입견을 지니고 있어서 그랬다.

남자든 여자든, 어느 지역에 살고 있는지, 외모가 어떤지, 직업이 무엇인지, 이런 부분이 이성을 만나는 핵심 결정 터는 아니고 타고난 선천적인 끼가 아닐까 싶다. 어딜 가서든 현란하게 말을 잘 붙이는 성격 같은 것 말이다. 각자의 고향으로 간 김홍철, 최영선, 조완수, 임철수, 네 명도 장순이 겪고 있는 비슷한 어려움을 겪고 있었다.

며칠이 지나 3월도 중순으로 치닫는다. 오늘은 11일이 토요일이다. 장순의 모친은 아들에게 말을 건넸다.
"내일 고성군 시내에 나가 맞선을 볼 여자를 알아 놓았다."
눈이 번쩍 뜨인 장순도 여자의 필요성을 느껴 마음이 움직이고 있었다.
"장순아, 아까 내가 시장에 갔다 오는데 국밥집에 들러 무슨 말을 하다가 네 얘기가 나왔거든. 너하고 알맞은 아가씨가 있더라고. 그 여잔 지금은 시내의 사우나에서 안내원으로 일하고 있어. 일단은 만나 봐!"
"그냥 만나 볼게요. 어머니."
이날 3월 11일 토요일은 한보철도 여자문제로 심란하여 이사관을 만나러 용산행 열차에 몸을 실은 날이었다.
사관의 집은 서초구 방배동이다. 오후 4시, 방배역 인근 휠츠빌딩 1층 카페에서 사관이 보철을 기다리고 있었다. 그는 용산역에서 내려 전철을 갈아타고 제시간을 조금 지나 카페에 들어섰다.
"어서 와, 후배."
"하하, 잘 지내셨죠? 선배님?"
모처럼 만나게 되는 선후배 검사들이다.
"야, 후배. 뭐가 그렇게 미칠 것 같아서 혼자 그렇게 술을 막 퍼먹어? 왜, 검찰 일이 힘든가?"

"아니죠. 여자 문제입니다. 으흑."

"뭐야? 여자 문제라고……?"

후배 보철은 그간 선미와 있었던 일을 그대로 다 털어놨다. 넋두리였다.

"뭐! 다방 종업원과 사랑에 빠져? 이게, 이런, 이런! 그게 말이 되나? 너와 난 대한민국 최고 학력 서울대 법대에 최고 직업 검사인데, 그냥 한 번 엔조이로 그러는 건 몰라도 사랑에 빠졌다는 것은 정말 치욕적인 사건이다. 야, 야, 후배. 그런 일로 너무 힘들어하지 말고, 내가 우리 아내에게 말해 이대 출신들 중 잘나가는 여자들로 소개팅을 주선하라고 할 테니 기다려 봐! 그래도 명색이 검사인데 최소 이대 출신 엘리트 여자를 만나야 뭐 말이 되지! 무슨 다방 여자야, 다방은. 나 원 참, 진짜 쪽팔려서, 어휴~"

이사관이 그를 위로하며 새로운 방향을 제안하였다. 그러나 그는 좀체 갈피를 잡질 못하고 고개만 푹 숙이고 시럽을 한 방울도 넣지 않은 쓰디쓴 아메리카노를 홀짝홀짝 마셨다. 그러다가 입을 연다.

"근데 선배님, 관계를 두 번이나 가졌는데 너무너무 그 기억이 좋아 도저히 잊을 수가 없습니다."

사관은 거칠게 다그쳤다.

"야, 너 정말 이렇게 대선배가 앞에서 인생의 가르침을 주는데도 그 딴 소리나 할 건가? 그런 관계는 그냥 몸을 풀었다고 생각하라고. 그게 뭐 대수냐? 성매매도 하는 마당에……."

보철은 선배를 따라 밖으로 나가 삼겹살집에 들어갔다. 소주와 삼겹살을 먹고 회포를 풀며 멋진 여자를 소개한다는 사관의 말을 따르기로 하였다.

"야, 후배. 내친김에 내일 우리 아내가 소개하는 이대 출신 엘리트를 점심때 만나고 저녁에 KTX로 광주로 내려가라."

"네, 그렇게 하겠습니다. 선배님."

이윽고, 다음 날 3월 12일 일요일이 되었다. 보철은 사관의 아내 연숙이 소개하는 이대 출신 아나운서 김보라를 논현역 옆 슬츠카페에서 정오에 만나게 되었다. 카페 분위기는 굉장히 좋았다. BBM 채널에서 봤기에 낯익었지만 실물로 보자 여성미가 넘치는 여성이었다. 웃는 얼굴로 살며시 앉으며 인사했다.

"안녕하세요. 저는 아나운서 김보라라고 합니다. 한 검사님을 뵙게 되어 매우 반갑습니다. 호호호, 저는 딱 30세입니다."

"아, 네, 저도 그렇습니다. 저는 33살 한보철이라고 합니다. 현재 광주지방검찰청 검사로 있습니다."

그는 그녀를 보자 선미에 대한 향수가 순간 지워지는 듯했다. 커피를 몇 모금 마시고 정신을 바짝 차리자 그래도 선미가 더욱더 좋았다는 아쉬움이 가슴에 밀려왔다. 하지만 이성을 차리려고 안간힘을 다하였다.

'아! 그래도 그 여잔 다방 종업원이잖아! 그게 말이 돼? 그거 괜히 정에 이끌려 만나면 결혼하고 난 후 이놈 저놈 여럿 남자 놈들을 만나고 별짓 다 하고 다닐 거라고! 이참에 초장에 끊어 내 버려야지!'

속으로 이렇게 되새겼다. 여자는 남자를 보고 꽤 마음에 들어 하는 눈치였다. 야릇하게 미소를 보내는 그녀였다. 아나운서라 그런지 벌써 말하는 느낌이 선미와 사뭇 다르다는 걸 실감하였다. 실제로 얼마나 지적 능력을 겸비했는지는 모르지만 표면적으로 말하는 느낌은 무척이나 그렇게 느껴졌다. 이들은 결국 교제하는 데 의견이 일치됐다.

"호호호, 한 검사님. 검사님이 현재 광주에 계시니 다음엔 제가 한번 그곳으로 내려가 뵙도록 하겠습니다."

카페에서 나와 고급 레스토랑으로 이동하여 최고급 요리를 먹었다. 같은 시각 이장순도 경남 고성에서 맞선을 보고 있었다. 장순은 어제 어머니가 알려 준 번호로 버튼을 눌렀다. 컬러링 벨소리가 한참 울리더니 한 여성이 전화를 받았다.

"네, 여보세요."

"아! 안녕하세요. 청솔국밥집 아주머니 소개로 전화를 하는 저는 이장순이라고 합니다. 통화 가능하시지요?"

"네, 말씀하세요."

"오늘 시간 되시면 만나는 게 어떨까요?"

"아, 예, 좋은 생각입니다."

"그럼 오후 1시에 고성터미널 앞, 슬라이스카페에서 만나는 게 어떨까요?"

"예, 알겠습니다."

장순은 오전에 이렇게 전화를 하여 오후로 시간을 정했다. 부푼 가슴을 그대로 간직한 채, 12시에 미리 가서 기다리며 식은땀을 줄줄 흘렸다. 1시가 조금 넘자 맞선 상대는 천천히 이 카페에 들어서고 있었다. 여기저기 두리번거리자 그가 벌떡 일어나 먼저 말을 건네며 인사를 했다.

"저 안녕하세요. 최상미 씨 되시지요?"

"오우! 맞습니다. 안녕하세요."

"여기 자리에 앉으세요."

"아, 네."

맞선 상대인 최상미가 의자에 앉았다.

"이렇게 만나 뵙게 되어서 너무 반갑습니다."

"예에, 저도 그렇게 생각합니다."

"저 나이는 어떻게 되세요?"

 "저 36살입니다."

 "하하하하하, 저와 나이가 같군요. 서로에게 좋은 일이 있을 것 같습니다."

 장순의 이 말에 상미는 침묵으로 일관하고 있다. 침묵이라는 것은 참으로 어려운 표현 중의 하나이다. 좋다는 표현과 싫다는 표현이 공존하기에……. 사실은 지금 이 순간, 상미는 장순을 보고 별 마음이 생기지 않는다. 결론은 이상형이 아니다. 그러나 장순은 이것을 눈치를 못 채고 계속 고무되어 있었다. 그러다가 1시간쯤 지나자 상미는 서서히 자리에서 일어나기 시작했다.

 "저 그만 가 볼 데가 있어서 일어나겠습니다."

 "아, 아아, 조금 더……. 너무 아쉽군요. 그럼 다음에 제가 또 전화를 드리지요."

 최상미는 냉정히 자리에서 일어나 빠른 동작으로 밖으로 나가 버렸다. 이장순은 뒤따라 나갔지만 그녀는 재빨리 다른 곳으로 방향을 틀어 100미터 달리기하듯 도망쳐 버렸다. 장순은 자신의 집에 도착하여 그녀에게 전화를 넣었으나 받지 않았다. 이제야 그녀가 자신을 마음에 안 들어 한다는 것을 알게 되었다. 하지만 그는 여기서 물러서고 싶진 않았다. 문득 열 번 찍어 안 넘어가는 나무는 없다는 격언을 떠올렸다. 그녀가 근무하고 있는 고성시내에 있는 사우나의 위치를 알아내어 계속 찾아가 공략하겠다는 결의를 다졌다. 오늘 맞선 당일은 그냥 넘기기로 한다. 조금은 점잖은 모습을 보여 주리라! 마음먹었다.

# 2

## 굉장히 불편하고 껄끄러운 맞선

♨

    날이 밝아 13일 월요일이 되자 장순은 중매인으로부터 상미가 근무하는 사우나의 위치를 알아내어 찾아가기로 마음을 먹었다. 고성시내 문발동 우체국 주변에 있는 덕비사우나였다. 오후 2시경 그는 두근거리는 가슴을 쓸어내리며 사우나 1층 카운터로 들어섰다. 그 순간 그녀와 두 눈이 마주쳤다.
    "아! 안녕하세요. 상미 씨 여기에 계시군요."
    "어? 어어, 아니, 어떻게 알고 찾아오셨나요?"
    "뭘 어떻게 알고 찾아옵니까? 제가 어제 상미 씨와 맞선을 보고 난 후 만나게 해 달라고 하늘에게 빌고 빌었더니 날이 밝거든 이곳으로 가 보라고 알려 주시더군요. 우하하하."
    "예에, 하늘이……?"
    "그럼요. 하늘 내비게이션이죠!"
    상미가 귀찮은 표정을 지으며 고개를 딴 곳으로 돌려 버리자 장순은 얼른 밖에 있는 카페로 달려가 아메리카노 두 잔을 사서 다시 들어온다.
    "자! 상미 씨, 우리 오붓하게 아메리카노를 한 잔씩 합시다."
    "저 별로 먹고 싶지 않은데요."
    "아니, 성의를 봐서라도 드십시오. 제 사랑이 이 커피 안에 들어 있습니다. 시럽은 10번 넣었습니다."

장순의 이 말에 상미는 아무렇지도 않은 반응을 보인다.

"커피 맛이 너무 좋지요?"

"아니, 별로요. 마시고 싶지 않아요."

상미는 이렇게 말을 하며 그 커피를 다른 곳으로 밀어 놓는다. 이런 모습을 보고 있는 장순은 괴로운 표정을 지으며 한숨을 크게 내쉰다.

"아니, 드시지?"

"아니, 아닙니다. 앞으론 이곳에 오지 마세요. 누가 알려 주었는지 모르지만……."

"아! 저를 마음에 안 들어 하시는군요. 으으, 흑."

"그렇습니다. 그렇게 아세요."

"그래도 기회를……?"

"무슨 마음에 안 드는데 기회입니까?"

"아! 그럼 이곳에 왔으니 사우나나 하고 가겠습니다. 상미 씨, 그럼 다음에 만나기로 하고 오늘은 그만 표나 한 장 주세요."

장순은 여의치 않자 재빨리 사우나 입장권을 구입하여 남탕으로 들어간다. 장순은 안에서 이런저런 궁리에 궁리를 거듭한다. 어떻게 내 스타일 상미를 나에게로 오게 할 수 있을까! 이것이 화두이다. 장순이 오후 3시가 조금 넘어 사우나를 마치고 나올 때는 카운터에 그녀가 없었고 어떤 나이가 많이 들어 보이는 남자가 서 있었다. 그는 나올 때도 그녀를 한 번 더 보고 싶은 마음을 품었지만 마음대로 안 되었다. 남자가 장순을 노려본다. 개의치 않고 지나쳐 버린다. 그 남자는 상미가 황급히 전화를 하여 오게 된 덕비사우나 사장이다. 상미는 장순이 마치고 나오면서 또 귀찮게 접근해 올까 봐 미리 피해 버린 것이었다. 그런다고 끈질긴 성향인 장순이 여기서 물러설 것 같진 않았다.

다음 날 화요일이 되자 그는 또 그 시간에 사우나에 들어섰다.

"안녕하세요. 상미 씨, 하루 지나는 게 5만 년이 지나는 것 같네요. 우하하하."

그녀는 이 말을 듣자 충격적인 표정으로 고개를 다른 곳으로 돌려 버린다.

"아니, 이봐요. 목욕하러 왔으면 얼른 하고 가세요. 딴소리는 하지 말고······."

"하하하, 그렇게 퉁명스럽게 말하는 모습도 너무 예쁘시군요."

"아니, 정말, 어휴! 짜증 나, 으으, 흑, 안 되겠어. 사장님을 불러야지!"

핸드폰을 눌러 사장을 부르자 약 5분이 지나 사장이 카운터로 걸어오고 있었다.

"무슨 일이에요. 상미 씨?"

"아니, 이 사람이 또 왔어요. 이 사람 때문에 그래요. 어제도 그렇고 오늘도 그렇고 너무 귀찮게 해서······."

"아니, 이봐요. 도대체 뭡니까? 왜 그래요?"

"아, 아! 이곳에 사장님이세요? 아! 다름이 아니라 엊그제 상미 씨와 시내에서 맞선을 보았었는데 너무너무 마음에 들어 어제도 오늘도 또 오게 되었습니다. 우하하하······."

사장은 장순의 얼굴을 빤히 바라보다가 말을 이어 간다.

"아! 글쎄 그건 그렇고, 이분이 싫다고 하는 것 같은데 그럼 그냥 알아서 가야지. 왜 자꾸 귀찮게 합니까? 나는 이곳 사우나의 사장이기 때문에 직원을 보호해야 할 의무가 있어요. 그러니 내 말에 다른 오해는 하지 말고 이곳에 왔으니 목욕만 하고 가시든가, 아니면 그냥 가든가, 선택을 하세요."

"아! 그렇습니까? 그렇다면 너무 죄송합니다. 사우나 입장권만 주십시오."

"상미 씨 이분에게 표를 드려요."

"아, 네, 사장님."

장순은 입장권을 받고 환하게 웃으며 고개를 숙인다.

"하하하, 시끄럽게 해서 송구스럽습니다. 자, 그럼 들어갑니다."

그가 살며시 사우나 유리문을 열고 안으로 들어가자 사장과 상미는 얼굴이 일그러지면서 불쾌한 표정을 짓는다.

"야! 상미야, 이게 무슨 일이냐? 저건 뭐야?"

"아니, 사장님. 엊그제 일요일에 맞선을 본 남자인데 어제도 이곳을 어떻게 알아내었는지 왔었는데, 오늘 또 귀찮게 오는군요. 아이, 왕짜증. 으흑흑……."

"아니 그게 무슨 소리야?"

"아니, 난 안 나가려고 했는데! 저기 청솔국밥집 아줌마가 막 좋은 남자이고 돈 많은 남자라고 또 착한 사람이라고 막 떠밀었어! 싫어도 그냥 한번 나가 준 건데 그저 그래서 연락을 안 받았더니 여길 어떻게 알아내어 찾아온 거라고……."

"야, 그래도 그렇지 남들이 떠민다고 그렇게 막 나가냐? 그것도 내 허락도 없이 말이야! 나와 넌 둘도 없는 사이잖아? 어휴, 이걸 정말."

이어서 사장은 골치 아프다는 듯 말했다.

"야! 그렇게 짜증만 내지 말고 확실하게 싫다고 의사 표시를 하라고. 자꾸 그러면 스토킹으로 경찰을 부르겠다고 해 버려! 집어넣어 버리겠다고 말이야! 미온적으로 대처하지 말고. 너 자꾸 이렇게 부드럽게 나오면 저 인간 계속 달라붙을 게 뻔하다고. 안 그래? 상미야…?"

"정말 그래야겠어요."

덕비사우나 김황도 사장은 무엇인가 골똘히 생각을 하더니 앞으로 시간이 흘러 방금 전 들어간 남자가 나오게 되면 또다시 상미에게 접근할 게 불 보듯 훤하니 피하는 게 좋겠다고 생각했다. 얼른 자신의 부인에게 전화를 건다.

"아! 그래, 이봐. 나 잠시 어디 갈 데가 있으니 여기 사우나에 와서 카운터 좀 봐줘?"

"어! 그래 알았어. 전화 끊어…."

김황도가 그의 부인에게 전화를 하자 부인은 집에서 나와 이곳 사우나로 오고 있었다. 그 사이에 김황도와 최상미는 어디론가 쏜살같이 달아나 버린다.

황도는 상미의 손을 잡고 자신의 차를 탔다. 차를 몰고 인근에 있는 문강변의 시민공원으로 향한다. 이들은 그곳의 벤치에 앉아 얘기를 나누기 시작한다. 장순은 사우나를 마치고 오후 5시가 다 되어 밖으로 나오는데 상미는 보이지 않고 나이가 꽤 든 아줌마가 앉아 있는 게 보였다. 장순은 아무 생각 없이 밖으로 나가고 있다. 혹시나 한 번 더 그녀의 모습을 보고 싶었지만 마음대로 안 되는 속 쓰린 순간을 맞이하는 것이기도 했다. 그는 조금은 답답한 마음에 바람도 쐴 겸 문강변 쪽으로 드라이브를 하기 위해 핸들을 돌린다. 이윽고 그는 그곳에 도착했고 차를 세워 두었다. 강변 쪽을 걸으며 머릿속은 온통 최상미의 모습이 아른거릴 뿐 다른 생각은 뇌로 들어올 수 없었다. 상사병이 걸려 버린 상태이다. 그런데 이게 무슨 일일까! 강변 벤치에 상미 씨가 아까 본 사우나의 사장과 다정하게 앉아 데이트를 하고 있는 것이 아닌가!

김황도는 나이가 63세이고 최상미는 36세이다. 무려 30살이나 차이가 난다. 사실 나이가 중요한 게 아니다. 지금 이 순간이 중요한 것이다. 장순은 문강의 흐르는 물들이 새까만 흑색으로 보였다. 그만큼 눈앞이 캄캄하다는 이야기이다. 캄캄한 강물이 더욱 검은 피멍으로 변해 간다. 두 사람이 입을 맞추는 것이었다. 다혈질이자 우발적인 성격인 이장순은 고래고래 소리를 지르며 그곳으로 달려가고 있다. 백 미터 전력 질주 하는 것처럼 그렇게 말이다.

"야! 이것들아, 뭐 하는 짓이야? 언제 여기에 왔어? 어떻게 이럴 수가 있냐고? 당신은 네 딸 같은 여자와 입술을 그렇게 막 부딪칠 수 있는 거야! 이런 못 배운 인간아……! 에잇!"

장순이 고함을 지르며 달려가 그 둘 사이에 끼어들어 떼어 놓으려고 안간힘을 다하자 너무 놀란 그들은 당황스러워 얼굴이 딱딱하게 굳어졌다.

"아니, 이건 뭐야! 이게 여길 어떻게 알고 왔지!"

"뭘 어떻게 알고 와, 알고 오기는! 지나가다가 본 거지!"

장순이 크게 소리를 지르자 황도는 어이가 없다는 표정을 지으며 그를 노려봤고 상미는 태연히 먼 하늘만 바라볼 뿐이었다.

"아니, 당신이 뭔 자격으로 소리를 지르고 난리야! 네가 남편이라도 돼? 이런 시건방진 놈을 봤나! 에이, 재수 없어, 달콤한 무드를 깼으니 말이야! 난 상미 씨 애인이다. 왜?"

황도가 맞받아치자 장순은 격분을 감추지 못했다. 그녀를 떼어 내 억지로 데리고 가려고 하자 상미도 화가 나서 뿌리치며 그에게 소리를 지른다.

"이봐요. 이게 뭐 하는 짓입니까? 여기까지 따라와서 행패를 부리고……."

"아니, 상미 씨, 어떻게 이럴 수가 있어요. 그래요. 난 사실 그쪽에게 이래라저래라 할 처지는 아닙니다. 그렇지만 이건 너무 말도 안 되잖아요? 난 엊그제 그쪽과 맞선 본 것밖에 없지만 난 그래도 젊고 상미 씨를 행복하게 해 줄 준비가 되어 있다고요! 뭐 물론 내 외모는 그저 그렇지만, 그래도 남자로서 중간은 된다고 생각합니다. 성격은 원만하고 말이죠. 그런데 이건, 정말 해도 해도 너무하는 것 아닙니까? 이런 늙은 사람과 몰래 여기에 와서 데이트를 즐긴다는 게, 이게 지금 제정신입니까? 도대체 왜 그러는 거예요? 이게 지금 뭐 하자는 겁니까? 아니 상미 씨, 제가 이 늙은 남자만도 못한가요? 도대체 뭐야?"

이 말을 들은 황도는 자신의 나이를 들먹인 것에 대해 몹시 불쾌해 분노가 치밀어 올랐다. 느닷없이 그의 멱살을 세게 잡고 위로 추켜올린다.

"아니, 이놈 봐라, 왜 하필 내 나이를 들먹이는 거야! 야, 내 나이가 어때서? 사랑에 나이가 있나? 이런 건방진 놈아……. 난 아직도 살아 있다. 싱싱하다고!"

연이어 황도가 욕설을 퍼붓자 장순도 더 이상 참을 수 없다는 듯 잡힌 멱살을 거세게 뿌리치며 맞받아치기 시작한다.

"이봐요! 내 웬만하면 참는 편인데! 당신은 나이도 많아서 조금 껄끄럽지만 딸자식 같은 여자를 데리고 이곳에 와서 서로 입술이나 부딪히고 있고, 이게 할 짓인가? 사실 이 세상에 당신처럼 썩은 인간들이 많긴 하지만 당신만이라도 제대로 살면 안 되겠냐고……?"

"어어? 보자 보자 하니까 이게 덤비기까지? 야, 이놈아, 넌 너의 부모도 없냐! 이놈아. 새파랗게 젊은 놈이… 이런 건달같이 생긴 스토커 주제에 말이야!"

"뭐야! 건달 같은 스토커…!"

지금 이 순간, 그 공원을 지나가는 행인들이 있었는데 나이 차이가 꽤 많이 나는 남자 둘이서 언쟁이 벌어진 장면을 보자 정확한 내막을 잘 모르기에 행인들은 연소자를 향해 손가락질 해 대기 시작하였다.

"어휴, 저게 뭐야? 도대체, 나이도 새파랗게 어린놈이 눈을 부릅뜨고 저렇게 나이든 어른한테 막 대드는 걸 봐. 저게 사람이야! 뭐야! 에잇, 호래자식."

"맞아요. 저게 뭐예요. 저런 못 배운 놈들은 날벼락 맞아 죽어야 돼요. 퉤, 퉤."

더 어이없는 일은 설사 내막을 안다고 하더라도 마찬가지가 되는 경우가 일어날 수가 있다. 왜냐하면 자기 자신이 겪는 아픔이 아니기 때문이다. 원래 인간들은 자신이 닥친 일이나 신경이 쓰이고 스트레스를 받지, 남이 당하는 일엔 그다지 관심 없고 겉으로 보이는 상황, 즉 위의 예처럼 그 상황이 되면 연소자를 비난해 버릴 가능성이 높은 현실이 안타까울 뿐이다.

이들이 이렇게 심하게 언쟁하며 격돌을 하자 옆에서 이것을 지켜보던 상미는 둘 사이로 끼어들며 소리를 지른다.

"그만하세요. 아니, 안 되겠어요. 사장님, 우리 얼른 여기서 떠나자고요. 이런 사람과는 더 상대하지 않는 게 현명한 거예요. 자, 가요."

"그래, 그래야겠어! 내가 이런 어린놈하고 상대하면 나만 더 추해지지…."

황도와 상미가 이 자리를 피하려고 얼른 움직이자 장순이 이들을 가로막으려 했다. 그때 둘이 힘을 합쳐 그를 세게 밀어붙이고 황급히 달아나 버렸다.

주차한 차가 있는 공원 모퉁이 방향으로 달려간 이들이 차에 오르려

하자 필사적으로 뒤따라간 장순은 못 가게 막고 늘어졌다. 둘은 온 힘을 다하여 합심하여 그를 세게 밀어 버린다. 장순은 뒤로 넘어지고 말았다. 그 틈에 그들은 재빨리 차에 올라타 시동을 걸고 번개같이 도망쳤다. 장순의 역부족이자 한계였다. 저녁 6시 무렵이었다. 그는 그 자리에 주저앉아 넋을 잃고 먼 산과 정처 없이 흘러가는 물살만을 바라보고 있었다.

여기서 장순의 불만 사항은 이것이었다. 엊그제 상미와 맞선을 본 후, 그녀가 자신을 거부하는 것은 그렇다 치고 어떻게 저렇게 나이가 많은 남자와 애인으로 지내는 것인가? 그러면서 자신과 선을 보겠다고 나온 것도 불쾌한 감정을 지울 수 없었다.

장순의 성격상 여기서 호락호락하게 물러설 가능성은 없어 보였다. 모든 역사는 성격으로 이루어지는 것이 아닌가? 그는 천천히 편의점으로 걸어가 소주 두 병과 안주를 사서 다시 공원벤치로 돌아와 홀짝홀짝 마시며 전열을 가다듬는다.

그가 이렇게 쓰디쓴 소주를 마시며 가슴속으로 결의에 결의를 다진 것은 첫 번째로는 첫눈에 반해 버린 최상미를 절대 포기하지 않겠다는 철옹성 맹세였고 두 번째는 방금 전 상미를 데리고 차를 타고 떠나 버린 그 남자에 대한 것이다. 아까 덕비사우나에서 나올 때 카운터에 있었던 그 중년 여성이 남자의 부인으로 보였다. 그녀에게 이 사실을 절묘하게 알려 그가 더 이상 상미를 만날 수 없게 하는 최종적인 계획을 수립하고 있다. 소주 두 병이 다 비워져 가고 있을 즈음 해가 점점 기울어 갔다.

내일을 위해 일단 집으로 돌아가리라! 그런데 소주를 두 병이나 마셔서인지 운전을 할 수 없었다. 대리를 불러 북면 북효리로 갔다. 그는 오늘 밤 아무 생각 없이 잠을 자기로 마음먹고 그냥 눕는다.

한편 엊그제 맞선을 본 한 검사와 김 아나운서는 서울과 광주라는 너무 먼 거리라 자유자재로 데이트를 즐길 수가 없어서 전화라도 자주 하며 그리움을 달래려고 애를 썼다.

그녀는 그와 전화 통화 도중 갑자기 애정 표현을 영어로 표현하기도 했는데 회화 능력이 굉장히 유창했다.

한 검사는 통화를 마치고 싱그러운 3월 중순의 맑은 공기를 맡고자 잠시 지산 사거리로 나갔다. 그런데 선미가 횡단보도 건너편에서 신호를 기다리고 있었다. 순간 가슴이 쿵 내려앉는 그였다. 둘은 횡단보도를 사이에 두고 마주하게 되었다. 그녀는 그를 알아보고 환하게 웃음을 보였다. 하지만 그리 큰 기대는 하지 않는 표정이 역력했다.

지난주 월요일을 끝으로 보고 지금껏 그가 자신에게 전화를 안 하고 있어서이다. 사실 기다리는 마음은 컸지만 문득문득 체념 섞인 감정이 더 컸던 게 현실이었다.

녹색불이 들어와 걷다가 중간 지점에서 더 가까이 마주하게 됐다. 그가 이 순간 더욱더 괴로움 속으로 빠져드는 이유는 엊그제 서울까지 올라가 맞선을 봤던 김보라보다 김선미가 더 강하게 끌리기 때문이었다.

그는 재빨리 지나가는 것에 집중하지만 그녀는 웃으며 물었다.

"검사 오빠 잘 지냈어요? 왜 내게 전화를 안 해?"

그녀는 몹시 애가 타는 듯한 표정이 역력했다. 그는 이 말을 들었지만 못 들은 척하며 그냥 지나쳤다. 하지만 속으론 보라보다 선미가 더 매력적이고 더 끌려 몸과 감정을 주체를 못 하는 자신에 정말 미쳐 죽을 지경이었다.

하지만 횡단보도를 다 지나가 다른 길로 접어들어 잰걸음으로 가며 속으로 곱씹었다.

'아아, 그래도 이런 문제는 무슨 매력과 이상형 같은 것만으로 판단하면 안 돼! 분명 저 선미는 다방 출신이라 장차 여러 가지 문제를 일으킬 거야! 출신이 저런데 그게 어디 가겠어! 뻔하지, 물 출신이잖아! 뭐니 뭐니 해도 보라는 이대 영문과 출신에 유명한 BBM 채널 아나운서잖아! 최상의 학력에 최고의 직업, 이런 게 완벽이란 거다.'

자꾸만 선미 쪽으로 기울어져 가는 감정과 혼미해지는 정신을 다잡으며 스스로 달랬다. 그랬으나 선미의 뒷모습이라도 한 번 더 보고 싶어서 고개를 횡단보도 반대편 쪽으로 돌렸다. 하지만 그녀는 이미 다 지나가 버려 보이지 않았다. 자꾸 정신을 괴롭히는 번민 때문에 안 되겠다 싶어 얼른 핸드폰을 꺼내어 보라에게 전화를 건다. 보라의 목소리를 듣고 영상으로 모습까지 보며 통화하며 선미를 잊으려는 몸부림이라고도 볼 수가 있다. 오늘만 해도 수차례 전화가 걸려 왔다. 보라는 막 웃으며 황홀한 기쁨 속으로 빠져든다.

"아이, 한 검사님. 벌써 오늘만 이게 몇 번째 통화입니까? 제가 그렇게 좋은가요? 이히히히."

"얼른 시간이 갔으면 좋겠습니다. 그래야 주말이 되면 서울로 올라가 보라 씨를 만나지요."

"와우, 제게 완전히 빠져들었군요? 저도 날짜가 쓱쓱 지나가길 바라겠습니다. 호호호."

그는 내친김에 이번 주말에 서울에 가면 더 뜸들일 것도 없이 곧바로 결혼식을 올려 버리자 말하려고 잔뜩 벼르고 있을 정도이다. 최대한 빨리 김보라와 정식 혼인을 하여 김선미에게 홀린 마음에서 벗어나려는 발악이라고 볼 수 있었다.

김선미가 더 마음에 들긴 하지만 다방 일을 하니까 문제가 많을 거라고 선입견을 갖고 그녀를 더 빨리 잊을 목적으로 김보라와 서둘러 결혼을 하겠다는 계획을 세운 한보철이다.

 어제 공원에서 했던 결의 그대로 오늘 오후엔 덕비사우나에 가서 사장 부인으로 보이는 그녀에게 어제 그 사실에 대해 서슴없이 알리리라! 장순은 결심했다.
 장순은 아침을 먹자마자 사우나로 달려간다. 그곳에 도착한 후, 카운터에 어제 본 그 아줌마가 있는지 없는지부터 확인한다. 운 좋게도 있었다. 들어가 말을 꺼낸다.
 "안녕하세요."
 "아, 아, 네."
 카운터의 아줌마가 입장권을 한 장 그에게 주려고 하자 그는 "이게 아닙니다."라고 말을 한다.
 "아! 저, 사우나에 온 게 아니라 굉장히 중요한 일이 있어서 오게 되었습니다."
 "어! 중요한 일이라니요. 그게 무슨 일인가요?"
 이때, 장순은 머릿속으로 궁리에 궁리를 거듭한다. 어떤 식으로 절묘하게 말을 꺼내어 그들의 사이를 와해시킬 수 있을 것인가? 만약, 어제 공원에서 있었던 그대로 말을 하면 내가 염탐했다는 꼴이 되어 버리지 않겠는가! 다른 수단 방법을 써야 할 것 같다. 그렇다면 어떤, 아! 이것이다.
 다른 이들을 허구로 끌어들이는 방법이다. 물론, 그전에 이 아줌마의 신분을 알아야 할 필요도 있으리라!
 "아, 네, 그런데 어제 계셨던 그 사장님과는 어떻게 되십니까?"

"그건 왜요?"

"아니, 그냥 중요한 거라서…."

"음, 우리 남편이에요. 그건 왜 묻죠?"

장순은 이 말을 듣자 잘 걸렸다는 표정을 지으며 회심의 의표를 찌른다.

"아! 그러시군요. 저는 뭐 다름이 아니라 앞에 계신 사장님을 위해서 말씀드리는 것이니 어떤 오해는 없기를 바랍니다."

"네, 그게 무엇입니까?"

"아! 그럼. 제 친구들이 밤에 이곳에 사우나 하러 많이 왔었는데요. 올 때마다 이상하게도 카운터에서 그 남편 되시는 사장님과 옆에서 함께 일하는 여직원이 계속 입술을 맞추고 있어서 들어오기가 무척 민망한 적이 한두 번이 아니었다고 하던데요. 근데 더 골치 아픈 일은 이 동네에 그 여자를 아는 사람들이 너무 많아요. 아니, 뭐! 다름이 아니라 이곳 사우나를 애용하는 한 사람으로서 나름대로 걱정되어 알려 드리는 겁니다."

이 말을 다 전해 들은 황도의 부인은 몹시 충격받은 표정을 지으며 얼굴이 굳어진다.

"아! 그래요. 여기 카운터에서 그런 일이 벌어진단 말이에요? 아니, 이럴 수가, 여기 들어오는 손님들이 얼마나 비웃었을까! 으으, 흑…."

"사장님, 표를 한 장 주세요. 들어가서 사우나를 해야겠어요. 그리고 이건 '쉿' 비밀입니다."

"아, 아! 네 알겠습니다."

장순은 입장권을 구입하고 속으로 짜릿한 마음과 환호성을 터뜨리며 안으로 들어가고 있다. 그는 안으로 들어가 마치, 야구 경기에서 3대 0

으로 리드당하다가 9회 말에 역전 만루 홈런을 터뜨린 듯한 기분을 만 끽하며 크게 소리를 지르며 냉탕으로 뛰어 들어간다.

"야호! 나이스 스윙! 와아아아아아…!"

하지만 인생이란 뭐든지 너무 좋아하면 안 된다. 왜냐면, 오늘 짜릿한 역전 만루 홈런으로 이겼지만 내일은 15대 0으로 대패를 당할 수도 있는 것이 야구이자 인생이기 때문이다.

늘 마음을 비우고 트릭 쓰지 말길 바란다. 늘 상대방의 입장과 처해진 상황과 심정을 생각하라! 지금 상황은 그가 홀로 짝사랑하는 상미의 행동도 비뚤어져 있지만 그녀의 의사, 즉 당신을 '별로라고 생각하는 그 마음'을 헤아릴 줄도 알아야 한다.

왜냐면 이 세상 가장 큰 기쁨, 행복은 만인으로부터 정신적, 육체적 구속, 간섭을 받지 않는 것이기에, 타인에게 그렇게 하지 않으려고 늘 노력하는 삶을 살아가길 기원하겠다. 그것이 당신의 기쁨, 행복이기도 하기 때문에…. 그런데 여기서 의아한 일은 남녀 간의 애정 문제는 마음에 달려 있는데 이런 그의 계략으로 얼마나 실효를 거둘지 궁금하다. 설사, 황도와 상미를 떼어 놓는다고 하더라도 그녀가 자신의 곁으로 오게 될지 이것도 희박하기에 그렇다.

어쨌든, 이날 장순은 그녀를 차지하기 위한 일보 전진을 하고 그곳에서 나와 자신의 집으로 돌아갔다. 그리고 김황도의 부인 이홍자는 이날 하루 종일 일이 손에 잡히질 않고 안절부절못하였다. 심장이 벌렁거리기도….

그러다가 이를 악물기 시작한다.

'내 이 인간을 그냥 두지 않으리라! 어떻게 이곳 사우나 카운터에서 그런 짓을 일삼는단 말인가! 아는 사람들 눈에 띄기라도 한다면 무슨 망신인가! 이것은 또 날 완전히 무시한 처사가 아닌가!'

홍자는 이렇게 가슴속에 깊이 새기고 새긴다. 사우나 근무 교대할 시간인 오후 3시가 다가왔다. 황도가 웃으면서 현관문을 들어온다.

"하하하. 고생 많았어! 우리 사랑스러운 마누라님."

"오호호호, 그래 당신을 기다렸지! 당신에게서 뜨거운 사랑 좀 받아 보려고…."

홍자는 이렇게 말하며 황도를 노려본다. 그는 그녀가 왜 그러는지 조금 당황스럽다.

"우리 님, 이젠 집에 들어가셔서 푹! 쉬시지요."

"키킥킥킥, 그래야지요."

"아니! 오늘따라 왜 이리 마냥 웃는지?"

"우리 서방님을 보니 엄청 좋아서, 우하하하…."

황도는 얼굴이 놀라서 굳어진다. 왜냐면 부인인 홍자가 평소에 하지 않던 행동을 하기 때문이다. 이러는 중에 상미가 출근하기 위해 현관문으로 들어온다.

"안녕하세요. 날씨가 너무 좋아요."

상미는 이들에게 인사를 하며 카운터로 들어온다.

"아! 이젠 내 근무 시간은 끝났으니 난 집에 가서 우리 서방님을 위해서 맛있는 음식도 만들고 또 집 안 청소도 아주 깨끗이 빡빡! 쓸고 닦고 해 놓아야겠네!"

"음! 그래, 힘들 테니 그만 들어가 봐!"

홍자는 일단 문발동 자신의 집으로 간 후, 절친인 현자에게 전화를 걸어 잠시 승용차를 빌려줄 것을 부탁한다. 그 이유는 자신의 차는 황도가 알기에 전혀 모르는 차를 타고 다시 이곳 사우나로 와서, 차를 세워 두고 내부 카운터를 주시해 보겠다는 복안이었다. 그 구상 그대로 현자의 차를 빌려 타고 이곳 주차장에 도착하여 차를 세워 놓고 예의 주시를 한다. 이 차는 선팅이 진하게 되어 있어서 유리했다. 예상이 빗나가지 않았다. 그들은 오후 4시 20분쯤 되어 잠시 손님이 뜸한 틈을 타서 서로 입술을 부딪치며 얼굴이 홍당무가 되어 가고 있었다. 그 장면을 차 안에서 목격은 했지만 그녀는 마음속으로 침착해지려고 다짐한다.

이곳은 자신의 영업장이기도 했기에 격돌하는 모습이 타인들에게 보이게 되면 여러 가지로 안 좋게 비춰질 수 있었다. 홍자는 대대적인 융단 폭격을 준비하기 위해 숨 고르기 차원에서 그냥 핸들을 돌려 집으로 향한다. 집에 들어간 그녀는 깊은 상념에 젖는다. 그러다가 거울 쪽으로 힘없이 천천히 걸어가 그것에 반사되는 자신의 모습을 바라보며 그림자를 찾아 본다.

즉, 거울 그림자 말이다. 그녀 자신의 인생에 새겨진 조금은 어두운 그림자일 수도 있는 거울 그림자…. 주름이며 피부색을 점검해 보는 아픈 그림자…. 결혼이라는 것은 요식 행위에 불과하다. 난, 그를 위해 모든 걸 다했지만 그는 왜 날 위해서 내 마음처럼 못 하는 것인가!

그가 유난히 본능이 강해서일까! 아님, 날 무시해서일까! 이것도 저것도 다일까! 날 사랑하고 존경한다면 유난히 강한 본능도 참아 낼 수 있을 거야! 하지만 그렇지 않기에 저렇게 막 나가는 것 아니겠어! 이럴 땐 눈감아 주는 게 상책일까! 아님, 한번 엎어 주는 게 최선일까! 이렇게 내버려둔다면 더 날뛸 게 아니겠는가! 그렇다면 조금 눌러 주어야겠다.

내 힘으로 역부족일 것이다. 그렇다면 내가 뻗칠 수 있는 외부 세력을 끌어들이겠다. 나의 영원한 우군, 나의 친남동생인 올해 58세 이홍선에게 도움을 요청하겠다. 나와 2살 차이면서 나를 위해 격돌해 줄 수 있는 영원한 보디가드…. 그래도 내 동생은 지금은 나이가 좀 들어 예전만 못하지만 왕년에 아마추어 복싱선수도 했었고 한때는 세계 제패를 목표로 피나는 훈련을 했었던 위인이 아닌가!

일단 답답하니 전화나 걸어 보자! 홍선과 만나서 소주라도 한잔하면서 대책을 논의해 보는 게 낫겠다. 그녀는 일단 전화를 걸고 있다. 뚜르르르르르. 신호가 가고 홍선이 받는다.

"어! 누나 오랜만이야! 잘 지내지?"
"그래, 그냥 잘 지내는지 궁금해서 전화했지! 조카들은 잘 있지?"
"그럼, 누나 덕분에 그렇지….'
"어! 내가 만나서 할 말이 있으니 한번 이곳으로 올 수 있니?"
"아니, 전화상으로 말하면 안 되나?"
"아니야, 직접 만나서 말하는 게 낫겠어!"
"그럼 그렇게 하지 뭐."
"내가 다음에 다시 전화할게…!"
"음…! 그래."

지금, 이홍자와 전화 통화를 한 이홍선은 창원시 마산합포구 중앙동에서 훌륭한 복싱선수들을 배출하기 위해 체육관을 운영하고 있는 중이다.

이날은 한보철이 그간 근무를 마치고 주말을 맞이하여 김보라를 만나기 위해 열차에 몸을 실은 날이기도 하다.

저녁때 만나면 얼른 서둘러 결혼하자고 밝히려고 잔뜩 마음의 준비를 하고 있다. 한시라도 빨리 만나야겠다는 일념으로 약속 장소도 용산역으로 정하였다. 어둑어둑해진 저녁에 열차가 역에 도착하자 그는 선미만큼 설레는 대상은 아니지만 그래도 어느 정도 마음에 드는 보라를 보기 위해 막 달려갔다. 시간은 저녁 6시 반을 가리켰다.

그녀가 먼저 예의를 표했다.

"아이, 검사님이 서울로 올라오기가 힘들 것 같아서 내가 오늘은 광주로 내려가려고 그랬는데. 또 이렇게 올라오게 하여 조금 미안합니다."

"아니, 아닙니다. 그렇게 생각하실 것 전혀 없습니다. 오늘은 중대 발표가 있을 예정입니다."

"어! 중대 발표라고요? 그게 뭔가요? 궁금하다."

이들은 곧바로 인근 식당가를 찾아 들어가 식사를 했다. 그가 재촉하듯 말했다.

"보라 씨, 우린 이제 어차피 모든 걸 알게 됐습니다. 더 뜸 들일 이유가 하나도 없죠. 후다닥 결혼을 올립시다. 한시가 급합니다. 네?"

이 말은 그녀 입장으로도 무척이나 기다리던 말이긴 했지만 맞선 본 지 7일 만에 듣는 말이라 매우 당황스러울 수밖에 없었다.

"아아아, 그, 그, 그런 말씀을 제게 하신답니까? 으으, 그래도 좋긴 하다. 어휴~"

한 검사는 식사가 끝나기가 무섭게 무슨 객기가 발동되듯 허겁지겁 서두르며 그녀를 인근 모텔로 데리고 들어가 장렬한 섹스를 하였다. 이런 행동에 김보라는 너무 좋아 몸 둘 바를 몰라 할 정도였다. 그는 어떻게든 보라보다 훨씬 더 마음에 드는 대상인 선미를 잊기 위해 급조된 애정을 보라에게 표현하며 감정의 시선을 따돌리고 전환시켜 나가려고 몸부림을 쳤다. 그녀는 그가 자신에게 너무 깊이 푹 빠져 서두르려 한다고 확신하기 시작하였다. 그래서 너무 들뜬 채로 밖으로 나갈 생각 하지 않고 그녀는 이날 밤 계속 이곳에서 부둥켜안고 머무르고 싶은 마음만 가득했다. 둘은 그런 채로 날이 밝을 때까지 잤다.

아침이 되자마자 그녀는 한 검사의 손을 꽉 잡으며 말했다.
"이왕 이렇게 된 거 빨리 우리 부모님에게 찾아가 인사하고 어젯밤 말한 대로 그러겠다고 말할까……?"
그녀는 어제 용산역에 올 때 타고 온 자신의 아우디 A6에 그를 태우고 부모님이 사는 강남구 역삼동 현대파크뷰 아파트로 내달렸다. 차 안에서 서둘러 이 사실을 그대로 알렸다. 이 사실을 이제야 알게 된 부모도 이 자체가 너무 기뻐 환호성을 터뜨렸다. 집에 들어서자 부모는 얼굴이 완전히 환하게 펴지며 만족스러운 웃음을 보였다.
"세상에 우리 딸이 검사를 만나다니, 그럼 진즉에 이 사실을 우리에게 알려야지 이제야 알리는 거야? 이히히히."
한 검사는 다짜고짜 말했다.
"보라 씨 아버님, 어머님, 저 최대한 하루라도 빨리 따님과 결혼식을 올리고 싶습니다. 다음 주에라도 그러고 싶어요. 그렇게 될 수 있게 도와주십시오."
간절한 표정을 보였다. 느닷없는 발언이었지만 그래도 명색이 검사가 하는 말이라 그녀의 부모도 조금도 이상하게 여기질 않았다.
"아니 뭐, 이런 문제를 왈가왈부할 게 뭐 있습니까? 그냥 다음 주 토요일에 후다닥 합시다. 그래요. 번개같이 하자고요."
그녀의 아버지가 더더욱 고무된 기색을 드러냈다. 보라의 어머니도 반색한다.
"와아아아아, 우리 한 검사님이 얼마나 우리 딸을 좋아하고 사랑하고 마음에 확 들었으면 만난 지 일주일 만에 결혼을 하려고 그러겠어요? 참! 검사님은 성격이 화끈해서 좋습니다. 이히히."

이들은 초고속으로 양가가 만나 논의하고 다음 주 토요일 서초동 양재동 호화 웨딩홀에서 혼인하기로 수순을 정했다. 월요일부터 근무해야 하는 한 검사는 이날 늦은 시간에 열차로 내려갔다. 최대한 빨리 김보라와 결혼하여 자꾸만 자신을 정신적으로 혼란스럽게 하는 김선미를 지워 내려고 안간힘을 다한다.

홍자는 며칠간 고민하며 생각에 잠겼다가 결국 결정을 내렸다. 동생에게 이 상황을 자세히 설명하리라! 마음먹는다. 결국엔 이날 일요일 저녁에 전화를 건다.

"어! 그래, 얼마 전에 내가 전화했던 내용을 말하려고…."

"아! 그래 누나… 뭔지 모르지만 진짜 궁금한데…."

"내일 내가 그곳 창원으로 갈게…. 오후 2시쯤이 될 거야! 중앙동 네가 있는 그 체육관 근처에 도착하면 전화할게."

"그럼 그렇게 해! 누나… 왜, 전화로 하긴 조금 그런가?"

"그렇기도 하지!"

홍자는 지금 이 시간도 우왕좌왕하며 안절부절못하고 있다. 대낮부터 쓰디쓴 소주를 마신다. 소주가 신경 안정제인가 보다. 홀짝홀짝 마신 술에 취했다. 마음의 상처를 잠시 잠깐 잊는 것은 뭐니 뭐니 해도 소주가 제일인가! 모르겠다.

그렇게 밤을 지새우고 그와 약속된 시간인 다음 날 오후 2시에 중앙동 근처로 달려간다. 홍선의 체육관에 거의 다다랐을 때 홍자는 통화 버튼을 누른다.

"어! 나야. 이곳에 왔어. 여기 한채카페라고 있는데 올 수 있어?"

"알았어! 누나 잠시 기다려…."

홍선은 체육관에서 샌드백 치기를 하다가 전화를 받고 그냥 체육복 차림으로 나온다. 홍선이 카페에 들어선다.

"어! 여기야, 홍선아…."

"아아! 그래…!"

가끔 마주하는 남매 사이지만 볼 때마다 마음은 새롭다. 동생 홍선이 자리에 앉자마자, 홍자는 눈물을 흘리기 시작한다.

"으윽, 흑…. 다 도둑놈들이야!"

"아니! 누나 도대체 무슨 일인데 그래?"

"말이야! 매형이 사우나의 여직원과 글쎄… 그렇고 그런… 윽, 흑흑흑."

"아니! 누나, 그렇고 그런이라니…."

"글쎄, 바람이 나 버린 거야! 그래서 날 멀리했던 것 같아! 어떻게 하지? 내 속이 타들어 간다."

"아아아…. 그, 그런 일이…."

"더 심각한 일은 우리 덕비사우나 카운터에서 대놓고 입술을 부딪치기도 하고…. 근데 더 큰 문제는 만약에 그런 장면을 우리 아들딸들이 보게 되면 어쩌지…."

이 말을 들은 홍선은 순간, 심각한 표정을 지으며 입을 열기 시작한다.

"아! 그렇게 되면 정말 큰일인데. 골치 아픈 일이지! 우리 조카들 눈에 띄면 정신 건강에 안 좋겠지! 나 참! 쯧쯧…."

"그래, 이 일을 어떻게 하면 좋을까? 이것을 막을 좋은 방법은 무얼까?"

"나 참…! 까다로운 일이 아닐 수 없네!"

홍선은 남의 일이 아니라 무척 괴로웠다. 이런저런 상념에 사로잡힌다. 그러다 문득 좋은 생각이 떠올랐는지 말을 한다.

"누나, 내가 매형과 그 여직원이 일하는 시간에 맞춰 사우나로 들어가다가 그런 장면을 보게 되면 한마디 경고를 하는 방법이 어떨까? 뭐! 사실 특별한 방법은 없어 보이는데…."

"글쎄, 그런다고 조금 주춤할까? 일단 그렇게라도 해 봐! 정말 골치 아픈 일이다."

홍자 입장에선 오죽 답답했으면 친동생을 찾아갔겠느냐만 이런 상황이 일어나면 이 세상 어떤 수단과 방법을 동원해도 근본적 해결책이 되진 않는다.

법이니 제도니 있다 하지만 마음의 깊은 상처는 그대로이다. 운명적 멍에로 남을 뿐이다. 이래서 그 무엇보다 윤리와 철학이 더욱더 중요하고 우선시되는 것이다.

그런데 문제는 인간이라서 이 문제가 정리가 안 되는 것이다. 어쨌든, 지금으로선 홍선의 최선책은 이것인가 보다.

# 3

## 원수는 집안에 있다

♨

 홍선은 바로 다음 날, 오후 4시쯤 덕비사우나로 간다. 어제 누나가 말한 대로 그대로일까! 밖에서 잠시 차를 세워 두고 안쪽을 주시한다. 그대로였다. 홍선은 주저하지 않았다. 아무리 매형 처남 사이라지만, 인생 바로 세우기는 이루어져야 한다는 굳은 각오였다. 명분은 가정의 평화와 행복을 기원하는 것. 그는 차에서 뛰어내려 사우나 현관문을 세게 밀고 들어간다. 그러면서 아주 크게 고함을 친다.
 "아니! 매형 지금 뭐하는 겁니까? 밖에서 들어오다가 다 보았는데…. 다른 손님들이 들어오다가 보게 되면 어쩌려고…!"
 처남이 갑자기 들어오며 이렇게 소리를 치자, 매형인 황도는 몹시 놀라 얼굴과 온몸이 동태처럼 굳어져 버린다. 그와 함께 입을 부딪치고 있던 상미도 마찬가지였다.
 "어! 처남이 온단 말도 없이 이곳에 어떻게…."
 김황도는 이렇게 말을 하며 속으론 어느 정도 짐작은 하고 있었다. 부인이 알렸을 것이라는 추측 말이다. 이때 상미는 어쩔 줄을 몰라 하며 어디론가 숨으려고 움직이기 시작했는데 홍선은 그녀를 다른 데로 가지 못하도록 막아 버린다.
 "아니! 어디를 가려고 합니까? 내가 분명히 경고하겠소. 둘 다 잘 들으시오. 가정이 있는 사람이 그래서 되겠습니까? 매형, 저 여직원을 이곳에서 일하지 못하도록 내보내세요. 지금으로선 그게 최선인 것 같습니다. 어떻게 생각합니까?"

"아니 그, 그… 처남이 너무 심한 것 같은데 조금 예의도 없고 말이야!"

"무슨 소리입니까? 예의가 없다니…? 당신 때문에 우리 누나가 받은 상처는 아무것도 아니란 말이야? 날 혈압 오르게 하지 말고 지금 당장 저 여잘 내보내란 말이야!"

황도는 몹시 당황한 나머지 어쩔 줄을 몰라 상미의 얼굴을 쳐다보았다. 그녀도 쫓기는 고양이 같은 모습이었다.

"야! 상미야, 골치 아프다. 넌 빨리빨리 그만 집으로 들어가. 알겠니?"

"아, 네! 사장님 알겠어요."

상미는 곧장 황급히 사우나를 빠져나가 다른 곳으로 도망쳤다. 그런데 여기서 한 가지 특이한 일은 황급히 달아나는 그녀의 모습을 바라보는 홍선이 조금 야릇한 표정을 지은 것이었다. 왜일까! 강력히 매형의 불륜 문제를 항의하러 온 처남이 오히려 이 문제의 상대방이 도망치는 모습을 보고 무슨 이유로 그런 표정을 짓고 있단 말인가? 뭐, 이유는 있겠지! 원래 그냥은 없으니까! 그녀가 달아난 후, 한동안 소강상태가 되더니 홍선이 먼저 말하기 시작한다.

"매형, 왜 인생을 그렇게 살아갑니까? 올바르고 점잖게 삶을 살아가세요. 우리 누나와 조카들을 조금이라도 생각한다면 그렇게 해야 되겠지요? 안 그래요? 내 이번은 매형 처남이란 큰 틀로 참겠지만, 또 이런 일이 발생하면 나도 한계가 있겠지요. 난 가정의 평화와 조카들 가정교육을 위해 내 한 몸 던지겠소. 그냥 다 죽는 거라고."

홍선의 이 말에 황도는 아무 말 없이 천장만을 바라보며 한숨을 푹 쉰다. 그 뒤, 침묵을 이어 간다. 황도 입장에선 괜히 이 상황에서 더 말해 봐야 득 될 것이 없다고 판단한다. 홍선은 황도에게 겁을 주기 위해 왕년에 아마추어 복싱 챔피언의 위력이 이런 것이라는 것을 보여 주려는 듯 느닷없이 주먹으로 카운터 탁자를 아주 세게 '꽝' 내리치며 고함을 지른다. 황도는 겁에 질려 소스라치듯 놀란다.

"알았지요. 특별히 생각해 준 거야! 예에…? 앞으로 엉뚱한 짓 하면 내 손에 박살 날 줄 알아…."

"아아, 아… 그래그래, 알았어. 알았다고…. 휴우우. 흠, 흠…."

홍선은 어느 정도 경고가 됐다고 판단하고 고개 돌려 유유히 빠져나간다. 이때 시간이 오후 5시쯤이었다. 황도는 그 누군가에 대해 불만과 원망하는 마음이 물밀듯이 밀려오고 있었다.

남매에 대한 증오의 신호탄….

하지만 지금 상황을 빨리 빠져나가고 싶은 생각에 잠겨 한 시간 전에 황급히 도망간 상미에게 걱정의 전화를 건다.

"그래, 상미야, 너무 신경 쓰지 마라…. 시간이 조금 지나면 수그러들겠지! 오늘은 그냥 집에 들어가 편히 쉬어."

"아아! 그래요. 여기 카페 앞에 와 있는데 아메리카노나 한잔하고 들어갈게요."

"그래, 그래. 좋은 생각이다. 이따가 내가 또 전화할게."

황도는 이 와중에서도 상미에게 전화를 걸어 심적 안정을 넣어 준다.

빠져나간 홍선은 차를 몰고 창원으로 향하려고 고성군을 벗어날 지점에 위치한 카페에 들른다. 커피를 테이크아웃하여 마시고 갈 생각에 차를 세우고 그곳으로 들어간다.

그런데 엄청 기이한 일이 발생하였다.

한 시간 전에 사우나를 빠져나간 상미가 혼자 커피를 마시고 있었던 것이었다. 상식적으로라면 홍선은 상미에게 화를 내며 아까 매형한테 고성을 지르듯 그녀에게도 그래야 하겠지만 기이하게도 그녀에게 미소를 보내는 것이 아닌가! 이건 또 무엇인가! 왜 그럴까! 그가 그녀에게 다가가자 몹시 당황한다. 자신에게 공격할 것이라는 두려움과 위기감이 머릿속을 지배하여 순간 온몸이 굳어진다. 딱딱한 돌처럼….

그러나 그 남자는 공격하는 게 아니라 그녀가 앉아 있는 앞자리에 슬며시 앉는다. 그 후 그녀를 향해 눈웃음을 친다. 이에 상미는 더욱더 당황하며 도망칠 궁리를 한다. 재빨리 일어나려고 할 때 홍선이 먼저 말을 한다.

"하하하, 아까 너무 무례하게 행동해서 죄송합니다. 제가 너무 거칠었지요. 그런데 어떻게 또 여기에서 보게 되는군요. 하하하하."

되레 정중하게 사과를 하고 있다. 그래도 상미는 무슨 공격이 올까 전전긍긍할 따름이며 고개를 숙인다.

"아니, 잠깐 앉으세요. 너무 불안해하지 마시고요. 아까는 제가 너무 경솔했던 것 같아요. 이렇게 얼굴도 너무 예쁜 여성분에게…. 우하하하하. 기분 나쁘셨다면 사과드립니다."

사과도 단발이 아닌 연속으로 하며 매우 상냥하게 대하는 못된 이중인격이 나온다.

예상치 못한 말에 매우 놀란 표정을 지으며 그녀는 의아한 생각에 사로잡힌다. 사실 의아할 것도 없는 것인데 말이다. 원래 남자들 대부분의 본성 아니겠는가! 그도 예외가 아닐 뿐이지. 뭐, 특별한 것도 아닌 것 같다. 그가 이렇게 나오자 그녀도 조금은 긴장이 풀렸는지 서서히 입을 열기 시작한다. 그전에 아메리카노 한 모금을 마시곤 머리를 뒤로 한번 쓱 젖히며 무척 떨리는 목소리로 말한다.

"여긴 어떻게 알고 왔어요?"

"난 집이 창원입니다. 가는 길에 카페에 들러 커피나 한 잔 마시고 가려고 왔는데 어떻게 이렇게 또 부딪치게 될 줄은 몰랐지요. 참! 행운인 것 같습니다. 다시 말하지만 아까 너무 소란을 떨어서 미안합니다. 저희 누나가 너무 불쌍하다는 생각이 들어 나도 모르게 화가 났던 것 같아요. 매형이란 인간이 너무 엉뚱한 것 같아서 그만……."

그러자 그녀는 무척 당황한 표정을 지으며 서서히 입을 열기 시작한다.

"아니, 아니지요. 미안하기는 제가 미안합니다. 솔직히 전 아무런 마음도 없는데 저희 사장님이 저를 너무 힘들게 하고 괴로울 정도로 치근거려요. 지독한 갑을 관계면서 제 몸까지 뺏기게 된 겁니다. 때론 정말 일을 관두고 나가 버리고 싶을 때가 한두 번이 아니에요. 그런데 정말 어쩌겠어요? 먹고는 살아야 하는데 말이죠. 어휴, 진짜 짜증 나!"

"아니, 뭐라고요. 그런 일이 있었단 말이에요?"

상미는 지금 이 순간이 위기라고 판단하였다. 사실은 자신도 황도와 애인으로 지냈으면서도 오히려 그가 자신을 강제로 괴롭혔다고 발뺌을 시도하기 시작하였다.

홍선은 얼굴 표정이 밝아지면서 결국은 그녀에게 은근한 관심을 표시하며 명함을 한 장 꺼내어 건넨다.

"아아! 그러셨군요. 제가 느끼기에도 안타깝네요. 저희 매형이지만 정말 못됐군요. 앞으론 절대 그런 일이 일어나지 않게 제가 단단히 조치를 취하겠습니다. 어떻게 이렇게 살기 좋은 이 세상에 이런 일이 벌어질 수 있다는 것이 말이나 됩니까? 그럴 바엔 차라리 그곳에서 관둬 버리세요. 절대 있을 수 없는 일이지요."

"어어! 명함을 보니 복싱, 무에타이, 킥복싱 아카데미를 운영하고 계시네요. 어머머, 너무 능력이 좋으신 것 같아요. 이 명함 너무 고마워요."

"아닙니다. 고마워하실 거 없어요. 이렇게 예쁘고 젊은 여자가 제 명함을 받아 주시는 것만으로도 전 너무너무 즐겁고 행복합니다."

"그런데 전 명함 같은 건 없어요. 대신 제 핸드폰 번호를 알려 드리지요."

이 카페에 들어와 홍선은 반복적으로 상미에게 '예쁜 여자'라고 표현하며 그녀의 비위를 맞춰 주었다. 상미는 어느새 마음을 열어 주는 의미로 번호를 알려 주기에 이르렀다.

욕정으로 가득 찬 이들은 이런 소소한 계기를 잡아 한번 불씨를 댕겨 보려고 노력하고 있다. 여기서 무척 중요한 일은 친누나의 아픔을 해결하겠다고 해결사로 등장했다는 놈이 우선 그녀에게 매형을 맹비난을 가해 놓은 후 상미 입장에선 위기를 넘기려고 틈을 여는 시간을 최대한 활용하여 자신이 그 빈 공간으로 들어가고 있다는 것이다. 결국 그도 매형과 똑같은 사람이 되는 것이었다. 그래도 욕정에 눈이 멀면 똑같든 다르든 가리지 않는다. 이래서 이성 관계가 호랑이보다 더 무섭다고 하는 것 아니겠는가! 또 그것이 노루보다 약할 때도 종종 있다. 자충수에 걸렸을 때가 그렇다.

"저! 이젠 그만 가야 될 것 같네요."

"아! 그럴까요. 그래야 되겠지요."

대화를 마치고 카페 밖으로 나온 이들이 잠시 멈칫거리고 있을 때였다.

"집까지 바래다주겠습니다."

홍선이 제의한다.

"아! 가시는 방향이 어느 곳입니까? 제 차로 가시지요."

"어! 그리 멀진 않지만 그래 주신다면 고맙지요. 하하하…."

"근데 집이 어디입니까?"

"아 네, 동발동 청구 1차 아파트예요."

"뭐! 별로 멀진 않네요. 알았습니다."

홍선은 자신의 차에 상미를 태우고 그녀가 말한 대로 동발동으로 가는 척하더니 느닷없이 핸들을 다른 곳으로 돌렸다. 창원을 향하여 번개같이 달려간다. 상미는 너무 놀라 어리둥절해하고 있다. 그가 뭔가 착각했을까 이런 생각도 해 본다.

"아니 저, 동발동이라고 했는데 창원 방향으로 핸들을 돌리면 어떻게 해요."

"하하하하, 제가 운영하는 복싱 아카데미를 구경시켜 드리고 싶어서요. 그리고 술도 한잔하시고요. 그런 게 삶의 재미 아니겠어요."

"아니 그, 그… 시간이 가능할지 모르겠네요."

"뭐, 다 그런 시간들인 거지요. 뭐! 하하하하…!"

홍선은 이게 그녀를 자신의 애인으로 만들 수 있는 기회다 싶어 지금 핸들을 쥐고 있는 시간이 너무너무 행복하기만 하다. 원래, 남자든 여자든, 결혼을 했든 안 했든, 새로운 애인이 생길 것 같은 느낌이 들면 행복의 환호성을 터뜨리는 것은 똑같다.

그가 모는 차가 복싱 아카데미에 도착했을 땐 저녁 7시가 조금 넘어 있었다.

그는 지금 이 시간이 체육관 수련생들이 한창 운동을 하는 시간이라서 들어가진 않았다. 이게 자신의 체육관이라는 것만 차 안에서 그녀에게 보여 주고 핸들을 돌려 숯불 갈빗집으로 향한다. 불과 얼마 떨어지지 않은 곳에 위치한 식당으로 들어가 자리에 앉는다.

"아! 이름이 상미 씨라고 했었지요. 상미 씨 무엇을 좋아하십니까?"

"호호호…. 전 아무거나 좋아합니다."

"어! 아무거나라는 고기도 있나요? 예에, 그럼 그 아무거나 삼겹살이나 먹어 볼까요. 아무거나 갈비도 있고 하하하하…."

"그래요. 그런 아무거나 고기를 먹기로 해요."

이들은 처음 만난 날부터 무척 화기애애했고 소주와 삼겹살까지 먹었다.

"어! 상미 씨, 이 집 삼겹살 맛이 좋지요?"

"오우! 바로바로 이 맛이에요."

"아니, 너무 예쁘고 아름다운 아가씨와 같이 앉아 술을 먹으니 정신이 번쩍번쩍 들어서 하나도 취하지 않는데요. 이 집에 있는 소주를 다 먹어도 안 취할 것 같아요. 안주도 없어도 되고 낄낄낄낄…."

"어어어…. 오늘 그 예쁘다는 말을 너무 많이 들어서 가슴이 막 울렁거려요."

"자! 건배! 우리의 뜻깊은 만남을 위하여…."

이들이 이렇게 소주를 몇 잔씩 들이마셔서 취기가 오르고 있을 때 상미에게 전화가 오고 있었다. 핸드폰을 보니 김황도였다. 김 사장 입장에선 아까 오후에 황급히 달아난 상미가 무척이나 걱정됐을 것으로 보인다. 받지 않는다. 그랬더니 또 걸려 온다. 또 받지 않았다.

"아니, 상미 씨. 어디에서 걸려 오는 전화인데 받지 않아요. 괜찮아요. 받아 봐요."

이러자 상미는 자신의 고결함과 아까 말했듯 자신은 마음이 없는데 김 사장이 치근거렸다는 점을 그의 처남에게 확인시켜 줄 수 있는 절호의 기회로 여기고 핸드폰을 홍선에게 곧바로 보여 준다.

"이거 봐요. 이렇다니까요. 이젠 아셨죠. 정말 지긋지긋한 일입니다. 어떨 땐 정말 죽고 싶기도 해!"

"아니, 이런! 우리 매형이 정말 정신이 나갔군! 이거 또라이 아니야, 정말 그 변호잖아! 나 참 어이가 없네! 가정이 있는 분이 이게 도대체 뭐냐고, 진짜. 누나하고 조카들이 너무 불쌍해!"

 "에이, 왕짜증. 소주나 한 잔 더 따라 줘요. 오빠… 그 노인네 또라이 중에 또라이가 맞아!"

 황도에게서 걸려 오는 전화를 받지 않고 홍선과 계속 술을 마시는 상미는 조금씩, 조금씩 취하는 강도가 높아만 가고 있었던 것이었다.

 어느새 시간은 흘러 저녁 8시가 다 되어 가고 있었다. 이번엔 홍선의 부인인 숙희에게서 전화가 오고 있었는데 그는 받지 않는다.

 "이젠 그만 일어나기로 해요. 상미 씨, 나가서 커피나 한잔 마시지요."

 "그래요."

 홍선은 쏜살같이 카운터로 달려가 계산을 한다. 그리고 그녀의 신발까지 집어 들고 가지런히 바닥에 놓아 주는 과잉 친절을 베푼다.

 식당 밖으로 나온 이들은 다시 차 안으로 들어간다. 이런 상황을 그는 노렸을 것이다. 그 후, 그는 아메리카노를 테이크아웃해 오겠다고 말한다. 몇 분이 흐르고 그 커피를 사서 들고 차 안으로 들어온다.

 "상미 씨, 소주와 고기를 먹었으면 커피를 마시는 것은 수순이잖아요! 하하하하…."

 "오우! 너무 고마워요. 잘 마시겠습니다."

 "뜨거우니까 천천히 마셔요. 상미 씨."

 "아 네, 이거 다 마시고 저는 고성으로 가겠습니다."

 "제가 태워다 드릴 수도 있는데…."

 "아니, 술을 드셔서 안 되잖아요."

 "뭐! 대리도 있으니까!"

이들은 차 안에서 아메리카노를 한 모금씩 홀짝홀짝 마셨다. 어느새 종이컵은 다 비워져 가고 있다. 그때 홍선은 느닷없이 상미에게 입을 꾹 맞춘다. 그러자 그녀는 깜짝 놀란다.

"아니, 이게 뭐예요. 이럴 줄은 몰랐어요. 엄청나게 실망스럽습니다. 오빠…!"

"아아아! 뭐! 인생이 다 그렇고 그런 거지 뭐! 원래 좋으면 다 이런 겁니다."

"아니 뭘 좋아합니까? 좋아하기는. 저는 원래 순수한 여자입니다. 그런 것은 안 돼요. 충격이네요."

홍선이 지금 상미의 이 말을 액면 그대로 믿으면 곰 중의 곰이 되는 것이겠지! 그는 있는 용기, 없는 용기를 다 내어 승합차 안에서 지금 이 순간 곧바로 그녀의 몸을 빼앗고 말았다. 차 안엔 금세 빨간색 장미꽃이 검은색 장미꽃으로 변해 가는 광경이 연출되고 있었다. 그 시간이 지나자 티슈를 꺼내어 그의 이마에 흐르는 땀을 닦아 주며 애교까지 떠는 데서 그녀의 내숭이 여실히 드러났다. 그 후, 홍선은 차 안의 거울에 비치는 그림자인 거울 그림자를 바라보고 있었고, 상미도 덩달아 그것에 반사되는 그림자인 거울 그림자를 넋을 잃고 바라본다.

이렇듯, 거울은 인간의 아름다운 면과 어두운 면을 동시에 비춰 주며 그림자를 만든다. 지금 이들의 그것은 후자가 될 것이다. 그러나 넋을 잃으면 전자라고 착각하기도 한다. 인간의 한계일까! 그 한계는 어디까지 지속될 것인가! 홍선은 늦은 시간이 되어 상미와 헤어지게 되었다. 그녀가 가야 할 고성군 동발동으로 가는 택시를 잡아 주고 자신의 집으로 들어간다. 아까, 이들이 소주를 먹을 때, 김황도는 상미에게 전화를 건 후, 지금 이 시간까지 문자를 무려 30통이나 했을 정도로 걱정하고 있는 것이었다. 그녀는 고성으로 내달리는 택시 안에서 핸드폰을 바라보았다가 이 사실을 알고 깜짝 놀란다. 그래서 황도에게 전화를 걸고 있다.

"아아! 사장님 어떻게 전화도 하고 문자를 그렇게 많이 했어요?"

"야아! 내가 왜 그랬겠어? 아까 네가 너무 놀라 다급하게 도망쳐서 걱정되어 전화했지! 아까 그 처남이라는 놈이 우리 사우나에 와서 난리친 거, 뭐, 너무 신경 쓰지 마라! 뭐, 솔직히 뭘 모르는 조금 못 배운 놈이니까 말이야! 애가 좀 모자라. 알겠니?"

"아이, 그럼요. 난 그런 거 신경 쓰지 않아요. 아무렇지도 않아요. 그런 건달 같은 것들은."

"그래, 그럼 다행이다. 편히 쉬고 내일 출근해라. 하하하하…."

"네에…."

상미는 고성에 도착하여 집으로 들어갔다. 순간적인 쾌락으로 몸이 넘어갔다.

사람이 사는 인생길에서 가장 중요하면서 동시에 고달프기도 하고 희비가 교차하는 영역이 바로 이것일 것이다. 어떤 답을 내렸다 하더라도 그게 정답이 아니라고 반기를 들어 버린다면 아무것도 아닌 것이 되어 버린다. 이렇듯, 힘들고 힘든 인생이다. 어쨌든, 그녀는 내일 정상 출근을 하려고 마음먹는다. 그리고 오늘 빨간 장미꽃을 검은 장미꽃으로 검붉게 물들인 달콤한 기억이 있는 이홍선으로부터 그녀를 향한 집중 전화나 문자가 오는 것은 당연한 일이었다.

"원래, 한 번의 너무 좋은 추억과 기억은 잊지 못하는 것이지! 그 짜릿한 순간은 옛말에 논 30마지기하고도 안 바꾼다고도 하지 않았던가? 그래서 그 처남 놈이 앞으로 생난리를 칠 게 뻔하다. 정말 큰일이다."

혼잣말하는 황도는 극심한 두려움과 노파심이 드리워진다.

날이 밝자 갑자기 BBM 채널은 저녁 7시 시사 뉴스 담당 아나운서 김보라를 스포츠 전문 아나운서로 보직 변경 조치를 내린다. 왜냐하면 기존에 하던 아나운서는 말투가 텁텁하여 스포츠 분야와 부합하지 않다는 결론을 내렸기 때문이다. 이번 인사 개편은 조금 더 적합하다고 판단되는 분야로 이동하는 차원이라고 매스컴에서 설명했다. 곧 치러질 프로야구나 프로축구를 취재하는 아나운서로 이미지나 성향이 김보라가 가장 잘 어울린다고 밝혔다.

이날부터 곧바로 잠실 야구장에서 오후 1시에 치러지는 인강돌핀스와 바통아쿠아맨의 경기를 취재하러 가게 됐다.

이대 영문과를 나와 시사 뉴스를 담당하던 그녀가 갑자기 스포츠 분야 아나운서가 되자 조금 어색하기도 했지만 적응하려고 애를 썼다. 잠실 야구장에 취재진이 도착한 시각은 정오였다. 경기 시작까지 한 시간이 남았다. 4월 2일 정식 경기가 거행될 예정인데 내일 3월 23일까지가 시범 경기 마지막 날이다. 인강돌핀스와 바통아쿠아맨은 두 팀 모두 서울을 연고지로 하는 팀이다. 오늘부터 야구, 축구 2종 전문 아나운서가 된 그녀는 조금 어색하고 떨리기도 하였지만 양 팀의 주축 선수들에게 소감과 계획을 취재하기 위해 잠시 라커 룸으로 내려갔다. 평소 야구를 브라운관으로 즐겨 봤지만 실제 선수들을 가까이서 보는 것은 처음이고 대면하는 것도 처음이라 느낌이 사뭇 특이하기만 했다.

먼저 인강돌핀스 팀 쪽 라커 룸으로 갔다. 남자 카메라 기자가 여럿이 동행했고 관련 기사도 그랬다. 마이크를 들이대며 그녀가 인사했다.

"안녕하세요. 우리의 인강을 빛내는 4번 타자 해결사 동복철 선수를 만나 보겠습니다."

"아, 네. 안녕하세요. 반갑습니다. 해결사란 칭호가 너무 듣기에 좋네요. 하하."

그는 환한 웃음을 보였다. 순간 복철은 보라를 보고 가슴이 쿵 내려앉았다. 왜냐하면 절대 이상형이기 때문이었다. 그는 올해 나이가 그녀보다 6년 아래 24살이다.

나이를 떠나 그녀에게서 풋풋한 애정 감정을 느끼기 시작한 것이었다. 그래서 눈을 자꾸만 깜빡거리기 시작하였다. 이를 눈치챈 그녀도 덩달아 그러기 시작한다. 왜냐하면 자신도 같은 감정이 싹트기 때문이다. 지금 이 시각 BBM 채널로 생방송이 나가는데 시청자들도 저 둘의 표정이 그렇다는 걸 인식할 정도로 확연히 드러나고 있었다. 그녀도 나름으로 눈치가 빨라 이 분위기가 심상치 않다고 느껴 얼른 끝맺으려 하고 있다.

"아! 마지막으로 올해의 해결사, 4번 타자로서 포부 한마디 해 주시죠?"

"네, 네. 제가 아무래도 24살 어린 나이에도 불구하고 4번이라는 중책을 맡고 있어서 조금 부담을 느끼긴 하지만 열심히 최선을 다해서 노력하겠습니다. 개인적으로 50호 홈런을 달성하고 팀이 가을야구에 가고 또 우승할 수 있도록 하겠습니다. 오호, 오호, 오호!"

당찬 포부를 밝혔다. 보라가 말했다.

"아, 네! 알겠습니다. 지금까지 인강돌핀스 4번 해결사 동복철 선수를 만나 봤습니다. 이젠 반대편 라커 룸으로 가 바통아쿠아맨의 최고 주축 선수 한 명을 만나 보겠습니다."

그녀가 돌아서 가는데도 복철은 뚫어지게 보라를 주시하고 있었다. 그녀는 상대팀 바통아쿠아맨 쪽에 들어가 이번엔 작년 71도루를 성공시킨 적토마 1번 타자 안영석을 만나 인터뷰를 시작하였다.

그는 25살이다. 문제는 이번에도 영석은 보라를 보고 첫눈에 반했는지 손이 바르르 떨리고 가슴이 벌벌벌 떨리면서 얼굴이 굳기 시작하였다.

이번 인터뷰도 비슷한 질문과 답변으로 끝났다. 보라는 여자로서 나름의 매력을 지니고 있어 스포츠 전문 아나운서 업무 첫날임에도 양 팀의 4번과 1번 타자에게 호감을 받고 돌아서 본부석으로 올라갔다.

지금 이 시각 광주검찰청에서 인터넷으로 시범 경기 생방송을 보던 한 검사는 워낙 성격이 민감하여 양 팀 선수들이 보라에게 뭔가 시그널을 보냈다고 직시하게 된다. 어차피 앞으로 3일만 지나면 초고속으로 결혼식을 올릴 거라 그리 크게 신경을 쓰진 않는다.

그런데 문제는 아까 양 팀 선수들에게서 그런 시그널을 받은 그녀가 본부석에서 그 선수들이 타석에 등장했을 때나 베이스에 나갔을 때 뭔가 야릇한 눈빛을 던지기 시작했다는 것이었다. 이 부분까지는 한 검사가 포착할 순 없는 노릇이었다.


한편 상미는 어제 홍선과 섹스를 나누는 엽기를 발휘하고도 아랑곳하지 않고 덕비사우나에 출근했다. 들어서자마자 김 사장은 그녀를 위로한다.

"어제 너무 짜증 났지? 너무 고통스러웠을 거야! 뭐 인생이라는 게 그렇게 황당한 경우도 있으니 그냥 이해해…."

"그럼요. 피곤한 일도 많지요."

이 둘은 아무 일도 없었던 것처럼 다시 일하기 시작한다. 이들은 나름대로 평온해졌지만 홍자는 날카롭다. 홍선이 얼마나 적절히 이 문제를 해결했는지 대책을 세웠는지 몹시 궁금하여 전화를 건다.

"나, 누나야. 어떻게 됐어?"

"어! 누나, 내가 어제 사우나에 가서 매형이 알아들을 수 있게 말을 했으니 나아질 거야!"

"아! 그래 너무 수고했다. 그런데 그런다고 해결이 될까?"

"그래도 미흡하면 누나가 그 여자를 내보내는 것은 어떨까?"

"난 그러고 싶지만 그래도 사장은 매형이잖아…!"

"아아…. 누나, 일단은 내가 궁리를 해 볼 테니 그렇게 알고 너무 걱정하지 말고 있어…."

"그래, 알았다. 너무 고맙다."

홍선은 전화를 끊고 난 후 깊은 생각에 잠겼다. 왜냐하면 어떻게든 상미를 그 덕비사우나에서 일을 관두고 나오게 하는 것이 자신에게 좋은 일이기에 그렇다. 이젠 애인이 됐으니 말이다. 그래야만 그녀가 황도에게서 벗어날 수 있다. 그렇게 된다면 상미를 자신이 독차지할 수 있다는 야심찬 행보 때문에 달콤한 아이디어와 계략은 끊이지 않고 있다. 이런 마음의 연장선으로 어제 그 짜릿한 기억을 회상하며 그녀의 핸드폰 번호로 손가락이 움직인다. 바로 이 시각 상미는 자신의 핸드폰으로 홍선에게서 전화가 걸려 온다는 것을 알고 있지만 일부러 받지 않는다. 옆에 김 사장이 있기 때문이고 얼른 다른 데로 피해서 받을 수도 있겠지만 그 또한 김 사장에게 묘한 오해를 일으킬 수 있기에 그냥 안 받는다. 홍선은 이에 대해 카톡 문자를 보내고 있다.

하하하. 상미 씨. 바쁜가 봐요. 어제는 잘 들어가셨지요. 어제 그 아름다운 기억들이 내 마음과 내 가슴을 더욱더 벅차게 만들고 있군요. 다음에 또 만나는 날을 기대하며 그대를 향해 사랑의 불씨가 싹트게 된 사나이 홍선 오라버니는 물러갑니다.

홍선은 이 문자를 보내고 너무 흥분되어 회심의 밀크커피를 한 잔 마신다. 그렇다면 그는 어떤 식으로 그녀를 차지하려고 전략을 구사할 것인가!

지금으로선 그 덕비사우나에서 일을 하는 중이라 김 사장의 손아귀 안에 있는 현실을 피해 갈 순 없지 않을까! 결국은 최대한 그녀를 그곳에서 관두고 나오게 하는 수를 쓸 것으로 보인다. 다른 한편, 이 모든 일의 시초와 원인을 제공하고 뒤에서 관망 중인 장순은 지금쯤 무슨 생각에 잠겨 있을까! 지난주 수요일 덕비사우나에 들러 김 사장의 부인에게 정면으로 폭로를 강행했던 그는 하루하루 상미가 그의 늪에서 벗어날 수 있기를 오매불망 기다리고 있다. 그렇게 된다면 자신이 그녀에게 다가설 수 있는 유리한 상황이 올 것이라고 굳게 믿고 있다.

장순 입장에서 강행한 그 수가 어이없게도 다른 제3의 남자에게 호재를 안겨 주고야 말았다. 그것은 바로 홍선과 상미가 애인이 되어 버리는 또 다른 복잡함만을 낳고 말았는데 이런 어려운 과정을 뚫고 과연 장순이 최종 목표를 이루어 낼 수 있을지 궁금하다. 이런 구조를 떠나서 상미는 애당초 처음 맞선을 보았을 때 장순에게 별 관심이 없었다는 것이 핵심이 되는데 이것도 그가 풀어 나갈 수 있겠느냐는 것이었다.

어쨌든 장순은 일주일간 상미를 향한 자신의 구애 전략을 나름대로 강구한 후 오늘은 사우나도 하고 상미를 볼 겸 그 임이 계신 덕비사우나로 달려간다. 오후 4시가 조금 넘었다.

장순은 그곳에 들어서고 있었다. 그러자 그들은 깜짝 놀란다. 일주일간 잠잠했었기에 포기하고 더 안 올 줄 알았는데 오늘 또 오니까 말이다. 장순은 그냥 무덤덤한 표정을 지으며 천천히 걸어와 말을 한다.

"안녕하세요. 표를 한 장 주세요."

그러자 김 사장은 얼굴을 붉히며 그를 노려본다.

"아! 미안하지만 당신에게 표를 줄 수 없어요. 그러니 그냥 가세요."

"아니, 뭐 하는 거예요. 손님한테 그러면 돼요? 얼른 목욕하러 들어가게 표를 달라고…! 내 말이 말로 안 들려…?"

"야! 이 뻔뻔한 놈아…. 저번에 우리와 그렇게 다투고 어떻게 또 이곳에 오냐고…! 정신 나간 놈이구나! 어휴, 이걸 그냥 확…!"

"그냥 확 어떻게 하려고 그래? 날 때리고 싶어? 치고 싶으면 쳐 봐! 쳐 보라고…!"

사우나 입장권을 거부당한 장순은 매우 거칠게 저항했다. 그러자 김황도는 얼른 경찰에 신고해 버린다. 몇 분 후 경찰차가 왔다. 두 명의 경찰은 이들을 붙들고 차에 태우고 파출소로 연행해 간다. 그곳에 끌려간 장순은 조사 과정에서 경미한 우발적 고함이라고 결정이 났고 주의를 받는 정도로 그치고 풀려나게 되었다. 장순은 이날 돌아가 홀로 문강변을 걸으며 또 무엇인가 궁리를 하고 또 한다. 너무 매력적인 상미를 자신의 것으로 만들어야 한다는 결의와 각오를 다지고 또 다졌다.

장순이 이런 일이 있을 때 서울에 계속 있어야 한다는 마음가짐으로 고수 중인 그의 고향 친구인 안하철은 지금 이 시간 굳게 수도 서울을 지키며 자기 발전을 위해 달려 나가고 있었다. 사실, 장순으로선 자신이 지금 현재 겪고 있는 고민거리를 나름대로 털어놓을 수 있는 유일한 상대는 바로 서울 구로동에 남아 있는 안하철이다. 그래서 그는 이번 주 시간을 내어 서울에 있는 하철에게 찾아가 소주를 마시며 최근 벌어진 일들을 하소연해 보리라! 마음먹는다.

그 마음과 몸을 싣고 구로동을 향해 내달린다. 이번에 몰고 올라가는 차는 짐을 싣는 화물차였다. 하지만 고속도로에 함께 달리는 다른 여러 종류의 차들을 다 제치고 앞지르며 달릴 수 있었다. 그 원동력은 24시간 심장을 강타해 들어오는 자신의 영혼의 구심점 최상미를 차지하고 말겠다는 야망 때문이다. 그 덕분에 번개같이 그곳에 오후 4시에 도착했다. 지난달 말일 사직서를 던지고 내려왔는데 벌써 20일이나 지났다. 장순은 오랜만에 옛 추억의 직장 주변에서 그 건물을 바라본다. 주식회사 센영수트 봉제 공장 구석구석에서 하나하나 기억이 떠오른다. 그러다가 핸드폰을 꺼내어 하철에게 전화를 건다.

"어! 장순, 너무 오랜만이야! 어떻게 지냈어?"

"하하하하…. 나 여기 네 회사 주변에 와 있어…."

"뭐야! 여기 회사에 온단 말도 없이 어떻게 왔지? 하하하, 어쨌든 너무 반갑다."

"6시에 끝나니까 내가 여기 회사 앞 라인카페에 있을게. 이곳으로 오라고…."

"알았어, 장순아…! 끝나자마자 갈게."

하철은 한창 근무 중에 이 전화를 받고 깜짝 놀랐지만 무척 반갑기 그지없었다.

이윽고 하철의 회사 퇴근 시간이 되었고 하철은 정문 앞 라인카페로 달려간다.

"여기야! 하철아, 여기…!"

"그래! 장순이, 와아! 너무 반갑다."

이들은 얼굴 표정이 무척 밝았다. 하철은 카페 의자에 앉는다.

"아니! 야, 오늘이 25일 우리 회사 월급날이라는 거, 알고 왔지? 나보고 한턱 쏘라고 하려고 말이야! 하하하하…!"

"하하하…. 그건 아니고, 그냥 네가 잘 있는지 궁금했고 바람 쐴 겸 온 거야!"

"그래! 잘 왔어, 커피 먹고 나가서 소주를 먹으러 가자고…!"

30분가량 앉아서 대화를 주고받던 이들은 자리에서 일어나 숯불 갈빗집을 찾아 들어간다. 한 잔, 한 잔 소주가 몸속에 스며들자 장순은 회사 관두고 고성으로 내려가서 있었던 일들을 하나하나 꺼내기 시작한다.

그래도 믿을 수 있는 존재는 하철뿐이라고 생각했기 때문인 것 같다. 장순의 상황 설명이 다 끝나자 하철은 잠시 무엇인가 생각에 잠긴다. 지금 그는 무슨 생각에 잠긴 걸까! 이 상황을 전해들은 친구 입장에서 뭐라고 말해 주는 것이 최선일까 이것이다. 그런 의미의 소주 한 잔 더 얼른 확 마신다.

"크크큭, 으윽…! 캬캬캬…! 글쎄 그 맞선 본 여자가 그리도 좋아? 근데 조금 그렇다."

"어어! 조금 그런 게 뭔데, 하철아?"

"네 그 말을 다 들어 보니… 조신하지 못한 엄청 헤픈 성격인 것 같구나! 그런 여자는 만나지 않는 것이 낫지 않을까?"

"아아! 그래도 난 그 여자에게 완전히 푹! 빠져 버린 상태인데…!"

이러자 하철은 다시 또 생각에 잠기며 한 잔 더 확확 마신다.

"뭐! 내가 말하는 게 정답이 될 수는 없어. 원래 뭐든지 최종 결정은 자신의 몫이니까! 정말 그렇다면 죽기 살기 식으로 매달려 보라고…!"

"하하하…. 나도 그 정도는 각오하고 있어. 그런데 어떻게 죽기 살기 식으로…?"

장순의 이 말에 하철은 느닷없이 한 손으로 소주병을 통째로 들고 막 마신다.

"야! 바로 이게 죽기 살기 식이라는 거야! 내가 지금 소주병을 들고 들이붓듯이 그렇게 말이야! 막 마셔 버리라고…! 막 먹어 버리라고…!"

"하하하하하…! 그래, 막 마시고, 막 먹고…! 좋다. 좋아…! 오케이…!"

이들이 이렇게 술에 취해 있던 시간은 흐르고 흘러 어느새 8시가 넘어 9시를 향해 꺾이고 있었다. 이곳에서 나와 그 주변에 있는 노래방으로 들어간다.

"사장님, 도우미 두 명만 불러 주세요."

"아, 네! 조금만 기다리세요."

"아니! 하철아, 너무 무리하는 거 아냐? 그냥 우리끼리 노래만 불러도 되는데…."

"아, 아아…! 이 정도는 되어야지! 원래 다 이런 거야! 자, 들어가자…!"

5번방으로 들어간 이들은 술에 만취해 비틀대며 노래를 부르기 시작한다. 그 후 불과 5분쯤 지났을까! 문을 열고 여성 도우미 두 명이 들어와 앉는다. 하철은 신났지만 장순은 그저 그렇다. 그 이유는 머릿속은 온통 최상미뿐이기 때문이다. 소주와 맥주, 노래가 오가는 시간으로 가득 채워진 3월 25일 이날은 안하철의 월급날이었다. 오늘은 서울 강남구 청담동에서 한보철과 김보라가 결혼식을 올리는 날이기도 하다. 워낙 이름이 많이 알려진 스포츠 아나운서 김보라 모든 언론에서 도배될 정도였다. 이 기사를 세리다방에서 TV를 통해 보게 된 차지선은 순간 눈물이 핑 돌았다. 혹시나 검사 오빠가 자신에게 전화를 하거나 찾아올지도 모른다는 막연한 기대감을 놓지 않고 있었기 때문이다.

그녀는 기대가 컸던 만큼 실망도 커 탁자에 얼굴을 묻고 흐느끼기 시작하였다.

'아아, 검사 오빠가 내게 올 수만 있다면 난 한평생 그 남자만을 위해 일편단심 해바라기처럼 죽기 살기로 내 모든 열과 성을 다하려고 했는데. 내게 그럴 수 있는 기회가 주어지지 않는구나! 으으흑.'

속으로 이렇게 외쳤다.

어제 결혼식을 올린 한보철과 김보라는 하룻밤을 묵고 하와이로 6박 7일간 신혼여행을 떠났다.

이날 하와이행 비행기에 몸을 실은 그는 속으로 생각했다.

'아! 내가 예전에 자다가 무슨 꿈을 하나 꿨지. 선미와 갈라서고 다른 새로운 여자를 만나면 수천 배 더 행복이 찾아온다고 말이야. 새로 만나는 여자는 미모와 지식을 갖추었고 또 오로지 한 남자만을 사랑하는 완벽한 현모양처라는 계시를 준 가르침이었지. 그 대상이 바로 내 옆자리에 앉은 여자야! 김보라가 그 꿈의 나의 상대방이라고. 우후후.'

그러나 또 무슨 만용인지 욕심인지 뭔지 혼란스러워한다.

'으윽, 그래도 절대 이상형은 그 김선미인데. 선미가 낫긴 해! 보라는 조금 떨어져. 에잇. 지금 내 옆자리에 선미가 앉아 있으면 더 짜릿짜릿하긴 하겠다.'

그러다가 마음을 추스르려고 창밖 하늘을 무심히 바라봤다.

한편 장순은 이날 토요일 하철의 집에서 하루 묵고 다음 날 다시 고성으로 화물차를 몰고 내려간다.

# 4

## 입장권 한 장

♨

　전열을 가다듬은 장순의 앞으로의 행보가 궁금하다. 더욱 전투적으로 나올 것으로 짐작된다. 그날 하철과 소주를 먹을 때 그가 했던 그 말처럼 그렇게…. 그가 그 회사를 관두고 나와 이런 일이 있을 때 함께 그곳에서 나왔었던 김홍철, 최영선, 조완수, 임철수는 지금 어떤 생활을 이어 갈 것인지….

　홍철은 인삼과 옥수수 재배를 시작하며 미래를 설계하고 있었다. 그는 오늘 일요일을 맞이하여 따분하던 차에 홍천 시내에 나가 친구들과 소주를 먹으며 회포를 풀었다. 늦은 시간이 되자 각자 집으로 향했고 그는 혼자서 PC방에 들러 게임을 하다가 다시 밖으로 나왔다. 서석면 집으로 향하려다가 한잔 더 하고 싶은 충동에 사로잡혀 주위를 둘러보다가 불 켜진 호프집이 있어 무작정 들어간다.

　이곳에서 맥주를 몇 병 더 마신 후 너무 취해 비틀대기 시작했다. 너무 취해서 차는 그대로 두고 택시를 잡아타고 가려고 걸어갔다. 한참을 서 있었지만 나타나지 않았다. 결국 이리저리 비틀대는 몸을 가누지 못하고 그냥 아무 데나 들어간다는 곳이 이름 모를 다방이었다.

　정신을 차리고 집중하고 이름을 보니 '녹색빛다방'이었다. 한 여인이 다가온다. 다방 종업원이다. 생수를 한 잔 탁자 위에 놓으며 말을 한다.

　"아아아! 너무 술을 많이 드셨나 보네요?"

"으으, 으흑…. 그런가요. 다 그런 거지요. 하하하하하…."

"무엇을 드릴까요?"

"커피를 주세요."

"네에."

종업원은 얼마 후 커피를 가지고 온다. 그 후 앉아서 커피를 타 준다.

"아니, 아가씨도 한잔하세요."

"하하하…. 그래요. 너무 기분이 좋아요."

홍철은 만취된 상태에서 깨어나려고 계속 생수를 들이붓는다. 그러다가 조금 정신을 차렸는지 앞을 자세히 바라본다. 그런데 그 여자는 외국인이었다.

"어! 어디에서 왔어요?"

"호호호…. 전 베트남에서 왔지요."

"아니, 그래도 한국말을 꽤나 잘하는군요."

"아아! 온 지 2년 정도 되니 그냥 조금 하는 거지요. 키킥 킥…."

홍철은 지금 마음속으로 조금은 싱숭생숭해진다. 그 이유는 외국인이라 해도 보기 드문 빼어난 미인이기에 그렇다. 그러던 중, 그녀는 일어나 자신이 마실 커피를 가져오기 위해 주방 쪽으로 걸어간다. 그 뒷모습을 바라보는 홍철은 순간 무엇인가에 한 방 세게 얻어맞은 충격적인 느낌이 들었다. 국내에서도 보기 드문 정도의 상상을 초월한 몸매 때문이다. 어디 외국 잡지에서나 볼 수 있는 초특급 모델의 수준…. 멍하니 앉아 있는데 그녀가 커피를 들고 걸어온다.

"아니, 왜 이리 저를 바라보시나요?"

"아아아…. 아닙니다. 앉으세요."

"하하하…. 커피 맛은 좋지요?"

"아, 네, 그런데 나이가 어떻게 됩니까?"

그러자 그 종업원은 커피 잔을 내려놓으며 말을 이어 간다.

"제 나이는 27살입니다. 이름은 우엔티늉이고요."

"아, 그래요. 이름이 너무 예쁘시군요. 우엔티늉 씨, 미모만큼이나 그렇게 똑같이…! 나이도 그렇고 하하하…. 나는 홍철이라고 합니다. 34살이고요."

"……."

"우리 친구로 지낼까요? 우엔티늉 씨…?"

"오호! 너무 좋아요. 친구가 된다니……."

"목소리도 너무 미모를 닮았군요. 하하하…"

이들은 이렇게 밤 10시가 넘어간 지금 화기애애한 분위기를 자아내면서 서로가 관심을 나타내고 있었다. 홍철은 시곗바늘이 11시를 가리키자 자리에서 일어나 밖에 나와 택시를 잡아타고 서석면 어론리 집으로 돌아갔다. 그의 집은 어론리 산기슭에 위치해 있다. 홍철은 방에 들어가자마자 픽 쓰러졌는데 순간 잠이 들어 버렸다. 어느 정도 시간이 흐르자 꿈을 꾸게 되었다. 바로 아까 그 녹색빛다방에서 본 우엔티늉이었다. 그녀는 홍철에게 다가와 수건으로 눈을 가리더니 느닷없이 입을 꾹 맞추는 것이었다. 홍철은 너무 놀랐지만 다른 가슴 한구석에는 황홀함과 짜릿함이 물밀듯 밀려왔다. 아니 그냥 이대로 서로가 누운 채로 굳어져 버렸으면 더 좋겠다는 희망 사항이 들 정도였다. 그런 기쁨도 잠시 그가 잠든 방 밖 마루 위에 고양이 한 마리가 뛰어올라와 야옹거리며 요란을 떨었다. 그 바람에 잠에서 깨어나게 되어 그는 그 달콤한 꿈을 날려 버리는 아픔을 겪고야 만다. 한참 동안 잠을 이루지 못하고 우두커니 앉아 있었다. 그러다가 생수를 한잔하고 TV를 켠다. 지금 시간은 새벽 4시를 가리킨다. 채널을 이리저리 돌려 보아도 꿈속의 그녀만 한 미모를 지닌 여인은 잡히지 않는다. 아무튼 단단히 빠졌구나!

　이렇게 가만히 앉아 있던 시간도 잠시 어느새 새벽은 지나가고 아침이 오고 있었다.
　그는 일어나 밖에 나가 밭 주변을 여기저기 돌아다닌다. 오늘 할 일들에 대한 계획의 일환이다. 인삼을 유심히 바라보며 돌다가 소들이 앉아 있는 외양간으로 걸어가 천천히 여물을 주고 있다. 몸은 이렇게 움직이고 있지만 그는 우엔티늉의 모습이 자꾸만 떠올라 심장은 굳어져만 간다. 이런 시간이 지속된다면 오늘 또 그곳에 갈 확률은 100%가 될 게 분명했다. 왜냐면 사람은 여행 갔을 때, 너무 좋았던 기억들이 있으면 또 그곳에 가고 싶어 하는 심리가 생기는 것과 같다. 이와 같이 어떤 사람을 그리워하게 되면 또 그 사람이 있는 장소에 가려고 하는 본능이 있다. 그는 분명 오늘 또 그곳에 갈 것 같다. 이 예상 그대로 그는 아침을 먹자마자 택시를 부른다. 그 후, 홍천 시내로 향한다. 제일 먼저 어젯밤 좋았던 추억의 그곳으로 달려 들어간다. 녹색빛다방으로….
　그러나 홍철의 부풀었던 그 마음만큼이나 그 분위기는 그것에 미칠 수 없었다. 그럴 수밖에 없는 것이지만 그래도 마음이 좋을 순 없다. 인지상정일까! 아닐까! 그것 비슷한 걸까! 그녀 곁에는 다른 나이 많은 남자들이 셋이나 앉아서 대화를 나누고 있었고 그중 한 남자는 그녀에게 짓궂은 장난을 치고 있었다. 홍철은 생각한다. '어쩔 수 없다.' 그러나 내가 우엔티늉을 정말로 좋아한다면 이 일을 하지 못하도록 해야 될 것이다. 그녀가 이곳에서 계속 일을 한다면 지금 이 상황은 앞으로도 벌어질 것이기에 그렇다. 잠시 이런 생각 중, 그는 그녀와 두 눈이 마주쳤다. 그녀는 다소 놀라는 표정이다. 오늘 또 그가 오리라고는 생각하지 않았기 때문이다. 홍철은 구석 쪽에 있는 자리로 가서 앉는다. 그러자 우엔티늉은 일어나 그에게로 온다. 그녀는 걸어오며 살짝 미소를 짓는다.

"어! 또 오셨군요? 히히히…. 오늘도 커피인가요?"

"아, 네, 두 잔을 가져오세요."

"예에…."

홍철의 마음속에서 이미 모든 계획은 끝났다. 우엔티늉을 자신의 것으로 만들겠다는 생각을 굳혔다. 물론 어젯밤에 간접적인 의사 표시는 했다고 하더라도 그 말은 그녀가 그냥 장난삼아 던진 농담으로 여길 가능성도 크다. 왜냐면 어제는 만취된 상태였고 또 이곳은 분위기상 그런 말이 진정성이 느껴지기엔 어려움도 있다. 하지만 그는 이 순간 그녀를 향한 자신의 생각을 진솔하게 전하리라 마음먹는다. 드디어 그녀가 커피 두 잔을 들고 다가와 자리에 앉는다.

"어떻게 오늘 또 왔네요."

"하하하…. 그럼요. 또 올 수밖에 없지요. 보고 싶으니까요."

"어! 날 보고 싶었단 말이에요?"

"오늘은 내가 하고픈 말이 있지요."

"……"

우엔티늉은 홍철이 무슨 말을 하려는지 눈을 크게 뜨며 집중한다.

"그 하고픈 말이 무엇인가요? 홍철 씨……?"

"네, 바로 이것입니다. 나는 어제 우엔티늉 씨를 보고 완전히 반해 버렸습니다. 내 여자가 되어 주십시오. 정식으로…. 그래 줄 수 있나요?"

"아이! 어떻게 그런 농담을 막 하세요. 저는 보잘것없어요. 호호호…."

"아닙니다. 미모가 너무 완벽하십니다. 내게로 오세요."

"여기서 이런 일을 하는데…. 그리고 저는 이 나라 한국 사람이 아니잖아요. 그래도 제가 그렇게 좋으세요?"

"우엔티늉 씨, 그런 건 아무런 이유가 되지 않습니다. 그리고 내게로 온다면 오늘부로 이 일은 청산을 하세요. 그럴 수 있게 내가 도와드리겠습니다."

"어머머…! 그렇게까지? 얼마나 날 좋아하면 키키킥…."

홍철은 지금 우엔티늉이 겪고 있는 '금전적인 문제를 해결해 주겠다고' 약속을 하고 그녀를 데리고 밖으로 나간다. 그 후, 어제 만취하여 핸들을 잡질 못하여 차를 세워 뒀던 장소로 간다. 그 차에 그녀를 태우고 서면 한치골길 방향으로 내달린다. 팔봉산 관광지에 가려고 마음먹는다. 운치 있는 곳으로 가서 그녀와 더 많은 데이트를 하기 위해서이다. 그 마음처럼 번개같이 그곳에 다다랐다. 팔봉산 맛집에 들러 맛있는 음식을 함께 먹는다. 서로는 화기애애한 행복한 표정을 계속 이어간다. 식사를 마친 이들은 밖에 나와 등산로 이곳저곳을 돌아다니며 애정을 쌓아 가는 데 열중하였다. 옆으로 흐르는 너무 멋진 계곡의 물도 있어 이들의 마음을 더 들뜨게 하기에 부족함이 없었다. 잠시 그곳에 걸터앉는다. 어느새 가까워졌다는 증표인지 손을 잡기도 한다. 내국인이든 외국인이든, 무슨 일을 하든 안 하든 서로가 눈이 맞아 번쩍번쩍하면 어쩔 수 없는 것 같다.

"우엔티늉 씨, 오늘 이 시간부터는 그곳에 가서 일을 하지 마세요. 그리고 우리 집이 있는 서석면에다 새롭게 멋진 전원주택을 짓고 우리 결혼해서 함께 살기로 해요. 어떻게 생각하세요."

"아니, 홍철 씨 아무리 그래도 그렇지, 너무 빠르게 그런 말을 하는 것 아닙니까?"

"아니지요. 그만큼 우엔티늉 씨를 좋아하게 됐고 사랑의 감정이 끓어오르기 때문이지요. 내 사랑을 받아 주세요."

"그래요. 그 사랑을 받아 주겠어요. 호호호…."

우엔티늉은 홍철의 구애를 받아 주겠다는 의사 표시를 하더니 느닷없이 그의 입술에 입을 꾹 맞춘다. 그러자 홍철은 깜짝 놀라며 눈이 휘둥그레진다. 그가 이렇게 놀라 버린 이유는 바로 어젯밤 꿈에 그녀가 자기 곁으로 다가와 수건으로 눈을 가린 후, 느닷없이 지금처럼 그랬기 때문이다. 어떻게 꿈과 생시가 똑같이 이어지는 것인가! 너무 신기할 따름이었다. 그래도 마냥 좋기만 하다. 함께 이 길 저 길 돌아다니다 보니 어느새 시간은 저녁 시간으로 기울고 있었다. 아까 점심때 식사를 했었던 그 맛집으로 또 들어가 오리고기를 먹는다.

"우엔티늉 씨. 뭐니 뭐니 해도 고기는 오리고기가 최고로 맛이 좋아요."

"네에, 그런 것 같아요."

이들은 저녁 식사를 마치고 밖으로 나와 차를 타고 홍천 시내로 향한다. 호프집에 들어간다. 생맥주 500cc를 시켜서 마시기 시작하는데 그녀에게 다방 주인으로부터 전화가 걸려 오고 있다.

"어! 우리 사장님의 전화예요. 일 안 하고 하루 종일 어디에 갔느냐고 묻기 위해 전화가 오는 것 같아요."

"아! 그 전화 받아서 일 안 한다고 말하고 나를 바꿔 주세요. 내가 본론을 다 말하게…."

그녀는 그가 말한 대로 했다.

"아! 사장님. 제가 우엔티늉 씨 보호자 되는 사람입니다. 그곳에서 더 일을 하지 말라고 했습니다. 그러니 그렇게 아세요."

"아아아…. 그렇습니까? 그럼 오늘까지 일한 거 날짜 계산해서 월급을 줘야 되니까 한번 들르라고 하세요."

"네에, 알겠습니다."

월요일 늦은 밤 시간까지 이 둘은 홍천 시내 이곳저곳을 돌아다닌다. 그러다가 홍철은 우엔티늉을 데리고 모텔로 들어가 더 강도 높은 애정 표현을 강행하려고 허리를 잡아당긴다. 그러자 그녀도 마지막 자존심이 작용했을까! 피하려고 애를 쓴다.

이것에 아랑곳하지 않고 그는 더욱 거세게 그녀를 잡아당기며 모텔로 들어가는 데 이르렀다. 그곳으로 들어간 이들은 빨간색 장미꽃을 검은색 장미꽃으로 검붉게 물들여 수를 놓았다. 그 후, 그녀는 식은땀을 흘리고 있는 그의 이마를 물수건으로 닦아 주는 애교까지 떨고 있었다.

그날 밤은 이들에겐 너무 황홀한 시간들로 가득 채워졌다.

다음 날 아침이 되어 그곳에서 나오게 되었다.

이날 우엔티늉은 마지막 월급 계산 문제로 다방으로 갔고 홍철은 차를 타고 서석면 어론리로 향했다. 집에 들어간 시간은 정오쯤 되어서였다. 그의 모친은 어젯밤에 안 들어온 것에 대해 묻는다.

"얘, 홍철아. 어제는 어디에서 잤니? 친구들하고 술 퍼먹고 또 놀다가 어디에서 자고 온 거야?"

"아니에요. 내게도 이젠 애인이 생겼어요."

"뭐야! 애인이 생겼단 말이야! 우아! 이런 경사가 어디 있냐? 그래 잘해 봐! 네 나이도 빨리 결혼을 해야 하는 나이인데…. 어쨌든 너무 반가운 소식이다! 하하하하하…."

"……."

모친이 너무 기뻐하고 있지만 아들 홍철은 조금은 신경이 쓰이는 건 사실이다. 왜냐하면 어머니가 지금 이 상황을 어떻게 생각할지 모르기 때문이다.

"그래서 누구냐? 어떻게 알게 됐는데……?"

이렇게 묻자 홍철은 조금 망설이더니 결국엔 베트남 아가씨인 우엔티늉에 대해 말을 꺼낸다. 이 말을 들은 그의 어머니는 매우 놀라는 표정을 짓는다.

"아니, 야, 어떻게 하다가……. 왜 하필 베트남 여자를 만나게 된 거니? 한국 여자도 많은데……?"

"그렇게 됐어요. 내 마음에 쏙 들고 너무너무 예쁘게 생긴 여자예요. 결혼을 계획하고 있어요. 이미 그러겠다고 서로 약속이 되어 있어요. 어머니…."

"야, 관둬라! 관둬…. 네가 어디가 어떻다고…! 그렇게 할 게 뭐 있냐?"

"아니에요. 난 그 여자와 잘 맞아요. 서로가 좋으면 그것으로 끝이에요. 국적이 중요한 게 아니라 마음씨가 착한 게 더 중요하고 서로 간의 느낌이 와야 되니까!"

"……"

모친은 이 말을 듣고 상당히 실망스러운 표정과 심정으로 "참! 웃기고 자빠졌네!"라고 인상을 썼다. 아무 말 없이 밖으로 나가더니 망연자실한 얼굴로 밭으로 걸어간다. 밭 한구석에 앉아 괴로움의 한숨을 크게 내쉬면서 마음속으로 생각한다. 이 동네 어론리에 아들 또래의 친구들이 결혼을 잘했다는 소식과 소문 같은 것을 한번 떠올려 보기도 한다. 왠지 비애와 열등감 같은 것을 어머니가 심하게 느끼기 때문에 앞으로 홍철이 우엔티늉을 만나는 과정은 적잖은 마찰과 잡음이 있을 것으로 예상된다.

원래 인생은 홀로인데 복잡한 관계가 얽히면 그 홀로된 외로움이 더 가중되는 아픔이 되어 버린다. 그럼 좋든 싫든 아픔을 직면할 수밖에 없다. 누구나 이와 비슷한 경험을 한다. 그래서 아무런 속박도 없이 날아다니는 흰 두루미가 부러울 때도 있다. 글쎄, 그 세계로 들어가 보지 않았으니 정확한 것은 모르겠다. 홍철이 잠시 우두커니 마루에 앉아 상념에 젖어 있을 때 화가 나서 밭으로 갔었던 그의 모친은 다시 집으로 돌아왔다. 자신의 분을 이기지 못해서일까! 내리사랑이 하늘을 찔러서일까! 느닷없이 들고 온 호미자루를 마당 한가운데에 아주 세게 집어 던진다. 뒹구는 호미는 요란한 소리를 내며 돌부리에 턱 걸린다. 그 후 소리를 지르며 말한다.

"야, 너 그 베트남 여자와 사귀려면 이 집을 나가 버려! 그리고 들어오지 마라! 난 네가 그렇게 되는 건 도저히 더 볼 수 없다. 이 꼴 저 꼴 보기 싫으니 나가 버려, 이 새끼야…!"

"아니, 어머니. 외국인이면 어떻고 아니면 어때요? 사람의 외면보단 내면 마음씨가 중요한 거 아닐까요?"

"그래. 너 말 잘했다. 내면이라고…? 좋아! 그럼 그 여자가 내면이 착하다는 걸 어떻게 알아? 원래 옛말에 열 길 물속은 알아도 한 길 사람 속은 모른다고 하지 않았냐…?"

"……."

홍철이 침묵을 지키자 그의 모친은 재차 소리를 지르려다가 그만 갑자기 평소에 안 좋았던 혈압이 올라 마당에 털썩 쓰러지고 만다.

"으윽, 윽, 흑…. 아니, 아, 아, 아…. 어머니. 어머니…."

홍철은 황급히 모친을 차에 싣고 홍천 시내에 있는 한빛건강병원으로 달려간다. 그곳에 도착하자마자 응급실로 갔다. 검진 결과 순간적인 쇼크였다. 신경 안정 주사를 맞고 처방제를 받아 복용하고 안정이 됐다. 이날, 집으로 돌아온 홍철은 답답하기만 하다. 이미 어젯밤 홍천 시내 모텔에서 우엔티늉과 그야말로 뜨거운 밤을 보냈던 황홀함, 짜릿함, 잊지 못할 애정 탑을 높게 쌓았는데……. 이것을 어쩌란 말이냐! 이런 차원을 말이다. 그저 모친을 설득하는 수밖에 없으리라! 마음먹는다.

저녁 늦은 시간. 갑갑함을 억누르지 못하고 이달 초 사직서를 내기 전까지 봉제 공장에서 함께 근무했었던 나이는 한 살 더 먹은 형 최영선에게 전화를 걸고 있다.

"어! 홍철이 오랜만이야! 어떻게 내게 전화를 할 생각을 다 했어?"
"하하하… 최 형 어떻게 일은 손에 잡혀?"
"뭐! 다 그렇지 뭐. 하다 보면 잡히겠지! 그런데 무슨 일로…?"
"아니, 그냥 형이 궁금하니까 전화했지 뭐! 언제 시간 되면 소주나 한잔합시다."
"그러지 뭐!"

홍철은 이날 저녁 8시가 넘어 착잡한 심정으로 영선에게 전화를 하여 '언제 만나 소주라도 한잔하자'는 말을 건네고 끊었다.

너무 공교롭게도 이와 같은 시기에 최영선도 현재 김홍철이 겪고 있는 일이 생기고 있었다. 전북 정읍으로 내려갔던 영선도 여성을 만나는 길이 마땅치 않았다. 방황하던 중 바람 쐬러 정읍 시내에 나가 돌아다니던 어느 날, 푸른 색 간판에 '국제결혼상담'이라는 글귀를 보게 되어 들어가게 되었다. 이런저런 고민 끝에 캄보디아 여성인 팽소피어아를 소개받아 만나게 되어 교제하게 됐다. 그는 홍철과는 다르게 집안에서 그리 반대는 하지 않는 바람에 영선은 이점에선 무척 홀가분한 상황이다. 충북 진천으로 내려갔던 조완수, 경기도 용인으로 내려갔던 임철수, 이들 또한 똑같은 일이 벌어지고 있으니 너무 공교롭기도 하고 시골로 귀농하면 결혼하기가 무척 어려운 것이 현실로 드러나고 있었다.

귀농했다고 모두 다 이런 일이 벌어지는 것은 아닐 것이다.

천부적인 끼가 많으면 귀농을 했든 하지 않았든 수많은 여성을 애인으로 만드는 경우도 비일비재하다는 내용은 앞에서도 적었었다.

이들의 공통점은 귀농 문제를 떠나 그런 끼가 없다는 것이다. 그래서 이렇게 우회로 돌아가고 있는 것 같다. 조완수는 진천 시내에 있는 어느 식당에 갔는데 그곳의 종업원이었던 흑룡강에서 온 진일화를 보게 되어 이런저런 얘기를 하다가 만남이 이루어졌다. 임철수는 용인 5일장에 갔었는데 바로 그날은 김량장동에 있는 용인 중앙시장에서 용인 민속 5일장 맛깔 축제 및 노래자랑이 열렸다. 그 노래자랑에 필리핀 국적 여성인 이라니가 참가했었다. 철수는 노래를 그리 좋아하진 않지만 무료한 시간이라 그냥 보고 있었다. 이라니가 노래를 할 차례가 되었고 그녀가 부르는 것을 본 많은 시민들은 감탄사가 절로 쏟아지기 시작하였다. 철수도 마찬가지였다.

왜냐하면 국내 정상급 트로트 가수들 못지않은 빼어난 가창력과 풍부한 감수성 때문이었다. 이라니가 대상을 받을 거라는 것은 기정사실이나 다름없었다. 예상은 그대로였다. 그녀는 대상 상금 50만 원과 푸짐한 선물 꾸러미를 받았다. 그러자 너무 기뻐 대상 소감을 묻는 사회자의 질문에 답변을 생략한 채 자신의 주특기 춤인 살사 댄스를 선보이는 것으로 답례를 했다. 이라니는 하늘을 날아갈 듯한 기분이었다. 그녀는 노래와 춤을 격렬하게 해서인지 몸에 힘이 다 빠져 있었다. 아는 필리핀 친구들과 기분을 낸다고 그 주변에 있는 탈출호프에 들어간다. 4명은 모두 노래자랑 대상 수상의 기쁨을 함께하며 소주와 맥주를 들이마신다. 우연의 일치일까! 아님 필연일까!

임철수가 그곳 김량장동에 사는 친구 차강철과 맥주를 먹기 위해 들어오는 것이었다. 이 둘은 그 필리핀 일행들이 앉은 바로 옆 테이블에 앉게 되었다. 이라니는 철수를 빤히 바라본다. 그녀는 왜 그를 그렇게 바라보았을까! 아까 무대에서 노래할 때 관객석 맨 앞줄에 서 있었던 그를 기억하고 있고 아마 인상 깊게 느꼈기 때문인 것 같다. 이라니는 막 들이마신 술에 취해서 너무 들뜬 기분인지 아님 용기를 내는 것인지! 모르겠지만 철수에게 말을 걸고 있다.

"저! 아저씨 아까 내가 노래할 때 바로 맨 앞줄에 서 있었지요? 아니 그냥 너무 인상이 좋았던 것 같아서 말하는 거예요."

이라니가 이렇게 말하자 철수는 조금 당황한다. 그녀는 병맥주를 따서 그에게 한 잔 따라 준다.

"아! 시원하게 한잔하세요."

"아, 아아…. 아니…. 아 네, 그럼. 감사합니다."

철수는 사양하고 싶었지만 그녀의 성의를 봐서 그냥 술을 받고 있다. 이때 이라니는 철수의 얼굴을 뚫어지게 바라보고 있었다.

"아! 오늘 보니까 대상을 받으셨더군요."

"하하하…. 아저씨 덕분에 그렇게 됐어요."

철수와 이라니의 만남은 이렇게 호프집에서 맥주를 마시며 이루어졌는데 이때 그녀는 들떴는지 용기인지는 알 수 없으나 아마 이 두 가지 심리가 다 작용한 것 같다. 철수에게 좋아하게 된 감정 표시를 했고 이런 의사에 대해 나름으로 호응하면서 이들은 급격히 친해져 가고 있던 것이었다.

이라니는 철수에게 자신의 전화번호를 알려 주었다. 3월의 마지막 날 이들의 만남이 앞으로 어떤 결과로 이어질지 궁금하기도 하다. 2월 말일에 서울 구로동 센영수트 주식회사에서 사직서를 내고 일제히 귀농을 강행했던 5명 중에 장순만을 제외하고 나머지 4명은 이렇게 외국인 여성들과 만남이 이루어지고 있었던 것이었다. 철수도 그날 김량장동 호프집에서 이라니를 만나게 된 후 홍철이 그랬던 것처럼 남사면 진목리 집에 들어와 부모님에게 이 사실을 말하였다. 그러자 그의 부모는 펄쩍 뛰었다. 홍철의 어머니와 같았다. 이 4명 중, 홍철, 철수의 부모는 반대가 심한 편이고, 영선, 완수의 부모는 반대하지 않는 분위기이다. 이렇듯, 같은 상황에서도 다 제각각 반응은 달리 나오고 있다. 그렇다면 홍철과 철수가 이 난관을 어떻게 뚫고 나갈 것인지 지켜볼 일이다.

한편, 상대적으로 마음이 홀가분한 최영선은 나름대로 싱그러운 4월을 맞이하고 있었다. 자신보다 12살이나 어린 연하의 여성이자 얼굴과 몸매가 글래머인 팽소피어아와 만나게 되어 데이트를 즐길 정도가 되었으니 말이다.

영선은 갑자기 며칠 전 홍철에게서 전화가 걸려 왔던 일이 조금은 궁금해지기도 해서 그에게 전화를 걸어 본다.

"아! 여보세요. 최 형이 먼저 전화를 했네. 내가 먼저 하려고 했었는데…."

"아니 네가 며칠 전에 전화를 했었잖아! 궁금하더라고…."

"아아! 그냥 전화했지! 아니, 형, 언제 시간 가능해?"

"음, 그렇지. 내가 오늘 바람을 쐴 겸 수원에 가려고 하는데 만날 수 있을까?"

"알겠어. 형, 어디에서 몇 시가 좋을까?"

"난 열차를 타고 갈 거야! 수원역에서 저녁 7시에 만나자고…!"

"알겠어. 기다리고 있을게…."

영선은 구로동에서 회사를 다닐 때도 다른 이들보다는 홍철과 더 가까이 지냈었다. 그랬기에 그에게서 며칠 전 전화가 오니 시간을 내어 만나러 갈 정도가 되는 것이었다. 홍철도 강원도 홍천에서 그를 만나기 위해 수원역으로 오려면 시간에 맞춰 준비를 해야 한다. 영선은 정읍에서 수원으로 향하는 열차에 몸을 싣고 올라온다.

홍철은 홍천에서 K5 승용차를 타고 수원역으로 달려간다. 이윽고 저녁 7시가 되었고 홍철이 먼저 도착하여 수원역 대합실에서 기다리고 있었다. 그 후 불과 몇 분이 지났을까! 용산행 호남선 열차는 수원역에 다다랐다. 영선은 내려서 통로를 빠져나오고 있었다.

"오우! 영선이 형, 너무 오랜만이야! 와아… 너무 반갑네! 하하하…!"

"아! 그래, 홍철아. 그래, 반가워. 잘 지냈지? 하하하…!"

이들은 서로 악수를 하며 한때 같이 회사를 다녔던 끈끈한 정을 나누기도 했다. 그리고 홍철의 차를 타고 팔달문 쪽으로 향한다.

그곳에 가서 식사도 하고 소주를 먹기 위해서이다. 그곳에 도착한 이들은 그냥 눈에 보이는 숯불 갈빗집으로 들어간다.

"자! 최 형 한 잔 받아…!"

"아아! 그래, 하하하…. 음, 크! 크큭…. 소주 맛이 너무 좋아…! 이젠 동생이 받아야지! 홍철아, 한 잔 시원하게 받아라!"

"오호, 하, 하하하하…."

이 둘은 무척 화기애애했다. 원래 먹을 땐 먹는 것에 집중해야겠지만 벌써부터 무슨 말이든지 막 늘어놓고 있었다. 술을 많이 퍼먹고 밖으로 나간다. 이때 시간은 9시쯤 되었다. 팔달문에서 화성행궁 쪽으로 걸어

간다. 한참 걷다가 벤치가 있어 앉는다. 홍철은 그간 자신이 답답했던 이야기를 그에게 늘어놓기 시작한다. 영선은 이 말을 다 듣자 다소 신기하다는 듯한 표정을 짓는다. 그 이유는 자신도 며칠 전 정읍 시내에 있는 국제결혼상담소에서 소개받아 캄보디아 여성인 팽소피어아를 만나게 되었기 때문이다. 똑같은 일이 생겼기에 조금은 겸연쩍은 느낌이 드는가 보다.

"하하하…. 그랬었어? 근데 어머니의 반대가 그리 심하니 큰일이다. 사실 서로 마음에 들면 그것으로 끝인 것을…. 그런데 나도 그와 같은 일이 있었는데…."

"아니 형, 형도 나하고 같은 일이라니 그게 무슨 일인데?"

"나는 결혼상담소에서 만난 건데, 우리 부모님은 반대는 안 하셔…."

"하하하… 형도 그런 일이 있었구나! 아무튼 잘됐으면 좋겠는데… 그래도 반대를 안 하신다니 내 입장으론 엄청 부럽네! 근데 어디 여자인데?"

"음, 캄보디아 여자야…."

"그래?"

함께 회사 생활을 했었던 영선을 만나 소주를 마시며 회포도 풀고 최근에 벌어진 베트남 여성인 우엔티늉과 있었던 사연을 말을 하니 답답한 속은 순간 조금 풀어지는 듯했다. 하지만 홍철에게 돌아오는 위로의 말은 '용기를 잃지 말고 밀어붙이라는 것'이었다. 그것도 위로일 수 있겠다. 아니면 그저 그런 형식적인 덕담일 수도 있겠지. 그렇다면 최종적인 인생의 키는 어떻게 누가 쥐고 있는가? 이미 답은 나와 있지 않은가? 결국 본인 스스로의 문제로 귀착된다는 점이다. 외롭다는 것을 직시해야 할 것 같다. 그냥 오랜만에 만난 옛 직장 동료 사이의 회포 풀기

용이라고 하면 의미는 충분히 부여될 수도 있을 것이다. 이들은 주변에 보이는 노래방으로 들어가 노래를 부르는 것으로 그날의 추억을 정리한다. 그리고 나와 화성행궁 주변에 있는 모텔로 들어가 잠을 잔다.

 다음 날 아침에 영선은 정읍으로 향했고 홍철은 자신의 K5 승용차를 타고 홍천으로 향했다.
 이렇게 외국인 여성과 알게 된 4명 중에 좀 더 구체적으로 설명이 안 된 인물인 조완수는 최영선과 같이 집안의 반대는 없다. 조완수는 오늘 일요일을 맞이하여 며칠 전에 알게 된 흑룡강이 고향인 진일화와 멋진 드라이브 여행을 떠나려고 계획하고 있다. 그는 일화가 일하고 있는 식당으로 자신의 승용차인 SM5를 몰고 달려간다. 진천 시내 그녀가 일하는 예솔갈빗집 앞 그곳에 차를 세우고 들어간다.
 "안녕하세요. 일화 씨…. 오늘은 일화 씨하고 드라이브하며 데이트하고 싶습니다. 시간이 가능할까요?"
 "아니, 어쩌지요. 오늘은 점심때 오는 손님들이 많아서 어려울 것 같아요."
 "아아, 아…! 아쉽군요. 오늘 이 시간을 고대했건만…."
 "다음으로 미뤄야지 어떻게 하겠어요?"
 이들이 이런 얘기가 오고 갈 때 이 예솔갈빗집 사장이 이 말을 듣고 천천히 걸어오면서 한마디 거든다.
 "일화 씨, 오늘 일은 너무 걱정하지 말고 저 총각하고 멋진 데이트하고 오세요. 내가 오늘은 아는 아줌마 오라고 해서 하루 일당 주고 해결할 테니까!"
 "아니, 아니에요. 사장님, 그냥 일을 하겠어요. 뭐 데이트가 중요한가요?"

"아아아…! 인심 쓸 때 얼른 갔다 와요. 마음 바뀌기 전에…!"
"아니, 그래도 그게….”
진일화는 사양하려 했으나 갈빗집 사장의 후덕한 배려 덕에 결국엔 조완수를 따라가 멋진 드라이브 여행을 할 수 있었다.
일화를 태운 SM5는 거침없이 진천을 벗어나 충주호를 향해 달려간다. 완수는 그곳에 가서 일화와 유람선을 타고 뜨거운 시간을 보내려고 마음먹고 있다.
그 마음을 그대로 대변하듯 승용차는 정말 번개같이 그곳에 도착하였고 점심때가 되어 둘은 식사를 했다. 그 후 충주호 유람선에 몸을 싣는다. 유람선은 유유히 뱃길을 가로지른다.
"이처럼 아름다운 경치와 운치가 돋보이는 곳이 이 세상에 있을까!"
"너무 아름다워요."
중간쯤 가고 있었을 때 완수는 이 충주호 경치와 운치에 빠져서인지 아니면 일화에게 빠져서인지 아니면 둘 다 빠져서인지 황홀한 마음이 온몸을 뒤덮었다. 어째서인지 모르게 그만 그녀의 입술에 자신의 입술을 꾹 맞댄다. 더 세게 누른다. 일화는 순간 깜짝 놀란다. 왜냐하면 예상하지 못했기 때문이다. 양손으로 확 밀어 버린다. 그녀는 얼굴이 홍당무로 변했지만 속으론 흥분의 도가니였다. 하지만 겉으론 화를 내며 노려본다. 여자의 자존심을 유지하고 싶어서인 것 같다.
"아니, 조완수 씨 이게 뭐예요? 왜 내 입술을 훔쳐 갑니까? 허락도 없이….”
"하하하…! 아! 도둑질해서 미안합니다. 일화 씨 용서하세요."
"……."
이들이 이런 대화가 오고 갈 때 그 배에 함께 타고 유람을 즐기는 많은 관광객들은 축하의 함성을 지르며 둘의 사랑을 응원하는 파이팅을 외친다.

"와우! 너무 멋져요. 너무 잘 어울려요. 영원하고 뜨거운 사랑을 위하여 파이팅…!"

둘은 더욱 부끄럽고 쑥스러워하는 표정을 짓는다. 답례로 가볍게 고개를 숙인다. 그러는 사이에 유람선은 멋진 풍경들을 등에 지고 어느새 반환 지점을 돌아 다시 선착장 쪽으로 향하고 있었다. 완수는 끼는 없는데 이런 상황에선 그런 용기 같은 것은 나오는가 보다. 자연스러운 본능일 수도 있겠지!

입술까지 부딪히는 데 성공했으니 다음 절차는 안 봐도 훤히 보인다. 그런 마음 듬뿍 담은 채 완수는 배에서 내려 일화와 승용차에 올라탄다. 그는 지금 이 시간 순간에도 조금 전 유람선에서 그 애정 표현을 한 여파로 인해 심장이 계속 쿵쿵거리고 식을 줄을 몰랐다. 그 연장선 차원에서 제어가 되지 않아 차를 운전하면서 혹시 어디 숙박 시설이 있는지 두리번거린다. 그에겐 행운일까, 한 곳이 눈에 들어온다. 그곳으로 핸들을 세게 돌리고 있는 불타는 영혼의 그림자….

차는 그 모텔 앞에 선다. 그리고 그는 그녀에게 떨리는 소리로 말을 한다.

"일화 씨, 아까 유람선에서 그런 표현을 한 후 계속 심장이 벌렁거려 힘들 것 같습니다. 어서 저와 함께 저곳으로 들어가 더 강도 높은 애정탑을 쌓아 나가도록 합시다. 그러는 게 어떨까요?"

일화는 이 말을 듣자 조금은 당황스러워하고 있다. 왜냐면 원래 성격이 그렇기 때문이다. 오늘은 피하고 싶은 마음에 거절하는 의사를 표시하고 있다.

"아아… 안 됩니다. 지금은 안 됩니다. 다음에, 다음 기회에…."

"아닙니다. 다음 기회는 안 됩니다. 지금 서로의 사랑 탑을 쌓기에 딱 좋은 시간입니다."

"아니, 안 된다니까요."

그녀는 갑자기 크게 소리를 지른다. 자신이 예상하지 않은 행동을 완수가 강행하려 들기 때문이다. 그러나 완수는 완강하게 자신의 의지를 굽힐 줄 모르고 밀어붙인다. 그는 그녀를 강제로 차에서 내리게 한 후 그 모텔로 끌고 들어가 일을 냈다.

이렇게 빨간색 장미꽃을 검은색 장미꽃으로 검붉게 물들인 완수는 꽤 흡족해했고 일화는 아까는 피했지만 지금 이 순간 무척 행복한 표정을 지으며 그를 빤히 바라본다.

이젠 오히려 식은땀을 흘리는 완수의 이마를 물수건으로 닦아 주기도 한다. 이들의 이날 데이트는 무척 진일보된 상황을 맞이하였다.

이로써 4월 2일 오늘까지 외국인 여성을 만나게 된 귀농 4인들 중, 저번 달 27일에 김홍철이 첫 번째로 장미꽃을 검붉게 물들였고 바로 오늘 조완수가 그렇게 똑같이 하면서 진한 사랑 탑을 하늘 높이 쌓았다.

이제 남은 건 나머지 두 사람. 최영선과 임철수만이 거기까지 미치진 못했지만 머지않아 곧 바로 그런 높은 탑을 쌓을 것이란 것은 안 봐도 알 수 있을 것 같다.

최영선은 23살 여성 글래머 미인 팽소피어아를 지난달 말 만나게 되어 서로 전화는 계속 주고받았으나 만남은 이루어지지 않았었는데 내일 3일 월요일에 데이트를 하려고 생각하고 있다. 그런데 이날은 날씨가 너무 좋아 용인 남사면에 살고 있는 철수도 이라니와 데이트를 계획하고 있었던 것이었다.

# 5

## 학력과 직업만 믿다가 발등 찍힘

♨

지난달 26일 하와이로 6박 7일간 신혼여행을 떠난 한보철과 김보라는 불같이 뜨거웠던 여행을 마치고 돌아오는 날이다.

집은 강남구 청담동 쪽에 아파트를 하나 얻어 들어갔으나 그녀는 서울에서 생활하지만 그는 광주로 내려가야 하기에 여간 괴로운 일이 아닐 수가 없다. 이 문제를 해결하기 위해 그는 서울 쪽 검찰청으로 오려고 마음먹는다. 그녀는 돌아오자마자 바쁘게 움직여야만 할 것 같았다. 바로 어제 4월 2일부터 프로야구 정식 경기가 시작됐기 때문이다.

다음 날 그녀는 BBM 방송에 출연하여 하와이로 신혼여행을 다녀온 에피소드를 토크쇼 형식으로 말하였다. 사회자가 물었다.

"신혼여행은 추억에 남게 보냈습니까?"

"아, 네. 그렇습니다. 무엇보다 한 검사님과 함께한 시간이라 더 좋은 시간 같았습니다."

"김보라 아나운서는 이젠 스포츠 아나운서라 엊그제 개막한 프로야구 정식 경기 취재하느라 앞으로 매우 바쁘시겠습니다."

"그렇겠죠. 이 토크쇼 끝나면 바로 야구장으로 가야 할 것 같아요. 엊그제 개막전부터 잠실 라이벌 서울 연고 양 팀이 오늘까지 3연전을 하니까요. 이히히히."

"아하하. 너무 고생 많으시겠습니다."

그녀는 정오 토크쇼 생방송이 끝나기가 무섭게 스포츠 야구 담당 취재진들과 함께 잠실 야구장으로 내달렸다. 승합차를 타고 가면서 '아! 내가 지난달 22일 보직 변경되고 그날 시범 경기 취재하러 가서 두 팀의 캡틴들을 만났을 때 그들이 날 쳐다보는 눈빛이 예사롭지가 않았었는데, 오늘 또 그 선수들을 만나게 된다. 뭐! 그래 봐야 뭐 할 거야. 난 며칠 전 품절녀가 됐는데 말이지! 그러니까 그 늑대 선수들도 날 보고 반해 더 이상 게슴츠레한 눈으로 보진 않을 테지!' 하고 자체 판단을 늘어놓는다. 그러는 새 잠실 야구장에 도착하였다.

이 시각 3시 반을 가리키고 있는데 인강돌핀스 선수들이 타격 연습을 하고 있었다. 그녀는 취재 기자들과 함께 내려가 지난달처럼 그렇게 캡틴을 만나 인터뷰하려고 한다.

라커 룸에 들어가자 4번 해결사 동복철이 앉아 있었다.

"안녕하세요? 또 왔네요. BBM 스포츠 채널 김보라입니다. 취재에 응하실 수 있겠어요?"

그녀가 지난번에 이어 또 오자 눈이 번쩍 뜨이며 매우 반기는 그였다.

"오우! 어서 오세요. 하하."

"아, 네. 보니까 엊그제 개막전에 1호 홈런을 터뜨리고 어제도 하나 더 터뜨려 2호입니다. 이 기세로 오늘도 한 방 기대해 볼 수 있을까요?"

"아아, 그까짓 것 자신 있습니다. 작년에 제가 48호에 그쳤는데 어떻게든 올해엔 50호를 달성할 수 있게 노력하겠습니다."

여기까진 아무런 문제가 없었지만 그는 게슴츠레하게 눈을 뜨며 느닷없이 그녀의 손을 잡고 한참 동안 놓지 않았다.

"어어어? 이거 왜 이러세요? 이건 생방송입니다. 어서 놓으세요."

그제야 그 손을 놨다. 이 영상이 실시간으로 유튜브로도 급속도로 퍼지는 바람에 신혼여행을 갔다 온 남편 한 검사가 보게 된다. '어! 이게 뭐야, 뭐! 이 자식 봐라? 이런 무식한 야구선수 새끼가 내 아내의 손을 잡고 늘어져? 어휴~ 미치겠다. 왜 하필 스포츠 아나운서로 가는 바람에 이게 뭐야?'라며 한탄하기 시작하였다. 이 시각부터 한 검사는 선수 동복철에 대한 무한한 앙금을 품기에 이른다. 그러면서 지금 방금 전에 일어난 건을 성추행으로 고소해 볼까! 생각도 조심스레 해 봤다. 아직 고민하는 단계다.

허겁지겁 빠져나가 반대편 라커 룸 바통아쿠아맨 쪽으로 가 안영석을 취재하기 시작하였다.

"안녕하세요? 영원한 바통아쿠아맨의 키맨이자 캡틴 안영석 선수를 만나 보겠습니다."

"와아아, 우리의 우상, 미모의 아나운서 김보라가 나타났다. 오호, 오호, 오호!"

그는 난리를 쳤다.

"네, 작년에 도루를 무려 71개를 달성했는데 올해 목표는 뭔가요?"

"네, 도루는 당연히 그 정도 할 거고요. 홈런을 60개 정도 쳐 보려고 합니다. 반드시 저쪽 인강돌핀스 4번 복철이 기록을 완전히 갈아엎어 버릴 것입니다. 도루 71개에 홈런 60호, 이것이지요. 전무후무한 대기록을 세울 겁니다."

그도 여기까진 문제가 없었지만 그는 느닷없이 그녀의 허리를 꽉 잡고 번쩍 들어 올려 빙빙빙 돌려 버렸다. 깜짝 놀란 그녀가 몸부림쳤다.

"어머머, 이게 뭐 하는 짓입니까? 어서 놓지 못해요? 으윽!"

카메라 취재진들이 달려들어 안간힘을 다하여 떼 놓았다. 이 장면 또

한 실시간 유튜브로 나가자 남편이 된 한 검사는 속이 타들어 가기 시작하였다.

"어, 어? 이거 봐라, 저 새끼도 지랄하네! 김보라가 내 아내라는 걸 알면서도 저러는 거잖아! 저것들이 검사 알기를 완전 우습게 아네! 니들 이젠 한번 죽어 봐라! 저놈은 명백한 성추행이니까 내 당장 성추행으로 고소하게 한다."

분을 가라앉히질 못해 주먹으로 탁자를 아주 세게 꽝 내리쳤다. 당장 아내 김보라에게 전화를 걸었다.

"자기 말이야, 내가 방금 전 유튜브 다 봤는데 그 야구선수 새끼들 둘 다 성추행으로 고소하라고. 자기가 직접 하면 돼! 피해자이니까 말이야?"

그랬지만 그녀는 반대를 표했다.

"아아, 그렇긴 한데 내 사회적 위치와 명예와 위신과 체면을 고려해 그놈들을 그냥 봐주는 게 낫겠다고 생각해! 나는 언론사 공인이라 조금 이해심이 넓은 이미지도 중요하긴 해."

그러자 그는 격분을 가라앉히질 못했다.

"뭐야? 뭔 놈의 사회적 위치와 위신 체면이야?"

그녀는 얼른 본부석으로 올라갔다. 계속되는 남편 한 검사의 전화는 받질 않았다. 한 검사는 가슴이 벌렁거리며 화를 다스리질 못하고 있다.

5회말이 끝나고 잠시 휴식 시간에 그녀가 음료수를 사 먹으러 2층 매점에 들렀을 때였다. 안영석 선수가 그곳에 와 있었기에 둘은 또 보게 됐다.

이 장면은 브라운관이나 유튜브로 나가진 않았다. 아까 3회초 아쿠아맨 공격 시 그가 작년 71개 도루를 성공한 도루왕답게 기습 번트 안

타로 1루에 나간 후 2루로 도루하여 성공하고 또 3루로 도루하여 성공했다. 게다가 마지막으로 홈스틸까지 성공하였다. 원맨쇼를 하며 1점을 그가 혼자서 다 뽑아낼 정도로 무시무시했다. 순식간에 도루를 3개를 성공하고 그게 1점을 얻는 엽기적인 차원을 과시한 것이었다. 이런 장면은 김보라가 느낄 때도 엽기적인 쾌감을 받기에 충분했다.

"아아, 아나운서님, 아까 제가 너무 무례하게 그렇게 들어 올리고 빙빙 돌려 너무너무 죄송합니다. 순간 너무 감격하여 그런 것입니다. 이렇게 아름다운 아나운서님을 실물로 보니까 감격한 것이지요."

아까에 이어 또 우회로 접근하는 형태를 취하였다. 그러더니 이번엔 자신의 번호를 그녀에게 알려 주는 과감성을 드러내었다. 그는 손을 흔들며 자신의 라커 룸으로 돌아갔다.

김보라는 다시 본부석으로 돌아가 이 경기가 끝나면 히어로와 인터뷰하는 시간을 갖고 돌아갈 스케줄을 갖고 있다. 결국 9회말이 다 끝나자 승리는 안영석의 팀이 아니라 상대팀 인강돌핀스로 돌아갔다. 팽팽하던 8회말에 인강돌핀스 4번 타자 동복철이 3점짜리 역전 홈런이 터지면서 뒤집어진 것이다. 이 점수가 끝까지 굳어져 돌핀스가 승리하게 됐다.

김보라는 그와 승리의 인터뷰를 하게 된다. 형식적인 승리 소감이 이어졌다. 카메라가 물러서자 복철은 재빨리 자신의 번호를 그녀에게 알려 주었다. 별다른 표현은 없이 번호만 알려 준 것이었다. 그리고 자신의 팀 전용 버스를 타기 위해 빠져나가고 있다. 이로써 김보라는 오늘 2명의 선수에게서 번호를 받았다.

그날 비슷한 시점에 영선은 전북 정읍에서, 철수는 경기도 용인에서 자신들의 하트 역사를 위해 내달렸다. 서로 그러겠다고 약속된 것은 아니지만 마치 그런 것처럼 홍철과 완수가 이미 쌓았던 그 높은 수준의 애정 사랑 탑을 그들도 드높게 세웠다. 오늘 4월 초부터 이들 4명 다 무척 진일보된 사랑을 할 수 있는 발판을 만드는 데 성공했기에 앞으로의 시간들이 매우 기대된다.

이렇게 귀농 5인 중 장순만을 제외하고 나머지 4인은 외국인 여성을 만나게 되면서 나름대로 자신들의 사랑을 확인해 갔다. 장순은 상미를 좋아하는 일편단심은 변함이 없으나 그녀의 마음이 계속 열리지 않고 굳게 닫혀 있었다.

거기다 더해 이홍자가 남편과 상미 사이의 불륜을 끊어 놓겠다고 강수를 던진 것이 되레 장순 입장에선 더 힘들어지는 상황으로 몰리고 있었다.

홍선이 개입함으로써 그가 상미를 보게 되었고 그 과정에 그녀를 좋아하는 마음이 싹터 버렸다. 급기야 애인이 되어 버렸기에 장순의 사랑의 길이 점점 막히는 외통수가 되었기 때문이다. 덕비 사장 하나도 버거운데 또 다른 남자 하나가 더 추가됐으니 말이다.

그로선 일이 잘 풀리지 않자 지난달 25일 고향 친구 하철이 있는 구로동에 갔다 왔지만 그냥 소주만 잔뜩 마시고 오는 것으로 그쳤다. 원래 대화라는 게 다 그렇다. 물론 그 대화라는 게 큰 용기를 얻게 되면 엄청난 위력을 발휘하기도 하지만 결국엔 자기 자신의 냉정한 결단이 더 주효하는 것이 인생의 나침판인 것이다.

어쨌든 귀농한 이들 중에 장순만이 한국인을 좋아하고 있는데 이 어려운 과정을 슬기롭게 헤쳐 나갈 수 있을까! 한동안 잠잠했던 그는 다시 전열을 가다듬고 새롭게 수요일을 맞이하여 덕비사우나에 가려고 생각한다.

최상미를 절대 포기하지 않겠다는 것이라 자연스럽게 말 그대로 삼각관계가 형성되어 버렸다. 1각은 덕비사우나사장 김황도 63세, 2각은 김 사장의 처남인 이홍선 58세, 3각은 맞선 상대였던 바로 이 남자 이장순 36세, 1각과 2각들은 이미 그녀를 애인으로 만들어 버린 상태이다. 그리고 각들의 차이점은 1, 2각은 그냥 심심풀이 차원의 세컨드 정도로 생각하고 있는 것이고 3각만이 애달픈 순애보를 펼치고 있는 것이었다.

오후 4시쯤에 가면 있을 거라고 생각하고 불굴의 투지로 달려가는 고달픈 영혼의 거울 그림자 한 점. 제 가슴에 시원찮은 그림자 하나 드리워져 있지만 그는 그 그림자를 밟고 닦고 걸어 가며 임이 서 있을 것 같은 그림자 찾아 그 점으로 간다. 덕비사우나 현관문을 열고 들어선다.

오늘도 어김없이 그 자리에 김 사장과 상미는 앉아 있었다. 그 둘은 들어오는 장순을 바라보며 깜짝 놀란다. 그가 한참 동안 보이지 않아 이젠 완전히 오지 않을 거라고 생각했었는데 이렇게 또 나타났다는 것에 대해 괴롭다는 표정을 짓는다. 장순은 아랑곳하지 않고 그들이 있는 카운터 쪽으로 걸어간다.

"오랜만이죠? 표나 한 장 주세요. 아주 시원하게 목욕이나 하고 가겠습니다."

이 말에 김황도는 한심하다는 표정을 지으며 계속 노려본다. 최상미도 같았다.

"당신 저번처럼 경찰에 끌려가고 싶지 않으면 그냥 돌아가시라고…. 내 긴말은 하지 않겠어."

"그래, 좋다. 나도 당신은 신고하면 되니까…! 사우나 입장하려고 하는 손님에게 표를 주지 않고 거부했다고 말이야! 어디 누가 이기는지 해 보자고, 이 새끼야."

김황도는 순간 격분을 이겨 내지 못하고 저번처럼 또 그렇게 경찰에 신고하려고 움직인다. 김 사장이 경찰에 신고하려고 핸드폰을 만지작거리는 틈을 타 장순은 느닷없이 상미에게로 달려가 강제로 자신의 입술을 그녀의 입술에 세게 꾹 누른다.

그야말로 이판사판이었다. 상미는 피하려고 했지만 순식간에 벌어진 일이라 그럴 수 없었고 몹시 당황하며 충격을 받았다. 이 장면을 옆에서 전화 도중이라 제재를 하지 못한 황도는 너무 놀라 눈을 휘둥그레 뜨며 화가 나서 겹쳐 있는 그들의 입술을 떼어 놓는 데 안간힘을 다 쓰고 있었다.

"뭐야! 어디서 이런 짓을! 지금 강제로 입술을 부딪치는 거야? 떨어져! 떨어지란 말이야!"

황도가 이렇게 크게 소리를 질러도 장순은 더 강하게 상미의 입술을 뺏고 있었다.

그녀는 벗어나려고 몸부림을 쳤지만 그의 완력은 하늘을 찌를 만큼 초강력 그 자체였다. 황도는 온 힘을 다해 둘 사이를 떼어 놓으며 장순을 거칠게 밀자 그는 강하게 황도의 멱살을 잡고 추켜올린다. 이렇게 공방전이 벌어지는 사이에 경찰은 도착하였다.

경찰이 들어오자 김 사장은 이 상황을 설명한다.

"지난달에 여기에 와서 행패를 부렸던 놈인데 오늘 또 와서 그러는 겁니다. 그리고 오늘은 이 아가씨에게 성추행까지 했습니다. 이 사람 스토킹과 성추행범으로 붙잡아 가세요. 도저히 안 되겠어요. 빨리 잡아 가세요."

이러자 장순도 항변을 하고 있었다.

"아니, 이거 봐요. 사우나하려고 온 손님에게 입장권을 안 주는데 그럼 어떻게 합니까? 이쪽에서 먼저 잘못을 했다고요."

그가 이렇게 말하자 지켜보던 상미가 나서기 시작했다.

"저 사람이 이곳에 들어오려고 하는 이유는 사우나 하려고 그러는 게 아니에요. 예전에 저와 맞선을 본 적이 있었는데 싫다고 하니까 이렇게 계속 찾아오는 거예요. 저번처럼 주의 정도로 그치면 안 돼요. 그럼 또 그럴 게 뻔해요. 그리고 오늘은 내 입술을 강제로 빼앗아 버렸어요. 난 성추행을 당했으니 이 사람을 고소하려고 합니다."

상미가 상황을 설명하자 경찰은 가해자 피해자와 김 사장까지 차에 싣고 파출소로 간다. 인근 파출소에 가게 된 세 사람…. 장순은 이곳에 가서 상미에게 용서해 달라고 싹싹 빌기 시작한다.

"상미 씨, 어쩔 수 없었지만 어쨌든 제 잘못입니다. 용서하세요."

"그래요. 불쾌하지만 이번만은 봐주겠어요. 앞으로는 절대 사우나에 오지 말아요. 그땐 더 봐주지 않겠어요."

"예에, 알겠습니다."

파출소로 연행되긴 했지만 극적으로 그녀의 용서가 이루어져 풀려나게 되었다. 그곳에서 나오게 된 후 김 사장과 상미는 차를 타고 덕비사우나로 향했고 장순은 자신의 화물차를 타고 예전 그때처럼 홀로 문강변으로 간다.

더 강한 계획을 세우기 위함이었다. 지난달 14일 장순 혼자서 그곳에서 괴로운 시간을 보낼 때 우연의 일치로 눈엣가시인 김 사장을 보게 됐던 그 장소에 오늘 다시 가게 된다.

그때와 비교하면 사뭇 다른 심정이다. 왜일까! 그것은 바로 그때보다 더 몇천, 몇만 배가 될 수도 있는 그만의 비장한 각오와 결의가 그 스스로 심장에 돌직구로 박혔기 때문이다.

'그래도 진일보한 나만의 강한 애정 행동으로 내 임 상미의 입술을 2분 넘게 빼앗았다. 장미꽃이 피어날 수 있는 가는 꽃비가 그녀와 나에게 적셔졌기 때문에 난, 그것으로 용기와 패기와 힘을 얻었다. 나는 그대를 절대 놓칠 수 없다는 것을 내 손에 약속 도장을 찍을 것이기에…. 파이팅…!!!'

그는 이런 식으로 속으로 외쳤다.

지금, 이장순이 문강변을 바라보며 결의를 다지는 자신의 올인 사랑의 대상인 최상미는 그를 조금도 바라보지 않고 먼 산만을 바라보고 있다. 그것도 그녀가 만나선 안 되는 대상들을 좋아하고 있으니 앞으로 어떻게 될까!

장순은 강변 인근에 있는 편의점으로 달려가 소주와 안주를 사서 들고 오더니 막 들이마신다. 그래야 마음이 한결 가벼워지는가 보다. 그런 다음 그 빈병을 바닥에 세게 집어던진다. 팍팍 쨍그랑 병이 깨지는 소리가 요란스럽게 울린다.

그는 그 소리와 함께 고함을 지른다.

"내 인생에 후회는 없다. 왜냐, 내가 사랑하는 상미를 내 것으로 만들고야 말 테니까! 으하하하하하…!"

그는 이렇게 정신 나간 사람처럼 혼자 고래고래 소리를 지른다. 그렇다면 이것은 무엇을 의미하는 것인가! 아마 오늘보다 더 세고 더 강한 행동이 기다리고 있다는 발로인 것 같아 보인다. 지금 시간은 저녁 8시쯤 됐을 것으로 예상된다. 그는 시간에 관심은 없다.

오로지 그녀를 향한 관심뿐. 하지만 그것도 옆에 있었던 김황도의 품에 안겨 있다는 자체로 그에겐 비참한 시곗바늘이자 지옥 같은 시간들일 뿐이었다.

정신없이 소주를 마신 것은 이런 높은 장벽을 허물어뜨리기 위한 정신 무장 차원이 아니겠는가! 이럴 때 문득 얼마 전 그러니까 서울 구로동에서 하철을 만났을 때 그가 자신에게 했던 그 말이 머릿속을 스쳐 지나간다. '막 마셔 버리라고…! 막 먹어 버리라고…!' 바로 이 말 말이다. 아아아…! 그 말이…. 장순은 지금 술에 만취된 상태로 화물차를 몰고 다시 덕비사우나 쪽으로 달려간다.

심각한 음주 운전이 아닐 수 없다. 하지만 다행히 무슨 사고는 없었다. 경찰에 걸렸다면 심각한 상황을 맞이했겠지. 그런데 운이 좋아서 그렇게 안 됐다. 덕비사우나 밖에서 차를 세우고 안을 바라본다. 아니 이게 또 무슨 날벼락이란 말인가! 김 사장은 상미와 끌어안고 입술을 부딪치고 있는 게 아닌가! 물론, 지금 이 장면을 보고 그리 놀랄 일도 아닌지도 모르겠다.

'이미 예상됐던 일이었고 지난 문강변에서 같은 장면을 목격했었기에 둘의 사이가 어떨 것이라는 건 짐작은 된다. 그래도 내 눈에 그런 모습이 보이니 충격은 배가 되는구나! 오늘은 그때처럼 고함을 지르며 달려가 저 둘을 떼어 놓으며 난장판을 치진 않겠다. 그런다고 나의 사랑 전선에 도움이 되지 않는다. 그 대신 다른 방법을 택하리라!'

그냥 침착함을 유지하며 핸드폰 시간을 바라본다. 9시가 되어 간다. 상미가 몇 시까지 일하는지는 모른다.

'그래도 끝나는 시간은 있겠지!'

잠시 생각에 잠긴 사이에 그녀는 일이 끝났는지 김 사장에게 인사를 하고 나오고 있었다. 장순은 지금 이 시간을 기다리고 기다렸지만 막상

이 순간이 되니 심장이 덜컹거리기 시작하면서 떨리기도 한다.

'하지만 내가 도대체 저 나이 먹은 늙은 김 사장보다 못한 게 뭐야! 저런 인간하고도 저렇게 입술을 부딪치며 난리를 치는데. 나는 저것에 비하면 훨씬 낫다고 생각하는데 왜, 난 변방이란 말인가! 오늘은 확실히 내가 무엇인가 나의 존재감을 보여 주겠다. 나만의, 나라는 남자의 힘과 자존심을 말이다. 파이팅…!'

그녀는 자신의 집 동발동으로 가기 위해 버스 정류장 쪽으로 향하고 있었다. 장순은 차에서 내려 뒤를 따라간다. 상미가 버스에 오르려는 순간 장순은 이를 가로막는다. 그녀는 너무 놀라 얼굴이 겁에 질린 표정이 되어 버린다.

"아니…! 아, 아아…! 이게 무슨 일이에요?"

"상미 씨, 무슨 일일 것도 없습니다. 저와 같이 가요. 소주나 한잔하게…."

"무슨 소주입니까? 저리 가세요. 아까 경찰에 끌려갔으면서 아직도 정신을 못 차린단 말이에요?"

"다 필요 없습니다. 이젠 사생결단입니다. 가요. 소주가 기다리고 있어요. 에잇…!"

"아아아…! 안 되겠어요. 또 경찰을 불러야지!"

상미가 경찰을 부르려고 핸드폰을 꺼내자 장순은 재빨리 그것을 빼앗아 버린다. 그리고 강제로 그녀의 허리를 잡고 자신의 화물차가 있는 쪽으로 끌고 간다.

그녀가 끌려가지 않으려고 몸부림 쳤지만 그의 강한 완력을 이겨 낼 순 없었다. 장순은 상미를 강제로 그 차에 밀어 넣고 핸들을 돌려 문강변으로 내달린다. 번개같이 달려온 그곳 공터에 차를 세워 놓고 그는 그녀의 의사를 무시한 채 강압으로 꺾어선 안 되는 빨간 장미꽃을 그렇게 꺾고 말았다.

"상미 씨, 너무 죄송합니다. 용서하세요. 그럴 수밖에 없었어요. 진정한 나의 사랑이라고 생각하세요."

"이게 뭐 하는 짓입니까? 어휴! 난 이 일을 가만두지 않겠어요. 신고해야지!"

"상미 씨, 너무 사랑해서 미안합니다. 어쩔 수 없었지요. 아름다운 나의 사랑이라고 여겨 주세요."

"이게 무슨 사랑입니까? 안 돼! 신고해야 돼!"

그녀는 강제로 자신의 빨간 장미꽃이 꺾인 것이 너무 분한 나머지 핸드폰을 들고 경찰에 신고하려고 번호를 누르려 했다. 그 순간 장순은 울기 시작한다.

"상미 씨, 내 오늘은 이런 화물차 안에서 사랑을 나눌 수밖에 없었지만 다음엔 그대께서 내 마음을 허락하신다면 최고급 호텔로 모시겠습니다."

"이봐요. 지금 화물차냐 고급 호텔이냐가 문제가 아니고 내가 불쾌하다는 게 문제라고, 이 씨발 새끼야."

신고가 가자 파출소에서 전화를 받는 듯했다. 그러자 장순은 얼른 그 핸드폰을 빼앗아 끊어 버린다. 그리고 그는 또 울고 계속 운다. 동정심을 끌어내겠다는 것 같다.

"아니 왜 전화를 뺏고 그래? 얼른 내놓으란 말이야! 신고하게…!"

"너무 사랑하다 보니 이렇게 됐군요. 으윽, 흑…. 자, 이거 드릴 테니 그냥 신고하세요. 얼른 하세요."

장순은 그 상미의 핸드폰을 돌려주며 이렇게 말했다. 그녀를 살며시 끌어안으며 또 울면서 귓속말로 잔잔히 물결 타듯 말을 이어 간다.
"난 그대를 위해 모든 걸 바칠 준비가 되어 있습니다. 이 지구만큼 당신을 사랑하고 또 사랑합니다."
"……."
이때 그의 눈가에 맺힌 눈물이 한 방울 뚝 떨어져 그녀의 볼에 주르륵 흘렀다. 그러자 상미는 그 느낌에 순간 마음이 약해져 쥐고 있던 핸드폰을 놓아 버린다. 그녀가 약해진 것은 바로 남자의 눈물이었다. 여자는 원래 남자의 눈물에 약한 것일까? 아님, 무슨 다른 감동 비슷한 것을 느껴서일까! 모르겠지만 그녀가 약해진 것은 확실해졌다.
"날 그렇게도 좋아했단 말인가요? 이장순 씨?"
"그렇습니다. 지금 제가 흘리고 있는 눈물을 보면 모르겠어요?"
"아아…. 그랬군요. 얼마나 날, 으윽…. 그래요. 그럴 수도 있었을 거야!"
사실, 장순은 상미를 무척 좋아하기에 눈물을 흘린 것도 있지만 조금은 쇼를 한 측면도 없진 않다. 어떻게든 그녀의 마음을 흔들겠다는 노림수도 있다.
이 세상에 이런 연애 과정 말고도 이와 같은 눈물겨운 이미지를 타인들에게 보여 줌으로써 측은지심을 일으켜 반사 이익을 보려는 개인이나 집단이 너무 많다.
지금 상미는 한 남자의 눈물에 넘어가고 있는 중이다.
그런데 여기서 한 가지 생각해 볼 일은 반대로 여자가 남자 앞에 나타나 내 사랑을 받아 달라고 울면 대부분의 남자들은 여자가 울든 말든 잘 넘어가지 않는다. 여자들은 감성에 약한 측면이 있어 상미 같은 경우가 많을 것 같다. 까닭은 조금 단순해서 그런 것이 아닐까 싶다.
이 세상 여성들이 상미처럼 단순해지지 않고 냉철하고 현명한 판단을 내릴 수 있는 세상이 되기를 진심으로 바라는 마음이다.

상미도 눈시울이 조금은 뜨거워지면서 마음의 동요를 꽤 일으키고 있는 중이다. 그것의 반증일까! 이제는 그녀가 그의 눈물을 손으로 닦아 주는 것이었다. 거기에다가 아이를 안아 주는 것같이 살며시 끌어안기도 한다. 이때, 장순은 갑자기 우는 것을 멈추고 회심의 짜릿한 미소를 짓고 있었다.

이렇게 되어 이 시간, 2023년 4월 5일 늦은 밤 11시에 이들의 새로운 하트 역사가 시작되고 있었던 것이었다. 이런 연장선 차원에서 이젠 장순은 화물차에서 상미와 나와서 다정하게 걸어간다. 인근에 있는 호프집을 찾아서 들어간다. 이렇게까지 호응해 주는 것으로 볼 때 앞으로 사귀게 될 것을 기정사실이 되어 가는 것 같아 보인다. 함께 맥주도 먹고 순식간에 너무 다정한 애인이 되어 버렸다.

자정을 넘어 1시까지 그곳에 있다가 나왔다. 그는 그녀와 택시를 잡아타고 동발동 청구 1차 아파트에 바래다주고 자신은 북면 북효리로 갔다. 상미는 동발동 집에 들어가 장순이 아까 화물차 안에서 자신을 위해 눈물을 흘렸던 그 모습을 다시 한번 떠올렸다. 베개를 그라고 생각하며 살며시 끌어안고 고요히 꿈나라로 접어든다.

한편, 장순은 이 시간 집에 들어갔는데도 너무 흥분되고 감격스러워 잠을 제대로 이루고 못하고 마냥 들떠 있다. 그도 그러다가 베개를 상미라고 생각하고 꽉 끌어안고 살며시 깊은 꿈나라 여행을 떠난다. 공교롭게도 똑같이 베개를 서로라고 떠올리며 잠을 이룬다는 것은 더 깊은 사이로 발전할 수 있음을 암시한다.

날이 밝아 아침이 오니 장순의 아침은 정신적으로나 육체적으로나 에너지가 솟구쳐 오르고 있다. 이날부터 평소보다 한 시간 일찍 일어나기 시작한다. 상미와 몸을 하나로 합친 것이 이렇게 초강력이 될 수 있다는 것은 사랑의 힘인가 보다. 더 열심히 더 힘차게 포도, 복숭아 재배를 할 수 있으리라.

여기까진 좋은데 이젠 상미를 덕비사우나로 출근을 하지 못하게 하는 것이 그로선 과제 중의 큰 과제로 남을 것 같다.

왜냐면 그녀가 계속 그곳에서 일을 하게 되면 김 사장에게 무방비 공습을 허용하게 된다는 것은 안 봐도 뻔한 일이 아니겠는가!

이 부분이 장순의 머리를 무척 아프게 하고 있는 것이었다. 그는 아침 일찍 일어나 뒷산에 올라가 이것에 대해 집중적으로 궁리에 궁리를 거듭한다.

상미는 오늘도 오후가 되니 덕비사우나로 출근길에 오르고 있었다. 그녀는 어제 출근길과는 사뭇 다른 마음이 가슴속 깊이 드리워지고 있다.

그럴 수밖에 없겠지!

어젯밤에 몸과 마음이 흔들렸는데 당연한 것 아니겠는가! 오후 3시가 되어 일터에 현관문을 열고 들어선다. 미리 와 있던 김 사장은 환하게 웃으며 손을 흔든다.

"어이, 안녕, 상미. 어서 와, 하하하…! 어제 그 자식 말이야, 파출소로 끌려갔다 왔으니 이젠 좀 얌전해질 거야! 참, 건방진 놈이지…!"

"……."

예전 같으면 김 사장의 이 말에 호응해 줄 상미였지만 오늘은 달랐다. 이렇게 아무런 말이 없자 황도는 약간 의아하다는 표정을 짓는다. 그러다가 늘 그랬던 것처럼 오늘도 어김없이 그는 그녀의 입술을 향하고 있었다. 그러자 그녀가 확 피해 버린다. 황도는 깜짝 놀란다. 매일같이 뜨겁게 호응해 주던 그녀가 왜일까! 무슨 일일까!

"아니, 상미야, 왜 그래? 어디 어디가 아픈가? 그리 아파 보이진 않는데…."

"……."

 상미는 계속 말이 없다. 어제 있었던 장순과의 그 로맨스가 역시 강하긴 강했나 보다. 특히 장순이라는 한 남자의 눈물이 한 여자의 심장을 강타했으니 말이다. 쇼였지만….

 그런데 오늘은 너무 공교롭게도 지난달 21일에 김 사장과 상미의 사이를 떼어 놓겠다고 이곳으로 달려왔다가 오히려 그날 그녀와 몸을 하나로 섞어 버리며 애인이 되어 버린 홍선이 잠잠한 시간의 벽을 깨고 전화를 걸었다.

 그러나 상미는 홍선의 전화를 받지 않는다. 그녀가 전화를 받지 않자 그는 바로 카톡 문자를 넣고 있었다. 그는 기회가 주어지면 만나려고 하였으나 마땅치 않았기에 가만히 있다가 다시 만남의 계기를 만들려고 생각하고 있다. 상미가 전화를 받지 않자 결국 홍선이 카톡을 보냈다.

 상미 씨 안녕하세요. 한동안 조금 바빠서 연락을 드리지 못했네요. 좋은 날씨인데 잘 지내시지요? 보고 싶어서 전화드렸는데 받지 않아 문자를 남깁니다.

 상미는 지난달 21일 그때 그 기분이라면 황홀해서 날뛰겠지만 지금은 경우가 다르다. 그녀는 무덤덤하기만 하다. 아까 김 사장의 입술 공세를 피하더니 이번엔 홍선의 전화와 카톡에 대해 반응을 보이지 않는 심경 변화란. 어제 장순의 무차별적 로맨스가 파괴력이 엄청났다는 반증임에 틀림없다.

이렇게 아무런 반응을 보이지 않자 애가 닳도록 그녀를 보고 싶어 하는 홍선은 재차 전화를 넣는다. 그래도 또 받지 않는다. 그런다고 가만히 있을 그가 아니었다.
이번엔 간단하게 한 줄 보낸다. 그 한 줄은 바로 이것이다.

바쁜가 봅니다. 내가 오늘 영천에 갈 일이 있는데 그곳에 도착하면 전화를 넣겠습니다.

이렇게 문자를 넣고 홍선은 고성군 덕비사우나로 차를 몰고 달려간다. 그 마음을 그대로 닮은 승용차는 쏜살같이 그곳에 도착한다.
홍선은 그곳 영천에 그냥 갈 일이 있다고 해 놓고 오는 것이었다. 오기 위한 명분이다. 덕비사우나 앞, 주차장에 차를 세우고 현관문을 주시한다. 얼른 들어가고 싶어도 그렇게 못 하는 이유는 안에 매형 김황도가 있기 때문이다.
그는 매형하고도 지난번에 심하게 다투지 않았던가! 마땅히 이곳에 들어갈 명분이 없다. 하는 수 없이 차 안에서 전화를 건다. 안 받아서 결국 문자를 넣는다.

사랑하는 상미 씨, 오늘은 어떻게 계속 전화를 받지 않나요? 걱정됩니다. 나는 지금 여기 덕비사우나 앞, 주차장에 와 있습니다. 얼른 들어가고 싶지만 지난번에 매형과 안 좋은 일이 있었기 때문에 좀 그렇군요. 상미 씨가 잠깐 나오는 게 어떨까요?

이런 내용을 적고 사우나 주차장에서 전송 버튼을 누른다. 그랬는데도 그녀는 꿈쩍도 하지 않는다. 홍선은 이상하다고 느끼기 시작한다. 왜, 도대체 상미가 움직이지 않는 것일까! 보고 싶어 죽을 지경이다.

그녀는 지금 이 순간 초조한 표정을 감추지 못하고 있다. 홍선이 밖에 와 있기 때문이다. 계속 불안해하자 김 사장은 그녀를 걱정스럽게 바라본다.

"아니, 상미야. 아까부터 왜 이리 말도 안 하고. 심란한 일이라도 있는 거니? 왜 그래? 내게 고민거리가 있으면 말을 해! 난 네 영원한 보호자이자 애인이잖아! 답답한 일 있으면 속 시원히 털어놔! 내가 다 들어 줄게. 응…?"

"……."

"정말 무슨 일이 있긴 있구나! 그렇지 않고서야 이렇게 계속 가만히 있을 리가…!"

지금 시간은 오후 4시가 다 되어 간다. 지금 이 순간 그녀로선 그야말로 첩첩산중이나 다름없었다. 바로 옆에는 김 사장이 이것저것 물어보며 압박을 하고 있고 이 사우나 건물 주차장엔 그의 처남 홍선이 찾아와서 계속 전화에 이은 문자가 오고 있으니 빠져나갈 구멍 하나 없는 꽉 막힌 상황을 맞이해 버렸다.

그러니까 평소에 정도를 걷는 삶을 살았어야 했는데 그렇지 않다 보니, 즉 무분별하게 남자가 좋다고 손을 내미는 것에 대해 마치, 뿌리도 없는 갈대처럼 막 넘어져 버렸으니 이제 와서 이런 환란에 대해 그 누구를 원망하겠는가? 자기 자신을 원망해야지!

이때, 상미는 나름의 머리를 쓰고 있다.

몸이 너무 아파서 근무를 못 하겠다고 김 사장에게 말하고 밖으로 나가서 지금 주차장에서 기다리고 있는 홍선의 눈에 안 뜨이게 다른 곳으로 도망치는 것이었다.

"저, 사장님 오늘은 몸이 너무 아파서 일을 할 수 없을 것 같아요. 오늘은 들어가서 쉬어야 할 것 같아요. 어떻게 하죠?"

"야, 상미야. 그럼 진즉에 말했어야지! 무슨 그런 거 가지고 말없이 끙끙 앓아. 너와 내가 그렇게 형식적인 사이냐? 넌 내 부인이나 다름없고 내가 이 세상에서 가장 사랑하는 존재란 말이야! 그래, 얼른 들어가 푹 쉬어라! 아니 집으로 가서 쉴 게 뭐 있냐? 여기가 사우나인데 어서 찜질방에 가서 푹 쉬어…. 그리고 이따가 밤 9시쯤 되면 내가 들어가 깨울 테니, 그때 같이 나가서 감자탕이나 한 그릇 하자고…."

"아니, 아니에요. 그냥 집으로 들어가서 쉬는 게 낫겠어요."

"아아…. 그럼 그렇게 해라!"

"네에, 알겠어요."

상미는 얼른 이 자리를 피하고자 이렇게 말하고 현관문이 아닌 비상구 후문으로 나간다. 그런데 문제는 홍선이 차에서 내려 후문 쪽에 있는 화장실을 가기 위해 걸어오고 있는 것이었다. 나가자마자 정면으로 제대로 부딪치고 말았다.

"아니, 상미 씨 어떻게 여기에…. 내가 방금 전에 전화하고 문자 넣은 것 못 봤어요?"

"아, 아아…. 그, 그게…"

"아니, 상미 씨 왜 그렇게 놀라요. 난 너무 보고 싶어서 왔는데…."

"저! 지금 급히 갈 데가 있어요. 몸이 너무 아파서요. 다음에, 다음에 만나기로 해요."

"아니, 그렇다면 내가 태워다 드릴게요."

"아니, 아니에요. 저 그냥 갑니다."

상미는 어떻게든 이 장소를 빠져나가려고 말을 돌린다. 홍선은 그녀를 가로막는다. 그녀는 옆으로 피해서 가려고 했으나 쉽지 않았다. 홍선이 상미의 어깨를 잡아 가며 소리를 지른다.

"상미 씨, 당신이 그렇게 보고 싶어 왔는데 어디로 간다면 어딘지 말은 해야 할 거 아니에요? 정말 이래도 돼요?"

그가 이렇게 지른 소리가 후문이 열려 있는 바람에 카운터에 있는 김황도의 귀에 들리고 만다. 김 사장은 깜짝 놀라서 그쪽으로 오고 있다.

후문 밖에서 실랑이가 벌어지는 상미와 처남 홍선을 유리창을 통해 보게 되는 순간, 황도는 너무 놀라 어쩔 줄을 몰라 한다. 어떻게 저 둘이서 저렇게 됐지!!!

밖에서 그들이 볼까 봐 얼른 몸을 낮추고 더 집중하여 듣는다.

"상미 씨, 난 그날 당신과 나눴던 달콤한 로맨스를 잊지 못합니다. 지금 무슨 일이 있는지 모르지만 잠시 잠깐 대화를 나눌 시간을 주세요."

"아닙니다. 저 지금 몸이 안 좋아서 집으로 들어가는 겁니다. 다음에…."

"아니, 그럼 내가 그곳까지 태워다 드리면 되지 않겠어요? 저기 내 차를 타세요."

"아, 아, 아…! 아니에요."

이들이 옥신각신하고 있는 소리를 황도는 건물 안에서 다 듣게 되어 점점 더 큰 충격을 받는다. 고개를 갸웃거리기도 한다. 얼른 밖으로 뛰어나가 이들을 갈라놓고 싶지만 여러 가지 입장과 체면, 위신 같은 문제들이 있어 그렇게는 하지 못한다.

# 6

## 외국인 여성을 선택한 러브 스토리

홍선이 상미를 강제로 차에 태우려고 붙잡자 그녀가 크게 소리를 지른다.

"안 돼요!"

안에 있던 황도는 긴장한다.

'혹시 강제로 끌고 가서 성폭행을 하려는 것이 아닐까!'

김황도의 입장에선 이젠 체면이고 위신이고 뭐고 다 필요 없게 되었다. '내 사랑 상미를 강제로 끌고 가려고 하는 상대방을 그냥 둘 순 없다.'라고 판단한다.

벼락같은 움직임으로 아주 큰 고함을 지르며 후문 밖으로 뛰어나간다.

"이게 뭐 하는 거야! 어떻게 된 일이야! 어떻게 처남이 여기서 우리 직원과 말다툼을 하는 거야? 난 왜, 우리 직원이 대낮에 소리를 지르나 했네! 왜 그러는 거야?"

"아아아…."

홍선은 매형이 뛰쳐나와 제재하자 몹시 당황한다. 왜냐면 자신이 지난달 이곳에 와서 매형이 가정에 충실하지 못하고 여직원인 상미에게 한눈을 팔았다며 처남으로서 누나를 위한다는 명분으로 가정의 평화와 조카들의 교육 문제 등을 거론하며 대대적인 공격을 가했었기에 그렇다. 이번엔 역으로 자신이 그 여자를 좋아하게 된 약점이 노출되어 버리고 말았다. 이때, 김 사장은 상미에게 이 상황에 대해 묻는다.

"얘, 상미야, 이게 어떻게 된 일이냐? 왜 우리 처남이 널 강제로 데리고 가려고 하는 건데? 자초지종을 말해 봐!"

"아니, 아니에요."

"아니긴 뭐가 아니야? 그냥 그러진 않을 거 아니겠니? 이유가 있을 거 아니야?"

"……."

상미는 아무 말도 하지 못하고 침묵을 지킬 수밖에 없었다. 그녀가 이렇게 아무 말도 하지 않자 황도는 이번엔 처남 홍선에게 묻는다.

"아니, 처남이 말해 봐! 이게 뭐야? 왜 대낮에 이곳에 와서 나한테 들어오지 않고 여기 후문에서 우리 직원을 데리고 가려고 하냐고? 싸우는 것 같기도 하고!"

"……."

처남도 상미처럼 침묵을 지킨다. 이 상황에선 그게 상책이라고 판단한 것 같다. 이럴수록 매형은 더욱더 화가 나고 혈압이 오르는 것이었다. 그러다가 상미가 떠나려고 움직이자 홍선은 그녀를 가로막는다.

"상미 씨, 잠시 가지 말고 있어요. 같이 가게…."

"처남, 지금 도대체 뭐 하는 거야! 누구보고 가라 가지마라 하는 거냐고…!"

"아아…! 매형은 좀 빠지셔…! 상미와 나 두 사람만의 문제이니까!"

"뭐야! 두 사람만의 문제? 이런, 말하는 거 봐라! 어서 가! 상미는 내버려두고…!"

"못 간다. 왜? 난 못 가. 왜 못 가냐고? 난 상미와 애인이 되어 버렸기 때문이지. 떼려야 뗄 수 없는 뜨거운 관계란 말이야! 그래서 데리고 가려고 하는 거야! 됐어?"

"뭐라고? 상미와 애인이 됐다고…? 이런 건방진 새끼. 으윽, 흑….”

황도는 심한 충격을 받은 표정을 지었다. 몸이 굳어지며 격해진다.

"아니, 이게 이젠 나에게 반말을 하는구나! 이런 눈에 뵈는 게 없지! 이성을 잃었을 테니까! 상미는 그대로 두고 너나 얼른 꺼져 버려…!"

"아아아…! 매형, 처남에게 너무 그렇게 말을 막 하면 안 되지! 이까짓 여자 문제로 말이야! 이 세상 깔린 게 여잔데 상미는 그냥 내게 양보하라고. 어때?"

"아이, 어서 꺼져 버려, 이 개자식아…!"

격분한 황도는 처남 홍선에게 욕설을 퍼붓는다. 느닷없이 그의 멱살을 붙잡았으나 그의 힘을 이겨 내기란 바위에 계란 치기나 다름없었다. 홍선은 왕년에 아마추어 복싱선수였지 않은가! 지금은 나이는 좀 들었지만 힘은 여전하다. 가볍게 황도의 손을 뿌리쳐 버린다. 황도가 다시 멱살을 잡으려고 하자 또 세게 확 밀어 버린다. 뒤로 밀려서 몸의 균형을 잃었을 때 홍선은 얼른 상미를 강압적으로 끌고 가서 차에 태우고 떠나 버린다. 떠나 버리는 그 차의 뒷모습을 쳐다보는 황도는 울분을 터뜨린다.

분함을 참지 못한 황도는 자신의 차를 몰고 이를 악물고 뒤를 쫓아갔지만 어디로 갔는지 더 이상 따라갈 길이 없었다. 핸들을 돌려 돌아오면서 그는 눈물을 흘린다.

'아! 나의 아름답고 아름다운 애틋한 애인 상미를 저 무법자가 빼앗아 가다니! 내 저 처남 새끼를 가만두지 않으리라!'

시건방지게 저번에 내게 와서 인생 바로세우기가 어쩌고저쩌고, 누나를 생각하라고, 조카를 생각하라고 별별 풍만지같은 소리란 소리는 다 해 놓고, 본인은 어느 틈에 저렇게 내가 이 세상에서 가장 사랑하는 애인을 훔쳐 가! 저런 도둑놈은 철저히 복수의 화살을 맞아야 돼! 인과응보의 화살!!

 황도는 다시 사우나로 돌아와 격앙된 감정을 가라앉히기 위해 길 건너에 있는 카페빈에 가서 아메리카노를 한 잔 사서 들고 나온다. 이 커피는 진정제 안정제 역할을 한다.

 아까, 이 둘이서 언쟁이 벌어졌을 때 홍선은 그 위기를 넘기고 그녀와는 아무런 사이도 아니라고 발뺌할 수도 있겠지만 워낙 그는 욕망도 강할뿐더러 다혈질의 성격이라 애인 사이라고 직설적인 표현을 해 버린 것 같다.

 어쨌든 오늘 이 일로 앞으로 매형과 처남 사이의 피 말리는 한 여자를 차지하기 위한 혈투가 벌어질 것은 불 보듯 뻔한 일이 될 것이다.

 한편 강압적으로 차에 태우고 어디로 사라진 홍선은 내친김에 포항 구룡포 해수욕장으로 내달린다.

 상미는 차 안에서 "내려 달라"고 소리 쳤지만 그는 아랑곳하지 않았다. 어느새 달려간 차는 그곳에 도착하였다. 시곗바늘은 6시 30분을 가리키고 있었다. 구룡포 해수욕장의 물결은 4월의 포근한 날씨와 함께 더욱더 잔잔함이 하늘 구름과 맞닿아 있었다.

 "상미 씨, 왜 아까 날 피하려고 했지요? 몸이 안 좋다고 했는데 정말인가요?"

 "……."

 "말을 해 보세요. 몸이 어디가 어떻게 안 좋은데요?"

 홍선은 해수욕장이 바라보이는 곳에 차를 세워 두고 말을 이어 가고 있었다. 상미는 뭐라고 말을 하지 않고 고개를 숙이고 있다. 그녀가 계속 이렇게 침묵을 지키자 그는 머리를 쓴다. 그것은 분위기 반전 차원이다. 차에서 내려 바닷가를 거닐며 대화를 나누면 분위기가 회복될 것으로 믿는다. 홍선이 말을 꺼낸다.

"상미 씨, 차 안은 좀 답답하니 우리 내려서 저 멋진 바닷가를 거닐기로 해요."

"아닙니다. 괜찮아요. 그냥 돌아서 고성으로 가요."

홍선이 순순히 지금 상미가 말하는 대로 하면 그가 아니다. 그는 강제로 그녀의 팔을 잡아당긴다. 어떻게든 함께 바닷가로 가려고 떼를 쓰는 것이다.

그녀는 끌려가지 않으려고 몸부림을 쳐 보았지만 여의치 않았다. 어쩔 수 없는 완력에 밀려 바닷가로 끌려가게 되었다. 저녁 7시가 되어가니 조금씩 어두워져 가고 있었다. 이 시간이 되니 구룡포의 물결은 너무 아름다웠다. 둘은 걷는다.

그는 더 생각할 것도 없이 느닷없이 그녀를 끌어안는다. 그런데 방금 전, 차 안에서 와는 다르게 그녀는 몸부림은 없다. 왜일까! 이 아름다운 물결에 넋이 나가서일까!

아님, 다른 원초적 본능이 시간차로 밀려 온 것일까!

아무튼 피하지 않는다.

한참을 이렇게 끌어안고 있더니 이젠 서서히 걷기 시작한다. 손을 잡고 다정하게 걷다가 앉기 좋은 바위가 나오자 그 자리에 앉는다. 홍선은 되묻는다.

"몸이 어디가 아픈데요? 얼마나 아프길래 이렇게 예쁜 여자가 말을 잃어버렸군요."

"……."

"이렇게 말이 없을 땐 나의 강력한 입술로 녹여 주리오."

홍선은 이렇게 말을 하더니 번개같이 그녀에게 입을 맞추었다. 그리고 한참 동안 시간을 유지하다가 뗀다. 입술 효과였는지 상미는 조금씩 미소를 짓기 시작한다. 순간 미소를 띨 수 있게 되었지만 어젯밤 장순과의 그 기억이 심장을 내리치면서 순간 멍해진다.

"무슨 일이 있기에 아까부터 그리 우울해 보입니까. 왜 그러는 거예요?"
"아니에요."

그때 핸드폰에서 벨소리가 요란하게 울린다. 그녀는 꺼내어 본다. 장순이었다. 받을 수가 없어서 거절 버튼을 누른다.

거기에 김 사장은 아까 4시 30분에 덕비사우나에서 빠져나올 때부터 지금 시간까지 그녀에게 무려 부재중 전화를 40통도 넘게 했고 문자도 50통도 더 했을 정도로 민감하고 분한 감정이 하늘을 찔렀다.

상황이 이러한데 홍선은 구룡포 해수욕장 주변에서 상미와 멋진 저녁 식사를 하고 뜨거운 밤을 보내려고 마음먹는다.

문제는 지금 그녀가 정서적으로 무척 혼란스럽다는 것이다. 어제 장순과 보냈던 황홀했던 시간들 그리고 그 시간에 자신이 느낀 그의 순수함, 이런 것들이 가슴 속에 밀려온다. 그런데 지금 이 순간은 그가 아닌 타인이다.

또 무슨 바람이 불었는지, 이 멋진 해수욕장 때문인지 오늘 이 순간 바로 앞에 있는 남자에게 흔들리고 있다는 것이다. 본능에 충실한 것인가? 원래 누구나 다 그런가? 그럴 수도 있겠지! 인간은 색욕에 가장 많이 흔들리니까 말이다. 남자든 여자든 이것 때문에 문제지!

그녀가 이렇게 혼란 속에 영혼이 우왕좌왕하는 사이에 10분 전에 전화를 했었던 장순에게서 또 전화가 걸려 오고 있었다. 지금 이 상황에 당연히 받을 수 없다. 그랬더니 이번엔 카톡 문자가 오고 있었다.

상미 씨, 방금 전에 전화 넣었다가 안 받으셔서 또 했는데도 통화가 안 돼, 문자를 보냅니다. 너무 바쁘신가 봐요. 어젯밤에 있었던 그 아름다운 황홀한 추억은 잊을 수가 없습니다. 오늘도 너무 보고 싶어서 고통스러울 지경이었습니다. 내일 전화를 드리겠습니다. 그리고 시간 되시면 만나기로 해요. 그럼 편하고 행복한 밤 보내세요.

이런 내용이었다.
상미는 이 문자를 보고 얼른 핸드폰을 덮어 버린다. 옆에 홍선이 있기 때문이다. 그러자 홍선은 혹시 매형에게서 온 문자가 아닐까 생각한다.
"아니, 상미 씨 어디에서 온 문자입니까? 혹시 우리 매형이 보낸 것 아닌가요?"
그러자 그녀는 지금 이 분위기에 편승하고픈 마음에 그에게 기울어 버린다.
"홍선 오빠, 이것 좀 봐요. 아까 차 타고 오는 사이에 사장님이 전화 40통, 문자 50통을 보낸 거예요. 제정신인지 모르겠어요. 나 참! 어이가 없네! 에이, 지겨워!"
"내 그럴 줄 알았지! 이렇게 상미 씨가 싫어하는데도 끈질기게 물고 늘어지니…."
"그러게요. 난 정말 우리 사장님이 귀찮고 짜증 나! 왜 그러는지 모르겠어! 으윽…! 관둬 버리고 싶다니까!"
"아니, 상미 씨 정말 내일 그곳에 가서 지금 말한 대로 관둬 버리세요. 그리고 우리 궁리를 해 봅시다. 우리 둘만의 뜨거운 사랑을 나눌 수 있는 여건을 만들기로 해요. 우리의 미래를 위하여 뜨겁게 파이팅!"
"하하하…. 그래요. 오빠, 나도 파이팅!"

사실, 장순에게서 온 문자를 절묘하게 황도에게서 온 것이라며 위장하여 말했다. 지금 이 시간은 홍선에게 쓰러져 가고 있는, 오락가락하는 영혼의 거울 그림자 하나였다. 이들은 그 주변의 고급 요릿집으로 들어가 맛있는 음식을 시켜 먹는다.

그 후 해변을 여기저기 거닐다가 그곳에서 조금 떨어진 모텔을 찾아 들어간다. 이날 밤은 이들이 두 번째 밀회를 갖는 건데 더욱더 견고한 사이로 발전하는 분위기이다.

빨간색 장미꽃을 검은색 장미꽃으로 검붉게 물들여 버리고 잠시 쉬고 있을 때였다. 상미는 무슨 생각에서였는지 모르겠지만 어젯밤 11시 되기 전 문강변에서 장순과 있었던 빨간 장미꽃이 강제로 꺾인 사연을 털어놓는다.

상미가 지금 이런 수순을 밟는 이유는 어제 그렇게 잠시 마음이 흔들렸다 하더라도 그냥 이것도 저것도 아닌 수준의 관심 변화였기 때문이다. 물론 자신을 위해 눈물을 흘린 대목에 무한한 정을 느꼈으나 장순을 엄청나게 좋아하지는 않았다. 더 이상 복잡해지기 전에 이 선에서 그를 내치고 지금 바로 옆에 있는 홍선에게 기울어져 버리겠다는 심상인 것 같다.

"아니, 뭐! 상미 씨 그런 일이 있었단 말이에요? 으윽…! 내 사랑 상미 씨에게 그런 깡패 같은 놈이 그런 짓을…. 아아아…. 이건 그냥 넘어갈 수 없는 일인 것 같아요. 내 그 자식을 그냥 확! 어휴! 으윽, 흑….″

"아아… 오빠, 지나간 일은 어쩔 수 없고 이제부터 내가 그곳 덕비사우나에 나가지 않으면 될 것 같아요. 너무 신경 쓰지 말아요."

"그놈이 누군지는 모르겠지만 너무 괘씸한 놈이로군요. 어떻게 감히 내 것을…. 그 인간이 내 얼음 주먹을 맞아 봐야 정신을 차리는지! 얼음 어퍼컷까지…!"

"근데 내일 하루는 그곳에 가서 관둔다고 인사는 해야 할 것 같은데…."
"상미 씨, 그럼 나하고 같이 가서 난 밖에 있을 테니까 얼른 관둔다고 얘기하고 나오도록 해요. 만약에 안에서 무슨 일이라도 생기면 재빨리 밖으로 나와요."
"그래요. 홍선 오빠…."
그녀가 어젯밤에 문강변에서 있었던 일을 털어놓은 것은 저 나름대로 곰곰이 생각해 보니 장순은 자신의 하트 역사의 대상이 될 수 없다는 판단이 서기 때문이었다.

이들은 그 해변 주변 모텔에서 사랑을 나누며 다음 날 아침이 되어 고성으로 돌아오고 있었다. 심한 충격을 받은 김황도는 심란해서 뜬 눈으로 밤을 새우고 다음 날 늦게 일어나 덕비사우나로 나가고 있다. 그들은 어젯밤 그곳에서 말한 대로 실행에 옮기기로 하고 고성터미널 주변의 갈빗집에서 맛있게 식사를 한다. 그리고 그녀가 관두겠다고 말하기 위해 덕비사우나로 간다. 이때, 시간은 오후 1시 30분쯤 되었다. 홍선이 몰고 간 승용차는 그곳 주차장에 세운다. 상미는 내려 사우나로 들어간다.
"오빠, 얼른 관둔다고 말하고 나올게요."
"그렇게 해요. 상미 씨."
덕비사우나 현관문을 들어서자 김 사장이 혼자 카운터에 앉아 있었다. 상미는 가볍게 인사를 한다. 그러자 황도는 깜짝 놀란다. 그리고 초조한 표정이다.
어제 처남인 홍선이 강제로 끌고 갔기에 신경이 날카로워져 밤에 잠도 제대로 못 이루지 않았던가! 그런데 이제야 어디서 무슨 일이 있었는지 괴로운 시간을 흘려보내고 나타나는구나! 그의 얼굴은 어리둥절하면서 불안한 기색이 역력했다.

"상미야, 어제 그놈이 널 데리고 어디로 갔던 거니?"

"……."

그녀는 말없이 천천히 김황도 사장에게 걸어가더니 결국엔 그 말을 한다.

"저! 사장님, 죄송하지만 오늘부로 이곳에서 일을 하지 못할 것 같습니다. 그렇게 아세요. 저 그만 돌아갑니다. 안녕히 계세요."

"아니, 야! 상미야, 그게 무슨 소리야! 관두긴 뭘 관둬! 안 돼, 어제 그놈과 뭔 일이 있긴 있었던 거구나! 으윽…! 야! 일단 앉아서 나하고 자세히 얘기를 해…!"

"아니에요. 저 그만 갑니다."

"야, 야야야…! 이리 와! 어디 가…!"

그녀는 짧게 인사하고 쏜살같이 그곳에서 빠져나온다. 그러자 황도는 재빨리 뒤를 따라 달려 나온다. 나와 보니 상미는 처남인 홍선의 차에 황급히 올라타는 것이었다. 이 장면을 본 황도는 착잡할 따름이었다. 이들이 어제 이곳을 떠날 때부터 수도 없이 전화하고 문자를 넣었지만 답장이 없었을 때, 어느 정도 감은 잡았던 것을 현실로 보게 되었다. 눈 깜짝할 사이에 그들은 어디론가 빠져나가 버렸다. 그들이 함께 차를 타고 빠져나간 그림자를 물끄러미 바라보는 서글픈 영혼의 어두운 그림자 하나…. 이것도 저것도 다 검은 그림자들이다.

뚜벅뚜벅 카운터로 돌아온다.

회전의자에 턱 앉는다. 그리고 깊은 상념에 젖는다. 한 여자를 좋아한다는 것! 지독한 아픔이구나! 달콤했던 기억들이 스친다. 그러다 황도는 눈물을 흘리고 만다.

왜, 하필 그것도 처남이란 놈이 내 애인을 빼앗아 가다니! 이게 있을 수 있는 일인가! 지난달에 내게 찾아와 별별 훈계를 일삼던 놈이 자신도 그러면서 나보고 이러쿵저러쿵 적반하장도 유분수지! 이런 싸가지 없는 놈! 이렇게 온갖 불쾌한 감정이 온몸에 드리워지고 있었다. 그러다가 분을 이겨 내지 못한 그는 자신의 부인인 이홍자에게 전화를 건다. 뚜르르르르 신호가 가고 부인 이홍자가 받는다.

"아, 네, 당신 무슨 일이야?"

"뭐야! 당신이 처남한테 나와 여직원을 일러서 날 피곤하게 했지?"

"아니, 당신 지금 무슨 소리를 하는 거야! 내가 뭘 일러…? 말도 안 되는 소리는 하지 마! 뭐, 무슨 일이 있었던 거야?"

홍자는 자신이 동생인 홍선에게 일러바쳐 지난달 그가 사우나에 찾아와 난리를 치고 간 것에 대해 자신은 아무런 연관이 없다는 듯 발뺌하기 시작한다. 하지만 황도는 어느 정도 그랬을 것이라고 추측하고 있다. 어차피 이렇게 된 마당에 그는 부인에게 그 사실에 대해 간접적 공격 내지 처남에 대해 비판을 가한다.

"난, 어차피 다 알고 있었다고…. 일이 이렇게 되어 버렸으니 확 털어놓고 말하지. 그 처남이라는 놈이 저번 달에 내게 찾아와 나보고 사생활 조심하라고, 정도껏 하라고 온갖 행패를 다 부리더니, 오히려 그놈이 우리 사우나 여직원과 눈이 맞아 별짓 다 하고 다니고 있다고! 더 웃긴 건, 방금 전엔 그 여직원과 둘이서 이곳에 나타났는데 그 여잔 더 이상 이곳에서 일하지 않겠다고 말하고 차에 올라타고 쏜살같이 도망쳤어! 당신이 뒤에서 다 조종한 거 나는 이미 다 알고 있었지! 세상에 이런 경우가 어디 있어?"

"아니, 당신 지금 무슨 소리 하는 건지 모르겠어. 그리고 내 동생에게 그놈이 뭐야? 그렇게 내게 말을 막 해도 돼?"

황도는 대화 도중, 서서히 혈압이 오르기 시작했다. 부인이 만약 옆에 있으면 귀싸대기를 때렸을지도 모를 일이다. 전화상이라 그러지 못할 뿐이다. 언성만 높아져 간다.

"이봐! 그놈이 나보고 여직원과 사생활이 어쩌고 또 가정을 생각하라고 말하며 난리 쳐 놓고 자기가 그 여자와 그 짓 하고 다녔단 말이야! 이런 개새끼가 어디 있어?"

이 말을 들은 홍자는 남편에게 뭐라고 공격할까 순간 고민을 하더니 자신도 물러서지 않고 언성을 올리며 맞받아친다.

"야, 이 개자식아! 당신이 지금 하는 소리는 난 아무것도 모르는 일이고! 그 말 그대로 내 동생이 그 여직원과 그런 일이 생겼다면, 뭐! 남자가 다 그럴 수도 있는 거지 뭐! 그런 일 가지고 트집 잡고 그래! 아, 그럼 남자라면, 사나이 대장부가 그렇게 멋지게 살아야지! 신경 끄시지…! 뭐 별것도 아닌 것 가지고 떠들어?"

"아니, 뭐야! 아아아…! 이런, 으윽, 흑…."

지금 황도가 순간적으로 비명을 지르며 충격에 빠져 버리는 이유는 자신의 부인이 남편에게 적용하는 기준과, 처남에게 적용하는 기준이 전혀 다른 방향이기에 그렇다. 홍자의 말대로 한다면 나에게도 '남자는 다 그럴 수도 있는 거지 뭐' 이 공식이 성립되어야 하지 않겠는가! 그런데 같은 남자인데 나에겐 뒤에서 처남을 조종해서 이리저리 괴롭히고 자신의 남동생인 처남의 행동에 대해선 '사나이 대장부가 그렇게 멋지게 살아야지'라는 이중 잣대를 내미는가? 이게 바로 황도의 감정 내지는 충격이다. 그는 전화를 끊고 나서 속이 끓어올라 냉수를 한 잔 들이켠다. 관둔다고 말하고 쏜살같이 덕비사우나를 빠져나간 상미는 지금 이 시간, 홍선의 차를 타고 문강변으로 향하고 있었다.

앞으로 매형인 황도와 처남인 홍선, 그리고 황도의 부인인 홍자 간의 힘겨운 일들이 벌어질 것이라 짐작된다.

하나 더 있다면 엊그제 밤 11시에 상미를 문강변에서 화물차 안에서 기습적으로 빨간 장미꽃을 꺾어 버린 장순이란 존재도 있다.

장순이 그녀를 만나기 위해 덕비사우나로 올 것은 분명한데 대상이 사라졌으니 어떻게 될지 모르겠다.

한편 이날 야간 6시엔 프로야구가 개막한 지 6일째로 접어든다.

서울을 연고로 하는 두 팀 인강돌핀스와 바통아쿠아맨이 3연전을 한 뒤 아쿠아맨은 원정 경기를 떠나고 돌핀스는 오늘까지 잠실 구장에 남아 타 팀을 상대하고 있었다. 강원도를 연고로 하는 설악브레이브스였다. 원래 강원도는 프로팀이 없었는데 작년 가을에 창단식을 치르고 2023년 올해부터 경기에 참가하게 됐다.

김보라는 오늘 잠실 야구장에서 열리는 돌핀스 대 브레이브스 전을 취재하러 가게 된다. 그녀는 오후 4시경 경기장에 들어서면서 며칠 전 이곳에 개막전 3일째에 취재하러 왔다가 선수 동복철이 인터뷰 도중 자신의 손을 잡고 안 놓은 게 은근히 신경 쓰이기 시작하였다. 게다가 그는 그날 그녀에게 번호까지 알려 준 일이 있었다. 자신의 직업이 그렇다 보니 캡틴 선수들을 취재를 안 할 수도 없는 노릇이었다.

취재 카메라맨들과 터벅터벅 돌핀스 라커 룸으로 내려가는데 오늘은 웬일인지 원인 모를 설렘이 그녀의 가슴속에 드리워지고 있었다.

그날 그의 손이 그토록 감미로웠던 것인지! 또 다른 무엇인지 모를 일이었다. 복철이 우두커니 앉아 있다가 보라가 들어오자 눈이 번쩍 뜨이며 몸 둘 바를 몰라 한다.

"하하, 내 번호로 전화 좀 하지 그랬어요?"

아주 장난기 섞인 투로 말하는 그였다. 그녀는 그런 말을 못 하게 그에게 짧게 "쉿"이라고 말하며 손가락으로 입을 막는 모양을 취한다. 서둘러 본론으로 들어가 웃으며 취재하기 시작하였다.

"아, 아. 오늘은 개막전부터 오늘 6일째가 되는 날까지 연속 5홈런포를 터뜨리며 작년 홈런왕의 진가를 발휘하는 돌핀스의 4번 타자 동복철 선수를 만나 보겠습니다. 안녕하세요."

그녀의 웃음에 그도 반색하며 막 웃음을 보인다.

"개막전부터 시작된 5연속 대포의 비결은 무엇입니까?"

그녀가 묻자 그는 다짜고짜 말했다.

"비결 없어요. 아쿠아맨과 개막 3연전 할 때 마지막 날 김보라 아나운서가 여기에 와서 내게 올해 계획에 대해 인터뷰할 때 그대의 몸의 기운이 내게로 몰려왔습니다. 그게 에너지원이 됐죠. 사랑의 기운 말입니다."

유부녀인 김보라에게 공개 프러포즈를 하는 수준이었다.

"안 돼, 그런 말은 하지 말라고요. 으윽!"

탄식을 쏟아 내는 그녀였다. 순간 이랬으나 그녀의 가슴속에서 문득 그에게 자신의 번호를 알려 주고픈 객기가 발동되고 있었다. 설명 불가한 마력이 그에게서 뿜어져 나오고 있었다.

"오늘도 많은 기대 바랍니다."

"네, 알겠어요."

카메라 취재진이 빠져나가는 틈에 그녀는 그에게 번호를 알려 주었다.

"자, 이게 내 번호입니다."

그리고 다급히 뛰어 올라가자 그는 너무 기쁘고 들떠 펄쩍펄쩍 뛰었다. 문제는 이 장면을 아무도 못 본 것 같아도 조금 떨어져 있던 동료 선수들 여럿이 다 본 것이었다.

 게다가 그녀가 본부석에 올라가 계속 취재 중일 때도 복철을 마냥 쳐다보고 있었다. 이윽고 6시가 되자 경기가 시작되었다.

 그는 그 에너지원이 파괴적이라 1회말 자신이 타석에 들어오자 온 힘을 다해 풀스윙 했다. 스윙이 제대로 맞아 좌측 담장을 훌쩍 넘기는 큼직한 홈런이 터졌다.

 이 공이 넘어가는 광경을 물끄러미 지켜보는 그녀는 마치 자신이 무언가를 이뤄 낸 것처럼 뿌듯하게 바라만 보고 있었다. 마치 하얀 공이 자신에게 달려오는 하얀 장미꽃 같았다.

 상미에게 어제 하루 줄기차게 전화를 넣어도 받질 않자 노심초사가 된 장순이 덕비사우나로 들어오고 있었다. 다음 날이 되어도 상미는 전화를 받지 않았다.

 이곳엔 김황도 사장만이 자리를 지키고 있었다. 서로 눈이 마주쳤다. 희한하게도 오늘은 황도는 그를 보고 약간 반기는 표정을 짓는다. 왜일까?

 며칠 전 이곳에서 격렬하게 맞부딪쳐 그를 경찰에 신고까지 했었는데 어떻게 이번엔 반기는 표정을 지을 수 있단 말인가! 이유는 바로 이것이다. 바로 어제 자신의 사랑 전선의 앙숙 홍선이 상미를 태우고 완전히 떠나 버렸기에 이제는 그들을 와해시켜 줄 수 있는 절대적인 제3의 존재가 필요했기 때문이다.

 인간이란 간사하고 이기적이면서 욕망에 혈안이 되어 버리는 존재인 것 같다. 그 욕망이 삶의 목표가 되어 버린 것 같아 보였다.

"아! 어서 와요. 특별 손님. 그날 내가 너무 과했나 봐요. 오늘은 표를 사지 말고 그냥 들어가요. 서비스입니다."

"아, 아…. 예에…. 아…."

황도의 이 말에 장순은 깜짝 놀란다. 며칠 전 자신을 경찰에 신고까지 한 사람이 오늘은 무슨 일로 이러는 것일까! 의문스럽고 더 신경이 쓰이기 시작한다.

"하하하…! 너무 그렇게 놀라지 말아요. 그냥 들어가셔서 찜질을 푹~ 하면 몸이 한결 나아질 거예요."

장순은 뭔가 이상하다고 생각하며 상미가 어디 있는지에 더욱 집중한다. 그러나 그녀는 이곳에 있지 않았다. 혹시 김 사장이 그녀를 보이지 않도록 숨겨 놓은 게 아닌가 생각되어 물어보기로 한다.

"아니, 그건 그렇고 상미 씨는 왜 안 보이는 거죠?"

"……."

황도는 생각한다. '어떻게 이 사람에게 어제 있었던 그 일을 알려 그 처남이란 원수를 주저앉히게 하고 상미를 탈환할 수 있을까?' 궁리에 궁리를 거듭하며 입을 연다.

"하하하…! 아! 상미 씨 말이죠? 그래요. 일단 앉아 봐요. 제가 알려 드릴 테니까!"

"예, 그래요."

장순이 옆 의자에 앉자 황도는 표정 관리를 하며 부드러운 어조로 말하기 시작한다.

"뭐! 세상살이가 쉬운 일이 어디 있겠어요? 그런데 못돼 먹은 놈들이 많다는 게 문제가 되는 것이지요. 난 솔직히 상미를 그리 좋아하진 않았어요. 걔도 날 별로로 생각했고. 그리고 더 중요한 건 최근 들어 걔가 여기 앞에 있는 이장순 씨를 좋아하기 시작한 느낌도 들었고요."

"어! 그게 사실이에요? 상미 씨가 저를 좋아하는 느낌이 들었단 말이죠?"

너무 반가운 소식에 헐떡거린다. 황도의 유인 작전에 장순은 말려들기 시작하였다. 그가 그럴 수 있는 것은 며칠 전 화물차 안에서 상미와 애틋한 섹스를 이뤘기 때문이다. 그렇기에 충분히 그 말이 설득력 있게 다가왔다. 제3자를 이용하여 처남 홍선을 타도하게 하려는 저열하고 얄팍한 노림수가 어느 정도 빛을 발하고 있었다.

"그리고 난 솔직히 상미가 장순 씨와 잘되기를 바라는 마음도 생기더군요. 사실 서로는 너무 잘 어울리잖아요. 그렇지 않아요? 허허허허…."

"어어! 그랬단 말이에요?"

장순이 유인구에 넘어가는 것 같은 느낌이 들자 황도는 속으로 회심의 환호성을 터뜨리며 무척 달콤해하고 있다. 이젠 어느 정도 유인구를 던져 중심을 흐트러뜨렸으니 마지막으로 결정구를 던질 차례가 되었다.

"그런데 장순 씨, 어쩌지요. 내 이런 말은 할 말은 아니지만, 세상에 어제 말이죠. 이곳에 어떤 남자가 와서 상미를 데리고 달아나 버렸어요. 그것도 일을 관두게 하고 말이죠. 그래서 상미를 찾을 길이 없네요."

"예에, 어떤 남자가 상미 씨를 데리고 가요? 아니, 혹시 그 남자가 누군지 아세요?"

"아아! 나도 처음 본 사람이라 누군지 잘 모르겠는데 강제로 막 끌고 가는 것 같았어요. 상미는 몹시 괴롭고 짜증스러운 얼굴이더군요. 그래서 그런지 오늘은 출근도 안 했네요. 골치 아픈 일이 아닐 수 없어요."

"아아, 아… 어, 어어…."

장순은 황도의 술책을 모르고 너무 놀랍고 심한 충격에 빠져 버린다. 이때 황도는 회심의 일격을 가한다.

"내가 상미의 집을 알긴 알지만 그렇다고 직접 가 볼 수도 없고 말이죠. 별일 없이 무사히 이곳으로 출근했으면 좋으련만…."

그녀의 집을 거론한 이유는 이 말을 듣는 장순이 얼른 그 집 위치를 알려 달라고 애원할 게 분명하기 때문이다. 이 노림수에 말려들어 그 미끼를 덥석 물고 마는 조금은 순진한 영혼 거울 그림자. 그만큼 그녀를 좋아한다는 것이기도 하지만 으르렁거렸던 이 사람이 던지는 악질적 미끼를 물고 마는 어리숙한 영혼을 가진 너무 어둡고 갑갑한 검은 그림자.

"아니, 그래요. 그런데 사장님, 그 상미 씨의 집을 제게 알려 주시면 안 될까요?"

사실, 며칠 전 장순도 화물차에 상미를 태우고 빨간 장미꽃을 검은 장미꽃으로 강제로 물들인 후 그녀를 집까지 바래다주었기에 집이 동발동 청구 1차 아파트라는 것은 대략적으로 알고 있다. 그러나 정확한 동과 호는 알지 못한다. 그것이 알고 싶은 것이겠지! 그래서 황도에게 묻는 것이다.

"상미 씨 집이 어디인지 정확히 알려 주세요. 부탁입니다."

"아! 뭐 그래요. 난 장순 씨와 상미가 잘되기를 뒤에서 바라는 마음이에요. 그럼 알려 드려야지요. 상미의 집은 동발동 청구 1차 아파트 11동 305호입니다."

"아이고! 알려 주셔서 너무너무 감사합니다. 무슨 일이 생겨 이곳에 출근을 못 하는지 빨리 가 봐야겠네요. 저 그럼 얼른 가 보도록 하겠습니다."

"아! 예, 그럼 그렇게 하세요."

장순이 황급히 뛰어나가자 황도는 너무 달콤하고 흐뭇한 마음에 담배를 하나 꺼내어 입에 물고 라이터를 켠다. 자신의 의도대로 움직여지는 상황이 매우 짜릿할 따름이다.

상미를 빼앗아 간 원수이자 앙숙 처남 홍선을 강력하게 견제할 수 있는 너무 좋은 시나리오가 될 것이 확실시되기 때문이다. 글쎄, 좀 더 결과는 지켜봐야 할 것 같았다.

장순은 화물차를 타고 번개같이 동발동 청구 1차 아파트 11동으로 달려간다. 앞에 보이는 게 아무것도 없다.

눈 깜빡할 사이에 그곳에 도착했지만 305호로 들어갈 순 없지 않은가! 어쩔 수 없이 긴장되고 초조한 심정으로 주차장에서 화물차를 세우고 마냥 앉아 있었다.

그냥 그렇게 기다려 본다. 이게 상책이겠지! 한참을 기다려 보았지만 나타나지 않는다. 그러는 사이에 어디선가 웬 승합차 한 대가 들어오고 있었다. 그 차는 멈추더니 문을 열고 상미가 나오는 것이 아닌가!

장순은 가슴이 뛰었다. 아! 내 사랑님!

이런 반가운 감정이 잠시 스치자마자 운전석 문을 열고 나오는 한 남자. 장순은 그 남자를 보고 누굴까, 궁금하면서 혹시 아까 김황도가 말한 상미를 강제로 막 끌고 갔다는 그 남자가 아닐까 몹시 신경이 곤두선다.

그렇게 내린 두 사람은 그 승합차를 사방을 가리는 칸막이 삼아 느닷없이 서로의 허리를 아주 세게 붙잡고 입술을 강하게 부딪치고 있는 것이었다.

장순은 온몸이 산산조각 나는 아픔을 느꼈다. 황도와의 치열한 전투를 치러 지쳤었지만 이젠 그가 한풀 꺾여 한시름 놓았는데 어찌된 일인지 또 다른 암초에 부딪치고 말았다. 너무너무 험난하고 가파른 애정 그림자….

장순 입장에선 저번 황도와의 격전 비슷한 상황에 직면하게 되는 것이었다. 지금 눈앞에 보이는 남자도 나이가 그와 엇비슷할 정도로 많아 보였다. 홍선의 나이가 58세니까 황도 63세와 얼핏 비슷하게 보였을 수도 있으리라.

원래 성격도 우발적인데다 상미를 향한 일은 물불을 가리지 않는 거친 그림자! 이 남자는 오늘도 그냥 있진 않았다. 앞만 보고 막 달려가며 아주 크게 소리를 질렀다.

"상미 씨, 거기에서 뭐 하는 겁니까? 내 속을 그만 좀 썩이란 말이에요!"

홍선과 상미는 화들짝하며 앞쪽을 바라본다. 이들에게 가까이 다가간 장순은 엄청 불쾌한 표정으로 잡아먹을 듯이 노려본다. 뭔가 전율이 감돈다. 큰 회오리가 한번 일 것 같다. 그때 떨리는 목소리로 상미가 먼저 말을 꺼낸다.

"아니, 장순 씨 어떻게 여기를 알고 왔어요?"

"뭘 어떻게 알고 옵니까? 상미 씨 도대체 왜 그러는 거예요? 젊은 나를 버리고 왜 그렇게 늙은 남자들과 이번에도 또 데이트를 하는 겁니까? 늙은 남자들이 그렇게 좋아요? 왜 그리 내 순정을 몰라주는 거냐고요?"

홍선의 얼굴이 일그러지면서 붉어진다. 그리고 그를 잡아먹을 듯이 노려보자 장순도 물러서지 않고 살벌한 눈싸움을 펼친다.

"이봐요. 당신이 뭘 잘났다고 날 쳐다보는데…!"

장순이 먼저 선제공격을 퍼붓자 가만히 있을 홍선이 아니었다.

"난 네가 누군지 모르지만 나보다 나이도 한참 어린 놈이 너무 말을 막 하는데… 넌 상미와 뭔 사이냐?"

"그래, 나는 상미 씨와 결혼할 사람이다. 왜, 됐어? 이젠 알았으면 얼른 사라지라고요. 어르신…!"

"아니, 이게 빈정거리기까지…?"

홍선은 몹시 흥분되어 진정을 못 하고 주먹을 쥐며 그를 한 방 먹일 듯이 쳐다본다. 상미가 나서며 둘을 제재하기에 이른다.

"홍선 오빠, 그만하세요. 그리고 장순 씨도 그만하세요. 여기서 이럴 일이 아니에요."

"야, 상미야! 이런 놈은 안 되겠어! 내 주먹맛을 한번 봐야 더 얼씬거리지 못할 거야! 조금 옆으로 비켜 있어…!"

"그러지 말아요. 오빠!"

상미는 그를 말리려 했으나 쉽지 않았다. 홍선이 먼저 멱살을 잡자 장순은 세게 뿌리친다. 이번엔 장순이 기습적으로 세게 뒤로 밀어 버린다. 뒤로 약간 밀렸지만 중심을 잡고 앞으로 나오며 자신의 복싱선수 시절의 주특기였던 라이트 스트레이트를 날렸다. 이 공격을 맞은 장순은 큰 충격을 받고 그 자리에 퍽 쓰러지고 만다. 아무리 홍선이 나이가 많이 들어 쇠약해졌다 하더라도 왕년에 아마추어 복싱선수이지 않았던가! 지금도 보통 일반인은 그의 스치는 주먹으로도 적지 않은 대미지를 받지 않겠는가! 그런 주먹을 허용한 일반인 장순이 과연 이를 악물고 일어날 수 있을까! 일어나고 있다. 지금 그는 비틀대며 일어난다. 비틀대며 일어나 아주 크게 고함을 지른다.

"난, 상미 씨와 결혼하기 위해 목숨을 집어 던지겠다. 자! 덤벼, 이 나이 먹은 놈아…!"

장순이 이렇게 나오자 홍선도 몹시 당황하는 기색이 역력하다. 왜냐면 웬만한 사람들은 자신의 주먹에 녹아웃 되는데 그는 다시 일어섰기 때문이다.

"야, 너 어느 정도 맷집은 있는데…? 나하고 한번 맞장 떠 볼 만한데 그래? 축하해!"

"안 돼! 안 된다고…! 홍선 오빠 그만해…! 정말 큰일 나겠어!"

"상미 씨, 비켜요. 내가 오늘 이놈을 박살 내 버릴 거예요. 오늘을 끝으로 저놈에게 오빠라고 부르지 못하게 보내 버리겠어요. 어서 비켜요. 상미 씨…!"

"안 돼!"

# 7

## 피 말리는 사랑과 전쟁

♨

　상미가 중간에서 중재를 하려고 애를 썼지만 쉽지 않았다. 이번엔 격분된 장순이 더욱 거세게 달려들었으나 홍선은 감각적으로 피하며 다시 한번 스트레이트를 꽂아 넣는다. 그러나 정타가 아닌 스치는 주먹이었다. 장순은 순간적으로 느낀다.
　이런 정면 대결로는 돌파구가 없음을⋯.
　안 되겠다 싶어 주위의 무기를 찾던 중 바닥에 뒹구는 소주병이 하나 보였다. 그는 그것을 집어 들고 상대를 향해 마구 휘두른다. 이렇게 막 휘두른 병에 홍선은 강타를 당하고 만다. 그러자 그도 이성을 잃고 더 거칠게 주먹으로 휘두르며 전진한다. 상미는 겁에 질려 비명을 지르며 옆으로 피한다. 한쪽의 주먹과 다른 한쪽의 소주병이 서로 맞부딪치는 대혈투가 벌어지는 중이다.
　"아아악⋯! 으으, 흑⋯! 어어억⋯!"
　"이 개자식아! 상미를 건드리지 말란 말이야!"
　상미는 엄청난 충격 속에 경찰에 신고해야 한다고 생각할 정신도 없이 발만 동동 구르며 계속 비명만 지를 뿐이었다. 계속되는 장순의 무자비한 소주병 휘두르기 공격에 홍선은 자신이 아무리 예전 복싱선수였다 하더라도 적지 않은 충격을 받았다. 더 공격할 힘이 없자 온 힘을 다해 장순을 세게 뒤로 밀어 버리고 얼른 상미를 태우고 도망친다. 달아나는 차를 막으려 했지만 장순도 그의 강력한 주먹 연타 공격에 당했기에 대미지가 컸다. 빨리 일어나지 못하고 주저앉아 있었다.

얼굴에 피멍이 든 그는 한 걸음 두 걸음 내디며 화물차에 올라탔다. 방금 전 그들이 달아난 길 쪽으로 따라가 찾기 위해 핸들을 돌렸지만 금세 달아났기에 찾을 길이 없었다. 그 후 장순은 잠시라도 마음의 안정을 찾고자 문강변으로 향한다.

그리고 그와 함께 달아난 상미에게 전화를 해 본다. 당연히 받지 않는다. 해는 저물어 어둠이 몰려왔다.

'한 여자를 좋아하는 길이 이리도 어렵구나!'

지난번 사우나 김 사장에 이어 누군지 모를 나이 많은 남자가 또 힘들게 하는구나! 장순은 그래도 계속 그녀를 고수할 수 있을까! 갑갑하다.

다시 사우나로 가서 그 남자가 누구인지 자세히 알려 달라고 할 것인가! 아님, 상미 씨의 집 아파트 앞에 가서 진지를 구축할 것인가에 대한 고민이 몰려온다. 아까 그렇게 달아났으니 또 그곳에 올 것 같진 않다.

그렇다면 나도 잠시 숨 고르기에 들어가리라! 얼굴의 피멍, 핏자국은 그대로이다. 혈투를 펼쳤지만 난 그래도 괜찮다. 시간 지나면 저절로 나아지는 거니까! 지금 이 시간 저 문강변의 오염된 물에 내 더러워진 핏자국을 닦아 내리라! 다음에 있을 혈투에 벌써부터 전율이 느껴진다.

장순은 천천히 강변으로 가더니 흐르는 물을 떠서 피멍이 든 얼굴을 박박 닦는다. 또 다른 결의가 묻어나는 장면이라 아니할 수 없다. 그는 이리저리 걷다가 핸드폰을 꺼내어 죽마고우인 하철에게 전화를 건다.

"그래, 하철아. 오랜만이야! 잘 지냈니?"

"어어! 그건 그렇고, 너 저번에 나한테 말한 그 여잔 어떻게 잘됐어?"

"아니, 아니야! 내 마음대로 다 되면 뭐가 걱정이겠냐? 내일 한번 거기에 가서 소주나 한잔하려고 하는데 시간 되니?"

"그래, 있지. 서울 올라올 때, 내가 좋아하는 복숭아 좀 따서 싣고 와! 먹고 싶다."

"그래! 잔뜩 따서 싣고 갈게. 기다려…!"

지난달 25일 상미 문제로 심란할 때, 화물차를 몰고 달려갔던 서울 구로동 센영수트 주식회사. 그때 그곳에 가서 심기일전 정신을 키워 왔었다.

난, 내일 또 그곳에 가서 하철과 소주를 먹으며 더 강한 정신력을 키우리라! 그때 그랬던 것처럼 더 강해져 돌아와 다시 더 불타는 혈투를 오늘 그와 치르겠다.

이 시각 한보철은 주말 토요일을 맞아 아내가 있는 강남 청담동 아파트로 향했다. 이왕 어제 금요일에 갔다면 더 많은 시간을 함께할 수가 있어서 좋았겠지만 바쁜 일들이 있어서 정리할 시간이 필요했기 때문이다.

신혼여행을 마치고 돌아온 지 불과 일주일밖에 되지 않았지만 이날은 이들 부부에게 아주 격렬한 언쟁이 일어날 것만 같았다.

늦은 시간, 청담동 아파트 집에 들어오자마자 보철은 인상을 쓰며 말했다.

"야, 자기야. 그게 뭐야? 내가 광주에 너무 멀리 떨어져 있어 여기까지 왔다 갔다 할 수가 없었지만, 왜 내 말을 안 들어? 그 야구선수 새끼들을 성추행으로 형사 고소 하란 말이야? 뭔 놈의 자기의 명예, 위치, 위신이야? 무슨 체면이냐고? 그냥 얼른 해 버려……!"

굉장히 격앙된 얼굴이었다. 그랬으나 아내 김보라는 그저 히죽히죽 웃으며 말했다.

"내가 다 말했잖아? 그렇다고."

그러면서 고개를 딴 데로 돌려 버렸다. 말을 안 듣는 아내를 보자 그는 더더욱 화가 치밀어 오르기 시작하였다.

"야, 자기야. 너 그냥 스포츠 아나운서 하지 말고 다시 시사 쪽으로 가라. 그래야 문제가 없을 것 같다. 지금 이대로면 내가 마음 편히 업무를 할 수 없다."

그가 눈을 부릅떴다. 이 말은 그녀로선 어이없다고 느꼈다. 무슨 부부 사이에도 갑질이 존재할 수 있나! 생각이 들었다.

"아니, 자기야. 그런 건 그냥 내가 알아서 할 테니 그런 건 관여하지 말아 줄래?"

"뭐야? 관여하지 말라고?"

잠시 정적이 흘렀다.

"야, 자기야. 나는 네 남편이기도 하지만 대한민국 최고 직업 검사이기도 하다. 아내가 검사의 말을 안 듣겠단 것인가?"

보철이 아내를 매섭게 노려봤다. 그러자 아내 보라도 맞서듯이 피하지 않고 노려본다. 보철은 아내가 자신을 노려보는 것 자체가 몹시 역겨웠다. 왜냐하면 남편으로서 부당한 요구를 한 것도 아닌데 대든다고 느껴졌기 때문이다. 서로는 계속 노려보며 대치했다. 잠시 후 그는 더 이상 참지 못하고 갑자기 달려들어 아내의 멱살을 움켜잡고 한 대 때릴 듯이 추켜올렸다. 아내가 뿌리치려고 막 몸부림치자 그는 잡고 있던 손을 놓치게 된다. 신혼여행을 갔다 온 후 불과 일주일밖에 안 되어 심한 균열이 일어날 것만 같은 전운이 감돌았다.

남편 보철은 그래도 자신이 최고 법조인답게 가정 폭력을 휘두르면 안 된다는 관념이 엄습하여 꾹 참는다. 냉장고로 확 달려가 캔 맥주를 꺼내어 막 마시며 스트레스를 잠시 날리려고 애를 쓴다.

시간이 조금 더 지나 밤 9시쯤 되어 아내가 진행하는 BBM 채널 말고 다른 채널로 돌려 봤다. 그러다가 문득 이 시각 집에 있는 아내에게 물었다.

"오늘은 왜 야구 경기 취재하러 안 갔는데?"

"음, 오늘은 나 말고 다른 아나운서가 갔어. 번갈아 가며 하는 거야."

JJO 스포츠 채널인데 오늘은 인강돌핀스가 청주 구장으로 원정을 떠나 홈팀 카놀스파이더맨과 경기를 마치고 돌핀스 4번 타자 동복철이 인터뷰에 응하는 장면이 나왔다.

"와아, 오늘까지 내리 7일 연속 대포를 쏘아 올리고 있어요. 정말 대단하십니다. 비결이 뭘까요?"

"아하! 별거 없죠. 딱 직감이란 게 있습니다. 그때 돌리면 넘어가죠. 하나 더 있다면 어제 BBM 채널 김보라 아나운서가 제게 번호를 알려 줬습니다. 이게 힘을 발휘하는 원동력이 되고 있습니다. 사실 제 이상형이기도 합니다."

이 멘트가 나가자 시청 중인 보라의 남편 보철은 심장이 멎는 듯했다. 전원을 끄고 아내를 다시 다그치기 시작하였다.

"야, 자기야, 저게 뭐야? 저 야구선수 저 자식 얘기가 뭐야? 자기가 쟤에게 번호를 알려 줘? 뭐야? 이실직고해 봐!"

순간 그녀는 미쳐 죽을 것만 같았다. 어제 그러긴 했지만 설마 그가 이런 공개된 채널에서 떠벌릴 거라곤 상상도 못 했던 것이었다. 빼도 박도 못 하는 증거가 나왔으니 아니라고 발뺌할 수도 없는 노릇이었다.

그저 입을 꽉 다물고 버텨 보는 것밖에 없다고 판단했다. 계속 말을 안 하자 뭔가 있다고 확신하고 더 거칠게 다그치다가 지쳐 다른 방으로 들어가 퍽 쓰러져 버렸다.

그 틈에 재빨리 동복철에게 문자를 날렸다.

동복철 선수 지금 뭐 하자는 겁니까? 왜 쓸데없이 방송 인터뷰에서 그런 행동을 합니까? 참나! 돌아 버리겠네! 으윽!

복철은 지금 한창 팀 전용 버스에 올라타 숙소로 이동하고 있어서 그 문자를 볼 수가 없었다. 내일, 모레 이틀 더 이곳에서 홈팀 스파이더맨과 경기가 잡혔다. 숙소에 들어가 샤워하기 전 핸드폰을 보며 그 문자를 확인하게 된다. 답장을 날렸다.

누나, 신경 쓰지 말아요. 어차피 인생은 볼 꼴 보기입니다. 내가 돌고 돌아 서울 잠실 야구장으로 올라가 경기할 때 오셔. 그때 또 대포를 쏘아 올리면 취재해 주시고.

이 답장은 그녀로선 속만 타들어 가고 부글부글 끓어오를 뿐이었다. 괜히 저 인간에게 번호를 알려 줬나! 하는 후회만 엄습하였다.

날이 밝자 장순은 서울 그곳으로 가져갈 복숭아를 화물차에 가득 싣고 액셀을 밟는다. 죽마고우인 장순이 구로동으로 올 것을 생각하여 하철은 모처럼 만에 2월 말에 사직하고 나갔던 한때 직장 동료였던 이들을 다 모이게 하여 소주와 삼겹살을 계획하고 있다. 즉, 센영수트 주식회사 귀농 5인방이 서울로 올라오는 것이었다.

장순까지 포함하여 5인방이다. 하철이 그 4명을 초대하는 것은 다른 것이 아닌 바로 장순에게 더 강한 정신적 힘을 불어넣어 주기 위함이다. 여러 명이 힘을 한데 모아 응원을 하게 되면 사기가 중천으로 오를 수 있으리라 믿었다.

궁리 끝에 조완수, 최영선, 김홍철, 임철수에게 전화로 연락을 취하자 그들은 일제히 "내일 저녁 7시까지 센영수트 앞으로 가겠다!"라고 말하였다.

이윽고, 저녁 6시가 넘자 하나둘씩 회사 앞으로 도착하기에 이른다. 제일 먼저 도착한 이는 조완수이다. 그는 과시하듯 애인 진일화를 데리고 나타났다. 잠시 후에 최영선이 왔는데 그는 혼자 왔고 다음으로 김홍철, 임철수도 왔는데 애인들을 데려오지 않고 혼자서 왔다. 모인 네 사람은 오랜만에 만나 너무 반가운 마음에 무척 화기애애하게 악수를 나누며 즐거워했다.

10분쯤 지나자 이장순도 화물차에 복숭아를 가득 싣고 도착하였다. 장순은 이곳에 들어서며 깜짝 놀란다. 그들이 미리 와 있었기 때문이다. 장순이 내리자 그들은 일제히 반가워하였다. 이때 장순은 생각한다.

'아! 하철이 날 위해서 이들을 초대했구나!'

"아니, 장순이 형 차에 복숭아가 왜 이리 많아! 와아, 팔려고?"

"아니, 아니야! 우리 같이 나눠 먹게…."

이들이 이렇게 대화를 나누던 중 하철이 회사 근무를 마치고 나오고 있었다. 다들 모이게 되어 서로는 반가워하며 웃음이 끊이질 않았고 주변 숯불 갈빗집으로 향하였다.

총 7명이 되는 것이었다. 완수가 애인을 데리고 왔으니 말이다. 그곳으로 들어간 이들은 소주와 갈비를 시켜 먹기로 하였다.

사실 이들 중 장순과 하철은 고성 고향 절친이라 지난달에 한 번의 만남이 있었고 홍철과 영선도 여자 문제로 한 차례 만남이 있었다. 그 외는 센영수트 주식회사에서 사직하고 서로 처음이라 무척 새롭고 반갑기 그지없다. 소주와 갈비가 나오고 먹기 시작하였고 제일 먼저 포문을 연 사람은 완수였다.

"아! 여기 옆에 나의 앞으로 아내가 될 사람이야! 일화 씨, 인사를 나누어요."

"아, 네, 여러분 안녕하세요. 만나게 되어 반갑습니다."

"아이고 저희도 반가워요. 완수 형하고 너무 잘 어울리는데요. 축하해요. 우우우우!"

짝! 짝짝짝! 짝! 짝짝짝….

여기저기에서 울려 퍼지는 박수 소리들….

이들 중, 하철만을 제외하곤 모두 다 센영수트를 나와 귀농한 이들이기에 그간 서로서로 어떻게 지냈는지 궁금하기도 할 것이다.

이들은 한우를 사육하는 이도 있고 복숭아, 쌀, 수박, 사과, 고추, 오이, 방울토마토를 재배하는 이들도 있다. 그러다 보니 서로의 대화가 잘 통하고 한껏 무르익어 가고 있었다.

"야아! 특수 작물을 재배하기란 너무 힘들지! 뭐! 먹고 살겠다고 하긴 하지만…."

"뭐! 그렇지 뭐!"

서로의 농작물에 대해 얘기가 오고 가는 중에 오늘의 하이라이트를 장식할 순서가 다가오고 있었다. 그것은 바로 하철이 죽마고우 장순의 최근 벌어진 사랑 전쟁의 확실한 정신적인 지주이자 강력한 우군임을 자처하는 의미에 더 견고한 가교 역할을 담당하겠다는 취지의 멘트였다.

"아아…. 내가 한마디 하겠는데 우리 장순이가 지금 한 여잘 엄청 좋아하고 있는데 마음대로 잘 안되나 봐! 그러니 우리 모두 힘을 모아 장순에게 파이팅을 외치자…. 어때?"

"어어…. 그런 일이 있어? 잘돼야 할 텐데! 아니, 근데 지금 자세히 보니까 장순의 얼굴이 웬 상처투성이야! 무슨 일을 하다 다친 거야? 왜 그래?"

"아니, 아니야… 그냥 그렇지 뭐! 넘어져서 그만…."

"조심해야지!"

"그렇지."

장순은 순간 하철을 힐끔 보며 미소를 짓는다. 지금 자신이 상미 문제로 정신적, 육체적 고통이 극에 달해 있는데 직장 동료였던 이들을 모이게 하여 자신에게 힘을 불어넣어 주고 있기에 고마울 따름이다. 그런 의미의 미소이다. 하철은 그를 위한 더 강한 파이팅을 다시 한번 외쳤다.

"아아…! 장순이의 사랑이 성공하길 기원하면서 소리 높여 함성 질러…! 와아아아아!"

"그래! 바로 그것이야! 하하하…!"

"자아! 그런 의미에서 건배…!"

쨍그랑, 쨍그랑, 술잔 부딪치는 소리가 여기저기에서 울려 퍼진다. 그때 장순이 술에 취했는지 아니면 최근에 벌어진 상미 문제가 순간 혈압이 올라 그랬는지 이들에게 그녀와 관련된 아픈 얘기를 쏟아 낸다.

"아아! 나 솔직히 요즘 너무 괴롭다…. 사실 내 얼굴에 이 상처도 어제 치고받고 싸웠거든. 문제는 그 여자가 내 말을 안 듣고 엉뚱한 놈들과 연애질을 하는 거라고…. 그러니 내가 살맛이 나겠냐고…! 으윽, 흑…! 재수 없는 것들…!"

푸념 내지 하소연조로 술 취한 목소리로 말하자 2살 위 철수는 그를 위로 차 한마디 거든다.

"야! 장순아, 어떻게 알게 된 건데 그래? 싸움까지 해서 엄청나게 다치고 말이야."

"철수 형, 난 정말 피곤한 사람이야…."

장순은 철수의 이 따뜻한 말에 최근 벌어진 여자 문제, 즉 상미의 행동에 대해 말을 하기 시작한다.

"철수 형, 아는 사람이 소개해 줘서 만났는데 날 보고 마음에 안 든다고 하더라고. 그래, 내 거기까지 그렇다 치자. 그런데 그 여잔 자기가 다니는 사우나에 나이가 60이 넘어 보이는 사장과 사귀고 있는 거야! 이게 글쎄 뭐냐고…. 더 기가 막힌 건, 나이가 그쯤 되어 보이는 또 다른 제3의 남자하고도 사귀는 게 드러난 거야! 으윽."

"나 참! 골치 아픈 일이구나! 그래도 그 여잘 좋아한단 말이야?"

"그러니까 나도 골치 아프지!"

이들이 이런 대화를 나누고 있을 때 홍철이 끼어든다.

"아! 형 무슨 그런 여잘 좋아해! 어휴, 너무 피곤하잖아! 깔린 게 여잔데 왜 하필 그런 사람을 좋아하는데? 난 장순이 형이 이해가 안 돼! 늙은 남자 둘을 만나고 다니는 여잘!"

"글쎄, 네 말도 맞지만. 그래도 좋아하는 마음이 생기는 건 어쩔 수 없는 것 같은데…."

다시, 철수가 말하기 시작한다. 말을 할까 말까 고민하더니 결국엔 말을 한다.

"뭐, 다 생각 차이지만 한국 여자들은 귀농한 농촌 총각을 그리 좋아하질 않아! 차라리 돈 있는 나이 든 남잘 더 좋아해! 한심한 것들 너무 많아! 정신이 썩었지."

"철수 형 말이 맞는 것 같아! 내가 지금 당하고 있잖아! 아님, 내가 그 늙은이들보다 더 매력이 없어서 그런지 모르지만 말이야!"

"아니, 아니야! 왜, 장순이가 매력이 없어. 매력이 넘쳐흐르지. 그런 정신 나간 여잘 좋아하지 말고…. 이건 어떻게 생각할지 모르겠지만, 지금 내가 만나는 여자가 있는데 말이야! 음, 필리핀 여잔데 하는 일은 알바를 하면서 노래를 연습하고 있어. 미래의 꿈이 최고 트로트 가수가 되는 거라 하더라고…. 그런데 내가 만나는 여자에게 말해 네게 잘 맞는 필리핀 여자를 소개하라고 부탁해 보려고 하는데 네 생각은 어때?"

"……."

장순은 이 말을 듣자 아무 말 없이 침묵을 지키며 얼굴이 굳어져 버린다. 그만큼 못마땅하다는 마음이 엄습하기에 그렇다.

"아니 난 동남아시아 여잔 별로인데…. 그래도 한국 여자가 나아…."

"그건 그래. 이왕이면 다홍치마라고 그렇게 되면 좋지만, 나도 귀농하고 보니 쉽지 않더군! 지금 만나는 이름이 이라나라는 여자는 마음씨는 너무 좋은 것 같아! 그냥 그래서 혹시 이런 생각도 있는지 물어본 거야!"

"아니 철수 형, 그런 얘기는 그만하자…."

장순은 강하게 한마디 톡 쏘아붙인다. 철수는 말없이 가만히 있었다. 그런데 이번엔 소주만 계속 먹던 영선이 나서기 시작하였다.

"아! 형들 나도 지금 동남아시아 여잘 만나는 한 사람으로서 한마디 하겠어. 뭐 사람 만나는 것도 팔자지만 나도 철수 형 생각이 옳다고 생각해! 한국 여자들은 허영심이 너무 많아! 지들도 별수 없으면서 말이야! 차라리 캄보디아 여성들이 낫지!"

그러자, 장순의 얼굴이 상처투성이와 함께 더욱더 붉어지며 무척 불쾌한 표정으로 바뀐다. 그 마음을 순간 알아챈 그리고 오늘 이 자리를 만든 하철이 중재에 나선다. 왜냐면 별것 아닌 일 소소한 대화를 나누다가도 뜻이 안 맞아 늘어지면 서로 감정이 상하는 경우가 종종 벌어지기 때문이다.

"아, 아아…! 그만하기로 하고…! 이 자리는 내가 아까 처음에 말했던 것처럼 우리 장순이가 지금 어떤 여잘 엄청 좋아하는데 마음대로 되지 않아서 내가 용기와 패기를 불어넣어 주기 위해 이렇게 다 같이 모인 거야! 아무래도 이야기가 조금 옆으로 새는 것 같거든! 내 생각엔 상대를 위로하고 격려하려면 현재 나타난 일, 예를 들어 장순이가 현재 좋아하는 대상을 잘 만날 수 있도록 응원하는 게 어떻겠냐! 난데없이 무슨 동남아시아 여성을 들먹이니까 이 자리의 본 취지가 이상해지는 거라고!"

하철이 나서서 장순을 거드는 말을 하자 이 자리의 전체 분위기가 썰렁해진다. 그들은 매우 못마땅한 마음이 가슴속에 자리하기 시작한다. 지금 그 하철의 발언은 듣는 상대에 따라 묘한 파장을 일으킬 수 있기에 그렇다. 지금 그들은 자신들을 무시하는 듯한 발언이라고 오해 내지 착각하기 시작했기에 그렇다.

이렇게 뭐든지 말, 대화라는 것은 난해하고 어렵다.

물론, 정말 그럴 수도 있겠지만 아닌 경우도 더 많기 때문에 사람과의 말이란 그 내용만을 가지고 판단하면 안 되고 그 사람의 행동을 더 주의 깊게 관찰할 필요가 있다고 본다.

말이란, 때론 본의 아니게 실수도 할 수 있지만, 거듭되는 행동은 실수라기보단, 진의이기에 그것을 보고 마지막 판단을 했으면 한다.

어쨌든, 그들은 벌써 속으로 오해의 앙금이 증폭되어 가고 있었던 것이었다. 특히, 완수는 지금 바로 옆에 결혼을 앞둔, 흑룡강 여성인 일화가 있기에 더 괴롭다. 왜냐면, 장순과 하철이 한 말이 자칫, 그녀가 오해할 수도 있기에 몹시 신경이 쓰인다. 뭐든지 그렇겠지만 술이라는 것은 적당히 마시면 약이 될 수도 있겠지만 무리를 하면 도를 넘는 언행을 서슴없이 하게 되는 일도 벌어지기 마련이다. 이 자리에 앉아 있는 이들은 모두가 현재 술을 적당히 먹지 않았다. 그게 화근이다.

완수, 철수, 영선, 홍철이 그 둘에 대해 반격성의 멘트를 날리기 시작한다.

"여기 우리는 지금 그쪽의 여자들을 만나고 있는 중인데 우리가 듣기에 조금 그러네! 이래서 서로서로 만나서 대화하기가 쉬운 게 아니라고…. 그런 뜻으로 한 얘기도 아닌데 그걸 가지고 이리저리 말을 틀면 이런 잡음이 생기는 것 아냐?"

"이럴 줄 알았으면 오늘 여기에 오지 말 걸 그랬어!"

이들 중 두 명이 이렇게 나오자 전체 분위기가 순식간에 더욱더 썰렁해져 버린다. 그러자, 장순과 하철은 아무 말 없이 침묵을 지킨다. 그리고 서로 눈으로 사인을 보낸다. 지금 사인의 의미는 분위기가 심상치 않으니 말하지 말고 가만히 있어야 한다는 그런 눈짓이다.

그러다가 장순이 지금 이 분위기를 반전시켜야겠다는 생각에서였을까! 자신이 고성에서 가져온 복숭아 얘기를 꺼낸다.

"아! 아까 내 차 안에 있는 복숭아를 보았겠지만 내가 우리끼리 나눠 먹으려고 가져온 거야! 술 다 먹고 나가서 내가 나눠 줄게…!"

"하하하. 너무 좋아! 복숭아를 우릴 주려고 가져온 거야? 너무 맛있게 보이던데."

장순의 의도대로 대화 주제가 다른 데로 흐르자, 하철도 속이 편해진다. 밤 9시가 조금 넘자, 이들은 일제히 일어나 2차 노래방으로 직행한다. 그곳에서 노래를 부르니 어느 정도 분위기는 다시 살아나기 시작하였다. 원래 인간의 마음이란 하루에도 몇 번이나 바뀌지 않던가!

  10시 반이 넘어 나오게 되었고 장순은 아까 했던 그 말대로 자신의 화물차 안의 그 많은 복숭아를 이들에게 똑같이 나눠 주었다. 그리고 너무 늦은 시간이라 잠을 자야 하는데 하철의 집은 구로동에 있는 반지하에 투룸이라 이들이 모두 들어가긴 어렵다. 그러던 중 여자를 데리고 온 완수는 자기는 잘 곳을 알아서 찾겠다고 갔고 홍철, 영선은 둘이서 한잔 더 하겠다며 다른 데로 갔다.

  이젠 남은 건, 장순, 하철, 철수였다. 이들은 인근 마트에 들러 맥주와 안주를 사서 들고 하철의 투룸으로 향한다. 여기서 방금 전, 다른 데로 간 사람들과 이들 간의 미묘한 사이라는 게 조금은 나타나는 분위기인 것 같다.

  사실, 아까 철수는 장순에게 조금 역겨운 말을 했지만 예전 직장 생활을 같이 할 때 가까운 편이었다. 원래 무엇이든지 조금 더 가까운 것이 있고 조금 더 먼 것이 존재한다.


  이날은 프로야구 일정이 다시 돌고 돌아 서울 두 팀이 잠실벌에서 3연전에 돌입한다. 무서운 현실은 안영석도 오늘은 강력하게 김보라에게 번호를 알려 달라 요청하려고 벼르고 있다는 것이다. 지금까지 동복철에게만 그녀가 번호를 알려 준 상태인데 오늘 영석마저 그렇게 물고 늘어지면 그녀로선 굉장히 심란해질 수가 있다.

  현재까지 그녀가 속으로 매력을 느끼는 대상은 단연 동복철이다. 그는 어제까지 9호 홈런을 쏘아 올렸기 때문이다.

개막 전부터 지금껏 연일 하루에 한 방씩 터뜨리는 괴력을 발휘하고 있는 것이었다. 이런 괴물에게 그녀가 더 빠져들고 있다. 안영석은 지난번에 아주 호기롭게 올해 도루 71개와 홈런 60호라고 밝혔으나 지금까지 도루는 하루에 한두 개씩 성공해도 홈런은 터뜨리지 못하고 있다. 남편의 심기가 불편해져 걷잡을 수 없는 일이 터질 수도 있는 상황이었다.

저녁 6시부터 경기가 시작되는데 여느 때와 같이 4시경이면 몸을 푼다. 그 시각에 그녀는 취재하러 가는 것이었다.

그녀가 잠실 야구장에 도착하여 맨 먼저 간 곳은 돌핀스 라커 룸이다. 왠지 그에게 관심이 생겨서일 수가 있다.

"안녕하세요? 우우, 어제까지 9개입니다. 정말 대단한 페이스인데요. 이러다가 세계 최초 대기록이 세워질 것 같은데요. 9경기 연속 대포입니다. 만약 오늘까지 대포가 터진다면 미국의 13일 연속 대포 기록에 접근하는 거고, 다음에 4개만 더 터지면 그 세계 기록을 깨는 것이지요. 자신 있습니까?"

"네, 자신 있습니다. 그까짓 5개를 5일 연속으로 못 하겠어요? 충분히 할 수 있어요. 그대가 내 곁에 있으므로."

이 말은 더 큰 문제가 터질 수 있는 표현이라 그녀는 재빨리 눈짓으로 그런 말을 하지 말라는 표시를 한다. 하지만 이미 복철은 그녀가 자신에게 번호를 알려 줬으므로 모든 게 이뤄졌다고도 김칫국을 마실 정도였다.

취재가 끝나고 나가면서 그녀가 또다시 빌미를 주었다. "전화해."라고 말하면서 쓱 나가는 것이었다. 그러자 그는 엄지를 척 세웠다. 다음으로 그녀는 아쿠아맨 라커 룸으로 가 키맨 안영석을 만났다.

그는 기다렸다는 듯 말했다.

"아나운서님, 내게 번호를 알려 주십시오."

그러자 취재진들이 취재를 멈추고 밖으로 나간다. 카메라가 꺼진 틈에 또 무슨 객기인지 그녀는 돌발적으로 그에게도 번호를 알려 주는 엽기를 발휘하고야 말았다.

이 시각 한보철은 노심초사로 빠져들었다. 행여나 아내가 저들 야구선수들과 무슨 일이 생길 것만 같은 불안감 때문이다. 급기야 한 검사는 머리를 짜내는 중 아내가 야구선수들과 무슨 불륜이라도 저지르는지 캐내고자 심부름센터에 의뢰하는 데 이른다.

서울 동대문 쪽 이런 일을 주로 하는 흥신소 심부름센터였다. 드러면 갈라서려는 발로였다. 이곳의 사장은 이런 의뢰의 전담반 중 한 명을 기용하였다.

"야, 덕강아! 이젠 네 주특기를 발휘할 기회가 왔다. 잘하면 한 검사님이 네게 크게 한 장 줄지도 몰라! 한 검사님이 얼마나 스트레스를 많이 받으면 그러겠니? 잘 해결해 드려라?"

"네, 사장님! 근데 이 의뢰서를 보니 하필 야구선수 둘을 감시 관찰 탐정 하는 거라 감회가 새롭습니다. 저는 고등학교 야구부를 했는데 실력이 안 돼 프로 1군에 못 가고 삼광슈퍼맨 2군으로 가 개고생했거든요. 나이 40 가까이 거기 있다가 1군 못 올라가고, 돈도 하나도 못 벌고 나와서 나이트 직원을 하다 어떻게 여기까지 왔는데 참! 그놈들은 캡틴이 되어 고공 고액 연봉을 받으니, 으으윽. 자괴감이 듭니다. 뭐! 물론 제 실력이 미달이라 그렇긴 합니다만, 하여튼 그러니 제가 그놈들을 탐정하는 일이 더욱더 강한 동기부여가 되기도 합니다. 그 녀석들 한번 두고 보자. 나의 야심에 불꽃을 댕긴다."

이런 삼엄한 현실도 모르고 아내 보라는 양 팀의 캡틴들에게 매력을 느끼며 본부석에 앉아 곧 경기가 시작될 시간만을 기다리고 있다.

동대문 흥신소 요원 허덕강은 모든 세세한 정보 수집을 마치고 곧바로 잠실 야구장으로 내달렸다. 아주 치밀한 남편 한보철은 덕강과 직접 통화를 하며 코치가 되기도 하였다.

그는 본부석 주변을 배회하기 시작하면서 서서히 자신의 업무를 시작하였다.

보라는 경기가 다 끝나고 인터뷰하러 경기장 구석으로 내려갔다. 오늘까지 복철이 홈런을 터뜨렸다면 10일 연속 10호였지만 불발이 되고 말았다. 하지만 팀은 승리했기에 소감을 물었다. 아까 경기 시작 전 "전화해."라고 그녀가 말한 게 불을 지펴 그는 고무된 얼굴이었다. 그러나 그녀는 "오늘 10일 연속 포가 터졌으면 좋았겠지만 불발이라 아쉽습니다. 다시 분발해 주시길 바랍니다."라는 형식적인 멘트를 하고 쏜살같이 달아나 반대편 바통아쿠아맨 쪽으로 가 안영석을 만났다. 이런 심경 변화를 일으키는 이유는 워낙 갈대같이 흔들리는 성향을 지녀서 그렇다. 그렇기에 아까 경기 시작 전 그에게 번호를 알려 주는 엽기를 발휘했는지도 모른다.

"안영석 선수를 만나 보겠습니다. 오늘도 도루를 성공하셨고 그 무엇보다 오늘 올해 최초로 홈런포를 작렬시켰습니다. 축하합니다."

"아이, 별거 없어요. 다 그런 겁니다. 내가 저쪽 돌핀스 4번 타자 기록을 깨 보겠습니다."

야심을 드러내는 그였는데 이 모든 원동력은 아까 그녀가 자신에게 번호를 알려 줬기 때문이다. 즉 돌핀스 거포 복철에게서 아쿠아맨 날쌘돌이 영석으로 마음이 쏠려 가는 시점이었다.

살벌한 광경일 수밖에 없었다. 탐정맨 덕강의 독수리 같은 매서운 눈이 불과 얼마 떨어지지 않은 관중석에서 뚫어지게 주시하고 있었다. 이미 덕강은 이 장면마저도 다 찍고 있었다.

금세 취재가 다 끝나자 영석은 카메라를 끄고 나가는 기사들의 눈치를 보면서 말했다.

"누나, 내 차 마세라티 기블리를 타고 호프에 가 생맥이나 한잔 쭉?"

그에 그녀는 "좋아요."라고 답했다. 이 소리가 정확히 들리진 않았지만 탐정맨 덕강은 워낙 촉이 발달하여 그들의 입모양으로도 다 파악하고 곧바로 밖 비상구에 가 대비하고 있다.

바통아쿠아맨 전용 버스가 세워진 곳으로 그가 나오지 않고 다른 쪽으로 나오고 있었다. 몇 미터 뒤에 그녀가 나오는 모습이 보였다.

이들은 검은색 기블리 쪽으로 막 뛰어갔다. 전용 버스에 마지막으로 올라탄 코치가 인원을 점검하는데 영석이 안 보이자 소리를 질렀다.

"야, 영석이 못 봤나? 왜 걔는 없나?"

하지만 다들 아무 말이 없다. 코치는 이상하다 싶어 내려 이리저리 돌아다녀도 그가 보이지 않았다. 그의 차 기블리 가 빠져나가는 광경이 보여 빤히 쳐다보자 그가 코치를 보고 살짝 문을 열고 말했다.

"잠시 갈 데가 있습니다."

그리고 막 지나간다. 미리 대비하고 있던 탐정맨 덕강은 그 차 뒤를 세차게 달라붙었다. 앞차는 송파구 방이동으로 내뺐다. 그도 스타렉스로 악착같이 쫓아갔다. 결국 그는 오늘 그들의 불륜 현장을 포착하는 기염을 토해 냈다.

곧장 남편 한 검사에게 이 사실을 그대로 알렸다. 한 검사는 머리가 어지러워 아파트 주방 바닥에 퍽하고 쓰러졌다.

"ㅇㅇㅇㅇ."

졸도한 시간이 한참 지나 깨어나자 자정 12시가 다 됐다. 냉수를 벌컥벌컥 마셨다. 벌써 결심은 섰다. 아내와 이혼해야겠다는 쪽으로 말이다.

한편 이날은 어제 만남 후 애정 쟁탈전에 침체된 장순에게 활기를 불어넣어 주기 위한 자리였지만 조금 껄끄러운 마음의 가시 하나만을 남긴 채 저녁때가 다 되어 각자 집으로 돌아간 날이었다. 이번 센영수트 옛 직장 동료들의 모임으로 장순은 더 강한 사기를 불태울 수 있을지 궁금하다.

각각 홍천, 고성, 정읍, 진천, 용인으로 간 이들은 특수 작물이 큰 수확을 얻을 수 있게 구슬땀을 흘리는 시간이 되겠고 또 이들의 미래 배우자가 될 여성들과의 장밋빛 시간들이 이어질 것으로 예상된다. 그래도 뭐니 뭐니 해도 가장 화두가 되는 인물은 장순이다.

그 난적인 홍선을 제압하고 상미를 완전 사로잡아 애인이 됨과 동시에 미래의 배우자로 만들 것인가? 바로 이것이다. 홍선에게 얻어맞아 시퍼렇게 멍든 얼굴도 어느 정도 회복되었고 이젠 사생결단, 임전무퇴이다. 둘 중의 하나는 죽는다. 더 없다.

며칠 휴식을 가졌으니 다시 애정 전투에 임하리라! 장순은 그때 그 격전장이었던 상미가 사는 아파트 그 동 그 호 앞으로 화물차를 몰았다.

눈이 빠지게 그놈의 차 아니면 상미를 기다리는 고독한 사냥꾼 이장순이다. 만일의 사태에 대비하여 화물차 안에 빈 소주병은 많이 비치되어 있다. 유사시에 휘두르려고 그러는 것이었다. 눈이 빠지다 못해 몸속의 창자가 다 빠져 나올 정도로 속을 썩이며 그것들이 나타나길 기다렸건만 개미 새끼 한 마리도 보이지 않았다.

어떻게 된 일일까! 내가 무서워 피했을까! 아님 둘이서 밀월여행을 떠나 버렸나!

정말 창자가 다 틀어져만 간다.

속은 검정 물감을 닮아 간다. 안 되겠다. 덕비사우나로 돌아가 그 사장에게 그 남자의 정체와 사는 곳을 물어보리라! 그 사우나 사장은 왠지 그것을 알 것 같으니 직접 물어보겠다. 지체하지 말고 빨리 가서…!

장순이 덕비사우나에 도착해서 들어간다.

"아이고, 안녕하세요. 사장님."

"어어! 아니, 우리 반가운 손님이 오셨군요. 어서 와요. 장순 씨."

김 사장은 그에게서 무엇인가 시원한 소식이라도 있는지 몹시 궁금해하는 눈치이다. 자신이 처남 홍선을 방어하기가 힘드니 장순에게 기대며 그가 적절히 그 관계를 끊어 놓을 수 있으리라 기대하고 있는 얄팍하고 가련한 수.

그런데 여기서 김 사장이 매우 이해가 안 되는 부분은 만약 그러다가 장순이 그 관계를 끊어 놓고 상미와 연결되어 버린다면 어떡한단 말인가. 그것도 만만찮은 또 다른 아픔일 텐데 이렇게 뒤에서 어정쩡하게 그를 돕는 우군을 자처하고 있으니! 미련한 건지, 한심한 건지, 아님, 우선이라도 홍선과 상미의 뜨거운 사랑의 불길을 끊어 놓아야 한다는 절박함인지!

그러나 오히려 이 상황에선 장순이 더 절박한 표정과 심정으로 말을 하고 있다.

"아니, 사장님, 제가 그 상미 씨 집 앞에서 기다리다가 어떤 남자와 오는 걸 보았는데요. 서로 감정이 생겨 치고받았는데 그 남자와 갑자기 어디로 달아나 버렸습니다. 오늘 또 그곳에 가 보니 볼 수가 없어서 난감하군요."

"아아! 지금 보니 얼굴에 상처가…! 그래서 그랬군요. 너무 안 좋아 보이네요."

"상미 씨를 찾을 또 다른 좋은 방법이 없을까요?"

장순이 이렇게 애처롭게 말하자 김 사장은 속으로 회심의 미소를 짓기 시작한다.

"아아! 얼마나 상미를 좋아하면 그렇겠어요. 뭐, 내가 도울 수 있는 길은 상미의 집이 어딘지, 아니면 하나 더 있다면 그 남자의 직장이 어딘지 알려 줄 수 있는 정도, 뭐, 그 정도이지요."

"어! 아아…! 사장님, 그 남자의 직장을 어떻게 알고 계십니까? 그럼 얼른 알려 주세요. 가서 이판사판 결판을 짓게 말이죠."

"아니, 나는 그때 상미가 누군가와 통화하는 소릴 들었는데 아마 그 남자의 직장에 대해 말하고 있는 것 같았어요."

"사장님, 얼른 그 남자의 직장을 알려 주세요. 부탁입니다."

김 사장은 드디어 올 것이 왔다고 생각하며 속으로 행복의 비명을 지르고 있었다. 그는 홍선의 직장을 알려 주는 강수를 두고 말았다.

이참에 집까지 알려 주어 발본색원 차원의 초강수를 두려 했지만 자신이 그의 집까지 알고 있다는 게 조금 어색한 측면이 있고 자칫, 장순에게서 큰 오해를 불러일으킬 수도 있기에 그것까진 참는다. 그의 집까지 어떻게 알았을까 하는 장순의 오해 말이다.

"아, 예, 그럼 알려 드리지요. 며칠 전, 이곳에 와서 상미를 데리고 달아난 그 남자는 창원 마산합포구 중앙동 주변에서 복싱 아카데미를 운영하고 있습니다."

"아! 그래요. 예에, 알았어요. 어쩐지 주먹은 좀 세더라고요. 내 그 인간을 가만두지 않을 거예요. 저 그만 갑니다."

"아니, 아니… 커피라도 한잔하고 가시지…!"
장순은 더 생각할 것도 없이 쏜살같이 그곳을 향해 달려간다.

# 8

## 순탄치 않은 귀농 생활

♨

　뒤에서 그를 바라보는 김 사장은 무척 달콤한 표정을 지으며 회심의 짜릿한 아메리카노를 한잔하기 위해 밖으로 나간다. 그리고 그 커피를 테이크아웃하여 들고 들어와 마음속으로 기쁨의 즉석 일기를 써 내려간다.

　하하하. 나의 달콤한 애인 상미를 빼앗아 간 그 처남 녀석을 이장순 동지가 확실하게 응징해 주길 빈다. 부디, 승전하여 그들 사이를 균열만 일으켜 다오! 그렇게만 된다면 내 반드시 그 허물어진 빈 공간을 침투하여 다시 상미를 내 품에 안고 말리라! 이장순 동지, 부디 파이팅 하라.

　그가 이렇게 마음의 일기를 쓰고 있는 동안 장순이란 와일드한 사내는 거침없이 화물차를 몰고 창원 마산합포구 중앙동 복싱 아카데미로 달려갔다. 그 화물차가 그곳에 도달했을 때 시간은 오후 6시경이 되어 간다.
　한편 그곳 휴게실에서 홍선과 상미가 커피를 마시며 데이트를 즐기고 있을 때였다. 그녀는 창문 밖으로 그의 화물차를 보게 된다.
　예전에 그 화물차에 자신을 강제로 태우고 문강변으로 데리고 갔었기에 지금 생생하게 그 차를 기억할 수 있었다. 너무 놀란 그녀는 충격을 금할 길이 없었다. 어떻게 여기까지 알고 찾아왔느냐는 것이다. 어리벙벙했다. 얼른 홍선에게 말한다.

"아니, 오빠 며칠 전 내가 있는 동발동 아파트 앞에 와서 난리를 치고 오빠하고 싸웠던 그 남자가 어떻게 여기까지 알고 찾아왔어. 어떻게 하지?"

"뭐야, 그때 네가 말한 그 맞선 봤는데 싫다고 하니까 계속 달라붙는다는 그놈이 여기까지 왔단 말이야?"

"저기, 저기를 봐…."

"이게 정말 죽고 싶나…."

홍선이 그와 맞서기 위해 휴게실 문을 열고 밖으로 나가자 상미는 그 틈을 타, 복싱 아카데미 후문으로 쏜살같이 빠져나갔다. 택시를 타고 아예 더 멀리멀리 피하기 위해 창원 터미널로 가 버린다. 한편, 복싱 아카데미 앞에선 저번처럼 그 두 남자의 엄청난 육탄전이 벌어졌는데 이를 본 체육관 수련생들이 일제히 뛰어나가 그들을 말렸다.

수련생들이 완강하게 제재를 하는 바람에 더 이상 험악한 싸움은 벌어지진 않았지만, 장순은 전열을 가다듬는 대로 또 이곳에 급습할 것은 기정사실이 될 것 같다.

장순은 돌아서 가는 길에 계속 상미에게 전화를 넣었지만, 받지 않는다. 홍선도 다시 체육관 사무실에 들어와 그녀가 보이지 않자 전화를 넣었지만, 안 받는다. 이미, 그녀는 창원 터미널에서 서울로 가는 우등 버스를 타고 도망쳤다. 그녀로선 무척 예민해져 있고 두 남자의 혈투를 더 이상 볼 수 없다는 나름의 자구책인 듯하다.

그녀는 자신의 문제로 또 두 남자가 혈투를 펼칠 것이 두려워 서울로 도망친 후, 고성 문발동 부모가 사는 집으로 전화를 하여 지금 상황 설명을 했다. 동발동에 있는 아파트에서 나와야겠다고 말한다. 그녀의 부모는 대신 알아서 처리하겠다고 말했다.

그 후 그녀는 고성에 내려가지 않고 계속 서울에 머물면서 할 일을 궁리하고 있었다. 하루 더 지나 장순은 그녀의 아파트 주변을 배회하며 기다리고 있었으나 찾을 길은 묘연하였다.

홍선도 그녀에게 계속 전화를 넣었으나 끝까지 받지 않았다. 그리고 황도도 그녀에게 전화했으나 마찬가지였다. 장순은 처음 자신을 상미에게 소개하여 주었던 고성 시내 청솔국밥집 아줌마에게 찾아가 그녀의 부모의 집을 알려 달라고 간청했으나 그는 모른다며 알려 주지 않았다. 이미 그 아줌마는 그녀의 부모로부터 만약에 그런 남자가 찾아와 묻거든 알려 주지 말라는 부탁을 받은 후였다. 상미는 고성에서 서울로 도망침으로써 이 지독한 삼각관계에서 탈피하게 됐다.

한때, 앙숙이었던 장순을 끌어들여 홍선과 상미의 사이를 갈라놓으려 했던 김황도 그녀를 아예 볼 수 없게 되자, 심한 허탈감에 빠져들기 시작하였다. 이 삼각 인물들은 각자 그렇게 깊은 허탈감 속에 빠져 버렸다.

다른 한편, 귀농 5인방 중에 4인은 장순처럼 그렇게 이성 문제가 복잡하고 험난하지 않았다. 평온하고 순조로웠다. 이들은 외국인 여성들을 만나 서로 깊은 애정 탑을 드높게 세워 가고 있었다.

며칠간 충격 속에 허덕이던 한 검사는 오늘 토요일을 맞아 청담동 아파트 집으로 상경하고 있었다. 오늘은 그때 그 증거를 토대로 갈라설 각오가 되어 있다.

들어가자 아내는 TV를 보고 있었다. 오늘은 아내가 야구장 취재하러 가는 날이 아니라서 그랬다.

그는 들어서자마자 으름장을 놓았다.

"야, 너 그게 뭐야? 네 남편이 검사인데 그게 뭐냐고! 무슨 야구선수들 하고 장난이나 치고 말이야! 너 며칠 전 아쿠아맨 안영석이란 놈하고 무슨 지랄이 난 거야? 내가 다 알고 있다. 똑바로 말해! 다 죽여 버릴 수가 있다."

"아니, 그날은 아쿠아맨 걔가 첫 홈런을 쳐서 그냥 웃으면서 인터뷰에 응하다 보니 그냥 그렇게 보인 거지, 뭐. 아무것도 없다고! 자기는 허구한 날 내가 경기장 가서 취재하는 거나 지켜보고 있어? 그럼 검사 일은 언제 할 건데?"

"뭐? 그 자식의 첫 홈런에 웃으면서 인터뷰? 참! 인터뷰 좋아하네. 야, 여기 증거물이 다 있다. 방이동 헤롤호텔 현관문! 이 동영상 좀 봐 봐. 자, 봐 봐!"

이러면서 아내의 눈에 가까이 들이댔다. 가슴이 쿵 내려앉은 그녀는 온몸이 벌벌 떨렸다.

"어! 어떻게 이걸?"

꼼짝없이 이혼당할 위기에 몰린 그녀였다.

"야, 자기야. 지금 현행법에 간통죄는 없어. 감방 보낼 방법은 없으니 위자료 3천만 원이나 받아 내야겠다. 갈라서고 말이야! 그럴 준비나 해?"

겁에 질린 얼굴로 방으로 들어가 픽 쓰러지는 아내였다.

하루가 더 지나 한 주의 시작 월요일이 되자 그는 이혼 절차로 들어갔다. 매스컴엔 온통 BBM 스포츠 채널 김보라 아나운서가 남편 광주지방검찰청 한보철 검사와 파경했다는 기사가 도배되었다. 더불어 이달 11일 바통아쿠아맨 1번 타자 안영석 선수와 불륜 행각이 벌어진 걸 남편이 알게 되어 이혼 절차를 밟게 된 것이란 그 까닭까지 모든 방송 일간지에 도배됐다.

이 기사는 계속 반복적으로 매스컴에 나왔다. 전날 밤 광주 지산동 부근에서 다방 종업원 일을 마치고 오후에 깊은 잠이 든 차지선은 저녁때 일하러 다방에 들어갔다가 잠시 TV를 켜고 이 사실을 알게 된다.

"어, 어? 검사 오빠가 저렇게 되다니! 으으, 그래도 저 오빠가 저런 엘리트 여자와 결혼하여 행복하게 잘 살길 바랐건만. 이런 결말이 나오는구나!"

그녀는 혼잣말로 중얼거리다가 파경의 원인이 프로야구 바통아쿠아맨 1번 타자 안영석과의 불륜이었다고 나오자 탄식한다.

"어머머! 저거, 저거, 저 아내가 우리 한 검사를 외도하고 야구선수와 저렇게 된 거구나! 참! 내가 만약 검사 오빠와 결혼했으면 절대 저런 짓은 없었을 텐데! 난 그때 한 검사 오빠를 얼마나 좋아했는데, 오로지 일편단심으로 말이야! 내 생각엔 오빠가 볼 때 내가 다방 종업원이라 찝찝하다고 생각하고 달아난 거지! 그래도 날 좋아하는 눈빛은 엄청났던 것 같았는데! 아아…!"

그 당시 한 검사에게 자신의 이름이 본명은 차지선인데 가명으로 김선미라고 속이고 연이틀 그와 섹스를 나누기도 한 아련한 러브 스토리가 추억에 남아 좀처럼 지워지질 않는다.

그가 그 후로 김보라와 결혼했다는 보도가 떴을 때 지선이 탁자에 얼굴을 묻고 한참 동안 흐느낀 기억도 동시에 떠올랐다.

이달 초 다방에 손님으로 온 한 남자와 대화하던 중 급격히 친해져 교제하게 된 지도 어느새 열흘이 조금 더 지났다.

그 남자는 공교롭게도 그녀의 고향 전북 진안에서 논농사하며 사는 사람이었다. 나이는 36살이라 그녀보다 3살 위였다. 아직 논농사 시즌이 아니라 광주 지산 세리다방에 자주 오고 있다. 하지만 그녀의 가슴속은 그래도 한 검사 오빠를 잊질 못해 허덕이고 있다. 이런 스토리는 현재 교제 중인 농부 오빠에겐 절대 발설하진 않고 침묵하고 있는 중이다.

그저 우두커니 먹먹한 심경 속에 빠져 있는 시간도 잠시, 어디선가 전화가 왔다. 그 농부 오빠였다. 전화를 받자 "네가 보고 싶어. 오늘 밤에 다방에 갈게."라고 짧게 말하고 답변을 기다린다.

"아! 오빠, 오늘은 조금 몸이 아프다. 다음에 전화하면 안 되나?"

그녀가 회피하자 그는 "내일 할게."라며 끊는다. 지금 농부가 전화한 까닭은 그녀가 다방을 관두게 하고 함께 진안으로 가 결혼하고 농사를 지으려는 것이었다.

다음 날 농부 조말복은 늦은 시간 세리다방에 들어와 지선의 손을 잡으며 말했다.

"선미 씨, 더 이상 여기서 이러지 말고 우리 고향으로 갑시다. 진안으로요. 가서 우리 같이 농사나 지으며 삽시다. 내가 다 먹여 살리겠습니다. 네?"

그러자 지선은 벌떡 일어나 말했다.

"네, 농부 오빠. 사실 내 이름은 선미가 아니라 지선이야! 가명을 썼던 거였지. 이젠 나도 이 일을 관둘 거니까 지금부턴 지선이라고 불러 줘."

그리고 그가 이끄는 데로 따라갔다.

말복은 지선을 데리고 진안으로 가 급조하여 결혼 계획을 세웠다. 23일 일요일 진안 행복웨딩홀에서 식을 올리기로 하였다.

이즈음 대전지방검찰청 논산지원 강경지청에 평검사로 근무 중인 남자가 있었다. 그는 퇴근 후 미용실에 들러 머리를 깎다가 기다리던 여자 손님과 대화 중 알게 되어 교제하게 됐는데 하필 강경 사거리 쪽 홍다방 종업원이라는 게 알려져 괴로움에 빠져들었다.

그의 이름은 변기영이고 한보철과 서울 법대 동기이다. 나이도 보철과 같은 33세이다. 기영은 어제 보철의 불운의 파경을 다룬 기사를 본 터라 위로하려고 마음먹고 있었다.

그는 어제 미용실에서 알게 되어 즉석으로 번호까지 주고받을 정도로 뜨거운 관심을 갖게 된 그 여성이 다방 종업원이란 사실을 바로 다음 날 알게 되었다. 점심때 식사하러 나갔다가 그녀가 지하 다방으로 들어가는 광경을 목격한 것이었다. 이 점이 보철과 다른 점이다. 보철은 한참 지나 알게 됐지만 기영은 바로 다음 날이란 차이이다.

퇴근 무렵 그는 절친 검사 한보철에게 전화하여 파경 문제를 위로할 겸 또 자신의 이 심란한 여자 문제를 털어났다.

"야, 친구! 오랜만이야! 어제 인터넷 기사로 알게 됐는데 참 그런 일이 생겼네! 내가 그, 뭐라고 위로를 해 줘야 할지 모르겠네! 너무 상심하진 말고."

"아니, 아니야. 원래 결혼은 다 그런 불상사가 터지는 것 같다. 물론 안 해도 그렇긴 하지만 말이야!"

"난 말이야, 어제 미용실에서 알게 된 100% 이상형인 여자가 다방 일을 한다는 걸 오늘에야 알게 되어 엄청 짜증 난다. 너무 마음에 들긴 한데 왜 하필 다방이냐? 답이 없다. 답이 없어."

그가 넋두리를 늘어놨다. 이 말에 보철은 깜짝 놀란다. 자신이 겪은 사연과 판박이가 친구에게 일어났기 때문이다.

하지만 문득 혼란스러운 감정이 드리워지고 있었다. 왜냐하면 자신이 광주 지산동 세리다방 종업원을 찜찜하게 느껴 이화여자대학 영문과 출신 아나운서와 결혼한 후 아내가 불미스러운 행동을 저질렀기 때문이다. 평소 화류계 출신들이 다 문제이고 고학력 엘리트들은 그렇지 않다는 선입견을 지녔지만 결과는 충격적이었다.

지금은 변기영이 자신과 똑같은 길을 걷는 것 같아 씁쓸했다. 뭐라고 어떻게 조언해 줄 수 있을지 까다롭기 그지없다.

"글쎄 다음에 시간 내어 술이나 한잔하지?"

"음."

보철은 적당히 말하고 끊어야겠다고 판단한다. 자신의 삶과 시간이 더더욱 괴롭기 때문이다. 기영은 극심한 고민과 갈등에 빠져든다. 이날 강경지청 뒷동네 주택에 사는 그는 번민을 거듭하다 끝내 결론을 내질 못하고 좀 더 다방 종업원을 만나 보리라! 마음먹었다. 쉽게 뿌리치지 못하는 이유는 너무나 매혹적인 외모에 완전히 홀렸기 때문이다.

다음 날 저녁, 기영은 논산 강경읍 그 다방에 들어갔다. 도저히 끊어 낼 결단력이 부족하였다. 예고도 없이 불쑥 들어가자 그녀는 너무 놀라 엉거주춤하게 몸을 일으킨다.

"어! 검사 오빠, 여길 어떻게 알고 온 거야? 난 오빠가 내가 여기에 있단 걸 모르게 만나려고 했는데. 어휴~ 참! 아깝다."

"난 솔직히 어제 점심 먹으러 가다가 그쪽을 보고 많이 놀랐습니다. 여기로 커피통을 싼 보자기를 들고 들어가는 걸 보고 말이죠. 그나저나 이름은 뭡니까?"

"네, 송다영이라고 합니다. 나이는 31살이고요."

그녀는 가명이 아니라 실명을 밝혔다. 이미 자신이 다방 종업원으로 알려져 변 검사가 자신을 거들떠볼 일이 없을 거라고 체념하고 있었다. 하지만 그의 표정은 진지했다.

"다영 씨, 당신이 여기서 일하는 건 전혀 문제가 되지 않을 것 같습니다. 난 당신과 진정으로 교제하고 싶습니다."

"아아, 네? 그 말이 사실인가요? 우아."

이 사실을 알면서도 교제의 뜻을 펴는 그를 보며 그녀는 너무 놀라 흥분의 도가니로 빠져든다. 그래 놓고 밖에 나와 또다시 오락가락 갈피를 못 잡는 그는 젓갈시장 쪽 골목의 포차로 들어갔다. 혼자 소주를 마시며 별별 생각들을 다 하다가 최종 얻은 결론은 그녀를 잡자는 것이었다.

그는 갑자기 또 홍다방 문을 연다.

술 냄새를 풀풀 풍기며 들어오는 그를 본 그녀가 물었다.

"어어? 검사 오빠 왜 또 온 거야?"

"다영아, 나가자, 으윽."

그는 그렇게 말하며 그녀를 손을 움켜잡고 끌고 나간다. 끌려 나가지만 그녀는 내심 쾌재를 불렀다. 금강변 쪽으로 가다가 느닷없이 그녀를 데리고 한 모텔로 들어가 빨간색 장미꽃을 검은색 장미꽃으로 아주 검붉게 물들였다. 이때 다영은 이 검사 오빠가 자신을 무척이나 좋아하고 사랑에 단단히 빠져들었구나! 하고 확신하게 된다.

밖으로 나가 아까 그가 혼자서 술을 마셨던 그 포차로 둘이서 또 들어가 소주를 마신다.

문제는 여기까지 다 좋았는데 그는 집으로 들어가 또다시 깊은 망상 속에 빠졌다. 그 여잘 불결하게 여기는 관념 때문이다. 이를 어떻게 해야 한단 말인가!

끝내 내일 오전 중 시간 내어 서울대 법대 대선배 변호사 이경주에게 전화하여 넋두리를 해 보리라! 생각한다. 술이 깨어 가며 아침에 일어나게 되었다. 씻고 바로 집 앞 강경검찰청에 출근했다. 오전에 서초동에서 대형 로펌 변호사를 하고 있는 대선배 이경주에게 안부 전화를 한다.

최근 일어난 사랑에 관련된 스토리를 밝히자 경주는 깜짝 놀라며 말한다.

"야, 후배야. 그게 뭐야? 네가 명색이 대한민국 최고 직업 검사인데 다방 여자에게 홀려 그런단 말이야? 참! 말도 안 된다. 아니 그러지 말고 한번 서울에 와, 술이나 먹게. 술 먹으며 대화를 하자?"

"네, 선배님. 그럼 모레 토요일에 서울에 가면 전화하겠습니다."

이랬으나 이날도 기영은 어제 금강변 모텔에서 그녀와 나눈 감미로웠던 섹스와 그 후 포차에서 야릇하게 술을 먹었던 달콤한 기억에 헤어날 줄을 모르고 몽롱하기만 하였다.


이윽고 토요일이 되자 자신의 업무를 마무리하고 강경역발 용산행 새마을호에 몸을 실었다. 대선배 변호사 이경주와의 만남은 꽤 오랜만이다. 그는 대학 선배이자 법조 선배이고 기영의 멘토다.

용산역에 다다라 경주에게 전화하자 그는 "아! 야, 여기 내 집 알지? 청담역 청담동 신비주택 A동 202호로 직접 와. 초인종을 누르면 내가 열어 줄게."라고 알려 줬다.

"네, 선배님. 도착하면 그렇게 하도록 하겠습니다."

어둑어둑해진 시간에 변기영은 그의 집에 도착하여 벨을 누르자 그가 문을 열어 줬다.

"어서 와."

소파에 앉자 경주의 부인 채화가 방에서 나온다. 그녀는 청담동에서 명품 외제 의류점을 하는 사람이다. 숙명여대 의류학과 출신이다.

"어서 오세요. 젊은 검사님, 우리 남편에게 다 전해 들었는데 참! 그게 말이 안 되죠. 어떻게 이 나라의 최고 직업 검사님이 다방 종업원을 만나 교제를 합니까? 에잇, 난센스가 아니라 상상도 못 할 일입니다. 으으, 끔찍합니다."

그도 괴로운 표정을 지으며 탄식을 이어 갔다.

"다 맞는 말씀인데 그래도 너무 힘듭니다. 으으."

그녀는 술을 꺼내 와 대접하며 맞선을 제안했다.

"내가 아는 숙대 여교수가 있는데 그렇게 만나 보십시오. 검사님과 어느 정도 맞는 것 같습니다. 호호호."

술이 몇 잔 들어가자 그도 조금씩 흔들리기 시작하였다.

"네, 그럼 만날 수가 있을 것 같습니다. 소개해 주세요."

적극적인 자세를 취하자 그녀는 아는 여교수의 번호를 알려 줬다.

"그 이전에 사진을 교환하십시오. 마음에 안 들면 안 만나면 됩니다."

"네, 알겠습니다."

"바로 내일이라도 만나십시오. 만나고 강경으로 내려가십시오."

"네."

평일에 충남 논산에서 왔다 갔다 할 수가 없어서 일요일에 만나고 가려는 것이었다.

이윽고 다음 날 정오가 되어 강남역 10번 출구에서 이들은 만나게 된다.

"저는 숙대 의류학과 교수 임빈나라고 합니다. 제 나이는 31살입니다. 이경주 변호사님 사모님이신 김채화 여사님께서 소개해 주셔서 이렇게 나오게 된 것입니다."

"네, 그렇습니까? 저는 강경지청에서 근무하는 변기영 검사입니다. 제 나이는 33살입니다. 임 교수님과 2살 차라 딱 좋군요."

두 사람은 순간 서로 어느 정도 호감을 일으키고 있었다. 그랬지만 그는 문득 며칠 전 강경 금강변 모텔에서 다방 종업원 송다영과 나눈 감미로웠던 섹스가 떠올라 심기가 어지럽고 혼란스러웠다. 하지만 그 망상을 지우려고 머릴 좌우로 막 흔들었다.

그러자 그녀는 "아니, 검사님 갑자기 왜 그러세요? 어디가 아프십니까? 머리가?"라며 다소 걱정스러운 표정을 나타냈다.

"아니, 아닙니다. 이렇게 너무 뛰어난 미모와 지적인 교수님과 마주 앉아 맞선을 보니까 너무 황홀해져서 그렇습니다. 우후후."

갑자기 그녀는 너무 기뻐 얼굴빛이 벌겋게 달아올랐다.

둘은 앞으로 교제하기로 합의하고 흩어졌다. 그는 내일 월요일 강경지청에 출근하기 위하여 오후에 내려갔다.

골치 아픈 문제가 있었다. 그는 이날 저녁 강경검찰청 뒷골목 자신의 집 주택에 들어가 또다시 송다영이 자꾸만 떠올라 좀체 몸을 가눌 수가 없었다.

가 볼까, 말까! 아주 심한 갈등과 번민 속에 빠져 속이 답답해 실내에 가만히 있질 못하고 밖으로 확 뛰쳐나갔다.

걷고 걸어 그 방향으로 내디뎠다. 홍이라고 새겨진 간판이 나와 홍이란 글자를 물끄러미 바라보다가 들어갈까 말까 심하게 망설였다.

"으으, 명색이 내가 오늘 숙대 여교수와 맞선을 보고 온 사람인데. 지금 여길 들어간다면 이게 말이 되나, 안 되나! 이것이 문제는 문제로다. 아아."

혼잣말로 중얼거리다가 발길을 돌려 집으로 가다가 다른 경로로 복잡한 마음이 들어왔다. 송다영이 임빈나보다 훨씬 더 매력 넘치는 여성이란 게 확연히 느껴져서 마음이 이끌렸다.

"아! 끌리는 매력을 택할 것인가? 학력과 직업을 택할 것인가?"

그는 혼자서 중얼거렸다.

결국 문득 강한 선입견에 함몰되어 후자가 안전하다, 후자다, 하고 확신하기에 이르렀다. 돌아서 집으로 들어가 누워 잠을 잔다. 더 이상 복잡해지고 싶지 않다는 굳은 마음이다.

며칠간 변 검사가 홍다방에 들어오지 않자 다영은 애를 태우며 그를 기다리는 중이었다.

이날은 조말복과 차지선이 진안 행복웨딩홀에서 결혼식을 올린 날이었다. 그녀는 결혼식을 올리면서도 온통 머릿속은 한보철을 그리워하고 있었다.

홍철, 철수는 집안에서 외국인 여성과 결혼하는 걸 결사반대하고 있었는데 이 중에 홍철의 부모는 점점 마음이 약해져 그냥 알아서 하라는 분위기로 바뀌고 있었다.

그렇게 되자, 홍철은 너무 기쁜 나머지 얼른 이번 달 안으로라도 우엔티늉과 결혼식을 올리려고 마음먹기에 이른다. 홍철은 우엔티늉과 만나 최대한 빠른 시간 안에 합치자고 말을 한다. 그랬더니 그녀도 좋다고 말하며 껑충껑충 뛰었다.

그렇게 되어 귀농 5인방 중, 외국인 여성을 만난 4인 중에 가장 빠른 결혼식을 올리고 만 김홍철이다.

4월 23일 일요일에 자신의 고향 강원도 홍천에서 멋진 결혼식을 올렸다. 이날 결혼식에는 이달 10일에 서울 구로동에서 모임을 가졌던 그 멤버들이 한 명도 빠지지 않고 참석하여 뜻깊은 날을 더욱더 빛내 주었다.

기영은 요란한 알람 소리에 일어나 출근한다. 금세 아침 9시 반이나 됐는데 한보철에게서 카톡이 날아왔다.

난 오늘부로 이혼한다. 네가 그때 내게 던진 이성 교제에 대한 물음은 영원히 답이 나오질 않는 난제 중의 난제이다. 나는 오늘 이화여대 영문과 출신 스포츠 아나운서와 갈라서니 말이다.

변 검사는 씁쓸한 기분이 몰려왔다. 물론 한 검사가 선미와의 스토리를 그에게 알리진 않았다. 그러니 변 검사가 본인이 처해진 선택의 과제를 저울질할 계기가 되진 않는다.
어젯밤 마음을 굳힌 대로 학력과 직업 쪽으로 이성을 택한다는 것을 다시금 확신하는 시간을 갖는다. 그런 의미에서 어제 맞선 본 임빈나에게 카톡을 보냈다.

교수님, 어제 처음으로 뵙고 엄청나게 반한 나머지 지금 검사 업무가 마비됐습니다. 서울과 논산의 거리가 만 리나 됩니까? 천 리나 됩니까? 오 리입니까? 으으.

읍소하는 듯하였다.
이 카톡을 바로 확인한 임 교수는 너무 흥분되어 펄쩍펄쩍 뛰기 시작하였다. 열광의 도가니 속으로 빠져든 그녀는 체통을 망각한 채 곧바로 전화를 걸었다. 그가 받자 재촉했다.

"변 검사님, 우리 이번 주에라도 결혼을 할까요? 체면과 시간이 중요한 게 아니라 우리 둘의 마음이 중요한 것 같습니다. 네?"

"아아! 교수님 그렇게 못 할 것도 없습니다. 빨리빨리 올립시다. 골치가 아픕니다. 네?"

"아니, 검사님. 다 좋은데 골치가 아프다는 표현은 좀 이상하군요. 뭐가요?"

"아니, 아닙니다. 그냥 교수님이 너무 보고 싶어서 골치가 아프다는 것입니다. 이따 퇴근 후 다시 전화하겠습니다."

"네, 정말 고마워요."

지금 그가 이렇게 서두르는 이유는 끊임없이 머릿속에 송다영이 임 교수보다 훨씬 더 끌리고 매혹적으로 다가와 가슴을 저미어 오기 때문이었다. 송다영을 지워 내려는 안간힘이라고 볼 수가 있었다.

일주일가량 기다려도 변 검사가 홍다방에 오질 않자 다영은 참다 참다 더 이상 참질 못했다. 그가 퇴근할 무렵에 기다리고 있다가 그가 나오자 갑자기 달라붙어 흐느꼈다.

"와아, 검사 오빠. 왜 우리 다방에 안 오는 거야? 으으."

그는 보는 눈들이 있어 큰일 나겠다 싶어 그녀를 밀어 내고 쏜살같이 강변 쪽으로 도망쳤다.

그는 퇴근 시 창문 밖을 주시하고 그녀가 와 있으면 건물 뒤쪽 철벽을 뛰어올라 도망치기도 하면서 며칠을 보냈다. 금요일이 되자 다음 날 결혼식을 대비하여 아침에 서울로 올라갔다.

이윽고 한 주가 지나 변기영과 임빈나는 강남 논현역 부근 쿠쿠웨딩홀에서 장렬히 결혼식을 올렸다. 그는 하루라도 빨리 송다영에게 함몰

된 사랑의 감정을 지워 내고자 급조하여 임빈나를 만나 결혼하고 황급히 신혼여행을 떠났다. 지난번 검사 한보철과 아나운서 김보라의 결혼식과 다르게 검사 변기영과 교수 임빈나 커플은 방송인이 아니라 매스컴을 타질 않아 이 사실을 송다영이 알 순 없었다. 그녀는 그저 막연히 변기영이 자신을 찾아올 거라는 기대 심리만 오매불망 망부석처럼 가득할 뿐이었다.

그는 만난 지 일주일 만에 급조된 결혼식이 최선의 방책이라 판단하였다. 왜냐하면 절대 다방 종업원은 앞으로 살면서 문란할 거라고 확신하기 때문이다.

반면 고학력에 높은 직업군인 여성 교수는 조신하고 늘 학구열이 충만하여 절대 문란함과는 관련 없을 거라는 믿음이 절대적이라서 그랬다.


제주도로 신혼여행을 갔다 온 김홍철, 우엔티늉 부부는 홍천군 서석면 어론리 홍철의 집에 잠시 머물다가 며칠 지나 농협에 가서 융자를 얻어 와 마을 산기슭 그의 밭에 전원주택을 짓기 시작했다.

그녀는 너무 멋진 전원주택을 갖게 되었다며 행복의 비명을 질렀다. 이렇게 함께 살게 된 그녀는 무척 열심히 남편 홍철의 한우 사육, 인삼 재배, 옥수수 재배를 돕는 데 몸을 아끼지 않았다.

한편 변기영과 임빈나는 주말부부였다.

기영은 낭만적인 신혼여행까지 갔다 왔으면서도 혼자 주택에서 출퇴근할 때나 잠시 바람 쐬러 나가 돌아다니다가 먼발치에서라도 송다영을 보게 되면 극심한 괴로움에 시달리곤 했다. 그랬지만 멀리서 그를 알아본 그녀가 "오빠! 오빠잖아? 거기 서! 서란 말이야! 나하고 얘기 좀 해! 얘기 좀 하자고! 그게 뭐야? 왜 자꾸 피하냐고?"라고 소리 지르며 쫓아오면 정신없이 줄행랑치듯 도망치는 그였다.

왜냐하면 결혼한 아내보다 다영이 더더욱 매혹적으로 느껴지고 더 강하게 끌리는 구석이 존재하긴 하지만 피해야만 할 숙명 때문이다. 사실 이런 마음이 지배적이라 떨쳐 버리려고 급조하여 결혼까지 한 건데 결혼했다고 해서 그 정신을 갉아먹는 암초가 사라지지 않아 골치가 아팠다.

아내보다 다영이 더 끌리는 데다 지난번 애틋한 육체 교감을 이루었다 보니 더더욱 몸이 달아오르고 호흡 곤란을 느끼고 때론 식은땀까지 났다.

이렇게 되니 도저히 이 지역에서 정상적인 검사 근무와 일상생활을 영위할 수가 없을 지경이었다. 급기야 그는 보름 넘게 이런 문제로 시달리다가 서울로 가게 해 달라고 법무부 검사 인사 보직 관련 담당 부서에 간청하기에 이르렀다.

명분은 이런 것이었다.

신혼기에 정상적인 부부생활을 이어 가기가 어렵습니다. 서울과 논산 간이라 어렵습니다. 그런 이유에서 서울로 근무지를 변경하고자 하니 협조 바랍니다.

마침내 그는 5월 22일쯤 인사위원회에 간청이 받아들여져 서울동부지검으로 부임하게 된다.

문제는 서울에서 강남 논현동 아파트에서 하나가 된 부부생활을 이어 가게 됐는데 결혼한 지 불과 한 달도 채 안 되어 아내에게서 이상 징후가 보이기 시작한 것이다.

아내가 주말을 하루 앞둔 5월 26일 금요일에 장충체육관에서 아끼던 3학년 제자가 트로트 오디션 『불놀이장터』 1차 예심에 참가하게 되어 응원차 관람하러 가게 된 게 화근이 됐다.

임빈나 교수는 아끼는 제자라 이날 오후에 가 열렬히 응원했고 힘을 실어 주기 위해 다른 학생들 함께 여럿이서 동행하게 하였다. 오후 2시부터 시작된 1차 예심인데 그녀는 대기실에 들어가서 기를 불어넣어 줬다.

제자 박희소가 초조하게 발을 동동 구르며 순번을 기다리고 있을 때였다. 웬 난데없이 가수 겸 마스터인 최벽이 불쑥 들어와 환하게 웃으며 덕담을 건넸다.

"으하하하, 참가자님. 너무 그렇게 긴장하진 마시고요. 마음 푹 놓고 하시죠."

참가 번호 7번인 그녀는 곧 다가올 차례에 무척 떨렸는데 최고 인기 가수이자 마스터가 들어와 건넨 이 말은 굉장히 정신적 힘이 될 수가 있었다. 이 순간 임빈나는 눈이 번쩍 뜨였다.

"오우! 우리 트로트 가왕 최벽 가수님 아닙니까? 우하하!"

그녀는 너무 흥분되어 펄쩍펄쩍 뛰었다.

그 순간 그도 그녀를 보고 뭔가 모르게 가슴이 쿵 내려앉았다. 이성 간의 첫눈에 반하는 시간차가 1초라는 말도 있듯 그는 그야말로 1초만에 그런 현상을 겪고 말았다.

그는 이때다 싶어 인사를 건넸다.

"아, 네. 그렇습니다. 제가 트로트 가왕 최벽이라고 합니다. 반갑습니다."

연결 고리를 만들려고 몸짓을 취했다.

"사진을 찍어요."

"네!"

둘은 사진을 찍었다. 여기서 그는 호기 내지 객기를 발휘하였다.

"번호를 알려 주시죠. 교수님?"

그가 느닷없이 이러자 임빈나는 "네, 이게 내 번호입니다."라고 번호를 찍어 줘 버렸다. 건네받고 재빨리 무대 뒤 마스터 자리 쪽으로 이동한다. 굉장히 빠르게 급조되어 애인으로 변신하는 두 사람이었다.

최벽은 지금 머릿속이 복잡하다. 그러는 사이 이윽고 임 교수의 제자 희소가 할 차례가 왔다. 희소는 심호흡을 한 번 크게 한 후 무대로 나가 마이크를 들고 반주를 기다리며 발로 리듬을 타기 시작하였다.

사실상 그녀의 실력은 1차 예심 통과할 실력은 절대 아니었는데 그녀가 본선에 또 오게 하여 임 교수를 이런 기회에 또 보려고 꼼수를 펴는 마스터 최벽이 합격점을 줬다.

다 끝난 뒤 최벽이 말했다.

"아! 모든 참가자 여러분, 다들 고생 많으셨습니다. 다음 2차 예심은 다음 달 9일에 진행될 것입니다. 오늘 1차 예심에 통과한 분들과 관계자 여러분들께 진심으로 축하드립니다. 그럼 이상 마칩니다."

그는 방청석에 보이는 임 교수를 지그시 바라봤다. 그 눈빛에 그녀도 황홀감에 빠져들었다. 평소 굉장히 좋아했던 트로트 가왕 최벽이기 때문이었다. 검사 남편 변기영에게서 느낄 수 없는 매력이 나타났다.

매력이란 참 특이하여 남편은 33세, 최벽 51세인데도 후자에게 더 쏠려 버리는 것이었다.

논현동 집에 들어가 평소와 다르게 인터넷을 지나치게 많이 보는 아내를 남편은 이상하게 여겼다. 불금이라 밖에 나가 외식이라도 하자고 조를 아내가 좀체 움직일 기미가 보이질 않았다.

"자기야, 왜 밖에 나가 외식하자고 말을 안 해?"

남편이 물었다.

"음, 그냥 여기가 좋은데."

짧게 말하고 아예 그를 쳐다보질 않은 채 인터넷 화면만 집중한다. 도대체 뭘 그렇게 보나! 하여 그는 일어나 가까이 가자 최벽에 관련된 동영상이었다.

"아니, 저 가수가 밥을 주냐? 돈을 주냐? 이런 날은 나가서 우리 오붓하게 신혼기에 기분 내며 술이라도 확 먹어야지, 이게 뭐야? 자기야, 너 저 가수가 남편이야? 뭐야?"

자신의 속내가 들킨 듯한 기분에 그녀는 몹시 불쾌한 감정을 드러낸다.

"아아, 됐다. 됐어. 다 봤다. 가자, 가자. 근데 자기, 방금 나한테 말하는 투는 조금 그렇다. 그게 뭐야?"

벌써부터 부부는 말다툼이 벌어지고 만다.

문제는 밖으로 나가 남편과 외식하면서도 아까 오후에 오디션장 장충체육관에서 서로 번호를 주고받은 최벽의 모습만 아른거릴 뿐이었다. 멍한 기분이다.

이 시각부터 변기영은 사뭇 의구심이 들기 시작하였다. 워낙 직업병으로도 그렇고 의심과 캐묻기, 조사, 수사 같은 게 몸에 배어 있기 때문이다. 하지만 일단 함구하며 지켜보리라! 전략을 짰다.

술이 점점 들어가자 화장실이 급해진 아내가 핸드폰을 탁자 위에 놓고 자리를 떴다. 그로선 때는 이때다 싶어 얼른 후르르르륵 훑어봤다.

하나 특이한 점은 한 번호가 저장되어 있는데 '나의 사랑 트로트 가왕 최벽'이라 되어 있었다. 순간 소름이 돋을 정도로 심장이 덜컹거렸다.

"아아, 이거였구나! 이거다."

그 번호를 자신도 저장해 버렸다. 화장실에서 나와 걸어오는 발소리가 들리자 황급히 제자리에 났다.

모른 체 다시 술을 먹으며 아닌 척하려고 웃으며 술을 건넨다.

늦은 시간이 되어 부부는 집으로 들어갔다. 이 시각부터 그의 삼엄한 감시와 수사가 뒤따를 것은 안 봐도 뻔하다.

그는 잠이 제대로 오질 않아 뒤척였고 그녀는 가왕 최벽의 모습을 떠올리며 행복한 기분에 슬며시 잠이 들었다. 그는 분명 내일 토요일이라 이게 뭔가 수작을 부릴 거라고 짐작하고 있다.

날이 밝자 그녀는 아침밥을 그에게 차려 주며 말했다.

"자기야, 나 오늘 우리 학과 학생 만나러 가. 어제 그 애가 트로트 오디션 『불놀이장터』 1차 예심에 통과했거든……."

이미 다 포착된 그는 다소 신경질적인 반응을 보였다.

"그래, 그건 그렇고. 그런 제자가 그런 거와 자기가 걔를 만나야 되는 게 무슨 상관이 있는데? 도대체 걔를 왜 만나려는 건데?"

어젯밤부터 남편의 다소 신경질적인 말투가 이상하게만 느껴졌다. 애교가 조금 떨어져 그러는 건가! 검사 업무를 보느라 중압감과 스트레스를 많이 받아서 그런가! 여러 추측을 해 봤다. 애교 쪽에 문제가 있을 거라고 짐작한 그녀는 이를 상쇄하고자 느닷없이 남편의 입술을 향해 자신의 입술을 갖다 대려고 달려들었으나 확 피해 버리는 그였다.

"변기영 검사님, 왜 그러십니까? 왜 피하시냐고요?"

이 말에 침묵하며 계속 아내를 노려봤다. 그러자 그녀는 얼른 "일단 우리 과 학생이나 만나고 와서 우리 대화 좀 나눠."라고 말하고 나가 버린다.

잠시 숨을 고른 뒤 그가 황급히 뒤따라 나간다. 분명 그 학생이 아니라 최벽일 거라고 판단하기 때문이다.

지하 주차장에 내려가니 아내는 자신의 빨간 푸조를 몰고 나가려고 가고 있다. 그는 자신의 차 포르쉐를 타고 뒤를 따라붙었다. 이 포르쉐는 검사로 출근할 때 타고 가는 차는 아니다. 그땐 그랜저를 타고 간다.

푸조는 역삼동 쪽으로 내뺐다. 바짝 따라붙었다. 아닌 게 아니라 아내는 역삼역 주변 한 공영 주차장에 차를 세우고 어디론가 막 뛰어가고 있다. 이를 악물고 따라가자 아내는 정말 최벽과 한 카페에서 만나고 있었다. 어제 저장된 그 번호가 그냥 그런 게 아닌 게 확연히 드러난 증거였다. 포르쉐 안에서 다 관찰하던 중 그들은 그곳에서 나와 이번엔 아내의 차 푸조가 아닌 최씨의 차 벤틀리를 타고 어디로 가는지 정신없이 빠져나갔다.

변 검사의 충격은 이만저만이 아니었다.

그들은 양평으로 갔다. 이날은 그곳에서 가왕과 팬의 만남 정도의 오붓한 대화만이 오고 갔다. 그랬지만 다음에 또 만남이 이뤄지면 더 큰 애정이 이뤄질 것만 같은 눈빛이었다.

# 9

## 타락한 의류학과 여교수 임빈나

♨

　이 시각 변기영은 집에서 혼자 술을 퍼먹으며 깊은 상념 속으로 빠져들었다. 불륜이 일어났을 거라는 유력한 증거라고까진 할 순 없지만 그래도 그것에 가까운 수준이었다.

　문득 그의 머릿속에선 송다영이 떠올랐다. 이달 초 강경에 있을 때 다영이와 부딪치면 자신을 향해 애처롭게 달려왔던 그 기억이 괴롭혔다. 그뿐만 아니라 여성으로서 매력은 그녀가 비교가 안 될 정도로 뛰어났기에 자꾸만 잊을 수가 없는 노릇이다.

　혹시 차라리 다영이와 결혼했더라면 오늘 같은 일이 일어났을까? 아닐까? 이런 추상적 질문을 스스로에게 던져 본다.

　'더 그럴까! 다방 여자인데 아무래도 더 그렇겠지! 출신은 속일 수가 없잖아?'

　그는 또다시 출신을 들먹이며 속으로 곱씹는다. 현재 자기 아내의 출신은 일류 여대 교수인데도 아까 같은 일이 일어났는데 또 그렇게 끊임없이 선입견의 벽을 높이 쌓는다. 당해도 또 그렇고 겪어도 또 그렇다. 출신이라는 선입견의 노예가 될 것인가?

　데이트를 마치고 아내가 논현동 아파트 집에 들어왔을 땐 남편은 술에 만취된 상태였다.

　"왜 그렇게 혼자서 술을 많이 먹었어?"

"야, 알 것 없다."

"어!"

결혼하고 지금껏 막말은 단 한 차례도 없었던 그가 '야'라는 표현을 썼단 것은 그녀로선 상당한 충격이었다. 하지만 자신이 지금 양평에 가 최벽을 만나고 온 것에 대해 뭐라도 단서를 잡았나! 하는 두려움도 물밀듯이 밀려왔다. 그러나 알 수가 없었을 테니 다른 문제라고 판단했다.

"자기야, 나하고 같이 술 먹자. 자기 혼자 먹지 말고 자, 나도 한 잔 따라 줘."

이 말은 그로선 경악이나 다름없어 빨리 벌떡 일어나 방으로 들어가 문을 잠가 버린다.

이 시각부터 아내는 두려움 속에서 시간을 보내야만 했다.

이윽고 주말이 지나 월요일이 되자 임빈나는 숙대에 가 잠시 연가를 내고 나와 최벽을 만나기 위해 전화를 건다. 그는 이 전화를 받고 들떠 자신의 벤틀리를 타고 숙대 입구 쪽으로 세차게 액셀을 밟았다.

기다리던 그녀가 그 차가 오자 좋아서 펄쩍펄쩍 뛰었다. 동승하고 엊그제 그 기억이 좋았던 양평으로 향했다. 문제는 최벽이 트로트 가왕이라 워낙 유명하여 알아보는 행인들이 많다는 게 화근이 될 수가 있었다. 그래도 이들은 그런 문제를 아랑곳하지 않고 무차별적으로 데이트를 즐겼다. 한 아늑한 레스토랑에서 낮술을 하더니 그녀가 먼저 꼬드기기 시작한 것이었다.

결국 최벽이 정신을 잃고 무너지면서 이들은 레스토랑 주변 한 모텔로 들어가는 엽기를 발휘하기에 이르렀다. 더 큰 문제는 평일인데도 이 유원지에 놀러 온 행인들에게 포착된 것이다. 행인들이 하나둘씩 이 광경을 페이스북에 올려 버리기 시작하였다.

삽시간에 소문이 퍼졌는데 남편 변기영은 동부지검에서 한창 검사 업무를 보던 중 잠시 인터넷을 보다가 알게 된다.

"어어, 이, 이런, 거길 또 갔어! 저런 짓까지? 아아악!"

망연자실하는 순간 바닥에 쓰러질 것만 같이 머리가 핑핑 돌았다. 정신을 차리고 관련 기사를 더 훑어보자 트로트 가왕 최벽과 바람난 여성은 숙대 의류학과 교수 임빈나이고 현직 동부지검 검사 변기영의 아내라고 모든 연예계 기사에 도배돼 있었다.

"으악, 이런! 명예훼손까지 무차별로 저지르는 언론이구나! 이런 개새끼들!"

이 기사는 송다영도 알게 되어 심하게 놀란다. 다영은 지금껏 검사 오빠가 강경지청에 있는 줄만 알았고 최근 저렇게 빨리 대학 여교수를 만나 결혼한 사실을 알지 못했다.

하지만 다영은 검사 오빠의 아내가 저런 문제를 일으켰으니 그래도 변 검사가 안쓰럽다는 마음이 앞섰다. 그가 괴로움을 받을 게 훤하기 때문이다.

'만약 내가 그의 아내가 됐더라면 절대 그런 일 없이 오로지 남편만을 위하고 사랑하고 헌신할 수 있었을 텐데!'라고 속으로 느끼며 안타까워하는 시간들이 이어졌다.

못내 자신도 이런 현실이 괴로워 탁자에 얼굴을 묻고 흐느꼈다. 그를 잡지 못한 것에 대한 아쉬움과 사랑했던 그가 불행에 빠져든 현실이 안쓰러워 흐르는 눈물이었다.

그러는 사이 한 남자 손님이 홍다방에 들어오고 있다. 이 남자는 논산 은진면에 사는 사람인데 현재 축사를 하고 있다. 소, 돼지, 염소, 닭 등을 키운다.

강경은 젓갈로 유명한 곳이라 가끔 젓갈을 사러 오다가 여기 홍다방에 들어와 그녀에게 접근한 적이 있었다. 그랬지만 그녀는 변 검사에게 푹 빠져 이런 농부 오빠 같은 남자는 거들떠보지도 않았다. 오로지 변기영에게 넋을 잃었었기 때문이다. 그 농부는 자리에 앉으며 물었다.

"아니 왜 대낮부터 잠을 잡니까? 피곤한가 봐요?"

깜짝 놀라 고개를 들자 그였다. 오늘도 그는 그녀를 꼬시러 온 것이었다.

"아니, 농부 오빠! 내가 저번에 외국인 여자를 만나라고 했잖아? 왜 그래, 도대체? 내가 무슨 호구야, 뭐야?"

화를 내자 그는 시무룩해지며 고개를 푹 숙인다.

"다영 씨, 너무 그러지 말고 이젠 내게도 기회를 한번 주시죠? 내가 2년을 이렇게 따라다녔으면 공로상이라도 하나 줘야죠? 으으."

푸념하자 "우하하, 공로상 같은 소릴 하네!"라며 힐난하는 그녀였다.

무슨 일인지 오늘은 기분도 그 기사 때문에 우울한 상태라 꿩 대신 닭으로 이 농부 오빠라도 만나고 싶단 충동에 사로잡혔다.

"그래, 농부 오빠. 나가자. 나가서 소맥이나 막 들이붓자?"

그녀가 웃음을 보였다.

그는 너무 기쁜 나머지 주체할 수 없이 반가워 그녀를 얼른 데리고 나가 인근 고깃집에 가서 술을 먹기 시작하였다.

변기영의 불행한 기사를 접해 이를 지워 내고자 농부 오빠와 급조 대체된 데이트를 펼치는 그녀였다. 둘은 만취되어 다시 다방으로 들어가지 않고 곧바로 금강변 쪽 모텔로 들어가 버렸다. 이 모텔은 오래전 단 한 차례 변기영과 함께 들어가 섹스를 나눴던 바로 그 모텔이기도 하다. 오늘 처음으로 농부 홍장식과 들어가고 있다. 장식이 그 검사보단 나이가 3살 더 위인 36세이다.

체념 섞인 기분으로 즐기는 섹스였는데 하다 보니 되레 기영이 떠올라 정신적으로 혼란스러웠다.

다시 나와 술을 먹으며 그가 청혼 의사를 비쳤다.

"다영 씨, 이런 데서 다방 일 하지 말고 우리 집 은진으로 가 함께 농사짓고 축사 일이나 합시다. 소, 돼지, 닭, 염소가 엄청 많아 팔면 돈은 많이 됩니다. 일이 힘들어서 그렇지 뭐! 옆에서 구경이나 해요. 내가 다 일은 할 테니까!"

"네, 그럽시다. 난 그럼 당신 홍장식 농부 오빠를 따라가겠어요. 이히히히."

이들은 진탕 술을 퍼붓고 또 그 모텔로 들어가 함께 밤을 지새우다가 다음 날 그녀는 홍다방을 관두고 그를 따라 은진면으로 간다. 이날부터 이들은 그곳에서 농부 부부로 변신하게 된다.

혼인 신고는 조금 늦추기로 하고 우선 함께 동거를 시작하였다. 부부나 다름없는 이들은 논산 은진면 교촌리 여우골에 안착했다. 여우골은 오래전에 실제 여우들이 출몰하여 사람들을 홀려 물어 가곤 했기에 명칭을 여우골이라고 지었다.

부부는 여우골에서 논농사 및 축사를 함께하기 시작하였다. 그녀는 지금껏 변 검사를 알게 되어 그를 오매불망 기다리고 기다렸지만 어차피 이렇게 된 마당에 이젠 남편이 된 농부 오빠 홍장식을 지극히 사랑하려고 다짐하게 된다.

이날 변 검사는 논현동 아파트에서 "나는 원래 널 좋아한 게 아니었다. 난 원래 논산 강경지청에 있을 때 한 다방 여잘 좋아했었지만 그 여잔 화류계라 문란할까 봐 내가 걷어찼다. 그래서 너 같은 잘 배운 엄숙한 여교수를 택한 건데 넌 학력과 직업만 그렇지 화류계나 똑같았다.

지독한 나의 선입견과 고정 관념이 빚은 참사다. 바로 갈라설 것임을 알린다."라며 아주 공식적인 말투로 내질렀다.

아무 말도 못 할 줄 알았던 아내가 되레 고개를 번쩍 들고 되레 큰소리를 쳤다.

"아니, 뭐 그런 거 가지고 그래? 다 그렇지 뭐! 안 그런 여자들이 어디 있어?"

"뭐야? 이게 정말 반성할 줄은 모르고……."

결국 이들 부부는 파경을 맞는다.

홍철은 한 달간 홍천에서 신혼생활을 하다가 최영선을 초대한다. 예전부터 가까이 지냈던 영선은 정읍에서 홍천으로 그를 만나기 위해 자신의 차, 쏘나타를 타고 달려간다. 홍철 부부의 초대를 받고 가는 것이다.

이윽고, 영선은 서석면 어론리에 홍철이 새로 지은 전원주택을 보고 감탄사를 쏟아 냈다.

그리고 그 부부의 애틋함을 보고 부러워하며 자신도 얼른 돌아가면 애인인 팽소피어아에게 말해 얼른 결혼하자고 말을 해야겠다고 속으로 다짐하고 있다.

"홍철아, 집도 너무 좋고 네 신혼생활도 너무 깨가 막 쏟아지는 것 같다."

"그렇지! 최 형도 빨리 그 사귀는 여자와 결혼하면 이렇게 될 거야! 얼른 해."

"그래, 알겠어!"

영선은 5월 마지막 날, 신혼생활에 빠져 있는 직장 후배였던 홍철에게 찾아가 소주도 먹고 그에게서 인삼과 옥수수 선물도 받고 멋진 전원주택에서 밤새 술을 퍼먹으며 회포를 풀었다.

다음 날 아침에 최영선은 정읍으로 내려갔다. 한편 4월 24일 이혼한 한보철은 극심한 우울감에 빠져들기 시작하였다. 왜 그런지 김선미가 보고 싶어지는 것이었다.

그는 그 당시 이혼 후 곧바로 광주에서 서울남부지방검찰청으로 부임하여 지금껏 근무 중이다. 이 시점에서 공허함이 지속되어 혹시 지금도 그곳에 선미가 있을까! 사뭇 그립고 궁금하기도 하여 한 번쯤 시간 내어 가 보고 싶었다.

서둘러 다음 날 연가를 내고 광주행 KTX에 몸을 실었다. 금요일이라 퇴근 무렵 옛정을 생각하여 광주검찰청 과장, 계장, 주사, 주임과 소주 한잔하고 싶단 마음이 앞섰다.

전화하자 그들이 앞으로 나왔다.

곧바로 세리다방 안으로 들어가고 싶었지만 도저히 자존심이 허락하질 않았다. 다른 사람들을 이용하여 알아보고 싶은 심리였다.

검찰 직원들은 환한 표정으로 한 검사를 반겼다. 한때 같은 지검에서 그의 지시를 받으며 보조 업무를 했기 때문이다.

"와아! 한 검사님 여기! 여깁니다. 너무 반갑습니다. 잘 지내셨습니까?"

"네, 그렇습니다."

이들은 곧바로 갈빗집으로 들어갔다.

앉자마자 한 검사는 "혹시 저기 세리다방 그 여자에 대한 정보를 아는 분 있어요?"라고 물으며 심각한 표정을 짓는다.

그러자 직원들 중 계장이 "아! 요즘 거기 가 보니 그 여자는 관두고 나갔다고 하는데. 말 들어 보니 그 여자 고향 진안에 사는 농부와 사귀다가 결혼했다고 합니다. 한 달 넘었다고 합니다. 진안으로 떠나 농부와 농사일을 한다고도 하네요."라고 상황을 알렸다.

이 말을 들은 그는 가슴이 쿵 내려앉는다.

"검사님이 결혼한 후 저희가 그 다방에 가자 그 여자는 우리에게 한 검사님의 소식을 묻기도 했습니다. 사실대로 말했죠. 검사님은 아나운서와 결혼했다고 말이죠. 그러니까 뉴스를 보고 알고 있다고 하면서 막 울더군요."

"아! 그랬습니까? 참."

소주와 갈비가 나오자 먹기 시작하였다. "혹시 진안이라고 하셨는데 정확한 동네 같은 거 알 수가 있을까요?"

"천상 세리다방에 가 마담에게 물어보는 수밖에 없죠. 동네까지는."

이들은 다 먹고 난 후 나와서 세리다방으로 향했다. 그는 선미의 그림자가 보일 것만 같은 느낌이 들어 정신이 띵했다. 체면상 그는 가만히 앉아 있고 계장이 마담에게 물었다.

"선미란 아가씨가 간 지역과 동네를 정확히 압니까?"

"그건 왜요?"

"아! 그냥요. 알아야 할 일이 있어요."

"네, 진안군 백운면 노촌리라고 들었어요."

이 동네를 알아내고 한 검사는 메모하고 커피를 마시며 이런저런 상념 속에 잠겼다.

잠시 머물다가 이들은 나와 각자 흩어졌다.

"주말 잘 보내십시오. 여러분."

보철은 여기저기 돌아다닌다. 이 지역에서 생활했던 기억과 추억들이 물밀듯 밀려왔고 무엇보다 김선미에 대한 아련한 기억이 마음을 괴롭혔다.

한 모텔이 있어 들어가 하룻밤 묵고 내일은 진안 백운 노촌리에 가 보고 싶다! 하는 마음이 앞섰다. 뭐라고 특별히 할 말은 없었다. 새로운 남자를 만나 결혼생활을 하니 말이다.

그저 먼발치에서 그녀의 모습만이라도 한번 보고 싶다는 간절함이 싹텄다. 더 이상 바랄 건 없었다. 그 당시 다방 종업원 김선미와 아나운서 김보라를 놓고 생각할 때 왜 하필 김보라였나 하는 후회도 들기 시작한다.

전자가 큰 문제가 있을 거라는 억측과 원인 모를 선입견은 심각한 수준이었다.

뒤척이다가 잠이 들어 눈을 떠 보니 아침 8시가 조금 넘었다.

고속버스를 타고 진안으로 향하였다. 갔는데 볼 수 없는 상황이면 그냥 돌아오리라! 체념 섞인 마음도 들었다. 차 안에서 잠시 잠이 들었다.

토막잠에 들었을 때 잡히지 않는 꿈을 하나 꾸게 된다. 목적지에 가니 선미가 한 남자와 행복한 결혼생활을 하다가 시간이 흐르자 권태가 생겨 심한 말다툼을 하고 결국 파경을 맞는 꿈이었다. 이때 아! 이젠 내 차지가 된다! 하고 한껏 기대에 부푼 채 눈이 떠졌다. 밖을 보자 한적한 시골 풍경이 한눈에 들어왔다. '아! 내가 지금 꿈을 꿨구나! 진안으로 가는 길이네.'라고 중얼거렸다.

점심때가 지나 목적지에 다다랐다. 진안터미널에서 무작정 택시를 잡아타고 말했다.

"백운면 노촌리로 가 주세요."

산길을 따라 그곳에 도착하였다. 내리자 드문드문 가구들이 있었다.

한보철은 그렇다고 이런 문제를 마을 회관에 가 묻는 것은 경우에 안 맞는다고 판단했다. 유부녀를 찾아온 명분이 말이 아니기 때문이다.

그냥 여기저기 돌아다니다가 먼발치에서라도 보게 되면 좋고 못 보게 되면 그냥 돌아가리라! 체념 섞인 마음으로 배회하였다. 그러다 보니 멀리 한 작은 저수지가 보였는데 참 아늑하게 보였다.

마냥 그 방향으로 걷고 걸었다. 약간 가파른 길인데 오르다 보니 땀이 조금 났다. 다 오르자 잔잔한 윤슬은 그의 마음을 가라앉게 해 주었다.

조금 떨어진 곳에선 낚시하는 사람도 한 명 보였다. 꽤나 한가로워 보였다. 속내는 모르지만 말이다.

이 작은 저수지에도 물고기가 얼마나 있을지 조금 궁금한 마음도 들었다. 그 순간 뒤편에서 아주 요란한 바이크 소리가 울려 퍼졌다. 굉음 같았다.

하지만 그쪽보단 마냥 윤슬에 집중하였다. 따사로운 햇살에 비친 윤슬은 한 검사의 파경의 아픔을 조금은 닦아 주는 듯했다.

그사이 그 바이크는 더 가까이 올라와 저수지 옆길을 지나 산길을 넘어가는 것 같았다. 농업용 사륜 바이크가 그의 바로 뒤로 지나갈 땐 마치 탱크가 지나가는 듯하였다.

바이크 운전자는 농노가 너무 비좁아 자칫 바퀴가 닿아 갓길에 서 있는 사람이 다칠지도 모른다는 두려운 마음이 들었다.

"아아, 잠시만요. 조금만 비켜 주십시오."

말하는 소리가 들렸다. 그는 뒤를 돌아보게 된다.

운전자는 얼굴이 까맣게 탄 남자였고 뒤에는 한 여자가 바싹 달라붙어 탄 게 보였다. 그 여자는 눈이 커지며 얼굴이 경직되었다.

"어어? 이, 이게, 한, 한 검사님이."

그녀가 이렇게 말했지만 바이크 소리에 묻혀 운전자 남편이 들을 순 없었다.

한 검사는 심장이 멎는 듯했다. 이 동네를 찾을 땐 기대 반 우려 반이었는데 선미 씨를 결국 보게 될 줄이야! 다 좋았지만 남편이 운전하는 바이크에 바싹 붙어 뒤에 탄 모습은 그의 마음을 아프고 씁쓸하게 만들었다.

그녀는 문득 별별 상념들이 다 스쳐 지나갔다.

두 달 전 한 검사 오빠가 파경을 맞았다는 관련 기사는 TV를 통해 알았는데 이 오빠가 여긴 어떻게 알고 왔는지, 또 왜 왔는지, 이 모든 게 이상하기도 하고 궁금증이 증폭됐다.

그러나 물을 수가 없었다. 바이크 앞자리에 남편이 앉아 있어서이다.

'뒤늦게 날 찾았단 말인가! 결국은 날 보고 싶어서 여기까지 왔단 말인가! 내가 그토록 좋아하고 갈망했던 한보철 검사 오빠가!'라며 속으로 쓰디쓴 눈물을 흘린다.

'진즉에 내가 이 남편과 만나기 전에 날 찾아오지, 왜 이렇게 늦게 와? 이게 뭐야? 뭐, 뭐냐고?'라고 계속 곱씹었다. 그러면서 그의 얼굴을 지그시 바라보는 사이 남편이 바이크 액셀을 당겼다. 바이크가 산길로 거센 굉음을 내며 올라갔다. 그녀가 그를 더 보고 싶어 뒤를 돌아다보아도 그가 보이지 않을 지점을 지나간 뒤였다. 산길을 완전히 지나 집에 거의 다 다다랐다.

멍하니 하늘만 바라보는 그녀였다. 넋을 잃은 사람 같았다. 남편은 몹시 걱정 어린 얼굴로 바라봤다.

"왜 그러는데 지선아? 어디가 아프냐? 왜?"

"아니, 아니야. 내가 좀 더위를 먹었나 봐!"

"참! 그렇긴 그래. 우리 일이 농사일이라 그렇지 뭐! 한낮에 쉬면서 해야 돼. 지금부터 휴식이다. 휴식!"

지금 이 시각 보철은 그 작은 저수지에서 꿈쩍 못 하고 눈가에 맺힌 눈물을 닦아 내지도 않은 채 계속 윤슬만을 바라보고 있었다.

그러던 중 나이가 지긋이 든 노인들 여럿이 바구니를 들고 온다. 저수지 둘레 나물을 캐러 오는 것 같았다.

한번 떠보리라! 마음먹고 노인들에게 애매하게 떠봤다.

"저어, 어르신. 이 동네는 젊은 사람들이 얼마나 됩니까?"

"여긴 시골이라 거의 없죠. 저 너머 외딴집에 사는 젊은 부부가 있어요. 저들 고향은 백운면 다른 동네인데 이 동네로 이사 온 겁니다. 하여간 그 여자는 살림 하나는 똑소리 나게 한다는 소문이 자자합니다. 오직 남편만을 생각하며 묵직하게 살고 있지요."

보철은 순간 가슴이 먹먹하다.

선미가 자신에게 매달리는데도 뿌리치고 이화여대 영문과 출신 아나운서가 믿음직스럽다고 확신하게 되어 결혼했는데 불과 열흘도 안 되어 아내가 야구선수와 탈선을 일으켜 버렸기 때문이다. 다방 종업원들은 다 그저 그렇게 날라리 같고 잘 배운 학력과 엘리트 직업군의 여자들은 지적으로나 일상생활에서 올곧은 길을 갈 거라는 막연한 짐작이 빚은 결정적 패착이었던 것이었다.

영선은 며칠 전 강원도 홍천 홍철의 집에서 밤에 묵는 동안 자신도 정읍에 이렇게 멋진 전원주택을 정읍에 짓고 팽소피어아와 깨가 쏟아지는 신혼생활을 하는 것을 그리다가 깊은 꿈을 꾸었다. 집으로 돌아온 영선은 며칠 지나 오랜만에 완수에게 전화를 한다.

나이가 2살 위인 조완수도 지금 진일화와 결혼에 대해 깊은 얘기가 오가는 중이었다.

"완수 형, 오랜만이야! 어떻게 잘 지냈겠지?"

"그래, 영선아, 너도 잘 지냈어?"

"아! 근데 어제 홍철이 사는 곳에 갔다 왔는데 멋진 전원주택 짓고 너무 행복해 보이더라고. 우리도 빨리 결혼식을 올려 그렇게 살아야지!"

"아! 그래? 잘됐네! 우리 한번 대전쯤에서 만나서 합동결혼식을 올리는 걸 논의해 보자고…! 어때?"

"그거 좋지! 알았어."

완수는 영선의 전화를 받고 합동결혼식을 제안하고 있었다. 이에 영선도 괜찮다는 반응을 보이고 있었다. 이날 저녁 시간이 되자 이번엔 완수가 먼저 영선에게 전화를 걸고 있다. 아까 그 합동결혼식에 대해서 구체적인 생각이 떠올랐는가 보다.

"그래, 영선아, 아까 내가 한 말에 대해 더 할 말이 있으니 언제 시간 되면 만날까?"

"그래, 형, 내일 오후 1시에 대전역에서 만나서 식사나 같이 하면서 얘기해 보자."

"알았어."

이들은 한결같이, 결혼 문제에 대해선 일사천리였다. 성격이겠지!

다음 날, 약속 장소인 대전역으로 향한다. 완수는 진천에서 SM5를 타고, 영선은 정읍에서 쏘나타를 타고 그곳으로 달려갔다.

만나서 식사를 하며 이런저런 대화가 오간 이들은 더 뜸들이지 말고 번개같이 6월 10일 토요일 대전 은행동 덕화웨딩홀에서 합동결혼식을 올리기로 잠정적으로 합의하기에 이른다.

그 후, 집으로 돌아갔다.

이들은 각각, 팽소피어아, 일화에게 그 뜻을 전했다. 그러자 그녀들도 꽤 만족스러운 반응을 보였다. 드디어 그날이 찾아왔고 그녀들의 고국에서 결혼식을 빛내 주기 위해 가족들과 친척들이 한국으로 왔다.

저번 홍철의 결혼식 때처럼 이번에도 센영수트 주식회사 옛 직장 동료들은 한 명도 빠짐없이 영선, 완수의 합동결혼식을 축하해 주기 위해 일제히 모였다.

이날은 아침부터 변 검사가 출근하자마자 동부지검에 연가를 냈다. 무슨 심경이 작용했는지 송다영을 찾아가 만나자고 하고픈 충동에 사로잡혀 용산발 강경행 새마을호에 몸을 실었다.

정오가 조금 지나 도착하여 다시 보게 될 다영을 생각하며 부푼 가슴으로 한 발 한 발 내디뎠다. 들어가 같이 식사나 하자고 말하려고 말할 내용도 준비했다.

벅찬 가슴으로 확 들어가자 그녀는 보이지 않았다.

마담이 앉아 있는 것 같아 물었다.

"아, 저, 사장님. 송다영 씨는 안 보이는데요?"

"네, 다영이는 며칠 전 은진에서 축사하는 사람을 만나 결혼한 걸로 압니다."

충격적인 얼굴과 심정이었다.

"어, 억, 그래요. 다영 씨가 며칠 전에 그랬단 말입니까? 으악."

가슴이 찢기는 심정이었다.

"네, 그래요. 은진면 어디라고 하던가요?"

"네, 잠시만요. 내 다영이에게 전화 좀 해 보게요."

마담이 다영에게 전화하여 물었다.

"야, 너 은진면 어디에서 사냐?"

다영이 대답한다.

"어, 여기 교촌리 여우골이야. 근데 그건 왜?"

"여기 변 검사님이 오셔서 널 찾는다."

"뭐야? 변 검사 오빠가 날 찾아? 뭐 이게 어떻게 된 일이지? 어어?"

기영이 그 핸드폰을 잡고 말했다.

"네, 접니다. 변 검사입니다. 정확한 위치를 알려 주시죠. 다영 씨?"

"아니, 근데 어쩐 일로 그래? 검사 오빠, 난 며칠 전에 결혼했는데 어쩌지? 으으."

탄식하는 그녀였다.

"일단 거기로 가 보겠습니다."

그녀는 아무 말도 못 하고 우물쭈물거렸다.

정신없이 나가 택시를 타고 은진면 교촌리 여우골로 향하였다. 금세 가긴 갔는데 여우골에는 아주 작은 한 저수지가 보였다. 지나가는 주민에게 송다영에 대한 걸 묻자 그는 "엄청난 현모양처입니다."라고 짧게 말하고 가 버린다. 다영에게 전화를 넣자 전화를 받았다.

"여기 여우골에 왔습니다. 작은 소류지가 하나 있는데 여기로 오시죠?"

"이젠 안 돼. 검사 오빠를 만날 순 없어. 그냥 돌아가 주세요. 계속 또 내게 전화하면 스토커로 경찰에 신고할 겁니다. 하여간 농부 오빠와 결혼이 됐으니 이 한 남자만을 위해 내 생 최선을 다하려고 합니다. 이상이야. 그만 끊어."

그녀는 마음은 아팠지만 단호하게 끊는다.

방금 전 지나간 그 주민의 말이 다시금 떠올랐다. '나와 갈라선 아내였던 임빈나와는 하늘과 땅 차이구나! 그 여잔 나와 결혼한 지 며칠도 안 되어 최벽과 바람피우고 타락하고 난리를 치고도 더 큰소리를 쳤는데!'라고 속으로 되새겼다. 침통히 소류지 윤슬만을 바라보다가 그저 속절없이 돌아설 수밖에 없었다.

파경을 겪고 또 그리웠던 다영마저 볼 수 없는 아픔을 겪고 괴로웠던 기영은 넋두리를 늘어놓을 대상을 찾던 중 보철이 떠올랐다. 서로는 최근 연락을 취한 적은 없었다. 지난 약 두 달 전 전화나 카톡 정도 한두 차례 한 게 전부였다. 게다가 이들은 서로 서울 쪽 지검으로 전근 받아 온 사실조차 모르고 있었다. 연락한 뒤 시일이 지나 옮겼기 때문이다.

기영이 먼저 전화를 넣자 "난 지금 서울남부지검에서 근무하고 있어."라고 보철이 말했다. 기영은 깜짝 놀란다.

"나도 서울동부지검으로 온 지 얼마 안 됐는데."

"참 나, 그런데도 서로가 모르고 지냈구나! 흠, 흠."

서울이라는 공통점으로 만나기가 수월하여 이들은 이날 퇴근 무렵 곧바로 영등포 한 주막집에서 만나게 된다.

막걸리 한 잔을 마시자마자 기영은 심경을 밝혔다.

"난 얼마 전 파경을 맞았다. 내가 지난번에 말한 게 있을 텐데 뭐! 새옹지마이긴 해! 난 그 후로 이경주 변호사님 사모님이 소개해 준 숙대 의류학과 교수를 만나 결혼을 했지. 하지만 그 여잔 과 학생이 트로트 오디션에 나갔는데 응원하러 갔다가 트로트 가왕 최벽을 만나 바람이 나 버린 거다. 끔찍한 일이지. 잘 배우고 직업이 높은 여자들은 학구파라 조신할 거라고 여겼던 내 불찰이다. 지금은 그때 말한 그 다방 종업원이 정말 미칠 정도로 그립다. 그 여자 때문에 그런 거야! 그 여자가 100% 이상형이긴 해. 더 좋았지! 지금도 그 여잘 못 잊어 괴롭고 속이 터질 것만 같다. 날 죽도록 좋아했던 여자였는데 말이야."

지금껏 철저히 침묵하며 떠벌리진 않았지만 보철도 판박이 일을 겪은 터라 그 심경도 동일했다. 하지만 끝까지 광주 지산동 세리다방 김선미 관련 사실은 감춘다.

막걸리를 계속 들이붓다 보니 이들은 통제 능력이 현저히 떨어지기 시작하였다.

결국 보철도 그간 기영이 겪었던 일과 판박이 사연을 털어놓게 된다. 이 말에 기영은 기분이 얼떨떨한 상태가 된다.

기영은 뭔가 깊은 생각에 빠지는 얼굴이다.

"난 참 기구하지. 다시 그 여잘 찾으려고 갔더니 며칠 전 농부를 만나 결혼했다고 마담이 그러는 거야! 속이 타올라 논산 은진면 교촌리 여우골까지 찾아갔는데 그 여자는 절대 날 볼 생각 없고 계속 그러면 스토커로 신고해 버린다고 하더군. 날라리였던 아내 숙대 교수보다 다방 종업원이 올곧은 걸 보며 참 여러 생각이 많아진다."

보철이 그와 같은 일, 이대 영문과 출신 아내 아나운서와 프로 야구 선수와의 불륜 건과 파경 후 광주 지산동 세리다방 김선미에 대해 알아보니 오히려 선미가 더 현모양처로 올곧았다는 걸 뒤늦게 확인했다는 사실, 친구보다 먼저 겪었던 스토리를 푸념 식으로 늘어놓자 기영은 조금 버럭 하며 상당히 아쉬워하는 표정을 지었다.

"아! 그럼 그때 내가 전화하여 내가 이런 문제를 겪는데 내게 한마디 조언 좀 해 주질 그랬어?"

보철은 다소 떨떠름한 얼굴로 침통해했다.

"나도 당연히 배우자를 고를 때 좋은 학력에 좋은 직업군이 올곧고 현모양처일 거라고 판단했지. 그와 반대일 거란 걸 알았나? 다방 종업원 선미가 진짜배기란 걸 미처 몰랐다. 알았으면 당연히 선미를 택했지. 지금은 너무 그 여자가 보고 싶어서 괴롭다. 으으."

그리고는 덧붙였다.

"나도 사실 얼마 전에 선미가 사는 진안군 백운면 노촌리까지 찾아갔더니 마을 주민들이 그 여자는 우직하게 오로지 남편만 받드는 현모양처라고 소문이 자자하다고 하더라고. 네가 겪은 일과 똑같다."

한편 구로동 센영수트 봉제 공장 출신 멤버 합동결혼식은 끝이 났고 오늘부로 외국인 여성을 만나는 귀농 4인 중에 철수만을 제외하고 모두 다 배우자를 맞이하게 되었다.

철수는 자신의 예비 신부인 이라니를 데리고 이곳에 와서 결혼 분위기를 느껴 가며 미래의 자신들의 모습을 그려 보는 시간을 가졌다.

이 모든 절차가 끝나고 덕화웨딩홀 뷔페에서 식사를 할 때 장순과 하철은 서로 옆자리에 앉아 그들의 합동결혼식에 대해서 한심하다는 표정과 사인을 보내고 있었고 철수가 필리핀 여성인 이라니와 함께 온 것도 웃긴다는 표정을 나타냈다.

하지만, 장순과 하철은 그래도 상대적으론 영선, 완수, 홍철보단, 철수와 조금 더 가깝게 지내는 편이다.

이런 부분은 지난번 4월 초 구로동에서 다 같이 모였을 때도 그랬고 그전에 센영수트 회사에 다닐 때도 마찬가지였다.

어쨌든, 장순과 하철도 겉으론 그들의 합동결혼식을 축하한다는 말을 반복하며 웃음을 잃지 않았다. 뷔페에서 식사가 어느 정도 끝나 갈 무렵, 이라니가 갑자기 자리에서 벌떡 일어나 한마디 한다.

"저, 아까 결혼식 끝나고 제가 축가를 불러 드리고 싶었지만 예정에 없던 일이라 하지 못했네요. 지금이라도 오늘 결혼을 한 두 부부를 위해 제가 멋진 축가를 불러 드리겠습니다. 잘 못하지만 한번 들어 주세요."

"아이, 그럼 아까 협조를 요청하고 그냥 하시지 그랬어요. 그래도 괜찮은데…."

"자, 우리 철수 형의 예비 신부께서 한 곡 하십니다. 다 함께 박수와 함성 질러…!"

"호호호. 감사합니다. 불러 보겠습니다."

이라니는 현재 용인에서 갈빗집 종업원을 하면서 장래 유명 트로트 가수가 되기 위해 틈틈이 노래를 연습하고 있는 중이다. 저번 3월 마지막 날, 용인 5일장 노래자랑에서 대상을 받을 정도의 실력인 그녀는 지금 이 뷔페에서 자신의 십팔번인 〈굳세어라 금순아〉를 정말 엄청난 감정을 실어 부르기 시작한다.

노래를 마치자 이를 들은 모든 이들은 너무 놀라 충격에 빠질 정도였다. 기성 트로트 가수의 실력을 뺨치는 어마어마한 수준이었기 때문이다. 여기저기서 앵콜 소리가 울려 퍼지기 시작했다.

"앵콜, 앵콜, 앵콜, 와아! 너무 잘 부르시네요. 한 번 더 앵콜, 앵콜, 앵콜."

"와우우! 오호…! 오호…! 어떻게 가수들보다 노래를 더 잘하네요. 파이팅."

"이히히! 노래 수준이 진짜배기다."

여기저기서 쏟아지는 감탄하는 소리들….

"아이, 제가 그렇게 노래를 잘하나요? 뭐! 사실 잘하기도 하지요. 키킥킥킥."

"화끈하게 한 번 더 날려 주세요. 예에…!"

"아! 그럼 다음엔 다른 십팔번 〈홍도야 울지 마라〉를 불러 보겠습니다. 갑시다."

〈홍도야 울지 마라〉를 부르자 이 자리에 있던 이들은 일제히 더 큰 함성을 지르며 또 재차 앵콜을 외쳤지만 그녀는 더 부르지 않고 그만하겠다고 말하고 갔다.

식사를 마치자 각자의 집으로 발길을 옮겼다. 이로써 옛 직장 동료 총 6명 중 3명이 짝을 찾았다. 오늘 장순의 머릿속은 지난 4월 중순 서울로 도망친 상미 생각뿐이다. 그녀와 자신이 오늘과 같은 절차를 밟았으면 얼마나 좋을까! 그리움에 젖어든다. 그러나 그녀를 도저히 찾을 길이 없다. 장순은 답답한 마음에 모처럼 만난 김에 하철, 철수, 그리고 이라니와 소주 한잔하려고 생각한다.

네 사람은 대전 은행동 덕화웨딩홀 주변의 식당으로 들어가고 있다. 웨딩홀 뷔페에서 밥은 먹었으니 그냥 간단히 먹기로 한다. 어느새 시간은 흘러 어두워졌다. 철수와 이라니는 용인으로 향했고, 하철은 서울로, 그리고 장순은 고성으로 돌아갔다.

하철은 아직 교제하는 상대가 없으니 그렇다 치고 다음으로 장순도 현재 상미를 찾을 길이 없으니 그렇다 치면 이들 아직 결혼 안 한 3명 중에 그래도 빨리 할 수 있는 가능성이 가장 높은 사람은 철수이다. 오늘 함께 동석한 이라니가 있으니 말이다. 골치 아픈 문제는 철수의 부모의 반대가 이만저만이 아니다. 그 강도가 하늘을 찌르고도 남는다. 이 부분을 그가 어떻게 슬기롭게 헤쳐 나갈 수 있을지 궁금하기도 하다.

한편, 집에 내려간 장순은 고민을 거듭한다. 오늘까지 무려 두 달이나 상미를 찾을 길이 없으니 말이다. 포도, 복숭아 재배가 손에 잡히질 않는다. 그만큼 이성의 무언의 힘이란 어마어마한 것인가 보다. 그래도 그녀가 눈에 보였을 땐, 이뤄지진 않았어도 힘이라도 났지만, 아예 볼 수 없는 상황이 되어 버리니 온몸의 힘이 다 빠져나가 버리는 듯했다.

도대체, 상미는 어디로 가 버렸단 말인가?

혹시나 하는 마음에 덕비사우나에 가 보고 저번 난타전이 오고갔던 창원 마산합포구 중앙동에 있는 복싱 아카데미 주변에 가 보아도 그녀 닮은 그림자 하나 없었다. 반사된 그림자 하나조차 없다.

그는 결국, 포도, 복숭아 재배를 접는다. 난 희망 없인 특수 작물을 재배할 힘이 없다. 절친인 하철이 있는 서울 구로동으로 다시 올라가리라! 하지만 예전처럼 회사를 들어가진 않겠다. QQ치킨 체인점을 차려볼까 한다. 안 해 본 일이라 힘들어도 하다 보면 못 할 것도 없으리라! 처음엔 돈이 없으니 조그마하게 차리리라!

이런 생각이 머물렀던 시간이 일주일가량 흐르자 그는 귀농 생활을 완전히 청산하고 6월 17일 토요일에 화물차에 짐을 챙겨 다시 구로동으로 향한다.

그가 다시 서울을 향해 오는 고속 도로 옆, 먼 산엔 상미의 아련한 그림자만이 빼곡하게 채워져 있을 뿐이었다.

사실, 지금 그의 정신적 구심점, 최상미는 서울역 주변 고시원에서 기거하며 소일거리를 하고 있다. 장순은 지금 서울로 향하지만 서울이란 곳이 어디 시골 동네인가!

그 넓고 복잡한 곳에서 그녀를 부딪칠 수 있는 확률이 얼마나 되겠는가?

그리고 더 중요한 것은 그녀가 지금 서울에 있다는 것도 전혀 모른다. 그런데 장순은 충주 고속 도로 휴게소에 잠시 들러 두 달하고도 7일이 더 지나도록 보지 못한 그녀에게 카톡을 보내고 있다.

상미 씨, 무려 70일간을 그대를 볼 수 없으니 제 정신이 이상해진 듯합니다. 어디에 있으신지? 으흑. 속이 터져 특수 작물을 접고 그냥 막연히 서울로 갑니다.

혹시 그곳에 가면 내 사랑 상미 씨를 보게 될 수 있을까요? 도대체 지금 어디에 있습니까? 대답 좀 해 보세요. 예에…?

이런 내용을 휴게소에서 보낸다.

이 문자가 간 시간은 오후 2시경이었는데 상미는 이 글을 보고 순간 깜짝 놀란다. 장순이 시골 생활을 접고 서울로 온다는 것이 설마 내가 이곳에 있다는 걸 알고 오는 건지!

물론 온다 해도 그가 날 찾기는 쉽진 않지만 더 신경 쓰이는 건, 내가 있는 위치를 알고 오는 것은 아닐까 하는 두려움이었다.

그래도 침착해지려고 안정제인 아메리카노를 한 잔 들이켠다.

이윽고, 장순은 서울 구로동에 도착했고 하철에게 전화해서 그의 집으로 들어간다. 일단은 며칠 이곳에 있으면서 방도 구하고 QQ치킨 체인점을 알아보리라!

"장순아, 귀농 3개월하고 보름 만에 다시 서울로 온 심정이 어때?"

"뭐, 그저 그래. 인생이 원래 그렇지 뭐!"

"아! 그 상미 씨라는 여자와 잘됐어야 했는데 안 되니까 홧김에 다시 이곳으로 온 너도 참 대단하다. 아무튼 다 잊고 멋지게 새출발을 해!"

"이것저것 생각 중이야!"

"그래."

한편, 같은 날 용인 남사면 진목리에서 고추, 오이 농사를 짓고 있었던 철수는 이라니와의 사이가 더 뜨거워질수록 마음 한구석엔 늘 어두운 그늘 하나가 있다.

너무 완강한 그의 부모의 반대 때문인데 그렇다고 그녀를 포기할 수도 없지 않은가! 때론 그녀를 데리고 아주 멀리 도망치고 싶은 충동을 느낄 때도 있다.

이라니는 용인 김량장동 갈빗집에서 알바 중인데 오늘 토요일을 맞이하여 철수와 후끈 달아오르는 밤을 보내려고 퇴근 후 밤 10시에 롯데시네마 앞에서 기다리고 있다.

5분쯤 기다렸을까! 철수가 화물차를 타고 약속 장소로 도착했다. 이들은 이 화물차를 타고 전대리 쪽으로 가서 소주를 마신다.

그리고 노래방으로 들어가 신나게 노래를 부른 뒤, 밖으로 나와 실개천 산책로를 이리저리 돌아다니다가 술이 조금 깨어나자 모텔로 들어간다.

그리고 더 강한 러브 스토리를 이어 간다.

그리고 다음 날 아침에 일어나 그 화물차를 타고 에버랜드 정문까지 간 후 차를 세워 놓고 놀이공원으로 입장한다. 지금 그는 속으론 부모의 반대로 심란하지만 이라니를 만날 땐 절대 괴로운 표정을 짓지 않는다.

사랑의 극대점, 사랑의 물살이 메가톤급이라서 그랬다.

오늘은 일요일이라 용인 에버랜드에 온 사람들로 포화가 되어 버렸다. 이들은 신나게 놀았다. 여기저기 돌아다니다 보니 집안의 반대 때문에 골치 아픈 일도 잠시나마 잊을 수 있어서 좋았다.

# 10

## 사랑도 뚝심으로

♨

　해가 지고 난 후에 에버랜드 꽃 정원 조금 옆쪽에 작은 무대가 설치되어 있었고 그곳에서 외국인 가수들이 공연을 하고 있었다. 이를 지켜보던 이라니는 "나는 가수는 아니지만 한 곡만 부르게 해 줘요."라고 담당자에게 부탁을 한다. 그러자 담당자는 "좋아요."라고 허락해 주었다. 그렇게 되어 그녀는 마이크를 들고 그 무대 위로 올라가 또 자신의 십팔번 〈홍도야 울지 마라〉를 불렀다. 이 노래를 듣던 수많은 사람들은 엄청난 가창력에 놀라 얼굴이 완전히 굳어 버렸다. 기성 가수보다 더 뛰어나기 때문이다.

　그 후 여기저기에서 앵콜 소리가 진동했지만 그녀는 겸손한 마음으로 더 부르지 않고 그냥 가볍고 짧게 "우아아아아아!"라고 발성하며 살사 댄스를 선보이는 것으로 끝내고 무대에서 내려왔다.

　아름다운 조명을 감상하는 시간들로 가득 채운 이들은 저녁 식사를 하러 그곳에서 나왔다. 저녁을 먹고 그녀를 화물차에 태우고 그가 사는 김량장동의 원룸에 내려 주고 자신은 남사면 진목리로 갈까 하다가 순간 마음이 바뀌었다. 뒤로 미룰 게 뭐 있을까! 그녀를 데리고 집에 가서 소개를 하겠다. 나의 미래의 아내가 될 여자라고 말이다. 이 마음을 간직한 채 그녀를 내려 주지 않고 그대로 남사면으로 핸들을 돌려 버린다.

진목리에서 철수는 집으로 들어간다. 그의 모친은 마루에 앉아 있었다. 이라니가 모친에게 웃으면서 인사하자 모친은 깜짝 놀란다.

"아니, 뭐야? 이 여자가 네가 그때 말했던 그 필리핀 여자란 말이냐? 나 원 참! 어휴!"

"어머니 그렇게 말하지 말고 함께 안으로 들어가서 얘기를 하기로 해요."

"야, 뭔 얘기는 얘기야! 됐어. 어서 이 여잘 데리고 나가 버려라! 어서 나가라고…!"

"어머니, 이러면 안 돼요."

"얼른 나가라고 했는데 뭐 하는 거야?"

"어머니 제발 그러지 말아요."

"에잇."

철수의 모친은 아들이 계속 설득하려고 하자 화가 치밀어 올라 마당으로 달려가더니 함박에 담겨 있던 물을 바가지로 퍼서 그들에게 막 뿌린다. 순식간에 그들은 물벼락을 맞게 되어 축축해진 옷으로 우울한 표정을 짓는다.

그러자 모친은 이번엔 분이 다 풀어지지 않았는지 아예, 수도꼭지를 틀어 그들에게 막 뿌린다. 물대포나 다름없었다. 그러자 철수는 그 물이 이라니에게 묻지 않게 하려고 보호하려고 자신의 몸으로 가로막으며 어머니에게 "그러지 말아요!"라고 고래고래 소릴 지른다.

모친의 이 물대포를 얻어맞은 그들은 황급히 피해 다시 화물차를 타고 용인 시내로 나간다.

철수는 차를 운전하며 그만 눈물을 흘리고 만다.

"나 때문에 이렇게 된 거야! 다 내 잘못이다. 윽윽, 흑흑, 미안하다."

"아니야! 철수 오빠 울지 마."

김량장동 이라니가 사는 원룸 앞에 차를 세워 두고 두 사람은 걷고 걸어 유림동 방향으로 가더니 실개천 산책로 벤치에 턱 앉는다.

개천의 흐르는 물은 잔잔히 흘러 전대리 쪽으로 흘러간다. 하지만 나는 저 잔잔한 물결처럼 시간을 흘려보낼 수가 없다. 지금 그의 가슴엔 지독한 가뭄이 드리워져 있다.

"이 가뭄이 언제 해갈될 것인지 나는 모른다. 하늘이 알겠지!"

그러다 이라니의 손을 살며시 잡는다. 그러자 그녀는 몸을 그에게로 밀착시킨다. 지금 이 시간 철수는 자신의 부덕함 때문에 그녀에게 물대포를 맞게 했다는 생각으로 죄책감에 눈물이 핑 도는 순수한 영혼의 맑은 그림자.

내면과 현실을 중요하게 생각하지 않고 동남아시아라는 국적을 차별하고 있는 선입견으로 꽉 찬 모친을 생각하니 속이 터질 것만 같다. 서러움에 흐느끼며 심장이 두 동강이 날 것 같은 통증을 느끼는 뼈아픈 검은 그림자가 함께 지금 이 순간 철수의 온몸으로 퍼져 나가고 있다.

순간 구릿빛 물고기 한 쌍이 왼편에서 오른편으로 재빨리 헤엄쳐 나간다. '나도 저들처럼 아무런 제약을 받지 않고 내 옆에 앉아 있는 이와 이리저리 달려 다니고 싶다.'

오른편으로 갔던 그 물고기가 이번엔 왼편으로 재빨리 헤엄쳐 간다. 그래! 나도 저들처럼 달리리라! 앞만 보고 달린다는 것처럼 좋은 게 어디에 있을까!

어떻게 달릴 것인가. 그것은 바로 이것이다. 그 누가 뭐라 해도 난 오로지 이라니만을 위해서 달린다. 집에서 날 괴롭힌다면 아예 들어가지 않아 버리겠다. 집에서도 하다하다 지치면 그래, 네가 알아서 해라! 하고 내게 졌다고 손을 들겠지! 이젠 네가 알아서 선택하고 사귀고 그러라고 말이야, 난 이때까지 견뎌 내리라! 내 사랑 이라니를 위하여….

"이라니 씨 지금 무슨 생각 하세요?"

"나 때문에 철수 오빠가 너무 힘들어하는 것 같아 나도 엄청 괴로워요."

"아니, 아닙니다. 우리는 하늘이 내려 준 원앙입니다. 난 필사적으로 노력하여 그대를 한국 최고 트로트 가수로 만들어 놓을 거고 더 나가 세계 최고 가수가 될 수 있게 내 목숨을 던지겠습니다. 사랑합니다. 이라니 씨…."

"아아, 난 너무너무 행복한 여자입니다. 이렇게 철수 오빠의 사랑을 듬뿍 받고 있으니 말이에요."

필리핀 국적 여성 이라니는 몹시 서툰 한국말로 그에게 사랑한다는 표현을 하였다. 철수는 고개를 푹 숙인 채, 자신의 지금 상황에 대해 답답한 마음이 들었다. 물소리를 계속 듣다 보니 속절없이 눈물이 줄줄 흐르고 만다.

나는 왜 이럴까! 이럴 땐 외국인 여성을 만나 얼마 전 결혼한 홍철, 영선, 완수가 한없이 부럽기만 하다. 하지만 이를 정신력으로 이겨 내리라! 굳게 다짐했다. 나도 그들처럼 그렇게 되어 옆에 있는 이라니와 행복한 신혼을 꾸미고 싶다. 그리고 이 사람을 위해 생을 마감하겠다.

이런저런 시간이 흘러가 버려 벌써 밤 12시가 다 되었다.

다시 자신의 화물차가 세워진 곳으로 걸어간다. 그리고 그곳에서 빈대떡 집에 들어가 한잔 더 한다. 막걸리와 부추전을 먹는다. 맛이 너무 좋았다.

그 후 나와서 인근 사우나에 갔다가 나와서 이들은 그녀의 원룸으로 들어간다. 원룸 안 냉장고에 있는 소주와 두부와 김치를 꺼내 한잔 더 하고 서로 부둥켜안고 이젠 완전히 꿈나라로 빠져든다.

다음 날, 월요일 아침에 일어난 이들은 화물차를 몰고 신갈 저수지로 간다. 푸르른 물결을 바라보기 위함이었다. 이곳에 가니 평일인데도 둑방에 많은 사람들이 와 있었다.

이들은 둑방 이리로 저리로 거닐며 다양한 대화를 나누었다. 필사적으로 결혼에 성공한다는 결의를 다진다. 하다하다 안 되면 철수가 남사면 진목리 집에서 뛰쳐나오는 방법과 그 후 용인을 완전 떠나 수원이나 성남, 안양 같은 곳으로 간다는 계획을 세운다.

해가 질 때까지 이곳에서 돌아다니다가 차를 타고 김량장동 이라니의 원룸에 내려 주고 철수는 남사면으로 갔다.

그리고 또다시 어제의 일이 재연되고 있었다.

"야, 어제 데려온 그 외국인 아가씬 안 되는 줄로 알아! 내가 널 어떻게 키웠는데 왜 겨우 동남아시아 여잘 데려와, 데려오기는? 이런 미친 놈아! 또 데려왔다간 몽둥이찜질이 기다리고 있는 것만 알아라!"

"아, 됐어요. 어머니, 아예 내가 나가 버릴 테니까! 나가면 절대 안 들어옵니다."

"뭐야! 안 들어온다고? 저런 못돼 먹은 놈 봐라! 널 위해서 해 준 소린데… 뭐, 안 들어온다고…? 그래, 네 맘대로 들어오지 마라! 썩을 놈…."

철수는 더 말하지 않고 자신의 방으로 들어가 누워 버린다. 꽤 화가 치밀어 오른다. 한두 시간 아무 생각 없이 있다가 잠에 들어 버렸다.

그 후, 깊은 잠을 이루지 못하고 깨어났다. 시간을 보니 밤 10시쯤 되었다. 대충 짐을 챙겨 화물차에 싣고 이라니가 있는 원룸으로 향한다. 철수는 그곳에 짐을 풀고 이젠 고추, 오이 농사는 접기로 한다.

"이라니 씨, 이곳에 있으면 남사면 사람들 눈에 띄니까, 이 원룸을 나와 다른 곳으로 가기로 해요. 아까 신갈 저수지에서 말했던 것처럼 수원이나 성남, 안양으로 말이죠."

"그래요. 철수 씨, 우리 내일 이 원룸에서 나가자고요."

"내 화물차에 이 짐을 다 싣고 수원 장안구 연무동 쪽으로 가기로 해요. 그곳에 가서 우리 형편에 맞게 작은 분식집이라도 하기로 해요. 내 돈으로 집도 투룸으로 얻을 수 있을 거예요."

"그래요."

날이 밝자, 이들은 이라니의 원룸도 빼고 그녀가 알바로 다녔던 갈빗집에 가서 관둔다는 말도 하고 돌아와, 모든 짐을 철수의 화물차에 싣고 수원 연무동으로 달렸다.

연무동에 도착한 이들은 공인중개사에 들러 투룸 전세를 얻고 짐을 내린다. 그리고 공인중개사에 의뢰해 빈 상가를 얻어 분식집을 차리기에 이른다. 일사천리로 척척 진행되었다. 두 사람은 함께 분식집을 경영한다. 행복했다.

한편, 용인 남사면의 철수의 부모는 아들이 아예 안 들어오자 걱정되기 시작했다. 화가 치밀어 올라 순간 우발적으로 막말을 하여 쫓아냈지만 그래도 내리사랑이 어디 가겠는가!

내리사랑을 가슴에 품고 집을 나간 아들 철수에게 전화를 걸었지만 받지 않는다. 계속 걸어도 마찬가지였다. 결국 지쳐 더 않는다.

그렇지만 내리사랑의 주체인 철수의 부모는 며칠 있으면 아들이 돌아올 것이라 믿는다. 과연 그럴까? 시간이 흘러가 봐야지!

사실, 지금 철수는 부모의 반대로 결혼은 못 했지만 신혼생활을 하는 것이나 다름없다. 투룸을 얻어 함께 살면 그게 결혼생활이지 뭐, 별거 있나?

지금 철수의 생각은 둘만의 아이를 낳아, 이라니와 함께 남사면 집에 가서 상황이 이렇게 됐다고 하면 자신의 부모도 투항할 것으로 보고 있다. 괜찮은 방법일까?

모르겠다. 이 세상 모든 것은 답이 없고 시간이 흘러가 봐야 하니까 말이다.

어쨌든, 철수와 이라니는 이렇게 나름대로 절차는 미흡하지만, 대체적 결혼생활을 시작했다. 그래도 하루하루 행복하다. 행복하니까 행복하다.

다른 한편, 며칠 전 최상미가 도망친 것에 대한 회한과 상처로 귀농생활을 박차고 나와 서울로 향한 이장순은 안하철의 집에 며칠 머물다가 나와 그곳에서 얼마 떨어지지 않은 곳에 방을 얻었다.

그리고 형편이 닿지 않아 QQ치킨 체인점을 바로 시작하진 못하고 그곳에서 종업원으로 일하다가 어느 정도 목돈이 마련되면 단독으로 차릴 계획이다.

그러던 중, 하철이 자신이 아는 사람들과 신도림의 어느 노래방에 갔다 온 후, 장순에게 전화를 건다. 그렇게 되어 이들은 만나게 됐다.

"그래, 장순아, 밥이라도 같이하게 전화했었지!"

"음, 그랬어."

이들은 식사하게 됐는데 결국엔 하철이 정말 하고 싶은 말을 꺼낸다.

"야, 우리 언제 한번 노래방에 갈까? 너무 멋진 노래방이야! 하하하."

"글쎄, 별로. 물론 한 번 갈 순 있지만…. 어딘데?"

"아, 그럴 것 없이 우리 오늘 소주 한잔하고 그 노래방에 가자고. 어때?"

"뭐, 그러지."

이래서 이들은 오늘 저녁 식사로 소주를 먹고 하철의 차를 타고 그곳으로 달린다. 하철은 지금 반지하에 살고 적은 월급에 시달려도 집에다 요청하여 도움으로 승용차만이라도 조금 괜찮은 것으로 타고 다닌다.

그래야 사람들에게 무시를 안 당한다는 이유다. 이것은 마음을 비우지 못한 결과인 것 같다. 남들이 그렇게 생각하든 말든 자신만 편하면 되지 않을까? 경지에 이르지 못한 소인배라 쉽진 않다.

이윽고, 그 노래방에 들어선다. 신도림역 주변에 있는 곳이었는데 지하로 내려간다. 하철이 장순을 오늘 이곳에 데리고 온 이유는 이 노래방은 남자 도우미를 알바로 쓴다는 말을 그곳의 사장으로부터 어제 들었기 때문이다.

만약, 장순이 이곳에서 일을 하게 되면 하루라도 빨리 목돈을 벌어 그의 목표인 QQ치킨 체인점을 시작할 수 있지 않을까 하는 마음이었다. 그리고 현재 그는 상미를 잊지 못해 괴로워하는데 이곳에서 일을 하다 보면 어느 정도 그 상처가 희석될 수도 있지 않을까 하는 생각도 해 본다. 그런 이유로 데리고 왔다. 이곳 사장은 하철을 알아보며 인사를 건넨다.

"아이고, 또 오셨네요. 어제도 오셨었는데…. 어서 오세요."

"하하하. 저를 알아보시는군요. 오늘은 친구와 같이 왔습니다."

"그래요. 하하하…."

이들은 일단 노래방으로 들어가 노래를 부르기 시작한다. 한참 시간이 흐르자 하철은 카운터에 가서 사장과 무엇인가 얘기를 나누고 있다.

"사장님, 내 친구인데 남자 도우미로 괜찮겠어요?"

"아이고, 그럼요. 저렇게 미남인데…. 본인이 원한다면 얼마든지 가능합니다."

"하하하. 네에, 알겠습니다."

하철은 다시 장순 혼자 노래 부르는 방으로 들어가 함께 신나게 노래를 부른다. 시간이 다 지나고 다시 카운터에 나와 그 얘기를 장순에게 한다.

"야, 장순아, 너 말이야! 이곳에서 하루에 한두 시간만 알바 좀 해라! 어때?"

"아니, 이곳에서 무슨 알바를?"

"음, 남자 노래 도우미인데 여자 손님들이 들어왔을 때, 들어와 노래를 불러 주는 거지."

"뭐야! 난 지금껏 여자 도우미는 들어 봤어도 남자 도우미는 처음 들어 본다."

장순은 이 말을 듣고 깜짝 놀라며 당황한다. 그러는 장순에게 하철은 웃으면서 말을 이어 간다.

"넌 지금 목돈이 꼭 필요하잖아! 찬밥 더운밥 가릴 처지야? 빨리빨리 한 푼이라도 더 벌어서 네가 하고 싶은 그 치킨 체인점을 해야 할 것 아니야? 안 그래?"

"글쎄, 사실 돈이 급하긴 하지만 이런 알바는 좀 그렇다."

"야, 그렇긴 뭘 그래! 처음엔 어색해도 하다 보면 다 하게 돼! 네가 혼자 하는 게 힘들면 나도 회사일 끝나고 여기 와서 한두 시간 같이할 수 있어! 파이팅…!"

"……."

장순은 고개를 갸웃거리며 생각에 잠긴다. 그는 지금 여러 가지 심경이 이 일을 할 수 있는 상황은 아니다. 아직도 상미에 대한 마음속 영혼 그림자가 채워져 있기에 더 이런 일 자체가 더 심란할 따름이다. 그리고 아무리 돈이 급하지만 이 알바는 자신의 성격상 잘 안 맞는 것 같았다. 그러는 중, 이곳 사장이 한마디 거든다.

"아니, 뭐. 하시다가 안 맞으면 안 하셔도 됩니다. 너무 그렇게 고민하실 것 없어요."

"아아… 그런가요? 그냥 한번 해 보죠. 빨리 돈 벌어 치킨집을 해야 하니까!"

"야아, 잘 생각했다. 장순아, 나도 할 거니까! 올 때 같이 오자고! 파이팅."

이렇게 둘이서 남자 도우미를 하겠다고 하자 이곳 사장은 흡족한 표정을 짓는다. 왜냐면 두 남자는 나름대로 준수한 편이라 여자 손님들을 많이 끌을 수 있으리라 생각하기 때문이다.

"아, 그럼 일은 언제부터 가능하신가요?"

"아, 네, 내일부터 가능합니다. 근데 시간은 어떻게 됩니까?"

"아, 밤 9시부터 11시 정도가 될 것 같습니다."

"아! 네, 딱 좋은 시간대로군요. 난 회사 일이 6시에 끝나고 이 친구는 치킨집 배달을 8시 정도까지 하거든요."

"손님이 도우미를 찾지 않으면 안 되고, 찾을 때 가능합니다. 오셔서 대기실에서 기다리면 됩니다. 그럼 내일 뵙겠습니다."

"네, 알겠습니다."

사실, 장순도 마음 한편엔 상미에 대한 기다림의 그리움도 하늘 같지만, 또 다른 한편엔 그녀에 대한 미움도 강하게 드리워져 있다. 지금 이렇게 이 일을 하겠다는 말을 하는 이면에는 그녀에 대한 원망이 포화가 되어 자신도 조금은 분풀이 차원도 어느 정도 있을 것이다. 그리고 일석이조로 빨리 돈을 모아 치킨집을 차리는 복안이 깔린 것이기도 하다.

이젠 내일부터 이곳 신도림동에 있는 YP노래방으로 밤 9시에 오기로 하고 구로동 집으로 돌아간다. 들어간 이들은 소주를 한잔하고 각자의 집으로 들어간다.

6월 27일 밤 9시부터 이들은 YP노래방으로 남자 도우미로 출근하게 된다. 글쎄, 이들이 생각하는 것처럼 한 푼이라도 더 버는 쪽으로 움직여질까? 그럴 수도 있지만 안 그럴 수도 있는 게 어떤 일이다. 물론, 이 세상 모든 일이 그렇다. 분명 그럴 것이라고 생각했지만 꼭 그렇게 안 되는 게 삶이다. 드디어 첫 출근의 첫 손님을 맞이한다. 나이가 어느 정도 든 아줌마들이다.

"와아! 이렇게 멋진 남자 도우미들이 있다니, 내 옆에 앉아요. 동생님! 하하하."

"아, 네, 그럴까요. 누님들! 낄낄낄."

이들 두 명의 아줌마들은 앉자마자 남자 도우미인 하철, 장순을 만지면서 자신의 입술을 이들의 입술에 대고 꾹 누르는 것이었다. 그러자 하철, 장순은 당황했지만 완강히 피하진 않았다. 왜냐면 이게 다 먹고 사는 방편이라 생각하니 참아야만 한다고 생각하는 것이다. 한 아줌마가 노래를 부르기 시작한다.

쿵쿵, 짝짝, 쿵쿵, 짝짝, 룰루루루, 반주 소리가 나오며 첫 노래가 울려 퍼진다. 어느새 이렇게 신나게 놀다 보니 시간은 끝나 가고 있었다. 그러던 중, 한 아줌마가 장순에게 명함을 건넨다. 명함엔 '구로구 대림동 미채 미술 학원 원장 조진자'라고 적혀 있다.

"아니, 동생 내가 명함을 줬으면 그쪽 것도 줘야지! 얼른 하나 줘!"

"네, 난 명함이라는 게 없지요. 뭐, 치킨 배달하는 데 그런 게 필요가 있겠어요?"

"아, 그래? 그럼 동생 폰 번호라도 알려 줘!"

"아, 여기 이름하고 이 번호입니다."

장순이 번호를 알려 주자 조진자는 자신의 폰에 입력을 한다. 그러자 옆에 있던 다른 아줌마는 하철에게 번호를 묻는다. 하철도 이름과 번호를 알려 주자, 그녀는 자신의 폰에 입력을 한다. 그런 후, 두 여인은 즐거운 표정을 지으며 활짝 웃는다.

"다음에 와서 찾을 테니까! 그때 2차 나가기로 해! 지금은 우리가 갈 데가 있어서… 가야 하니까!"

"하하하. 그래요."

이들은 첫 출근부터 인기를 끌기 시작한다. 이렇게 조금씩 조금씩 이런 분위기로 접어들어 가게 된 것이다. 수렁으로 빠져드는 것이다. 오늘은 이렇게 끝나고 다시 하철의 그랜저를 타고 퇴근길에 오른다. 구로동에서 옷을 만드는 회사를 다니는 하철과 치킨 배달을 하는 장순은 부업 내지 알바로 시작한 이 일이 이들의 삶의 경제적인 부분에 많은 도움이 되길 바라겠지만, 과연 절대적 긍정적인 쪽으로 작용할지 의구심이 많이 든다.

왜냐면 이곳에 오는 여자 손님들은 대체로 엄청 놀기 좋아하는 성격일 텐데, 더 문제는 그런 유흥을 즐기고 싶어 하는 본능을 관대하게 이해해 주는 남자, 즉 남편들이 이 세상에 몇이나 되겠는가? 이래서 서로서로 힘든 것이다. 그러니 가급적 부업, 알바를 하더라도 민감하게 마찰을 일으키는 일은 하지 않는 것이 좋겠지만, 이 또한 본성적 성격으로 이뤄지는 것이라 쉽진 않다. 말도 많고 탈도 많은 세상이다.

하철과 장순은 주말 저녁을 맞이하여 오늘은 그곳에 나가지 않고 구로동에서 막걸리나 한잔하기로 하고 들이붓기 시작한다. 한참 시간이 지나자 장순에게 낯선 전화가 걸려 오고 있었다. 확인해 보니 어제 명함을 주었던 미술 학원 원장 조진자였다. 받지 않았다. 그랬더니 카톡 문자가 날아온다.

아니, 장순 씨? 전화를 안 받네! 이렇게 큰 누님이 전화하는데 안 받으면 어떻게 해, 음! 월요일쯤, 그 노래방에 가려고 하는데 내가 미리 거기 사장에게 얘기는 해 놓을 거야! 그때 봐요. 동생님 안녕.

장순은 이 문자를 보고 한숨만 푹 쉰다. 이 한숨이란 별 의미를 안 둔다는 의미의 몸짓으로 봐야 할 것 같다. 알바, 업무적, 하루빨리 돈 벌기 차원, 그 이상도 그 이하도 아닌 것이다.
그러나 이걸 알아야지! 한쪽은 업무적이라 생각하지만, 다른 한쪽에선 설레는 애정을 느껴 버리면 이게 바로 골치 아픈 것이다. 여기서 장순이 생각하는 대로 알바 하다 느낀 그 정도 차원에서 끝나면 되지만 그렇게 세상 일이 간단하고 쉬우면 누가 얽힌 사랑을 고해의 수렁이라 한단 말인가? 그래서 사람과 사람이 부딪치는 일은 내 마음대로만 되는 게 아니다. 완전 피하는 게 최상인 것 같은데…. 다른 알바를 찾아야 할 텐데, 그래도 빨리 돈 버는 쪽으로 움직이고 있으니 말이다. 이런 깨달음의 경지에 오르지 못했다는 게 또 문제다. 이것 말고도 세상에는 적절히 피하는 게 최선이 되는 일들이 너무 많다. 왜냐면 부딪친다고 해결되는 게 별로 없기 때문이다. 물론 이것도 답은 아니다. 상대적 답이지! 어쨌든 지금 이 순간, 장순은 피하는 의미로 전화도 안 받고 문자에 대해 답장도 안 했다는 게 중요하다. 일단 여기까진 잘한 것 같다. 앞으론 모르겠지만….

정말 하루 더 지나 월요일 오후가 되니 그 노래방 사장으로부터 전화가 걸려 온다. 이따가 9시에 예약이 있으니 오라는 것이었다. 알겠다 말하고 끊는다.

그 시간이 되자, 오늘도 하철의 차를 타고 갔다. 그녀들은 미리 와서 기다리고 있었다.

"어서 와! 동생님, 여기 앉아!"

"그래요."

오늘도 저번처럼 노래를 막 부른다. 그러는 사이 진자는 장순을 데리고 밖으로 나간다. 복도로 나간 그녀는 말을 한다.

"장순 씨, 왜 전화도 안 받고…. 아아, 그건 그렇고 오늘 나하고 2차 나가자. 내가 여기 사장에게 다 말은 해 놓았어. 그렇게 해! 알겠지?"

"아니, 난 그런 건 안 되는데…."

"야, 뭘 안 될 게 있어. 되면 되는 거지 뭐! 내가 나가서 살짝 돈 많이 줄 테니까, 나가자고…. 알겠지?"

장순은 처음엔 어리둥절하여 거부했지만 그녀가 돈 많이 준다고 한 그 말에 마음이 흔들려 버렸다. 그만큼 그에겐 지금 현재 목돈을 마련하는 일이 그렇게 중요한 일이었다. 알겠다고 대답해 주고 만다. 그러자 진자는 너무 기뻐 펄쩍펄쩍 뛰면서 환호성을 터뜨린다.

이들이 복도에서 이러고 있을 때, 노래방 안에선 하철과 진자의 친구인 연숙은 서로 끌어안고 있었다. 아마, 그들도 벌써 2차에 대한 얘기가 오고 갔을 것으로 보인다.

진자는 연숙에게 간다는 말도 없이 장순을 데리고 쏜살같이 밖으로 나가 버린다. 밖으로 나간 이들은 그 주변에 있는 모텔을 찾아 번개같이 뛰어 들어간다.

모텔에 들어간 진자는 장순을 상대로 빨간색 장미꽃을 검은색 장미꽃으로 아주 검붉게 물들여 버린 후, 약속한 대로 지갑에서 2백만 원을 꺼내어 준다.
　"이 정도면 많이 준 거야. 그렇잖아? 더 줄까? 필요하면 얘기 해!"
　"뭐, 사실 더 주면 좋긴 하지만 내가 너무 미안해서…."
　"뭘, 미안해! 자, …백만 원 더 줄게! 자, 받아…!"
　"네에, 너무 감사합니다."
　장순은 한 순간에 3백만 원을 벌고 매우 얼떨떨하다. 돈이라는 것을 이렇게 빠르고 쉽게 벌다니!
　진자는 나갔고 장순도 나갔다. 진자는 택시를 타고 떠났고 장순은 흥분된 심장을 가라앉히고자 신도림천으로 간다. 그곳에 가서 여기저기 돌아다니며 숨을 크게 들이마신다. 장순은 신도림천을 돌아다니다가 혼자 포장마차에 가서 소주와 회를 실컷 먹는다. 3백만 원이라는 거액을 팁으로 받았으니 말이다. 그런 후, 집에 갔다.
　한편, 노래방에 남아 있었던 연숙과 하철은 노래를 다 마치고 나와 모텔로 들어가 빨간색 장미꽃을 검은색 장미꽃으로 마구 검붉게 색칠을 했다.
　그 후, 호프에 들어가 생맥주를 하며 행복한 시간들로 채워 갔다. 하지만 하철은 장순처럼 그렇게 많은 돈을 그녀에게서 받지 못했다. 50만 원 받았다. 하철은 술을 먹었기에 운전할 수 없어서 대리를 불러 집으로 갔다.
　장순은 집에 들어가 들뜨기 시작했다. 이렇게 빠르게 돈을 번다면 머지않아 자신의 목표인 치킨집을 차리는 일도 가능하기 때문이다. 그리고 그리 개인적으론 원치 않은 관계였지만 그래도 그런 아줌마와 애정 관계가 이뤄지니 상미에 대한 들끓었던 불길 같은 화살이 다소나마 무뎌지는 기운도 맛보게 된다. 이렇게 인간이 간사한 것이다. 분산 효과이다.

이렇게 나이 많은 여자와 관계도 맺고 돈까지 받았으니 앞으로 그녀에게서 전화가 오면 계속 받고 호응해 줄 게 분명해 보인다.

장순, 자신도 예전에 상미가 나이 많은 덕비사우나 김 사장과 데이트 한다고 난리를 쳤던 인물인데 이젠 본인도 나이 많은 여자와 데이트를 하는 상황이 되었으니 이것을 어떻게 설명할 것인가? 그 상미 경우는 애정 관계이고, 이 자신 경우는 알바 관계이니 다른 차원이라고 생각할지 모르지만, 뭐, 그리 따질 것도 없다. 그 관계든, 이 관계든 사람과 사람이 나누는 육체관계는 똑같지 않은가? 그러다가 정들고, 이러다가 정들기도 하니까 말이다. 본인의 문제는 애써 합리적으로 미화시키려고 부단히 애를 쓰겠지! 아무튼 나이 든 그녀에게 쏠릴 수밖에 없는 분위기가 되어 버렸다.

7월도 며칠 더 지나니 날씨가 무서울 정도로 무더워지고 끈적이기 시작했다. 이것을 피할 수 있는 방도는 없다. 어쩌면 인간은 여름 때문에 더 빨리 늙고 지치고 주름지는 게 아닐까! 생각된다. 사실 한국은 사계절을 무색하게 할 정도로 구분이 서질 않는다. 두 계절이라고 봐야 할 상황인 것 같다. 어쨌든 엄청 더워졌다.

이 무렵 다른 한편에선 이 더위에 귀농 생활에 잘 적응하며 외국인 여성들과 결혼까지 하여 행복한 삶을 사는 3인방, 충북 진천의 조완수, 강원도 홍천의 김홍철, 전북 정읍의 최영선은 특수 작물들의 높은 수확과 수입을 위하여 이런 날씨에도 아랑곳하지 않고 구슬땀을 흘리고 있다. 이 3인방은 이장순이 귀농 생활을 접고 다시 서울행을 택한 사실을 알 리가 없다. 서로 그런 소식은 주고받지 않으니까! 센영수트 봉제공장 출신 귀농 5인방 중에 1명의 이탈자가 나왔다는 사실을 말이다. 어쨌든, 이 3인방은 농업에 전력투구 중이다. 더위여, 가라! 오로지 농업만을 생각하며 일하는 바로 이 농업 살리기 정신이다. 그런데 이들은 근면하고 우직한데 부인들도 이들처럼 그렇게 똑같은 성향은 아니다. 이게 인생의 문제가 되기도 한다. 내 마음 같지 않다는 것 말이다.

열심히 피땀 흘려 농업 살리기에 몰두하고 아내인 그녀들을 아끼고 사랑하는 남편의 마음과 똑같지 않다는 고독하고 외로운 측면이 올 수 있다.

물론, 이런 문제는 외국인 여성들을 선택했을 때에만 나타나는 현상은 아닐 것이다. 한국인 여성을 선택했어도 동일한 고독과 외로운 측면은 도사리고 있다.

뭐 하나 완전하고 완벽한 게 없으니 그저 마음을 비우려고 노력하는 수밖에 없는데 그렇다고 인간이 욕심을 비운다는 게 그리 쉬운 일인가? 욕심꾸러기들인데…. 오로지 자신 한 몸을 위한 욕망으로 똘똘 뭉쳐진 존재가 아닌가?

평온할 것만 같았던 이들 부부들에게도 한 쌍씩 문제가 드러나기 시작했다.

먼저, 완수의 부인인 일화는 시내에 예솔갈빗집에서 일을 하는데 어느 식당이든지 다양한 손님들이 들어오는 곳이 아닌가?

7월 중순 어느 날, 예솔갈빗집에 주변 신축 빌라 공사장에서 일을 하는 한 인부 남자가 들어왔다. 그는 일화를 보고 야릇한 미소를 지으며 이런저런 말을 붙인다.

원래, 남자든 여자든 상대방 이성에게 말을 붙인다는 것은 어떤 다른 관심이 있기 때문이 아닐까? 지극히 상투적이고 형식적인 말이라고 해도 말이다.

7월 8일 토요일 한 인부가 들어와 그녀에게 관심을 나타내는 표현은 간접적으로 한다. 글쎄, 이 표현은 직접적인 것 같기도 하다.
"어어! 아가씨 너무 예쁜데요. 왜 이리 예쁜가요? 하하하."
"아이! 제가 뭘 그렇게 예쁘다고 그러세요. 호호호."
바로 이 표현 말이다. 간접, 직접이 섞인 표현 아니던가? 모르겠다. 아무튼 이 한마디에 일화는 흔들린다. 이렇게 호응을 하니 자신에게 관심을 나타내는 줄 알고 그 인부는 속으로 생각한다. 기회 되면 적극 공세를 펼치리라.

여자 입장에선 그냥 인사치레로 웃으면서 한마디 툭 던졌다고 하더라도 이것을 남자 입장에선 그렇게 생각하지 않는다. 무언의 메시지를 던졌다고 판단해 버렸다.

자신에게 뭔가 전진할 수 있는 공간을 열어 줬다고 판단한다. 그러니 여자 입장에선 아예 이런 문제로 화근이 되고 싶지 않거든 웃지도 말고 말을 아예 안 하려고 노력해야겠다. 심지어 말 한마디 없이 살짝 미소만 지어도 남자들은 그것을 자신에게 던지는 관심이라고 생각한다.

물론, 사실 그럴 수도 있지만 반대로 아닐 수도 있을 것 같다. 어쨌든 어지러운 세상에 살고 있다. 평온할 수 없는 삶이다. 뭐, 특별한 대체 수단도 없다. 절제하라!

오늘 저녁에 이 식당에 들어와 이런 일이 생겼으니 그 남자 인부가 또 이곳에 들어오지 않겠는가? 안 들어오면 그게 이상한 일이지! 식사 마치고 나가면서 아닌 게 아니라 한마디 더 한다.

"아가씨, 주말 잘 보내고 다음 주 월요일에 봐요."

"호호호. 그래요."

일화는 웃지 않아야 하는데 또 웃었다. 다음 주 월요일엔 분명 더 전진할 여지를 부여했다. 이것도 팔자다. 며칠 지나 그 남자 인부와 얽히고설키는 팔자 말이다.

남편 완수는 일화가 섹시한 매력을 지닌 여성이 아닌 그저 통통하고 후덕한 살림형으로 생겼기에 그런 이성 문제엔 둔감할 것이라고 판단하고 있다. 즉, 남성들을 별로 안 좋아할 것으로 본다. 끼가 없을 것이라고 말이다. 식당에서 일하는 것도 그냥 무방비로 둔 이유도 이것이다. 그런데 문제는 완수의 엄청난 착각이다. 여자가 섹시하게 생긴 이들만이 끼가 강하고 행동으로 옮기고, 후덕한 살림형들은 끼가 없고 행동으로 옮기지 않는가?

# 11

## 끝없는 파경과 갈등

♨

인간이 누구 마음대로 그렇게 기계적으로 착착 움직여질 것인가?
인간의 마음을 그리 물길처럼 단순하게만 생각하는가?
이 답답한 남자 완수 씨! 본능은 외모와 비례되지 않는다는 것을 직시하라!
아니나 다를까 며칠 지나 월요일이 되니 그 인부가 저녁 식사를 위해 예솔갈빗집에 들어온다.
"안녕하세요. 또 왔어요. 아가씨 보고 싶어서…."
"아아! 절 보고 싶었단 말이에요? 히히히히히."

또 웃었다. 결국 이 웃음이 큰 화근이 되겠다. 그 남자 인부는 식사를 마치고 셀프 밀크커피를 들고 밖에 나가 담배를 한 대 피우며 커피를 마신다. 그리고 가지 않고 서성이고 있다. 일화 때문이다.

8시 30분쯤, 식당 일이 끝나고 그녀는 퇴근하기 위해 밖으로 나오고 있는데 그 인부가 다가와 말을 붙인다.
"이제 퇴근하십니까? 여름이라 날씨가 푹푹 찌는군요."
"어! 아저씨 아직 안 가셨어요? 아까 6시에 식사하셨잖아요."
"예, 그랬지요. 그런데 아가씨와 데이트 좀 하려고 기다렸지요. 낄낄낄."
"네에, 저와 데이트를… 아! 근데 전 결혼한 사람입니다."

그 인부는 그녀의 이 말을 듣고 그리 대수롭지 않다는 표정을 지으며 미소를 띤다.

"아! 뭐, 다 그런 거지요. 아가씨는 통통해서 내가 좋아하는 스타일입니다."

"하하하. 절 이상형으로 생각하다니… 아, 네! 감사합니다. 호호호."

그러자 그 인부는 느닷없이 그녀를 끌어안는다. 일화는 깜짝 놀란다. 그 인부는 자신의 화물차에 그녀를 태우고 어디론가 떠나려고 한다.

"자아, 내 화물차에 탑시다. 우리 오붓하게 데이트 좀 하게."

"안 돼요. 안 돼."

일화는 안 타려고 몸을 이리저리 움직인다. 그러자 그 남자는 기습적으로 그녀에게 입을 맞춘다.

식당 옆에 위치한 주차장의 가로등 불빛은 이들의 얼굴을 더욱 환하게 비춰 주는 역할을 하기에 충분했다.

그런데 문제가 생기고 있었다.

남편인 완수가 자신의 일을 마치고 아내를 태우고 가기 위해 승용차를 몰고 이곳에 다다랐다. 그 순간 완수는 그 남자 인부가 아내인 일화에게 입을 강제로 부딪치고 있는 것을 목격한다. 완수는 성격이 엄청 완벽하고 완고하다.

차에서 내리자마자 더 볼 것도 없이 그 인부의 얼굴을 주먹으로 아주 강하게 친다. 그리고 일화를 향해 귀싸대기를 휘갈긴다.

"아니, 여기서 뭐 하는 짓이야! 이것들이 정말! 이런 씨발 것들 좀 봐라, 에잇."

"아아악, 어, 어, 억, 으윽…."

성격이 하늘을 찌를 정도로 완벽하고 완고한 완수는 이 장면 하나만으로 더 볼 것도 없이 바로 이혼 결심을 하게 된다. 그녀를 차에 태우고 집으로 간다. 한편, 뜻밖의 스트레이트를 얻어맞은 그 인부는 아픈 얼굴 감싸며 돌아갔다. 집으로 간 완수는 상황을 물을 것도 없이 바로 갈라설 것을 말한다.

"내 더 묻지 않겠어. 거기서 뽀뽀를 하고 있어? 내일 당장 이혼 절차를 밟는 거야!"

"아니, 그게 아니란 말이야! 내가 그냥 당한 거라고…."

"이게 정말 말 같지도 않은 소릴 하고 있어. 그런데 그렇게 가만히 즐기고 있어? 자꾸 쓸데없는 소리 하지 말고 내일 그렇게 되는 줄 알아!"

"으윽, 흑…."

"뭘, 잘났다고 울어! 어서 저쪽 방으로 가서 자고, 내일 그 준비 해!"

일화는 심한 충격을 받고 울며 다른 방으로 갔다.

정말 다음 날이 되자 완수는 이혼 절차를 밟고 있다. 그 후 얼마 지나자 이들 부부는 그렇게 헤어졌다.

평소 여성의 웃는 얼굴이 얼마나 위험한지 보여 준 전형적인 케이스이다. 일화는 진천을 떠나 수원으로 가서 식당 일을 알아볼 생각이다. 완수는 당분간 휴식을 취하며 자신만의 삶을 돌이켜 볼 계획이다.

완수는 이 일로 인해 급격히 말수가 없어졌고 심각한 우울증에 사로잡힌다. 오랜 시간이 지나야 할 것 같다. 그럼 조금 나아지기도 하겠지!

그렇지만 이번 일은 센영수트 귀농 멤버들에겐 말하지 않으려고 한다. 그는 '엄청난 고통이 왔을 때 이 세상 그 누구에게도 말해 봐야 아무 소용 없다는 진리'를 뼈저리게 깨닫게 된다. '진짜 진리는 혼자서 생각하며 일정 시간을 흘려보내야 한다는 것!' 바로 이것이었다.

왜냐면 듣는 이들은 겉으론 위로한답시고 이러쿵저러쿵 말하지만 속으론 자신의 문제처럼 정말 가슴 아프게 받아들이고 인식하지 않기 때문이다. 절대 아니지! 그럴 수가 없지! 같은 몸으로 형성되어 있지 않은데. 일체가 아닌데…. 괜히 다른 데 가서 흉보고 다니지 않으면 다행일 정도이다. 그러니 홀로 깊은 절대 명상이 필요한 것이다. 이렇게 그는 생각하는 시간을 흘려보내고 있는 중이다.

날씨는 여름의 정점을 향해 치닫고 있었는데 외국인 여성과 결혼했던 3인방 중에 1명은 이혼을 했고 이젠 2명만이 결혼생활을 하고 있었다. 홍철은 올여름 휴가를 부산 해운대로 계획하고 있다. 예전부터 친했던 영선에게 전화를 한다. 왜냐면 부부 동반으로 피서를 생각하기 때문이다.

그 후 완수에게도 전화를 한다. 그 부부도 빼놓을 수 없다고 생각했다. 하지만 완수가 전화를 받지 않아서 홍철은 답답함을 느낀다. 참지 못하고 카톡 문자를 보낸다.

완수 형 잘 지내지? 근데 통화가 안 돼서…. 이번 휴가를 영선이 형 완수 형과 같이 부부 동반으로 가려고 해. 이미 영선이 형은 ok 했고 이젠 형만 남았는데 왜 그렇게 통화하기가 힘들어? 아니 무슨 일이 있나? 이 글 읽고 답장 좀 해!

그러나 엄청 완벽하고 완고한 완수는 이미 얼마 전 이혼을 한 상태였다. 그리고 완수는 지금 그 누구와도 통화나 문자를 주고받지 않는다. 그만큼 예민해져 있다. 결국 영선, 홍철 두 부부만이 이번 여름 부부 동반으로 해운대로 떠나게 되었다.

7월 26일부터 29일까지 나흘간의 휴가였다. 영선의 아내 팽소피어아, 홍철의 아내인 우엔티늉은 결혼하고 처음으로 떠나는 피서가 마냥 즐겁고 행복했다.

홍철의 집에서 다 같이 만나기로 했다. 홍철이 승합차를 렌트하여 갔는데 텐트도 준비하였다. 이윽고 피서 첫날밤이 되자 여기저기 환호성을 터뜨리는 수많은 피서객들의 함성이 해운대의 밤을 더욱더 뜨겁게 달궈 주었다. 텐트를 다 친 이들은 소주를 한잔하기 위해 횟집으로 간다. 뭐니 뭐니 해도 소주엔 회가 최고가 아니던가? 물론 분위기에 따라 다르지만! 어쨌든 이들은 그곳에 들어가 소주와 회를 막 들이붓는다.

만취가 되어 버렸고 이젠 이 기분을 더욱 업그레이드 시켜 줄 수 있는 노래가 기다리고 있다. 흥에 취해 노래방에 간다. 노래를 부르던 도중 우엔티늉은 토할 것 같다며 밖에 나가 구역질을 하며 꽥꽥거렸다. 홍철은 그것도 모르고 계속 노래에 빠져 있다. 그런데 그녀가 밖에서 고개를 숙이고 몹시 괴로워하고 있을 때 그곳을 지나가는 한 남자가 있었다. 그는 그녀를 보고 안쓰럽게 여겼는지 아니면 그녀의 너무 뛰어나고 완벽한 몸매에 넋을 잃어서 그랬는지 그는 가까이 다가와 등을 두드려 주며 부드러운 목소리로 말한다.

"아니 어디가 안 좋으세요? 너무 술을 많이 드셨나 봐요? 괜찮겠어요?"
그러자 그녀는 깜짝 놀란다. 뒤를 돌아본다. 낯선 남자였다.
"아! 누구시죠?"
"술 많이 드셔서 토할 것 같은가 봅니다. 그래서 좀 두드려 드린 겁니다."
"아아! 그래요. 너무 감사합니다. 미안하게…."
"아니, 아닙니다."
그녀는 모래밭에 주저앉아 버린다. 그러자 그 낯선 남자는 얼른 편의점으로 달려가 사이다를 사 가지고 온다.
"사이다를 마시면 좀 나아질 겁니다. 드세요."

"아이고, 고마워요."

우엔티늉은 사이다를 주는 남자가 누군지 몰라도 마냥 마시고 있다. 그 남자는 그녀의 눈을 계속 바라본다. 그녀는 지금 술에 취해 알딸딸한 상태이다.

그 취기였는지 자신을 바라보는 그 남자가 그냥 좋아 보였다. 미소를 보낸다.

그 남자는 한국 사람이었는데 그녀의 미모에 반해 순간 힘들어하는 장면을 보고 동정을 느껴 그랬다. 이렇든 저렇든 이런 상황이고 그녀 또한 미묘한 관심을 보이고 있다는 것이다. 둘은 모래밭에서 저 멀리 보이는 어두움 속의 보일까 말까 할 정도의 물결을 바라보며 앉아만 있었다.

그 남자는 스마트 폰을 꺼내어 그녀에게 번호를 알려 주었다. 그녀도 무엇에 홀렸는지 자신의 번호를 알려 주고야 만다. 그 남자의 이름은 이희라라고 적혀 있다.

"아! 이름이 너무 좋아요. 우엔티늉 씨. 하하하."

"그쪽도 이름이 너무 좋은데요. 이희라 씨. 근데 남자 이름이 아니라 여자 이름 같아요. 이히히히. 저 노래방에서 기다리는 사람들이 있어서 그만 가 봐야 해요."

"그러세요. 전 모레까지 있다가 갈 예정입니다. 전화 주세요."

"그럴게요."

그녀는 웃으며 걸어서 다시 노래방으로 들어간다. 들어갔더니 그들은 계속 신나게 노래를 부르고 있었다. 그 후 몇 분이 지나자 노래 부르는 것도 지쳐 퍽 하고 쓰러져 버린다. 팽소피어아가 얼른 카운터에 가서 음료수를 사 들고 와 마신다.

그리고 나온다. 나온 네 사람은 이리저리 모래밭을 돌아다닌다.

술도 깰 겸 또 노래를 부르느라 지친 것도 있었다. 돌아다니다 보니 술이 깼다. 잠을 이루기 위해 텐트로 향한다. 이들은 각각 두 쌍씩 다른 텐트를 치고 들어가 누웠다.

이번엔 팽소피어아가 낯선 분위기에 잠이 안 오는지 밖으로 나간다. 공교롭게도 우엔티늉도 같은 현상이 나타나 밖으로 나온다. 그녀들은 두 눈이 마주쳤다.

"어! 우엔티늉 씨? 잠이 안 와서 나왔어요?"

"아! 그래요. 팽소피어아 씨 이곳 분위기가 너무 좋아 잠이 안 오는 것일까요? 하하하."

"그러게요."

"좀 더 걸어가 볼까요."

"그래요."

영선과 홍철은 만취된 채, 깊은 잠에 들어 버렸는데 그녀들만이 잠이 오지 않아 나와서 걸어 다닌다. 한참을 걸었을까! 그녀들은 잠시 놓인 바위에 앉아 쉬고 있다.

이러는 사이에 아까 우엔티늉에게 전화번호를 알려 주고 갔던 이희라가 친구 두 명과 같이 이곳으로 걸어오고 있다.

희라가 그녀들이 이곳에 있다는 것을 알고 온 것은 아니다. 우연의 일치였다. 희라의 일행들도 남자들끼리 이곳에 온 것이기에 이 밤이 외로웠는지 무엇인지 그냥 돌아다니고 있다. 우엔티늉과 희라는 두 눈이 마주쳤다. 서로는 조금 놀라는 표정을 짓는다.

"어! 우엔티늉 씨 또 이곳에서 보게 되는군요. 하하하."

"아, 네, 희라 씨 아까 그 그런 호호호. 킥킥킥."

"아니, 우엔티늉 씨 이분들 아는 분들입니까?"

"네, 팽소피어아 씨. 그냥 알게 됐지요."

희라의 일행들은 자연스럽게 그 바위에 걸터앉는다. 다섯 명이 같은 바위에 앉아 얘기를 나누게 된다. 우엔티늉은 신난 얼굴이지만, 팽소피어아는 꽤나 신경을 쓰는 얼굴이다.

멀리 떨어진 텐트에서 영선이 잠을 자고 있기 때문이다.

이 점이 마음에 걸리는 팽소피어아는 피하려고 일어나고 있는데 또 다른 한 남자가 말을 건넨다.

"저! 잠시만요. 좀 더 얘기를 나누다가 가세요. 너무 예쁜 아가씨?"

"……."

팽소피어아는 피하려다가 이 말 한마디 예쁜 아가씨라는 말에 더 피하지 않고 멈칫거린다. 한국 여성이나 외국 여성이나 본성은 똑같다. 그 말에 흔들린다는 것은….

예쁜 아가씨라는 표현 말이다. 어쨌든, 흔들렸으니까 멈칫거렸겠지! 왜 얼른 안 가고 서 있는 것인가? 한 남자가 벌떡 일어나 그녀의 앞을 가로막는다. 그녀의 어깨에 손을 대고 앉힌다. 그러자 앉는다. 그리고 더 얘기를 나누기 시작한다. 지금 상황이 이렇게 되자 세 명의 남자 중 한 명이 자신은 짝이 없기에 눈치를 채고 사라진다.

그렇게 되어 여자 둘과 남자 둘의 자리가 형성되었다.

화기애애한 분위기가 오고 가더니 희라가 우엔티늉을 데리고 다른 곳으로 가려고 하는 것이었다. 이제 이곳에 남은 건 다른 한 남자와 팽소피어아이다.

조금 떨어진 지점에서 각각 데이트를 하던 중 지금 이 시각 텐트에서 잠을 자던 영선, 홍철은 모기가 들어오는 바람에 잠에서 깨었다. 그러나 시간은 꽤 지났는데 아내가 없자 이상하다 생각하고 밖으로 나온다. 밖에 나온 이들은 생각한다. 그녀들이 같이 바람 쐬러 어디로 갔을 것이라고. 이들은 함께 이곳저곳 찾아 돌아다닌다.

한참 동안 찾았을까! 아내가 바위 위에서 모르는 남자와 데이트하는 장면이 포착되었다. 그들은 당황스러웠다.

자신들이 텐트에서 잠이 든 사이 그 틈에 밖에 나가 어떻게 저런 일이 생길 수 있단 말인가! 참 이상하다는 생각도 해 본다.

혹시, 아는 사람을 이곳에서 우연히 보게 된 것일까! 이런 생각도 한다. 그러나 그것은 아니다. 아닌 게 바로 나타나기 시작했다.

영선은 한 남자가 아내 팽소피어아에게 입 맞추는 장면을 목격했다. 그리고 홍철은 한 남자가 우엔티늉에게 입 맞추는 장면을 목격했다. 그러니 아는 사람을 피서지에서 보게 되어 잠시 대화를 나누는 그런 차원이 당연히 아니다. 해괴한 번개 같은 만남이 이곳에서 이루어져 버린 것이었다.

그들은 각각 조금 떨어진 다른 바위에서 밀월을 즐기고 있는 그들을 향해 맹렬히 돌진하고 있다. 그것도 고함을 지르며….

그러자 놀란 여자들은 몹시 충격적인 표정으로 바뀌어 버렸다. 그들은 아내와 함께 있는 남자들을 향해 온 힘을 다해 스트레이트를 날린다. 그러자 그 남자들은 쓰러졌다.

영선은 팽소피어아를 데리고 텐트로 갔고, 홍철은 우엔티늉을 데리고 텐트로 갔다. 그 후, 그는 고함을 지르며 격분을 감추지 못하고 있다.

"아니, 이게 어떻게 된 일이야? 도대체 금세 나가서 그게 무슨 짓이냐고? 정말 미쳤어?"

"……."

"왜 말이 없는 거야? 피서는 끝이다. 짐 챙겨! 지금 당장 올라가자고…!"

"……."

그녀는 계속 아무런 말도 하지 못했다. 입술까지 서로 부딪치는 모습이 발각이 났으니 더 뭐라고 말할 수 있겠는가! 부랴부랴 짐을 챙긴 이들은 분함을 억누르지 못하고 승합차에 올라타 강원도 홍천으로 향하였다. 아까, 영선, 홍철에게 스트레이트를 맞고 쓰러진 남자들은 뒤늦게 일어났으나 통증이 몰려와 계속 바위에 앉아 있다. 그 후, 자신들을 때린 이들을 찾으려 했으나 그들은 이미 떠난 후였다.

홍철은 승합차를 운전하면서 시종일관 침묵만을 유지했다. 그만큼 격분이 포화되어 있다는 것이다. 이윽고, 밤새워 달려온 승합차는 홍천에 다다랐고 그곳에 도착하여 홍철의 집으로 들어갔다.

영선, 홍철은 같은 방을 사용했고, 우엔티늉, 팽소피어아는 다른 방에서 잠을 잤다. 4일간의 계획으로 떠났던 피서는 1박을 못 버티고 끝이 났다.

다음 날이 되자 영선은 피어아를 데리고 전북 정읍으로 내려갔다. 영선의 성격으로 봤을 때 갈라서는 일밖에 없을 것 같다.

이날, 홍철도 일찌감치 갈라서는 일에 대해 알아보고 있다. 이에 그녀들은 갈라설 것을 대비하여 뭐라도 하나 더 가져가려고 궁리하던 끝에 마침 그 시점에 남편 홍철이 인삼, 옥수수 재배와 한우를 팔아서 카드 안에 2천만 원이 있었다는 게 생각났다. 책상 서랍에 넣어 두고 잠시 집을 비운 사이 우엔티늉은 그 돈을 보게 되었다. 가지고 그대로 도망쳐 현금을 인출했다.

한편 정읍으로 간 영선도 이혼 문제를 알아보기 위해 나간 틈에 팽소피어아는 방 이곳저곳을 뒤적였다. 장롱 속에 농협에 가서 돈이 필요하여 융자해 온 카드 안에 천만 원이 있었는데 그 카드를 가지고 그대로 도망쳐 현금을 인출했다.

홍천에서 카드를 훔쳐 달아난 우엔티늉이 팽소피어아에게 전화를 했다. 서로 만나서 서울로 올라가 일자리를 알아보기 위함이었다. 마침내 연락이 닿아 만났고 서울로 향했다. 이날, 집에 들어온 영선, 홍철은 부인이 안 보이자 놀랐고 더욱 충격적인 일은 책상 서랍과 장롱 속에 카드가 없어졌다는 것이다.

이 일로 이들은 엄청난 고통을 겪었다. 그야말로 망연자실 상태를 맞는다.

외국인 여성을 만나 결혼까지 했던 3인방들은 오늘부로 모두 다 파경을 맞는다. 영선, 홍철은 서로 전화를 주고받았는데 똑같은 경우가 벌어지니 참으로 괴이하고 참담하기 그지없었다.

"영선이 형 모레 수원에서 만나서 소주 한잔하자. 괴로운 사람들끼리 한잔해야지?"

"그래, 모레 수원 팔달문 남문에서 저녁에 만나자고…. 가기 전에 전화할게!"

이들은 심각한 충격을 받고 만나서 알코올로 상처를 치유하려고 생각한다. 사실, 이런 경우에 알코올 치료 방법은 나름의 일시적 미봉책에 불과하고 근본적 해결책은 마음을 완전 비우는 것이었다. 그러나 그게 그리 쉬우면 술 소비량이 현저히 줄 것이다.

해운대 피서에서 밤에 본 그 입술 부딪치는 장면 하나만으로 끝이 난다는 현실적 무거운 짐을 체념하며 내려놓을 수도 있었겠지만 물론 쉬운 일은 아니다. 더 시간이 지나고 그녀들이 그 남자들을 계속 만나게 되었다면 점점 더 달아올라 더 큰 사태로까지 번졌다는 것은 기정사실이다.

그러니 그 소소한 장면 하나가 전부라고 볼 순 없고 작은 불씨가 산을 재로 만들기 전에 초장에 진압된 형국인 것 같아 보였다. 서로가 같은 괴로운 처지에 있는 남자들끼리 위로의 시간을 갖기로 마음먹었다.

어쨌든 이들은 서로 약속한 수원 남문에서 만나 소주와 삼겹살을 먹는다. 한참 동안 소주를 마신 홍철은 완수가 최근 계속 연락이 안 되어 걱정이 되는 마음이 들었는지 그에게 전화를 건다. 그러나 완수는 끝까지 받지 않는다.

이들은 완수 형에게 무슨 큰일이 생겼을 거라고 추측한다. 그렇지 않고는 자신들의 전화를 그리도 받지 않는다는 게 이상하다는 것이다.

내일은 충북 진천에 완수 형의 집에 한번 가 보리라 생각한다. 그런 생각 하며 밖에 나온 이들은 노래방으로 들어가 노래를 부르고 나와 숙소를 찾아 들어갔다.

날이 밝자 홍철의 K5를 타고 진천으로 달려간다. 그래도 이들과 친밀한 사이였던 완수가 아니겠는가! 저쪽이 장순, 하철, 철수가 셋이서 그렇게 친밀한 사이였다면 이쪽은 홍철, 영선, 완수가 옛 센영수트 시절부터 친밀한 사이였다. 물론, 그렇다고 저쪽 3명과 이쪽 3명이 적대적인 사이는 절대 아니었다. 그냥 상대적으로 조금 더 친밀했었다는 것이다. 어쨌든, 그 둘은 지금 이 시간 완수 형을 찾아 나선다.

진천 덕산면 용몽리에 도착했다.

산기슭에 위치한 그의 집 앞에 차를 세우고 잠시 앉아 있을 때 완수가 옆에 있는 밭에서 걸어오고 있다.

이들은 얼른 차에서 내려 그에게 다가가 말을 한다. 완수는 놀란다.

"아니, 완수 형 왜 요즘에 전화도 안 받고 무슨 일이 있어? 걱정되어 온 거야!"

"아아! 그랬어. 난 요즘 엄청 괴로운 일이 있었지! 으윽, 윽, 흑, 여기까지 날 위해 오느라고 힘들었을 것 같은데 들어가 뭐라도 좀 먹자…."

이들은 응접실로 들어가 이런저런 얘기가 오고 간다. 그러다가 완수는 최근 자신이 겪은 파경 문제에 대해 말을 한다. 그러자 그들은 순간 깜짝 놀란다.

사실, 자신들도 최근 같은 문제가 있었는데 어떻게 그렇게 이럴 수가 있단 말인가!

"아니, 완수 형에게 그런 일이…! 우리도 며칠 전에 그런 일이 있었고 또 더 화나는 건, 그 여자들이 우리의 카드를 가지고 도망쳤다는 거야!"

"어어! 너희들도 그런 일이 벌어졌단 말이야? 아아! 너무 힘들다. 우린 왜 이렇지?"

"으윽, 흑…. 그래서 형이 얼마나 힘들었으면 우리 전화까지 안 받았을까!"

이들은 서로의 사정을 듣고 서로 위로하며 음료수와 과일을 먹고 있다. 1시간쯤 지났을까! 이들은 진천 시내로 나가 서로의 답답한 신세를 하소연하는 의미로 소주를 먹기 시작했다. 그러다 보니 점점 어둠이 몰려오는 저녁을 맞이하고 있다.

"아! 근데 더 이상 시골에 있고 싶지 않다. 서울로 다시 올라가려고 해!"

"아니, 완수 형! 그건 좋은데 올라가서 뭘 하려고? 계획은 세웠어?"

"아아! 그건 일단 올라가서 생각하려고 해! 가면 좋은 수가 있겠지! 뭐."

순간, 영선, 홍철도 귀농을 접고 서울로 가고 싶은 충동에 사로잡힌다. 그들도 완수의 생각에 일치되고 있다. 동병상련의 일치라고 봐야 한다.

"아니, 완수 형. 그럼 우리도 같이 가려고 하는데…. 내 생각엔 예전처럼 센영수트 같은 곳에 들어가는 게 아니라 우리끼리 합작으로 동업할 수 있는 일을 연구해 보는 게 어때…. 작은 사업이라도 말이야!"

"뭐! 그것도 좋지! 자, 마셔. 난 구로동 말고 대림동 쪽에 거처를 마련하고 구체적으로 뭘 할지 생각을 해 보려고 해!"

7월을 하루 남겨 놓은 이들은 진천 시내에서 소주를 먹으며 다시 서울 상경에 대한 깊이 있는 계획을 수립하기에 이른다.

한참 동안 마신 소주로 만취한 이들은 그곳에서 나와 노래방으로 들어간다. 있는 힘껏 노래를 부르고 부른다. 지쳐 쓰러질 때까지 부른다. 그 후, 밖으로 나와 사우나로 직행한다. 그리고 그곳에서 잠을 잤다.

날이 밝아 7월 마지막 날이 되었고 이들은 홍철의 차를 타고 완수의 집으로 간다.

이날은 시골집에서 같이 쉬고 싶었고 완수로선 귀농을 접고 다시 서울로 상경한다는 의사를 부모에게 설명하는 시간도 있어야겠다고 생각했다.

"아버지, 저 그만 시골 일을 관두고 서울로 가려고 합니다. 그게 낫겠다고 내린 결정입니다. 그렇게 아세요."

"아! 그래 너도 이번 이혼 문제로 고생 많이 했다. 네가 원하는 대로 해야지, 뭐! 어디 가든 열심히 최선을 다해 살면 된다."

부자가 이런 대화가 오고 갈 때 옆에서 이를 지켜보는 모친은 속절없는 눈물이 눈가에 글썽거리고 만다. "남들 아들은 장가 잘 가서 사는데 우리 아들은 왜 이럴까?" 하는 괴로움의 눈물인 것 같다. 모친은 부친과 생각이 달랐다.

"얘, 이번 그 일로 그러는 거 같은데 그런다고 꼭 서울로 가야 할 게 뭐 있냐? 거기 간다고 뾰족한 수도 없어. 그냥 이곳에서 크게 이것저것 특수 작물을 재배하다 보면 이게 더 나을 수도 있는데…"

"아니에요. 어머니, 어제 밖에서 여기 옆에 있는 동생들과 그러기로 결론이 났어요. 일단 가서 열심히 해서 성공할 거고. 하다하다 안 되면 다시 내려올 수도 있겠지만 지금의 마음은 떠나고 싶어요."

"그, 그러냐? 그… 으윽, 흑…. 으윽…."

모친은 끝내 아들 완수를 생각하니 답답한 심정에 참았던 눈물을 또 흘린다. 그러자 옆에 있던 영선, 홍철도 괴로운 표정을 지으며 눈물을 글썽이고 있다.

그러나 완수는 냉정했다. 아내였던 일화와의 문제가 그만큼 컸다. 서울로 당분간 갔다가 다시 귀농을 선택할지도 모른다.

하지만 지금은 빨리빨리 이곳에서 벗어나야만 홀가분하게 느껴지리라 생각하는가 보다. 오늘 하루 영선, 홍철과 함께 있으면서 내일 떠날 때 가지고 갈 물건들을 챙기겠다고 생각한다. 짐을 챙기고 있는 아들 완수를 바라보다 모친은 고개를 숙이고 밖으로 나가 버린다.

완수도 짐을 다 챙기고 난 후 영선, 홍철과 뒷산에 올라가 이곳저곳을 둘러본다.

만만치 않은 더위가 기다리고 있는 8월의 첫날을 기해 완수는 서울행 SM5에 몸을 싣는다. 영선, 홍철은 자신들의 집에 들렀다가 올라갈 예정이다.

이날 먼저 올라간 완수는 대림동에 작은 빌라를 하나 얻었다.

다음 날, 영선, 홍철도 이곳에 왔다. 그들도 각자 집을 얻으려고 했으나 완수가 "그러지 말고 내가 얻은 집에서 함께 지내자."라고 하자 둘은 고개를 끄덕였다.

"야! 돈이 그렇게 많아? 다시 서울에 왔으니 더 악착같이 살아야지! 내 집에서 살아."

"완수 형, 너무 고마워! 다음에 갚을게."

"야! 쓸데없는 소리 하지 마!"

이들은 여기저기 돌아다니며 궁리해 보았지만 그래도 할 만한 일은 치킨집이라고 생각했다. 셋은 서로 돈을 모아 치킨 체인점을 시작했다.

대림역 주변에 1층 상가 건물을 공동 합작으로 임대하여 UP치킨 체인점을 차렸다. 그런데 너무 공교롭게도 장순도 좀 떨어진 구로동에서 치킨 배달원으로 일하고 있는데 물론 그의 최종 목표는 치킨 체인점을 차리는 것이지만 어쨌든 이들 세 사람이 시작한 일과 똑같다. 그리고 장순과 이들 세 사람은 서로 귀농을 접고 이곳으로 상경한 사실을 모른다. 서로 말을 안 하니 당연히 알 리가 없다.

장순과 이들 간에 서로 이곳으로 다시 온 사실을 말하지 않는 이유는 무엇일까! 그건 아마도 각자의 마지막 남은 자존심이 아니겠는가!

귀농 농업 살리기 운동이 가정 문제로 실패하고 다시 서울로 상경했단 것이 이들 각자에겐 적잖은 자존심의 상처로 남는다.

아무리 예전에 센영수트 봉제 공장을 같이 다녔었다고 하더라도 그리 각별한 사이가 아니라서 그럴까! 여러 가지 복잡한 심경들이 얽히고설켰을 것으로 보인다.

아무튼, 장순은 구로동에서는 치킨 배달원으로 일하면서 밤에는 신도림동으로 노래방 도우미로 알바 하러 다니고 있고 영선, 홍철, 완수는 대림동에서 공동으로 치킨 체인점을 차렸다.

어쩌면 인근이다 보니 우연히 부딪칠 수도 있을 것 같다. 물론, 아닐 수도 있다. 서울은 인구가 무척 많고 서로의 하는 일들이 다르기에 같은 동에 살아도 잘 안 부딪친다.

이들 세 사람이 구로동으로 정착하지 않고 대림동에 자리를 잡은 것도 그곳엔 하철이 있고 또 자신들의 옛 직장이 있기에 다소 신경이 쓰였는지 모르겠다.

귀농 실패된 모습을 하철에게 보이고 싶지 않아서였다. 알량한 마지막 자존심이 존재했다.

만약 그렇다면 구로구 말고 다른 구로 멀리 자리를 잡지, 왜 하필 이곳이었을까? 그것은 이렇든 저렇든 옛정이 작용하지 않았을까? 근처로 자리하려는 마음 같은….

8월 4일부터 문을 연 UP치킨이다. 그래도 개업식은 그럴싸하게 해야 하지 않을까!

생각 끝에 이것저것 돼지머리라든가 술, 떡, 과일을 듬뿍 장만하였다. 그러던 중, 완수가 말한다.

"야! 근데 그래도 동료였는데 하철이에게 연락해서 오라고 해야 하지 않을까?"

"그렇긴 하지! 완수 형 생각이 맞아! 그렇게 하자…."

홍철은 셋에서 파경을 맞고 다시 서울로 다른 일을 하러 온 것이 다소 부끄럽다는 생각도 들었지만 옛 동료 간의 사이에 꼭 그럴 필요가 뭐 있을까, 이런 생각도 들어 그간 있었던 사연을 말하고 하철을 초대하기 위해 전화를 건다. 이때, 시간이 오후 2시경이었다. 이 내용의 전화를 받은 하철은 매우 놀라며 "이따가 가겠다."라고 말했다.

사실, 하철로선 더 놀란 것은 장순도 상미 문제로 힘들어하다가 삶의 회의를 느끼고 다시 상경했는데 어떻게 공교롭게도 그들 세 명도 같은 일이 생겼는지 의아했다.

잠시 상념이 머릿속을 스친 뒤, 하철은 장순에게 이 사실을 전화로 알린다. 그러자 장순도 매우 놀란다. 물론, 자신도 비슷한 일이 생겨 다시 구로동에 왔는데 그들도 그렇다는 게 너무 의아하기만 했다.

"장순아, 오늘 그 개업식에 가야 하지 않을까?"

"그래, 그래야지! 이따 저녁때 가자고…. 역시 귀농이 성공한단 것은 쉬운 일이 아니다."

하철의 회사 퇴근 시간을 기해, 장순과 함께 대림역 UP치킨집을 찾아간다. 저녁 7시쯤 되어 그곳에 도착했다. 이렇게 되어 6월 11일 영선, 완수의 합동결혼식 때 만났다가 그간 볼 수 있는 기회가 없던 이들 5명의 만남이 이뤄졌다. 사실, 이쪽 3명과 저쪽 2명은 그리 각별하진 않지만 옛 직장 동료의 정은 그대로이다.

그래도 무척 반가운 시간과 즐거운 마음이 이곳 치킨집 개업식을 후끈 달아오르게 하기에 충분했다.

"와아! 이렇게 셋이서 다시 올라와 합작으로 치킨집을 하게 된 거야? 마음고생 많이 했지?"

"아이, 뭘, 그동안 장순이 너도 그 여자 문제로 속 엄청 썩었잖아! 네가 더 힘들었지."

"여기, 뭐 좋은 건 아니지만 선물 좀 사 왔어. 개업을 축하해!"

"야! 뭘, 이런 것을 사 와! 그냥 와도 되는데 말이야!"

"아니, 그래도…."

이들 다섯 명이 한 자리에 모이게 되자 센영수트 멤버 중 철수만 없을 뿐 이 계기를 통해 만남이 이뤄졌다. 이들은 소주, 맥주, 과일, 고기를 배가 터질 때까지 먹었다. 늘 그랬던 것처럼 노래방을 갈까 하다가 가지 않고 그 자리에서 마이크도 없이 생으로 노래를 부르고 또 부르고 계속 불렀다. 그러다가 잠시 멈추고 대화를 이어 간다. 장순이 먼저 말을 한다.

"나도 지금 구로동 치킨집에서 배달을 하고 있는데… 난 돈이 모자라 개업은 못 하고 일단은 배달을 하다가 여유가 되면 그때 하려고 하지!"

"아니, 그래, 장순이 형도 이 치킨 배달을 한단 말이야? 우리하고 같네! 아니, 근데 배달을 하면 돈을 얼마 못 벌잖아! 그냥 우리 체인점에 와서 동업하는 게 어때?"

"아니, 아니야! 그러다 보면 나아질 거야!"

술이 사람을 삼킬 정도로 취기가 차오르기 시작했다. 그러자 이들도 점점 흐트러지면서 심지어 말실수가 조금씩 이어지기도 했다. 원래 술을 많이 먹으면 그렇게 된다.

그리고 삼삼오오 모이면 남 칭찬하는 말보단 남 흉보는 말이 주를 이룬다. 그 이유는 전자보단 후자가 더 재미있기에 그렇고 또 원래 이게 인간의 본성이다.

그만큼 인간은 진실되지 못했고 가식과 허구와 간사함이 몸속에 꽉 차 있다. 자신이 잘못해 놓고도 잘못이라고 생각을 안 하려고 하는 이기심까지 말이다.

그 연장선 속에 이들은 저속한 화살들이 이리저리 날아다니고 있는 것이었다.

센영수트 멤버였던 6인 중에 지금 이 자리에 없는 철수에 대한 이야기이다. 철수가 지금 이 자리에 있다면 그렇게까진 안 하겠지! 원래 없으면 그렇다. 물론, 옆에 있어도 그러는 경우도 있다. 대체적으로 예의가 없는 성격들이 그렇다.

반대로 없을 때 그런다고 예의가 있다는 건 아니다.

예의란 겉으로 드러난 상냥한 미소와 웃음으로 인사 잘하기가 아닌 진심으로 상대방의 입장 심정을 헤아릴 수 있는 마음가짐이다. 이게 바로 참된 진정한 예의이다.

어쨌든, 이들은 철수에 대해 흉보기 시작했다. 그런데 한 가지 기이한 점은 하철과 장순은 철수와 각별한 사이였던 인물들이다. 나머지 셋은 아니지만 그런데도 철수 흉보기에 편승해 버리고 있으니 특이하다.

아니면 특이할 것도 없는가?

아무리 각별한 사이였다 하더라도 지금 이 상황, 분위기가 되면 그냥 그러는 것인가? 원래 인간이라 그런가? 술을 너무 많이 먹어서일까! 동물들끼리도 그럴까! 글쎄….

시초는 영선이었다.

"지금 생각해 보니까 지난번 봄에 우리가 구로동에서 모처럼 만나 회식할 때 하철이 형하고 장순이 형이 했던 말이 맞는 것 같아! 뭐, 동남아시아 여성들 다 그렇지 뭐! 다들 문란한 것 같아! 우리가 이번에 겪은 걸 보면 알 수 있잖아! 조금 힘들어도 한국 여자를 만나려고 하는 게 낫다고 생각해!"

영선이 먼저 신호탄을 쏘아 올리자 다음으로 이에 곧바로 호응이라도 하듯 하철이 나선다.

"그래! 이젠 뭘 좀 아는구나! 잘 생각했다. 바로 그것이야! 그래서 난 조금 더 느긋하게 생각하고 여자를 고르고 있고 그리고 이왕이면 한국 여잘 선택하려고 생각하는 거야!"

이번엔 장순이 하철의 말을 더 강하게 거들고 나선다.

"아이, 그럼 그렇지! 솔직히 말이야, 지금 철수 형이 조금 한심하지 않냐? 그것도 이젠 앞으로 보라고…. 어떻게 되는지, 응! 분명히 문제가 생겨 깨질 거니까……!"

"맞아, 맞아! 장순이 형 말이 백번 맞는 말이야! 옳소!"

"어어! 그래 홍철이도 이젠 이 세상 물정을 다 알아 가는구나! 역시 멋쟁이야!"

"고마워, 장순이 형. 앞으론 열심히 한국 여잘 만날 수 있게 노력할게……."

바로 이렇게 이들의 실체가 드러나고 말았다. 그래도 지금 옆에 있는 영선, 홍철, 완수보다 예전에 더욱 각별한 사이였고 현재도 그런 관계인 철수에 대해 안 좋은 일이 생길 거라고 비난조로 말하고 있으니 말이다.

영선, 홍철, 완수가 그런 일을 겪었기에 그렇게 느낄 수도 있겠지만 과연 인간의 문란함이란 것이 꼭 그렇게 국적으로 규정지을 수 있는 것일까?

결론은 전 세계 거의 대부분의 남성과 여성은 굉장히 문란하다. 물론 국적을 막론하고 이를 악물고 억누르며 절제하는 사람들도 아주 드물게 있긴 있다.

하철, 장순은 그들이 헤어졌던 외국 여성들이 문란했기 때문에 그녀들을 선택한 게 실수였단 말에 대해 호응하고 동조하며 거들고 있지만 정작 자신들은 요즘 어떻게 지냈는가?

자신들은 최근 저녁때 신도림동에 있는 YP노래방에서 알바로 남자 노래 도우미를 했다는 사실은 철저하게 숨기며 절대 입 밖에 발설하질 않는다. 도대체 문란의 정의가 무엇인가?

어쨌든, 삼삼오오가 되니 이런 현상이 벌어져 버렸다. 이런 인간의 이면 속에 이 세상을 살아가고 있다.

# 12

## 생계형 남자 노래 도우미

♨

　지금 이 이면의 흉잡기 대상으로 떠오른 그 이름 임철수는 6월 중순 용인 남사면 진목리 집에서 나와 이라니를 데리고 수원 장안구 연무동에서 함께 분식집을 경영하고 있다. 최근 그나마 철수와 전화 통화를 했던 사람은 하철인데 지금 여기서 이 분위기에 휩쓸려 있다. 철수의 근황을 하철이 말한다.
　"아! 철수 형하곤 내가 얼마 전에 통화는 한 적이 있는데……. 그 형의 부모님이 외국인 여자 만난다고 결사반대하는 바람에 그 형이 이라니라는 그 여잘 데리고 수원으로 나가 산다고 하더라고……. 정확히 어디에 사는지 뭘 하는지는 말하지 않아!"
　"어! 철수 형이 그랬어? 아이고, 답답하다. 뭘 그런 여잘 좋아한다고……. 앞으로 보라고, 분명히 우리들 같은 꼴을 당할 거야!"
　"야! 그런 얘긴 그만하고 술이나 먹자! 하하하."
　여기서 웃긴 건 만약에 여기 모인 이들 5인 중에 1명이 이 자리에 없으면 그 1명이 별것도 아닌 이유로 지금과 똑같은 흉보기 객체가 되어 버린다는 것이다.
　이런 문제는 그 누구도 예외가 없다. 계속 꼬리에 꼬리를 물고 일어난다. 이와 조금 다른 사례가 있다면 한국 사회는 일정 연령에 달하면 유난히 인간들이 서로 불신 풍조가 강해지고 공적이든 사적이든 형식적인 말만 선별해서 한다.

왜냐면 조금이라도 실질적인 말을 하게 되면 위의 예와 비슷한 홍보기 객체로 전락당한다는 것을 깊게 인식하기 때문이다. 보신주의와 이기심이 극을 달리는 나라가 바로 대한민국이다.

자신보다 뭐든지 못나 보이면 반사적, 본능적으로 무시하려고 꿈틀거린다. 너무 심각한 수준에 와 있다. 법학, 경제학, 교육학, 어학, 문학, 기타 등등 다른 오만가지 학문들이 산지식이자 참된 학문이나 진정한 교육이 될 수 없는 지경이다. 기계적으로 그저 글자를 암기만 한 암기 기계였을 뿐이고 미사여구 잔재주나 부리는 수준이자 한갓 그저 자신들의 돈벌이 수단 그 이상도 그 이하도 아니다. 더 심각한 사태는 이런 현상을 분석해 낼 수 있는 능력의 소유자가 아주 드물다는 점이다.

철수는 6월 초 집을 나와 8월 4일 오늘까지 집에 계신 부모님과 연락이 두절된 상태이다. 집에서 철수에게 계속 전화를 해도 안 받는다.

나름대로 고집이 센 편이다. 어떤 외부적인 방해로 인해 자신의 사랑이라니를 절대 놓치지 않겠다는 굳은 결기와 각오가 있기 때문이다.

앞으로 이어질 무더위와 구 센영수트 멤버 6명의 인생과 특히 생계 문제를 어떻게 슬기롭게 풀어 나갈 것인가. 그리고 이들의 삶의 사랑 문제까지 어떻게 전개되어 나갈 것인가. 점점 시간은 흐르고 흐른다. 흘러 보면 저절로 알게 된다. 삶의 이야기이니까! 시간이 필요하다.

아무튼 그 5인은 그날 대림동에서 치킨 체인점 개업식을 성황리에 마치고 각자 쉼터로 돌아갔다. 앞으론 종종 이 근처 어디에서든 또 만남이 이뤄질 것은 확실해 보인다.

장순, 하철이 밤늦게 돌아왔을 땐 핸드폰에 신도림 YP노래방 사장으로부터 전화가 와 있었다. 문자도 있다. 내용은 그때 왔던 그 여자 아줌마 손님들이 장순, 하철에게 전화해도 받지 않아 노래방으로 전화가 왔었다는 것이다. 내일 토요일 밤 9시에 이곳에서 그녀들이 만나고 싶어 한다는 내용이다.

이들은 다음 날이 되어 그녀들에게 전화를 한다.
"아! 누나, 내가 어제 전화를 받지 못했지, 선배가 개업식을 했는데 그곳에 가느라고……. 미안해요!"
"아니, 아니야! 이따 노래방으로 9시까지 와."
"그래요. 알겠어요. 누나."
장순은 벌써부터 흥분이 고무되어 있다. 지난번에 진자에게 수고비를 무려 3백만 원이나 받았으니 말이다. 흥분이 고무된 건 하철도 마찬가지였다. 조금 적지만 연숙에게 50만 원을 받았기 때문이다.
글쎄, 오늘 또 지난번처럼 그 같은 액수의 돈을 그녀들이 줄 것인지는 모르는 일이다. 장순, 하철은 각자의 일이 끝나자마자 그곳을 향해 달려간다. 이윽고 그곳에 도착했다.

이미 진자, 연숙은 노래방에 들어와 앉아 있었다.
그런데 오늘은 그녀들 말고 4명의 여자들이 더 와 있는 것이었다. 장순, 하철은 깜짝 놀란다. 그러자 방 안의 6명의 여자들은 일제히 웃기 시작했다.
"어서 와! 동생들 너무 보고 싶었어! 호호호. 킥킥킥. 히히히."
"아아! 그래요. 저희들도 그랬지요."
"오호! 너무 멋진 동생들이다. 하하하. 흐흐흐. 칵칵칵."
이때, 진자, 연숙을 따라온 다른 한 여자가 장순, 하철을 보고 반하게 된다. 그래서 한마디 한 것 같다. 연숙이 그들 4명에게 눈짓을 보낸다. 다른 방으로 잠시 가 있으라는 뜻인 것 같았다. 이에 그들 4명은 알아

채고 일어나 다른 방으로 간다. 이렇게 되어 이 방엔 장순, 하철, 진자, 연숙이 남게 됐다. 연숙도 하철을 데리고 옆방으로 간다. 더 오붓한 시간을 갖고 싶은가 보다.

1시간쯤 노래를 부른 이들은 각자 알아서 2차를 가기 위해 나가고 있다. 그 두 쌍이 나간 후 이곳에 남아 있던 4명의 여자들도 호기심이 생겨 남자 도우미를 요청하였으나 "오늘은 없으니 다음에 들러 주세요."라는 사장의 말을 듣게 된다.

"아! 손님 죄송합니다. 다음에 오시면 놀 수 있게 도와드리겠습니다. 하하하."

"아이, 그럼 그때 올 땐 꼭 그렇게 해 주세요. 호호호."

"네, 알겠습니다."

그들 4명의 여자들은 오늘은 노래만 부르고 나갔다. 그 후 호프집으로 갔다. 호프집으로 들어간 그녀들은 아까 남자 도우미를 데리고 나간 진자, 연숙을 기다리고 있다.

진자, 연숙이 끝나는 대로 이 호프로 오겠다고 말했기 때문이다.

그녀들이 기다린 시간이 1시간이 넘자, 진자, 연숙이 들어오고 있다. 얼굴은 엄청 풀린 느낌이었다. 그만큼 그 남자 도우미들과 뭔가 일이 나긴 난 것 같았다.

"와우! 진자야, 너무 좋았나 봐. 저거 봐, 저렇게 얼굴이 몽롱해졌으니 말이야!"

"뭐! 다 그런 거지 뭐! 사는 게 원래 이런 거 아니겠어? 하하하."

"맞아! 그렇긴 해! 그 말이 맞아! 이렇게 멋진 어린 남동생들하고 재미를 봤으니 완전 살판났구나! 아! 부럽다. 나도 다음에 그 맛 좀 봐야겠어."

"그래, 그럼. 다음에 우리가 이곳에 올 때 같이 오자고……. 남자 도우미 4명 더 준비해 놓으라고 내가 노래방 사장한테 전화하면 척척 알아서 해! 히히히히."

"그래, 연숙아. 알았어! 자! 시원하게 한잔해!"

진자, 연숙은 친구 4명과 그 노래방에 갔다 나와 장순, 하철 도우미와 2차 가서 관계를 가졌다. 그리고 다시 모여 맥주를 먹어 가며 회포를 풀고 있었다. 이 6명의 아줌마들은 다음에 이곳에 와서 더 진하게 놀겠다는 결의를 다지며 서로 크게 소리 높여 "건배!"를 외치고 있다.

오늘은 장순, 하철 도우미를 데리고 나갔는데 그때처럼 거액의 수고비를 지급하진 않고 50만 원을 주고 끝냈다.

이에 그들이 너무 작다며 투덜거렸지만 두 여인은 '지난번에 많이 줬으니 이번엔 이것으로 만족하라'라는 말을 했고 '다음 기회에 더 주겠다'라는 위로의 말로 대신했다.

50만 원을 받은 두 남자는 오늘은 몹시 적었지만 그래도 '이게 어디냐'라는 반응이었고 다음엔 더 많은 수고비를 받아 내겠다는 의지를 불태우며 집으로 돌아갔다.

오늘 신도림동 주변 호프에 모인 여인들 6명을 나열하면 다음과 같다.

첫 번째로 조진자는 대림동 미채 미술 학원 원장이면서 남편은 이사광 대법관이다.

두 번째로 최연숙은 신림동 으뜸 국영수 학원 원장이면서 남편은 이사관 검사장이다.

세 번째로 선동희는 서초동에 대형 빌딩 하나 갖고 있으면서 그냥 놀러 다니고 있고 남편은 서울대학교 경영학과 조명환 교수이다.

네 번째로 김채화는 청담동 명품 옷 대형매장을 경영하고 있고 남편은 검사 출신 이경주 변호사이다.

다섯 번째로 이비희는 서강대학교 의류학과 교수이면서 남편은 현 청렴맑은당 소속 박청환 국회의원이다.

여섯 번째로 남지선은 연세대학교 패션디자인학과 교수이면서 남편은 현 국민밖에모르는당 소속 최청순 국회의원이다.

6명의 아줌마들은 다 서울에서 엄청난 부유층이면서 직업도 좋은 편이고 또 남편들의 직업은 최상위급이라 봐도 과언이 아닐 것이다.

이 여인들은 남편들의 서울대학교 동문회에 참석했다가 서로 소개를 받고 알게 되어 그 후로 종종 만남을 가졌다.

그녀들은 허욕과 허영심이 하늘을 찔렀고 더 큰 문제는 이성을 지나치게 탐하는 색욕이 너무 강해 서로 모이기만 하면 하는 얘기는 오로지 남자 얘기뿐이었다. 그것도 남자 연예인들에 대한 얘기가 주를 이루었고 그중 어떤 연예인을 짝사랑한다는 하소연 같은 내용과 어떻게 한 번 만나서 잠이라도 같이 잘 수만 있어도 소원이 없겠다는 내용이 그녀들의 대화의 전부이다.

그리고 음기 보강 차원에서 매일같이 가까운 산이라도 끊임없이 등산을 하고 음식도 장어라든가 보신탕, 사슴, 노루고기 같은 것만 골라 먹고 있다.

그녀들의 나이는 올해 다 같이 58세이다. 나이도 같으니 더 친밀해졌고 스스럼없이 말을 막 하기도 한다. 또 여자들끼리인데도 서로 몸을 여기저기 꼬집기도 하고 아주 짓궂은 장난도 심한 편이었다.

그녀들은 술에 만취했는지 원래 그런 건지 완전 이성을 잃기도 한다.

"야! 진자야, 너 아까 그 남자 도우미 말이야! 다음번엔 나한테 양보해! 알았어? 몰랐어? 너무 내 스타일이야!"

"아니, 이년이 정말. 야! 너 자꾸 그러면 안 돼! 이게 막 술을 먹더니 완전 제정신이 아니구나! 야! 정신 차려……!"

"야! 그만 까불지 말고 술이나 따라 봐! 자기 거라고 에잇, 진짜 재수 없어."

"아니, 동희야, 내가 노래방 사장에게 잘 얘기해서 더 멋진 남잘 데려다 놓으라고 할 테니까, 좀 참고 기다려 봐! 응."

"그래, 그래, 됐어!"

그녀들은 이렇게 모이기만 하면 음란한 얘기만 하고 자신들의 완전 이상형인 남자 연예인을 만나기가 현실로 어렵기에 그건 포기하였다. '꿩 대신 닭'이라고 남자 도우미라도 만나야겠다는 야욕이 그득하고 심지어 이것으로도 양이 차질 않아, 날 잡아서 서초 반포동 쪽에 호스트바에 가자는 의견까지 내놓기도 한다.

이 의견을 맨 처음 내비친 여자는 이비희였다.

"우리 말이야, 어차피 노는 거 더 물 좋은 데로 가자고……. 반포동에 하나 있어. 그곳으로 다음에 가자……. 내가 쏠 거야! 어때?"

"오우! 역시 우리 비희는 너무 화끈해서 탈이라니까! 너무 좋기도 하고, 호호호."

"야, 지선아, 너도 가고 싶지? 다 좋은데……. 네 남편이 국민밖에모르는당 국회의원이잖아! 조금 신경 쓰이지 않니?"

"어어! 비희야, 그럼 넌 너도 마찬가지야! 네 남편도 청렴맑은당 국회의원이잖아! 뭐, 피차 신경 쓰이는 건 똑같지! 다 그런 거야! 너무 복잡하게 생각하지 마! 좋은 게 좋은 거야! 파이팅…!"

비희, 지선은 자신들의 남편들이 국회의원이라 행여나 알려지면 누가 되지 않을까 신경을 쓰면서도 또 다른 한편으론 그래도 '다 그런 거지 뭐! 좋은 게 좋은 거야!'라는 구호를 외치며 서로를 격려하기까지 한다.

비희, 지선이 재밌게 대화할 때 그 나머지 3명 여인들은 술에 취했는지 피곤한지 꾸벅꾸벅 졸고 있었다. 그러자 채화가 소리를 지른다.

"야! 그만 졸고 다들 집으로 들어가 자라고…!"

이 소리에 졸던 진자, 연숙, 동희가 깜짝 놀라며 눈을 번쩍 뜬다.

"아아! 우리가 졸았나! 그래, 그만 가자…. 시간도 너무 오래됐고 말이야! 가자."

"아! 피곤하다. 우리의 내일을 위해 가자."

자정이 다 되자 이들은 일제히 일어나기 시작한다. 그리고 각자 집으로 갔다.

6명의 아줌마들은 집에 들어갔는데 그녀들의 남편들은 한결같이 "어디에서 무얼 하다 이렇게 늦게 들어왔어?"라며 고래고래 소리를 지르고 있다.

그녀들은 아까 호프에서 흩어질 때 서로 그렇게 말하자고 약속이라도 한 것처럼 이렇게 동일하게 말하였다.

"아아! 우리 학교 동창회가 있었거든. 그래서 그렇게 됐어." 바로 이것이었다.

남자든 여자든 자주 흔히 즐겨 사용하는 멘트이다. 그러다가 1년 365일 매일 학교 동창회 한다는 말도 나올 판이다.

어쨌든, 남편들은 그저 침묵을 지키며 눈을 감고 잠자리에 든다. 한편, 장순과 하철도 집에 갔는데 오늘은 지난번처럼 많은 수고비를 받지 못하여 괴로울 따름이다. 실망감을 감추지 못했다. 다음에 좋은 기회가 오리라 믿는다.

장순은 진자가 미술 학원 원장이라는 것만 알 뿐 그 이상은 아무것도 모른다. 하철은 연숙에 대해 아는 게 아무것도 없다. 물론, 신상에 대해 아무런 말도 안 하니까 알 수 없다.

중요한 건 이들이 그녀들의 신상을 그리 자세히 알고 싶어 하지도 않는다. 그저 돈만 벌면 된다고 생각하고 있으니까 말이다. 오늘 하루도 이렇게 갔다. 이젠 잠잔다.

날이 밝자, 어젯밤 남자 도우미 짝이 없어 그냥 호프에 가 맥주로 외로움을 달랬던 동희가 번개같이 연숙에게 전화를 건다. 왜냐면 연숙은 어제 동희에게 다음에 그곳에 가게 되면 자신이 사장에게 남자 도우미를 더 확보해 놓으라고 말해 놓겠다고 했었기 때문이다. 동희는 그만큼 빨리 유희를 즐겨 보고 싶은 마음이 간절하기에 그랬다.
"알았어, 동희야. 내가 사장에게 전화하고 나서 네게 전화를 넣어 줄게. 기다려."
"그래, 알겠어. 연숙아, 나 요즘 너무 외로워! 다시 전화 줘."
"기다려."
최연숙은 전화를 끊자마자 바로 노래방 사장에게 전화를 건다.
"아, 네, 사장님. 안녕하세요. 어제 갔었던… 저를 아시죠?"
"아아아, 네에. 알고 있습니다. 어떻게 오늘 또 도우미가 필요하신가요?"
"아! 필요하긴 한데 4명이 더 필요한데요. 어제 갔던 친구들……."
"어! 그래요. 4명이나 더…… 아, 네, 일단 알겠습니다. 알아보고 제가 전화드리도록 하겠습니다."
사장은 이곳저곳 알아봤지만 마땅치 않자 하철에게 전화를 건다.
"아, 예, 안녕하세요. 안하철 씨, 혹시 오늘 가능하십니까?"
"아, 네, 가능합니다."
"아! 근데 오늘은 여자 손님이 4명 더 오는데 혹시 주변에 아는 사람

있으면 그 인원을 채울 수 있을까요? 한번 아는 분들 있으면 연결 좀 해 주세요."

"아아! 그런가요. 혹시 어제 처음 들어갔을 때 여성들이 4명이 있었는데 그분들 아닌가요?"

"아예, 그분들 맞습니다."

"일단 알아보고 다시 연락드리지요."

하철은 노래방 사장과 전화를 끊자마자 이런저런 궁리 끝에 곧바로 완수에게 연락한다. 인원을 채우기엔 그쪽 3명이 괜찮다고 생각한 것 같다. 물론 그들이 수락할지는 미지수이다.

그 결과는 좋았다. 완수는 돈을 더 많이 벌 수 있다는 꼬드기는 달콤한 말에 넘어가 흔쾌히 "그러겠다."라고 대답해 줬다. 완수도 그만큼 돈이 급한 것이겠지.

완수는 이 말을 영선, 홍철에게 전하였다. 그랬더니 그들도 좋다고 답하였다. 완수는 다시 하철에게 전화하여 그 노래방 위치를 알려 달라고 말했다.

"그래, 하철아. 영선이, 홍철이 다 좋다고 했어. 그런데 노래방 위치를 알려 줘야 찾아가지!"

"형, 일단은 밤 9시까지 신도림역으로 오면 돼! 그럼 내가 그곳으로 나갈게. 그곳에서 가까우니까 이따 보자고…."

"알겠다."

하철은 전화를 끊고 나서 다시 고민하기 시작한다.

왜냐면 남자 도우미 한 명이 부족하기 때문이다. 마땅한 인물이 떠오르지 않자 급기야 수원에 있는 철수에게 전화했다. 철수가 받았다. 그러자 하철은 그 말을 했다. 그러나 철수는 단호했다.

"철수 형, 여기 서울에 남자 노래 도우미 알바가 있는데 부업으로 좀 할 수 있나 해서. 우리가 현재 인원이 1명 부족해서 그래. 형이 해 주면 너무너무 좋겠는데……?"

"아! 모두들 귀농 생활을 관두고 다시 올라왔네! 아무튼 새로운 마음으로 새출발하도록 해! 새로 시작한 일 다들 대박 나라고 전해 줘. 그리고 네가 말한 그 부탁은 들어줄 수 없어. 난 그쪽에 전혀 생각이 없어! 그렇게 알고 모두들 잘 지내라고 전해 줘. 그만 끊는다."

"아니, 철수 형, 잠시, 잠시만……."

철수는 이렇게 단호하게 말하고 전화를 끊는다. 하철은 더 이상 전화를 하지 않았다. 어쩔 수 없이 도우미 한 명을 더 확보하지 못한 채 그 시간에 그곳으로 갈 수밖에 없었다.

하철은 장순과 그리고 완수, 영선, 홍철을 데리고 이렇게 다섯이 가게 된다. 완수, 영선, 홍철은 하철이 알려 준 대로 밤 9시 신도림역에 나가 있었다.

그러자 하철, 장순이 그 시간에 그곳에 나간다. 그렇게 만나게 된다.

"아! 여기였어?"

"그래, 완수 형. 노래방으로 들어가자고…."

밤 8시 50분 하철, 장순, 완수, 영선, 홍철, 다섯 사람은 그곳으로 들어간다. 들어가자 사장은 무척 반가운 표정으로 이들을 반긴다.

"오우! 어서 와요. 손님들 눈 빠지게 기다렸습니다. 자! 저쪽 7번방에 가 있으면 여자 고객님들이 들어올 겁니다."

"아, 네, 알겠습니다."

이들은 일제히 7번방으로 들어갔다. 잠시 시간이 지나자 여섯 명의 아줌마 손님들이 들어온다. 사장의 안내를 받으며 들어왔는데 그녀들은 신나게 웃는다.

"하하하. 우리 동생들, 안녕, 누나들을 많이 기다렸어? 호호호."

"방금 전에 들어왔습니다. 누님."

"아니, 근데 동생들이 다섯 명밖에 안 되잖아! 우린 여섯인데 그럼 짝이 안 맞잖아! 아니, 사장님 어떻게 하죠?"

"하철 씨, 네 명이 더 올 거라고 했잖아요. 인원을 채우기가 어려웠나 봐요?"

"아, 네, 사장님 네 명 더 만들려고 노력해 보았지만 잘 안 되더군요. 죄송해요."

"아니, 뭘 죄송해요. 그나저나 이걸 어쩌지!"

짝이 맞지 않자, 그녀들 중 한 명이 희생될 상황이 몰려왔다. 그녀들은 서로 양보를 하지 않으려는 눈치였다. 남지선이 오늘은 "내가 양보하겠다."라고 양보하곤 자리에서 일어나 밖으로 나갔다.

그녀가 나갈 때, 계속 자리에 앉아 있었던 다섯 여자들은 속으론 짜릿했지만 그저 무덤덤하게 표정 관리하며 고개를 숙인다.

이제 짝이 맞게 되어 제각각 다른 방으로 들어가 노래를 부른다. 그러다가 1시간쯤 지났을까! 각자 2차를 나가기 위해 일어나기 시작했다.

각자 둘씩 따로따로 나간 이들은 모텔을 찾아 들어가 자신들만의 시간을 보내고 나와 각자 알아서 자신들의 집으로 향했다. 장순, 하철은 어제 이어 오늘도 연이어 수고비를 받게 되었고 영선, 완수, 홍철은 첫 출근의 시작을 알렸다.

영선, 완수, 홍철은 첫날이지만 그녀들에게 적잖은 돈 100만 원을 각각 받았다.

이들 세 남자는 이렇게 한 번에 큰돈이 들어왔다며 너무 기뻐 펄쩍 펄쩍 뛰었다.

장순, 하철은 돈 50만 원을 각각 받았다. 두 남자도 나름대로 만족했다. 그런데 알다가도 모를 일은 이들 다섯 남자들은 서로서로 받은 수고비를 얼마 받았는지 밝히지 않는다. 지난번에 처음으로 이 일을 시작했던 날부터 장순, 하철은 절대 그 액수는 불문에 붙인다. 보이지 않는 프로 세계인가 보다.

오늘밤도 어제처럼 아줌마들에겐 집에 들어가자 날카로운 질문 화살이 날아온다. 바로 그녀들의 남편들의 송곳 같은 질문인 것이다.

더군다나 그녀들의 남편들은 직업 또한 무척 날카롭고 질문도 송곳처럼 하는 성향을 가진 사람들이다.

진자의 남편은 대법관, 연숙의 남편은 검사장, 동희의 남편은 서울대학교 경영학과 교수, 채화의 남편은 변호사, 비희의 남편은 청렴맑은당 국회의원이 아니던가!

이렇게 막강하고 특히 그중, 이 남편들의 주특기가 바로 면도날 질문에 죽창 같은 캐묻기인데 부인들을 그냥 가만히 두면 그게 이상한 일이지! 이 남편들은 마치 심문하듯 조사나 조서를 하듯 그런 말투로 다그친다. 그런 말투도 일종의 직업병이겠지!

하지만 그녀들도 그리 쉽게 넘어가지 않고 묵비권으로 일관한다. 물론 피고인이나 피의자는 아니지만 어쨌든 묵비하고 있다.

계속되는 심문에 지쳐 버린 다섯 부인들은 어제도 그랬지만 오늘도 같았다. 마치, 약속이나 한 것처럼 그렇게 말한다. 비희가 말한다.

"아아! 우리 학교 동창회가 있었거든. 그래서 그렇게 됐어."

어제와 한 글자 안 틀리고 그대로 말한다. 애처롭기도 하다. 힘든 삶이다. 약육강식이 지배한 것일까?

"아니, 이런 여편네가 말이야! 허구한 날 학교 동창회야? 어제도 학교 동창회, 오늘도 학교 동창회. 그놈의 학교 동창회는 매일 하냐? 이런 씨발년아."

"아니, 당신 지금 나보고 뭐라고 했어? 씨발년이라고……? 이런 씨발, 우리 대학교는 워낙 유명한 대학이라 동창회를 자주 한단 말이야! 그리고 내가 여기 동문회장이고 또 이 대학의 교수니까, 다 내가 맨 앞에서 진두지휘하는 거라고…."

"뭐야? 씨발이라고? 말은 곱게 해야지? 누가 하늘같은 남편한테 씨발이라고 하라고 가르쳐 준 거야? 난 하늘같은 집권당인 청렴맑은당 국회의원이라고…. 내, 너 같은 년하고 살아 주는 것만으로도, 내가 널 내 부인으로 채용해 준 것만으로도 무한한 행복으로 여기라고…. 알았어? 몰랐어? 이 씨발년아."

"으윽, 흑…. 말끝마다 저렇게 욕이니…. 너 같은 개자식과 결혼한 게 내 실수다."

"내 체면과 명예를 손상시키고 다니는 짓을 하지 말란 말이야. 내 위신을 생각하여 넌 늘 행동을 각별히 신경 쓰고 조신하게 행동하라고…. 이 씨발년아."

청렴맑은당 박청환 의원은 계속 부인을 잡아먹을 듯이 노려본다. 그러다가 화를 다스리지 못하고 달려들어 부인 이비희를 마구 때린다.

"넌 맞아야 정신 차리겠다. 에잇…!"

퍽, 퍽퍽, 짝짝짝.

비희는 청환의 번개 같은 귀싸대기 연타를 맞고 퍽 쓰러진다.

박청환 국회의원은 자신이 먼저 상스러운 욕설을 해 놓고 이에 부인이 맞받아치자 격분을 감추지 못하고 달려들어 폭행을 휘두른다. 부인은 쓰러졌다.

한편, 그녀 말고 4명의 여인들도 그 같은 변명을 늘어놓은 것은 같지만 그 남편들은 청환처럼 그렇게 마구 거친 말을 하진 않고 침묵을 지키며 한 방을 먹이겠다며 속으로 이를 갈고 있다.

참, 한심한 건 살얼음판을 걸어가며 유희를 즐기겠다고 남자 도우미를 찾아 그 노래방을 찾아간 그녀들이나 또 그렇게 알바로 손쉽게 돈을 벌어 보겠다고 도우미를 자청해서 간 그 남자들이나 험하고 거친 가시밭길을 걷는 형국임에 틀림없다는 것이다. 알바를 생각한다면 차라리 신문 배달, 우유 배달을 고려하지! 아니면 또 다른 종류들.

이건 그만큼 재미도 없고 다리도 아프고 허리도 아프겠지! 그래서 싫을 수밖에….

아무튼, 지도층 남편들의 부인들과 귀농 생활 접고 상경한 치킨 배달원들 간의 형식적이고 업무적인 로맨스가 본격적인 서막을 올렸다.

물론, 영업적 알바 관계로 시작했긴 하지만 어쨌든 시작했다. 그녀들의 입장에선 남편들은 무척 텁텁하게 말을 하며 권위적이고 까탈스럽고 고집스러운 성향들이지만 그 남자들은 매우 편하다고 느끼고 있다. 그래서 더 빠져들고 무엇보다 몸을 하나로 합쳤기 때문에 그 짜릿함을 좀처럼 잊을 수가 없었다.

그리고 그 남자들도 아주 단시간에 손쉽게 거액을 버는 맛이 들어버렸기에 계속 빠져들 것이 확실한데 이들의 앞날이 궁금하기도 하다.

이날 밤 남편들은 매우 불안한 의처증이 증폭됐고 찝찝한 기분이 감돌아 제대로 잠을 이루질 못했다. 결국 자신들이 터놓고 말할 수 있는 하소연 상대인 후배에게 살짝 전화를 넣는다.

검사장 이사관은 후배 검사 한보철에게 전화를 넣었다.

"야, 보철아. 내가 너무 늦은 시간에 전화하여 조금 그렇긴 그렇다. 이해하지?"

"아! 괜찮습니다. 무슨 일인지 말씀하세요."

"그게 말이다, 너무 미안한 부탁인데 우리 아내가 어째 바람이 난 것 같아! 그러니 와서 제발 그러지 말라고 만류 좀 해 줘. 우리 같은 법조계 엘리트들의 명예와 위치와 체면과 위신을 좀 지켜 달라고 말이야!"

이 말은 보철 입장으론 굉장히 불쾌하기 짝이 없었다. 예전에 선미 문제로 선배에게 자문을 구했을 때 엘리트 여성들은 모두 다 학구파라 조신하고 다방 출신들은 날라리들일 거라고 했었다. 그러면서 선미 같은 여자는 절대 만나지 말고 아내가 소개하는 여자를 만나라고 하여 만났다가 이리저리 꼬인 그였기 때문이다. 보철이 버럭 하며 말했다.

"아니, 선배님! 그때 선배님이 제게 뭐라고 했습니까? 무슨 다방 레지를 만나려고 그러냐고 맹비난을 하지 않았습니까? 그래서 엘리트이신 사모님이 소개하는 여자를 만나라고 했지요. 그런데 지금 결과는 어떻습니까?"

"야, 후배야! 그건 다 네 팔자야! 왜 그런 것 가지고 남 탓을 해? 좋아, 그럼 네가 그때 그 다방 레지 만났으면 그 여자는 오로지 너만 좋아하는 우직한 살림형일 거라는 보증 수표는 어디 있어?"

"내가 직접 그 여자가 한 남자를 만나 결혼하여 사는 시골 동네에 가서 다 조사해 보니까 완전 100% 알뜰살뜰 현모양처로 알려져 있었습니다. 됐습니까? 또 선배님 사모님도 엘리트이신데 지금 그 난리를 치고 다녀서 뭐 제게 그걸 막아 달라고요? 참 어이가 없다. 지금 사모님이 날라리잖아요?"

보철은 다소 화를 내는 투로 언성을 높였다.

무척이나 자존심이 센 사관으로선 여간 불쾌한 게 아니었다.

급기야 엄포를 놓는다.

"야, 너 그렇게 나에게 대들면 너 검사직 못 하게 내가 손을 좀 보는 수가 있다. 내 말 한마디면 너 같은 애들은 옷 벗게 할 수 있어. 너 똑바로 해."

화들짝 겁에 질린 보철은 벌벌 기었다.

"아, 네. 그럼 알겠습니다. 선배님의 분부를 받들어 모시겠습니다."

다음 날 월요일, 그는 선배의 아내 최연숙을 만나러 가 간절하게 말했다.

"여사님, 우리 검찰 조직의 명운이 걸린 문제입니다. 여사님께서 너무 그렇게 외도를 하고 다니시면 곤란합니다. 만약 이 사실이 알려지면 저희 조직은 심각한 명예 손상을 입고 위치가 이리저리 흔들립니다. 그러니 제발 여사님께선 그저 묵묵하게 가정에만 집중하여 주실 것을 간곡히 부탁드리겠습니다."

그러자 그녀는 한심하다는 표정으로 의심스럽다는 듯 물었다.

"아니, 한 검사님. 지금 뭐 하자는 거예요? 이거 지금 우리 남편이 시켜서 여기 온 거죠?"

"아아, 그, 그, 그게 아니라, 제가 어쩌다 지나가다가 여사님이 그러시는 걸 보게 됐습니다. 그래서 너무 걱정돼서 그래요."

"아니, 누가 누굴 걱정한다고 그래?"

갑자기 크게 소릴 지르는 그녀였다. 고함을 치자 그도 화가 나기 시작하였다. 그 당시 그녀가 보라를 잘못 소개하여 자신이 꼬였다고 판단하기 때문이다.

"그때 여사님이 이대 영문과 출신 아나운서 김보라 씨를 제게 소개하질 말았어야 했습니다. 지금에 돌이켜 보면 저만 패가망신 당했잖아요."

다소 항의하는 듯하였다.

"어휴~ 옛말에 중매 한번 잘못하면 뭐가 석 대고 뭐가 석 대라더니! 참 나, 내가 그 여잘 만나라고 한다고 만났냐고? 만나 보고 싫으면 그만인 거지, 좋으면 좋은 거고. 왜 그렇게 젊은 한 검사가 말이 많아? 무슨 다방 여자 놓친 게 그렇게도 아까워?"

"네. 제 말이 막말이라면 그저 죄송합니다. 여사님."

"아니, 분명히 내 남편 사주받고 여기 와 그러는 것 같은데. 한 검사, 그러지 말고 나하고 애인으로 지낼까? 우리 남편도 아주 오래전부터 외도하고 다녔는데 말이야? 나라고 이렇게 젊은 멋진 한 검사하고 그러지 말란 법이라도 있어? 우후후. 어때?"

연숙이 무척이나 강하게 사랑의 도발을 하며 그에게 사랑의 증표로 손가락을 걸자는 듯 손가락을 쓱 내민다. 너무 놀란 보철은 충격받은 표정으로 변했다.

"아아아, 그게, 그게 뭐예요?"

결국 보철은 손사래를 치며 막 도망친다.

보철은 지금 일어난 일을 그대로 사관에게 보고하였다.

"선배님. 사모님의 타락과 일탈을 바로잡아 달라는 선배님의 의뢰로 저는 부단히 노력하고 선도하였으나 실패로 돌아갔습니다. 워낙 사모님이 욕망과 야욕과 욕구에 빠져 헤어나질 못하고 계신 것 같습니다. 그래서 심히 안타깝습니다."

"에잇, 고생 많았어, 후배! 나도 다 예상은 했지. 원래 우리 아내는 구제불능이야. 너무 그런 쪽으로 세긴 세지! 너무 일탈의 선을 많이 넘었어. 그냥 포기하는 게 낫겠다. 우리 후배 너무 수고 많았고, 내가 다음에 시간 내어 좋은 데 가서 근사하게 술 한잔 살게. 좋은 하루 지내고……."

그 남자 5명은 이날 월요일에 다시 대림역 UP치킨에서 만나 술을 먹는다. 이날도 이들은 며칠 전 개업식 때 그랬던 것처럼 또 철수의 사랑 문제인 필리핀 여성과 교제하는 것을 비꼬며 흉보고 있다. 그러면서 어제 신도림 노래방에서 만난 그 여인들에 대한 얘기가 주를 이룬다.

이들의 검은 진흙탕 로맨스가 액셀을 밟아 갈 때 5인의 구설수 대상이 돼 버린 철수와 필리핀 여인 이라니는 오붓한 동거 생활을 이어 갔고 분식집도 알뜰하게 경영해 나가고 있었다.

철수, 이라니 커플에겐 아무런 문제가 생기지 않을까? 그건 모른다. 이조차도 인생이기 때문이다.

이라니는 날씬하고 섹시하다. 그리고 노래를 너무 좋아하고 장래 꿈은 최고 트로트 가수가 되는 것인데 분식집 일 도중에도 틈나는 대로 흥얼흥얼 노래를 부른다.

그런데 오늘 월요일을 맞이하여 철수, 이라니는 가게 문을 닫고 인근 광교산으로 산행을 갔다. 산 입구부터 평일인데도 등산객들이 엄청 많았다.

철수가 화장실이 급해 들어간 사이에 이라니는 밖에서 생으로 노래를 부르고 있었다. 때마침 그곳을 지나가는 등산객 중에 필리핀 남성 2명이 있었는데 서로는 반갑게 웃는다. 고국의 사람을 만나니 낯설지 않은 친숙함이 그들의 마음을 편하게 했을 것 같다.

철수가 밖으로 나오는 시간이 한참 늦어진 사이에 그 남자 중에 한 명이 번개같이 자신의 명함을 그녀에게 주고 산으로 올라간다.

이라니는 그 명함을 받아서 호주머니에 넣는다. 그 후 철수가 나왔다. 그리고 철수, 이라니는 산으로 올라가기 시작했다. 뭔가 문제가 생길 것 같은 예감이 든다.

가 봐야겠지만 앞에 간 그 남자들은 어느 정도 걷다가 잠시 쉬어 가려고 바위에 앉는다. 그 뒤를 철수, 이라니가 오르는데 아까 그 명함을 건넨 남자가 그녀의 옆모습을 힐끔 바라보며 살짝 웃는다. 그러자 그녀도 그 남자를 그렇게 바라보며 웃는다. 신호탄이 될 듯했다. 그 남자들도 다시 일어나 걸어온다. 산 정상까지 오르는데 그 남자들은 계속 뒤를 따랐다. 그렇지만 철수가 있기에 그녀에게 뭐라고 말은 하지 않는다. 그러나 그녀의 눈에 보이려고 앞서거니 뒤서거니 하며 시선을 끈다.

오늘은 이렇게 흘러가 버렸지만 그녀가 광교산 입구에서 명함을 받았는데 이것에 대해 어떻게 처신할 것인지 이게 관건이 될 것 같았다.

아무런 의미를 두지 않고 그냥 찢어 버리게 되면 깨끗하고 간단하다. 그렇지만 마음의 동요를 일으켜 전화 통화를 하게 되면 여러 가지 경우가 생길 것이다.

이 세상 모든 일은 중간은 없다. 하느냐 마느냐 이것 둘 중 하나이다. 전화하게 되면 자연스레 만나게 될 테고 그렇게 되면 서로 웃게 될 거고 식사, 술, 노래방 뭐! 이런 절차가 진행되면 그다음 수순은 다 그렇게 흘러가지 않겠는가?

사실, 직장 동료라는 게 말이 그렇지, 동일한 시간에 같이 밥 먹고 커피 먹고 하다 보면 친밀해져 상당수 그렇게 애인이 되기도 하는 것 아니겠는가? 또 다른 직장 동료 중, 경쟁자가 나타나면 심한 견제도 하면서 말이다. 그래서 남자들이 자신의 부인들을 직장에 다니지 못하게 하는 것 아닌가? 피치 못하게 생계 문제로 맞벌이를 해야겠으면 눈물을 흘리며 그럴 수밖에 없겠지만 말이다. 이런 스트레스도 엄청나다.

그냥 마음을 확 비워 버리면 사실 별것도 없다.

왜냐면 인생은 짧기 때문에 그렇다. 그리고 상대를 소유물이 아니라고 생각해 버리면 간단하지만 쉽진 않다. 소유욕과 지배욕이 가득하기 때문이다.

이 세상 모든 문제는 욕심에서 시작하고 욕심으로 끝난다.

어쨌든, 집에 돌아온 이라니는 혼자서 명함을 보며 미소를 짓고 있다.

일단, 미소를 짓고 있다는 것 자체부터 문제는 있을 것 같기도 하다. 마음이 꿈틀거리고 있다는 표시이니까!

이런 연장선 차원에서 그녀는 그 명함에 적혀 있는 대로 그 남자 이름 '아셀'이란 글자를 보면서 전화는 하지 않고 문자를 넣는다.

아셀 씨, 아까 제게 명함을 주셨지요. 산에 갔다 오니 답답했던 가슴이 뻥 뚫리는 듯하네요. 무슨 이유로 제게 그것을 주셨는지는 모르겠지만, 같은 필리핀 모국분을 만나게 되어 무척 반갑습니다. 다음에 전화드리겠습니다.
이라니 드림….

이에 대해 아셀은 이렇게 답장을 보냈다.

아, 네, 이름이 이라니 씨로군요. 이름이 너무 예쁘고 좋네요. 아름다운 모습만큼이나 그렇게…. 타국에 와서 엄청 외로웠는데 너무 우아한 분을 보게 되어 기쁘고 행복합니다. 다음에 만나서 술 한잔해요.
아셀 드림….

내일부터 새로운 마음으로 분식집을 열어야 할 텐데 산행은 해서 몸은 나아졌지만 그녀의 정신은 혼란 속으로 빠져들고 있었다. 그렇게 꿈나라로 들어갔다.

이번 달, 20일이 수원 가요제 본선이고 예심은 다음 주 화요일 16일이다. 이런 내용의 플래카드를 그녀는 장안문 주변에서 봤다.

얼른 접수부터 했다. 선곡은 〈단장의 미아리 고개〉이다. 워낙 가창력이 뛰어나 우승 트로피를 번쩍 들어 올릴 것으로 예상된다.

그런데 여기서 한 가지 문제는 이런 내용을 철수에게 말하자 그는 '열심히 하라'는 말 외엔, 특별히 없다.

"철수 오빠, 그날 응원 올 수 있어?"

"아니, 여기 분식집 일 해야 하니까 안 되고, 그냥 혼자 가서 잘 하고 와!"

"아! 그럴까…."

그 후 살짝 밖으로 나와 아셀에게 전화한다. 이들의 첫 대화가 오고 가는 순간이다.

"어제 명함 주셨던 아셀 씨 되시죠? 전 이라니입니다."

"아, 네, 제가 아셀입니다. 어제 문자는 잘 받아 보았습니다. 만나고 싶어요."

"아! 근데 사시는 곳은 어디입니까?"

"아예, 장안구 영화동에 살고 있어요."

"어! 근데 제가 다음 주 화요일 날, 수원 문화의 전당에서 수원 가요제 예심을 하거든요. 그날 오셔서 많이 응원해 주세요. 아셀 씨…!"

"와우, 가요제에 나가세요? 어어! 노래를 꽤 잘하시나 봐요."

"아, 네, 그냥 기본은 합니다. 호호호."

"알겠습니다. 그날 가서 응원해 드리지요."

그녀는 분식집에서 나와 이런 오묘하고 어두운 내용의 전화 통화를 해 버렸다. 철수와 동거 중인 그녀가 왜, 이런 위험한 장난을 치기 시작한 것일까!

철수는 오로지 이라니밖에 모르는데 말이다.

그녀가 그만큼 끼가 있다는 것이고 물론, 그녀 말고도 대부분의 여성들은 끼, 강한 욕구가 있다. 이 세상에 남편 외에 애인을 보유하고 있는 경우가 거의 다 그렇다. 반대로 남성들도 끼, 강한 욕구가 있다. 부인 외에 애인을 보유한 경우는 전부 다라고 봐도 과언이 아닐 정도이니 말이다.

어쨌든, 이라니는 현재 그 통상적인 끼, 욕구가 움직인 것이다.

일주일이 번개같이 지나 그녀의 가요제 예심 날이 왔다. 수원 문화의 전당 수원 가요제 예심 장소로 들어가 본다. 오전 10시 시작이라고 안내문이 붙어 있다.

번호표를 찾는데 그녀의 순번은 78번이었다. 오늘 참가한 인원은 총 137명이었다. 사실 참가자 인원이 중요한 건 아니다. 더 강력한 음정, 박자, 목소리, 감정, 이런 부분들이 본선 진출의 분수령이 될 것이다.

그녀는 자신의 순번이 조금 뒤에 있어 오후 2시가 다 되어야 할 것 같다고 생각하고 잠시 밖으로 나가 연습을 해 보려고 한다. 나가 보니 야외 휴게실 벤치에 아셀이 와서 앉아 있다.

아셀은 이라니를 보자 웃는다. 그녀도 화답 차원으로 웃는다. 그리고 걸어가 그 벤치에 앉는다. 앉아 있는 모습이 애인 같아 보였다.

"하하하. 아셀 씨 언제 왔어요?"

"아, 네, 방금 전에 왔지요. 노래 연습은 많이 했어요?"

"아니, 난 너무 노래를 잘하니까, 연습할 필요 없어요."

"아! 그래요."

이들은 마치, 아주 오래전부터 사귀어 온 연인들 같은 분위기로 대화를 나누었다. 그러다가 점심 식사 할 시간이 되자, 자연스레 손을 잡고 식당으로 향했다.

다시 돌아와 커피를 마시며 더 많은 대화를 나누고 있다. 그런데 문제가 발생했다.

철수가 분식집 일을 하다가 잠시 문을 닫고 이곳으로 왔다. 왜냐면 이라니에게 응원해 주고 싶은 마음이 갑자기 생겼기 때문이다.

그런데 하필, 아셀, 이라니가 벤치에 앉아 있다가 서로 느닷없이 입을 맞추고 있는 순간에 철수가 걸어오고 있다. 철수는 그 장면을 보자마자 얼른 빠른 발걸음으로 피해 버린다. 그리고 충격적인 얼굴로 그곳을 바라봤다.

그 후, 다시 돌아 분식집으로 갔다. 문을 닫고 홀로 광교산으로 올라간다. 잊기 위함이다.

물론, 그런다고 잊을 순 없겠지만, 그렇게라도 하고 싶은가 보다. 아까 그 상황에서 난리를 치지 않은 이유는 이라니를 향한 사랑이 가식적인 사랑이 아닌 진실한 사랑이었기에 그랬다. 진실한 사랑이란 모든 허물을 덮어 주어야 하는 것이기에….

# 13

## 전국노래자랑 연말 결선 대상을 위하여

♨

하지만 마음의 상처는 남는다.

왜냐면 철수도 인간이기에 그렇다. 초월할 수 없다.

이 세상 모든 일과 사물에 대해 초월할 수 있다면 행복은 떼어 놓은 당상일 텐데!

한편 이라니는 자신의 순번인 78번 차례가 되어 선곡대로 〈단장의 미아리 고개〉라는 노래를 불렀는데, 이 노래를 너무 잘 불렀는지 여기저기에서 엄청난 박수 소리가 울려 퍼졌다.

심사위원들도 무척 놀라는 표정이 역력했다.

다 끝나고 바로 본선 진출자 16명을 발표하였는데 이 명단에 당당히 입성하였다.

명단을 발표하는 순간, 그녀는 너무 기뻐 옆에 서 있던 아셀을 향해 아까처럼 또 그렇게 또 입을 맞추었다. 그러자 이곳에 모여 있던 많은 사람들은 그들이 연인 사이라는 생각이 들 정도였다. 물론, 오늘 만나 이런 몸짓이 나왔으니 연인이라고 봐도 무리는 없어 보인다. 거기다 더해 이들은 오늘 가요제 본선 진출 기념으로 저녁에 소주와 전어회를 먹으려고 횟집으로 들어갔다.

신나게 소주와 회를 먹은 이들은 나와 노래방에 들어가 오늘 선곡으로 불러 본선에 진출하게 된 〈단장의 미아리 고개〉부터 시작해 이것저

것 닥치는 대로 노래를 불렀다. 그리고 밖에 나와 거침없이 함께 모텔로 들어가 빨간색 장미꽃을 검은색 장미꽃으로 검붉게 물들였다. 그 후 나와 택시를 잡아타고 가다가 아셀은 영화동에서 내리고 이라니는 연무동으로 갔다.

이때, 시간이 밤 8시 30분가량 됐는데 분식집에 가 보니 철수는 없었다.

전화를 했는데 받지 않는다. 집으로 들어갔나 싶어 가 보지만 없다. 그녀는 씻고 TV 노래 채널을 튼 뒤 철수가 들어오기를 기다린다.

한참 지나 10시 30분쯤 되니 철수가 들어왔다. 철수는 말없이 냉장고에 들어 있는 물을 꺼내어 마신다.

"철수 오빠, 나 오늘 본선에 진출했다. 잘했지?"

"……."

그는 잠시 말을 하지 않고 침묵을 지키다가 한마디 꺼낸다.

"아! 그랬어. 잘했어. 축하해! 본선에서 1등 하길 바랄게."

"그래, 고마워!"

철수는 이 정도만 말하고 더 말하지 않고 그냥 눕는다. 그리고 잠을 이룬다. 그러나 그녀는 그가 왜 그러는지 모른다. 그런 채 잠이 든다. 바로 이 부분이 철수가 다른 센영수트 멤버들과의 차이점이라고 볼 수 있다.

장순, 영선, 완수, 홍철은 아까 철수가 겪은 똑같은 상황에 직면했을 때, 뒤도 돌아보지 않고 바로 헤어져 버렸다. 물론, 넷 중에 한 명, 장순은 그런 상황에서 충격을 받아 가며 상미를 빼앗으려고 혈투를 펼치기도 했지만 말이다. 그러나 그도 철수처럼, 이해하려고 덮어 주려고 노력까진 하지 않았다.

그만큼 철수는 영혼이 맑고 깨끗하다. 진정한 사랑이 무엇인지 알고 있기 때문이다.

며칠이 지나 수원 가요제 본선 날이 왔고 이라니는 그 장소인 화성행궁으로 갔다.

저녁 7시부터 화성행궁 광장에서 치러지는 이번 수원 가요제는 본선 진출자 16명과 인기 가수 10명이 초대되었다. 아직 8월 중순이라 덥긴 하지만 가요를 사랑하는 많은 수원시민들이 관람하기 위해 자리를 가득 메웠다.

오늘은 철수가 이라니를 응원하기 위해 함께 왔다. 그랬기에 그녀는 얼른 아셀에게 문자를 보낸다. 내용은 "오늘 본선 날엔 오지 마요."라는 것이었다. 이 문자를 받은 아셀은 알겠다고 답장을 했다.

철수는 이라니와 함께 이 주변에서 저녁 식사를 했다. 그리고 무대 근처에 설치된 참가자 대기실에 갔다. 미리 와 있는 인기 가수들도 눈에 띄었다.

정각 7시가 되자, 수원 가요제는 경쾌한 코러스 합창단의 소리와 함께 화려하게 시작됐다. 그녀의 순번은 6번이다. 오늘 본선도 선곡은 저번 예심 때와 같이 〈단장의 미아리 고개〉였다. 그녀의 차례가 되어 또 그 노래를 불렀는데 저번 예심 때와 같은 엄청난 함성이 화성행궁을 흔들어 놓았다. 그만큼 이라니의 가창력은 하늘을 찔렀다. 밤 9시가 조금 넘자 가요제는 끝이 났고 심사 결과가 발표되었다.

오늘도 이라니가 대상을 받는 영광을 얻었다. 그녀는 대상을 받자 너무 기쁜 나머지 옆에 서 있던 철수에게 입을 맞추었다. 그리고 계속 있었다. 그러자 관람객들은 이들이 연인이라고 생각하는 표정을 짓는다.

그런데 조금 뒤편에서 아셀이 서 있었다. 아셀은 그 장면을 보며 순간 눈가에 눈물이 핑 돈다. 물론 그는 저번 광교산 산행 때 이라니와 철수가 연인 사이라는 걸 알았지만 그래도 마음은 이렇다.

오늘은 이라니와 철수가 수원 가요제 대상 기념으로 인근의 횟집에 가서 소주와 도미회를 실컷 먹는다. 그리고 밖에 나와 노래방으로 들어가 오늘 본선의 대상 수상곡인 〈단장의 미아리 고개〉를 목 놓아 불렀다. 철수는 옆에서 박수만 쳤다.

이젠 지역 가수로도 활약할 수 있게 된 그녀는 한껏 고무되어 최정상 자리에 오르기 위해 맹렬히 달려갈 것으로 보인다. 그런데 문제는 이런 삶의 노력은 좋은데 다른 남자에게로 시선이 움직였다는 것이다. 이 부분을 철수는 알면서도 끝까지 모른 체하고 있다. 그런데 또 다른 문제가 생겨나기 시작했다.

며칠이 지나자, 그녀에게 수원 지역에서 가수 활동을 할 수 있다는 통보가 예총으로부터 왔다. 그녀는 8월 말이 되자 이곳저곳 경로당이라든가 요양원, 그 외 마을 잔치 같은 곳에 공연을 나가게 됐다. 8월 26일 토요일 날엔 권선구 권선 종합시장에서 열린 독거노인 위문 공연에 갔는데 이곳의 남자 행사 진행 요원 중 한 명이 다가와서 말을 건다.

"아! 오늘 이곳에 공연 나오셨군요?"

"아, 네, 그렇습니다."

"하하하. 근데 가수님이 너무너무 예쁘신 것 같아요."

"어머, 호호호. 절 알아보시는군요."

"저, 이따가 끝나고 제가 팥빙수 한 그릇 사 드리겠습니다. 괜찮을까요?"

"그래요. 너무 좋아요."

이 행사 진행 요원은 홍강석이다. 키가, 크고 체격도 크고 나이는 그녀와 비슷한 나이인 것 같아 보였다. 특히, 강석은 그녀가 무대에서 노래를 하고 있을 때, 넋 나간 사람처럼 그 몸매를 바라보고 있었다. 이윽고 공연을 마치자. 강석은 기다렸다는 듯이 다가가 웃으며 말을 한다.

"저, 정말 노래를 잘하시는군요. 고생하셨는데 가서 팥빙수를 먹기로 해요."

"그래요. 너무 좋아요."

"자, 이게 제 명함입니다. 다음에 행사 있을 때 참고하세요."

"이건 제 번호입니다."

이들은 근처에 있는 팥빙수 전문점에 들어가 두 그릇을 시켜 먹는다. 강석은 행복한 표정을 짓는다. 이라니는 자신이 이렇게 작은 규모이지만 작은 무대에서라도 노래를 부를 수 있다는 것만으로도 큰 행복의 미소를 짓는다.

강석은 갈 때 야릇한 미소를 보내고 갔고 그녀는 이에 대해 살사 댄스를 추는 것으로 화답했다. 이라니가 연무동으로 가려고 택시를 기다리고 있는데 강석은 자신의 차를 타고 뒤에서 클랙슨을 누른다. 그러자 뒤를 쳐다본 그녀는 깜짝 놀란다.

"타요. 어디까지 가시는지 모르겠지만…."

"그럴까요."

강석은 이라니가 연무동 연무 시장이라고 말을 하자 그곳으로 내달린다. 이윽고 그 차는 그곳에 도착했고 강석은 이라니를 내려 주었는데 그녀가 걸어가고 있을 때 그는 뒤따라와 말을 건넨다.

"이라니 씨, 카페에 가서 커피나 한잔 더 하시죠?"

"아니, 이 동네는 조금…. 다음에 하지요."

이라니가 이렇게 말을 했는데도 불구하고 그는 세차게 달려와 그녀를 끌어안는다.

그녀는 이 동네, 이 골목은 철수가 있는 분식집이 얼마 떨어지지 않은 곳이라 몹시 신경이 쓰여 몸을 이리저리 흔들며 뿌리치려고 애를 썼다. 이 상황에서 우려했던 일이 생기고 있다.

바로 그 철수가 잠시 분식집을 문을 잠그고 바람을 쐬러 개천 길로 내려오는 중이었다. 그런데 하필, 철수의 눈에 띄는 순간과 동시에 강석이 그녀의 허리를 잡고 차에 태우고 떠나 버렸다.

철수로선 또 한 번 충격적인 장면을 목격하게 된다.

지난번 가요제 예심 하던 날, 그 대회장 앞 벤치에서 외국인 남성과 입을 부딪치는 장면을 보았고 오늘은 한국 남성이 이라니의 허리를 붙잡고 차에 동승하는 모습을 본 것이다. 머릿속이 혼잡해졌다. 걷던 대로 그대로 걸어가 개천 길에 다다랐다.

그냥 개천 물속을 헤엄쳐 다니는 송사리 떼, 구릿빛 물고기만을 힘없이 바라본다. 이게 편하다. 아직 결혼은 안 했지만 미래의 설계를 할 수 있다는 것만으로도 행복이라 여기며 사는 그였다. 그런데 벌써부터… 모든 게 내 마음과 같진 않구나! 그저 계속 걷겠다. 개천 길 닿는 데까지……. 그러면서 저 물을 보며 마음을 비우겠다.

한참 걷다 보니 해가 질 것 같았다. 그는 돌아갔다. 분식집에 들르지 않고 곧바로 집으로 갔다. 조금 지나자 이라니가 집에 들어왔다. 그는 지난번 가요제 예심 날과 같은 마음으로 이라니를 대했다.

아무 일도 없었던 것처럼 그저 태연한 모습과 태연한 얼굴과 표정으로 그렇게 그대로였다. 이게 좋다.

그가 살 시간과 그녀가 살 시간이 그리 많지 않기 때문에 이렇게 해도 모자란 시간들이라 그렇게 하겠다.

"아! 들어왔어? 공연은 재미있었고…?"

"그랬지! 너무 좋아!"

"잘됐네!"

오늘도 그날처럼 그렇게 잠이 들었다.

다음 날 일요일은 가게 문을 닫는다. 일주일에 하루는 이렇게 쉰다. 그래야 내일부터 또 한 주를 이겨 나가리라!

그런데 너무 신기하게 지금 나의 심정을 알고 했나 싶을 정도로 하철에게 전화가 온다.

"철수 형, 잘 지냈지? 오늘 우리 다섯이서 거기 광교산에 가려고 하는데, 형이 어디에 사는지 모르겠지만 시간 되면 산 입구로 올 수 있어?"

"뭐! 그것도 좋긴 하지!"

"철수 형, 그럼 우리가 10시까지 산 입구로 갈 테니까 나와 있어……!"

"그래, 알았다."

철수는 이라니가 이런 일 저런 일로 피곤해 낮잠을 자고 있는 모습을 바라보며 깨우지 않고 자신만 일어나 씻고 등산복을 갈아입고 산 입구로 걸어간다.

연무동은 산 입구와 가까워서 금방 가게 됐다. 그들은 벌써 와 있었다.

"형, 여기야! 너무 반가워…."

"아! 그래, 나도 반갑다."

"근데 형, 수원으로 나왔다고 말했는데 어디에서 사는 거야?"

"아아, 저쪽에 가면 있어."

"그럼 무슨 일을 하는데?"

"……."

이들은 이렇게 모여 광교산을 오르기 시작했다. 한참을 오르다 줄줄 흐르는 땀에 지쳐 잠시 앉아 쉰다. 다시 일어나 정상까지 갔다 내려온다. 그리고 산 입구 아래에 있는 막걸릿집에 들어갔다. 이들은 막걸리와 파전을 먹는다.

철수와 이들 다섯 명과의 마지막 만남은 영선, 완수의 합동결혼식이 있었던 6월 10일이다. 그 후, 많은 변화 즉 결혼했던 3쌍이 헤어지게 되는 일이 생겼다. 급기야 다시 서울로 상경하게 됐었다. 그리고 심지어 이번 달 6일엔 하철이 철수에게 전화를 걸어 노래 도우미를 해 달라고 요청하기도 했었다. 이에 그는 냉정히 끊었다.

이런 일들이 있었고 최근엔 철수로선 생각하고 싶지 않은 괴로운 장면들을 목격하게 되는 일도 있었다. 철수가 먼저 말을 꺼낸다. 이들에 대한 위로 차원이다.

"아! 다들 안 좋은 일들이 생겨서 마음들이 심란하겠어? 자! 한 잔씩 하자…!"

"근데 지난번에 형에게 노래 도우미 좀 할 수 있겠느냐고 했는데 그냥 하지 그랬어?"

"야! 무슨 그런 걸 해? 너희들도 시골에서 이젠 다시 서울로 왔으니 예전보다 더 새롭게 더 열심히 각자 일들을 하는 게 좋겠어! 한 잔 더 하자…!"

"맞아, 철수 형의 말이 맞긴 한데…. 우리도 돈을 빨리빨리 벌어야 하니까, 그렇게 해 보는 거야!"

"아니, 늦었다고 생각할 때가 빠른 때야! 그런 일은 하지 않는 게 좋아! 마음을 비우고 서서히 풀어 나가도록 해!"

"하하하. 그렇지."

오후 2시부터 먹기 시작한 막걸리는 4시를 넘기고 있었다. 이들 6명은 많이 취해 가고 있다. 산행을 마친 후에 먹는 막걸리는 보약과도 같았다. 그러나 너무 많이 마시면 독약이 되기도 한다. 그런데 이들은 너무 많이 마신 상태이다.

철수도 웬만하면 최근에 생긴 안 좋은 일들을 말하지 않는 성격인데 술에 만취되다 보니 넋두리로 말하게 된다.

"말이야, 난 요즘에 이라니가 한 번은 필리핀 남자와, 한 번은 한국 남자와 입을 부딪치는 모습을 봤지! 근데 괴롭긴 한데…. 난 그리 대수롭지 않게 생각하고 그냥 넘겨 버리려고 해! 내가 이라니를 사랑하기만 하면 그걸로 끝이지! 더 따질 게 뭐가 있냐고…. 안 그래? 내 말 맞지?"

"……."

"……."

"……."

"……."

이 말을 들은 이들 다섯은 모두 어리둥절한 표정으로 바뀐다. 무척 황당한 얼굴과 표정을 지으며 굳어지며 안색이 변해 버린다.

그러면서 끝까지 말을 하지 않는다. 그만큼 어이없다는 것이다. 그러니까, 아예 말을 하지 않겠지! 침묵을 지키며 막걸리만 들이붓는다.

오늘도 흩어져 돌아가면 또 저번 대림역 UP치킨집 개업식 때처럼 이들 다섯이서 철수를 엄청나게 흉볼 게 기정사실이 되어 가고 있다.

아닌 게 아니라, 오후 5시가 다 되어 가니 서로가 그만 일어나기로 제안했다. 해산하면서 철수는 이들에게 다음에 연락한다고 하고 연무동으로 갔다.

그 후, 다섯이서 2차로 그 주변에 생맥주 집으로 들어가 맥주와 안주를 먹어 가며 또 지난번처럼 철수를 흉보기 시작했다.

"야! 철수 형, 조금 이상해진 것 아냐? 어떻게 자신이 좋아하는 여자가 다른 남자와 입을 부딪친 것을 보고 대수롭지 않게 생각하냐고…? 정신이 이상하지 않고서야 어떻게 저럴 수가 있어? 돌았나 봐! 안 그래?"

"윽, 흑, 어쩌다 철수 형이 정신병자가 됐지! 아, 제대로 미쳤구나! 돌았어, 정말 딱하고 불쌍하다."

"말이야, 우리는 예전에 만났던 여자들이 그런 일이 있었을 때, 그걸 보는 순간 아예 깨끗하게 끝내 버렸었잖아! 그게 용납이 돼? 우리가 반 죽이지 않은 게 너무 착한 거지! 하하하. 그런 생각 하니까, 갑자기 머리가 아프다. 으흑…."

"그런 년들은 완전 아작 내 버려야 돼!"

이들 다섯은 한결같이 철수를 맹비난하며 흉보고 있다. 희생, 헌신적 사랑은 바보로 보이고 정신병자로 보이는가 보다. 통제하고 감시하고 때리기도 하고 해야 제대로 된 사랑인가 보다.

자신들은 별짓을 다 하고 다녀도 그건 멋진 인생이고 용기 있는 남자인가? 그런데 안타깝게도 그 멋진 용기도 그것을 노리는 암초가 늘 뒤에서 겨냥하고 있다는 사실을 알아야 할 것이다. 이래서 뭐든지 자신들의 생각대로 마음대로 안 되는 세상이고 냉정한 심판을 받아야만 하겠다.

그러나 이들은 해 질 녘까지 그곳에 앉아 끈질길 정도로 철수를 험담하고 있다.

"앞으로 봐! 이젠 철수 형도 우리 같은 꼴을 당할 거라고…. 그 이라니인가 하는 여자도 우리가 만났었던 우엔티뉴이나 일화나 팽소피어아처럼 철수 형을 골탕 먹이고 큰 피해를 주고 달아날 게 뻔해!"

"하하하. 야! 술이나 먹자! 참 웃긴다. 어휴…. 크크크."

"근데 내일 그 신도림 YP노래방 사장에게 전화 좀 해 봐야 할 것 같아! 그 아줌마들 또 언제 오는지 말이야! 그 여자들이 와야 수고비를 두둑하게 집어 주거든…."

"그래, 하철이가 알아서 해!"

이들 다섯은 이렇게 줄기차게 철수를 험담하고 나서 늦은 시간이 되어 서울 대림동과 구로동으로 갔다.

철수는 집에 들어가자마자 씻고 쉬었다가 잠을 잤다.

이런 부분을 통해 알 수 있는 인생의 단면은 개인이 어떤 엄청난 곤경에 처했을 때 그 사연을 누구에게 즉, 타인에게 말해 봤자, 결국 돌아오는 것은 본인이 없을 때 그를 험담하게 만들어 주는 가십거리만 만들어 줘 버리는 꼴이 된다는 것이다.

그런 이유로 이 세상 인간들 개개인이 서로서로 말을 잘 안 하려고 하고 있고 막상 하더라도 상투적이고 피상적인 말만 골라서 한다. 왜냐면 자신이 한 말이 타인들에게 가십거리를 만들어 주지 않으려기 때문이다.

결론은 세상이 엄청나게 굳어져 있고 각박하다는 것이다. 그리고 푹푹 썩어 있다. 안 그런 곳이 없다.

날이 밝자 어제 광교산 입구에서 막걸리를 먹으며 하철이 말했던 그대로 신도림 YP노래방 사장에게 전화를 건다.

"아이고, 하철 씨, 주말 잘 보냈어요?"

"아! 예, 사장님은 어떻게 잘 보내셨습니까? 근데 그 아줌마들 또 언제쯤 온단 말 없었나요? 궁금합니다. 돈 좀 벌어야 하는데…."

"하하하. 제가 연락해 보고 다시 전화드리겠습니다. 아마 오늘쯤 올 것 같은데요. 일단 기다려 보세요."

노래방 사장은 조진자에게 전화를 한다. "오늘 올 마음이 있나요?"라는 물음이었다.

조진자는 "오늘도 다섯 명이 가려고 하니 도우미 준비해요!"라고 말을 한다. 사장은 "알겠습니다." 말하고 끊었다.

지난번엔 남지선이 짝이 안 맞아 그냥 돌아갔는데 오늘은 이비희가 그녀에게 양보하겠다는 뜻을 내비쳤다.

그 덕에 남지선이 그 장소에 유희를 즐기러 갈 수 있게 됐다. 오늘 최종 명단은 조진자, 최연숙, 선동희, 김채화, 남지선, 이렇게 다섯의 여인으로 결정 났다.

밤 9시가 되자, 5인 여성들은 번개같이 그곳에 도착했다. 그만큼 유희라는 게 좋긴 좋은가 보다. 이에 남자 도우미도 그때 그대로 5명이다.

안하철, 이장순, 김홍철, 최영선, 조완수, 이렇게 됐다. 이 남자 도우미들이 조금 늦게 도착했다. 방식은 늘 똑같다. 노래하고 술도 먹고 싶으면 먹고 시간 지나면 각자 2차를 나간다.

2차는 모텔이다. 더 웃긴 건, 이들 다섯에서 저번의 파트너를 교체하여 나가자는 제의를 하는 여자가 있었다. 바로 선동희가 이런 제안을 한 것이다. 그러자 다른 네 명의 여자들도 그것도 무척 흥미로운 일이라며 받아들였다. 서로서로 개편된 채로 2차를 나갔다.

이들 짝들은 2차 모텔로 들어가 빨간색 장미꽃을 검은색 장미꽃으로 검붉게 물들였다. 그리고 오늘도 도우미들에게 수고비를 넉넉하게 지급했다.

그런데 여기까진 좋았는데 문제가 발생했다. 그녀들이 집에 돌아오자 남편들이 아예 문밖에 서서 기다리고 있었다. 그냥 넘어갈 수는 없다는 강력한 결의였다.

오늘도 자정이 다 되어 들어오는 부인들을 향해 고함을 지르며 멱살을 잡는 이도 있었다. 이에 맞서 부인들도 고함을 지르며 멱살을 잡고 저항했다.

진자의 남편 이사광은 눈을 부릅뜨며 잡아먹을 듯이 노려본다. 그녀도 물러서지 않고 노려본다. 일촉즉발 상황인 것이다. 한 번 터질 것 같다.

"당신 밤늦게 어딜 갔다 왔어?"

대법관 이사광은 한마디 쏘아붙인다. 그러자 진자도 카운터 멘트를 날린다.

"뭘 어딜 갔다 와, 갔다 오기는. 그냥 돌아다녔지!"

"왜, 오늘도 학교 동창회에 갔다 왔다고 말하지 그래? 그건 너무 많이 써먹어서 이젠 더 못 써먹겠지!"

"뭘, 써먹어, 써먹기는…. 저리 비켜…!"

"당신이 바람피우고 다니는 거, 이미 다 알고 있어! 내가 확인은 안 했지만 다 감이 와! 너 이러다가 나한테 얻어맞고 쫓겨난다. 지금 이 시간부터라도 조신해지면 내가 특별히 선처해 주겠다. 명심하라고…! 내 체면과 위신 손상시키고 다니지 말고."

이 말에 진자는 심한 비애를 느끼기 시작했다. 왜냐면 자신은 남편과 결혼한 후, 줄곧 가정밖에 모르고 살았고 자식 키우는 일만 신경을 썼다. 그렇지만 최근 엄청난 권태기가 몰려와 신도림 노래방에 가서 남자 도우미들과 외도를 벌인 건 사실이지만 남편인 이사광은 자신과 결혼하고 나서부터 30년간이나 스폰서로부터 온갖 로비와 성 접대를 받아 왔고 룸살롱을 밥 먹듯이 들락거린 것을 알고 있었다. 그래도 남편의 위신과 체면을 생각하여 봐줬는데 그런 내 마음은 헤아릴 줄 모르고 내가 요즘에 조금 한두 번 그랬다고 발광하는 게 무척 괘씸하게 느껴졌다.

"어어! 뭐, 선처…? 이게 어디서 그런 말을 쓰고 있어? 아예 날 죄인 다루듯 하는구나! 야, 이 새끼야, 이 인간아…. 당신이 나와 결혼 후 지금껏 30년 동안이나 고급 술집 종업원들과 2차 나가고 한 거 내가 다 선처해 준 것은 어떻게 할래?"

그녀가 날선 공격을 가하자 사광은 얼굴이 굳어지며 격분하기 시작한다. 그러다가 갑자기 고함을 지른다.

"아니, 남자가 그럴 수도 있지! 안 그런 놈이 이 세상에 어디 있어? 좋다. 내가 그랬다고 이제 와서 너도 그러겠다고…? 나는 그랬어도 너라도 안 그래야지! 그런다고 이렇게 막 나가면 돼? 이 못된 년…. 내 명예와 위치, 체면, 위신을 손상시키고 다니지 말라고. 네 년이 난리치고 다니면 내가 망신당하는 거야!"

"뭐야! 못된 년이라고…? 이 못된 놈아…! 난 그냥 친구들과 시내 구경이나 하다 온 건데 바람이 어쩌고저쩌고, 그런 것을 봤냐? 봤냐고…! 이런 개자식…!"

"어어, 개자식…? 이런 개 같은 년이…! 이걸 그냥 확… 어휴… 으윽."

"그래, 쳐 봐라! 난 오늘 대법관 손에 한번 맞아 보게…! 이것도 영광인데…!"

"으아악…!"

사광은 부인 진자를 때리진 못하고 크게 소리를 지르며 분개만 할 뿐이다. 그러다가 서로 멱살을 잡고 밀고 누르고 하다가 아들이 뛰어나와 제재하자 그제야 떨어질 수 있었다.

"아버지, 어머니 지금 뭐 하는 거예요? 그러지 말아요. 아아 아아아아!"

지금 이 시간쯤에 진자만 이런 일이 벌어진 것은 아니고 연숙, 동희, 채화, 지선도 집을 들어가는 현관문에서 남편과 이런 일이 발생했다. 그러나 남편들이 마구 폭력을 휘두르진 않았다. 이들 중에 마구 폭력을 휘두른 사람은 이비희의 남편인 박청환이 유일하다. 지난 6일 밤에 그런 일이 있었다.

그렇게 한 번 얻어맞은 것으로 인한 원인인지 정확히 모르겠지만 오늘은 웬일인지 6인 여자들이 노래방에 갔는데 짝이 맞지 않았을 때 비희가 선뜻 양보의 뜻을 내비쳤다.

어쨌든, 오늘 이들 다섯 남편들이 초강수를 두지 않은 것은 마음이 넓어서 그런 게 아니라 더 결정적인 약점을 잡아서 더 강한 응징을 하겠다는 포석으로 풀이된다.

그런데 더 어지러운 일은 그녀들은 유희에 대한 욕망이 좀처럼 식을 줄 모르고 끊임없이 이어지고 있다는 것이다.

그러다가 어느덧, 9월을 맞이하고 있었다. 9월은 8월보단 날씨가 조금 낫지만 그래도 더위가 완전히 꺾이기엔 이달이 다 지나가야 하지 않을까!

1일 불금이 되자 그녀들은 또 신도림 노래방에 가려고 계획하고 있다. 그런데 이들은 사실, 이 노래방 말고도 얼마든지 손을 뻗으면 애인을 만들고도 남는다.

참다 참다 더 이상 참지 못한 변호사 이경주는 자신의 후배인 검사 변기영에게 전화하여 아내에게 찾아와 날라리 행각을 중단해 달라고 요청하기에 이른다.

"뭐예요? 아니, 선배님. 제게 그런 부탁을 한단 말입니까? 제가 어떻게 사모님에게 찾아가 그럴 수가 있겠어요? 참나!"

"아아, 그래도 우리 법조인 엘리트들의 명운이 걸린 중차대한 문제라면서 간곡히 애걸해 봐! 혹시 그러면 우리 아내가 남편인 내 직업의 무슨 문제가 생길까 봐 겁나 그런 짓을 멈출 수도 있으니까. 안 그래?"

기영은 이 자체가 몹시 짜증 나기 시작하였다. 몹시 어처구니없는 말이기도 했지만 더군다나 선배의 사모가 예전에 자신에게 최고의 현모양처라면서 숙대 의류학과 교수 임빈나를 소개하여 되레 이리저리 꼬였기 때문이다.

그는 이참에 그 건에 대해 그녀에게 항의할 수 있는 절호의 기회로 여겨 찾아갔다.

불시에 찾아온 그는 다짜고짜 항의조로 쏘아붙였다.

"아니, 여사님. 그때 여사님이 그런 엉뚱한 여교수를 소개하는 바람에 제가 완전히 패가망신당하지 않았습니까? 이게 뭡니까? 그전에 만났던 송다영이라는 그 여자가 얼마나 좋았는데! 으으윽."

그러자 그녀가 발끈하며 고함을 쳤다.

"뭐라고요? 아니, 그때 그 다방 레지가 그렇게 좋았어요? 변 검사님? 그럼 그때 그냥 내 말 듣지 말고 그 다방 여자와 결혼하지 그랬어요? 왜 지금 와서 쓸데없는 소릴 해?"

"……."

잠시 침묵을 지키며 부글부글 끓어오르는 분을 가라앉히고 있는 기영이다.

그러자 그녀가 더 거칠게 몰아붙인다.

"지금이라도 그 레지한테 찾아가면 되잖아요? 또 그 여자가 의류학과 교수 임빈나처럼 그러고 다니지 않는다는 법이 어디 있어요? 여자들도 다 욕망이 있고 본능이 있는데!"

"여사님, 제가 이미 그 아가씨가 어떤 농부와 결혼하여 사는 논산까지 가서 주변 여론을 청취해 봤습니다. 그 여자는 완전 100% 살림형이고 현모양처에 오로지 남편만을 섬기는 해바라기라고 알려져 있었습니다."

"나 원, 참. 옛날 옛적에 소개 한번 잘못하면 온갖 구설수에 다 오른다고 하더니 그 말이 그대로네. 이거 더러워서 소개할 수 있겠어? 다방 레지 놓친 게 그렇게 억울하고 분하냐? 변 검사야?"

"어어! 여사님 '변 검사야'라니요? 이거 해도 해도 너무하시는 거 아닙니까? 여사님도 이경주 변호사님 모르게 날라리 짓하고 다녔으면서 말이야! 여자들이 조신하지 못해서! 어휴~"

금방이라도 험악한 벤치 클리어링이 일어날 것만 같았다.

이때 채화는 또 무슨 만용이 들었는지 말한다.

"으하하하, 변 검사님. 내가 여자로서 조신해야 하는데 너무 설치고 다니고, 또 검사님에게 여자 소개를 잘못하여 죽을죄를 지었으니 너무 너무 송구스럽고 죄송하고 볼 면목도 없습니다. 그래서 말인데, 그럼 저와 이 시간부로 애인으로 지낼까요? 그땐 몰랐는데 지금 보니까 검사님 너무 미남이신 것 같아요. 호호호호."

채화가 야릇한 미소를 보낸다. 이 말은 오로지 정도를 걷고 준법 정신을 지켜 나가고 있는 검사 변기영으로선 매우 충격적인 멘트였다. 이럴 땐 피하는 게 상책이라 판단한 그가 뒤를 돌아 도망치려는 순간 그녀가 재빨리 다가와 그를 꽉 끌어안는다.

"어어? 이거 놓으세요. 놓지 못해요? 여사님, 이게 뭐 하자는 겁니까? 여사님의 위치와 위신과 체면을 지키세요. 나는 나의 명예를 지키겠습니다. 나는 선량한 남자입니다!"

기영이 버럭버럭 고함을 치며 그녀를 확 밀어 내고 있는 힘을 다해 도망친다.

"우하하하! 꼴에 명예는! 우리 남편도 말끝마다 명예가 어떻고 위치니, 위신이니 체면을 들먹이는데 쟤도 저러네! 잘났다."

기영은 한참 도망친 뒤 선배 경주에게 이 사실을 보고하였다.

"아! 선배님! 선배님 부탁대로 그렇게 여사님을 만류하고 제재하려고 애를 썼지만 막무가내였습니다. 실패입니다."

"야, 우리 마누라는 안 돼. 절대 안 돼. 고삐 풀린 망아지 같아! 한 여자를 바로잡으려고 너무 고생 많았다. 우리처럼 바르게 사는 남자들도 참 드물지! 다음에 내가 술 한잔 살게."

그녀들은 실제로 많은 남자들에게서 인기를 끄는 중이었다.

예를 들어 비희, 지선 같은 경우엔 대학교 교수인데 이들이 근무하는 곳에는 많은 남자 교수들이 그녀들에게 대시를 하고 있다. 애인이 되려고 그러는 것인데 이에 대해 비희, 지선은 거부의 뜻을 표했다. 왜냐면 그 남자 교수들은 유부남들이라 괜히 그랬다가 문제가 되고 망신살이 뻗치기 때문이다.

그렇지만 남자 도우미들은 1회용이라 그다지 그런 쪽으로 걱정을 안 해도 되기에 그렇게 하는 것이다.

그녀들의 이런 심리는 이들만이 아닌, 그녀들의 남편들도 마찬가지다. 그녀들의 남편들도 대법관, 검사장, 국회의원, 교수 이런 사람들이라 자신들이 손만 뻗으면 이성을 애인으로 만드는 건 식은 죽 먹기지만 이들도 여기저기 알려지는 게 두려워 나름대로 안전한 방파제라고 생각하는 룸살롱 쪽으로 시선을 돌리고 있다.

글쎄, 사실 인생의 유희를 추구하는 것에 있어서 완벽한 방파제는 없어 보인다. 이런 색욕을 충분히 만족시켜 줄 수 있는 곳은 존재하지 않는다. 왜냐면 일시적 만족은 될지언정 그것에 따르는 반대의 고독이 뒤따르기 때문이다.

반대의 고독이란 그 존재 또한 인간이기에 영원히 안식처가 되지 못하는 것이다. 즉, 한곳에 머무르지 않는다는 것이다. 머물러도 타인의 유혹으로 다시 흩어진다. 그때, 허전함은 고독이 된다. 외로움은 피폐를 낳는다. 뼈를 깎는 그리움과 살을 에는 번민 속에 사로잡힌다.

힘이 빠진다. 몸이 마르게 된다. 식욕까지도….

어쨌든, 그녀들은 또 유희 본능이 발동하여 신도림 노래방으로 직행한다. 오늘은 특별히 그곳 사장이 여섯 명의 아줌마들을 위해 1명 남자 도우미를 추가로 확보해 놓은 상태이다. 예전에 1명이 짝이 맞지 않아 그냥 돌아갔었기 때문이다. 자신이 아는 사람에게 하루만 와 달라고 부탁해서 오기로 했다. 밤 9시가 되자, 그녀들이 모여들기 시작했다. 그 5인 남자 도우미들도 도착했다. 그런데 가는 날이 장날이라 했던가! 아님, 그녀들의 남편들이 독이 오를 대로 올라 벼르고 벼르던 순간을 맞이하는 것인가!

사실 6인의 아줌마들의 남편들이 서로 알고 지내는 사이는 아니다. 물론, 남편들 중에 5인이나 법조인들이라 안면과 이름정도는 알지만 그렇다고 왕래가 이뤄지는 사이까진 아니다. 특히, 동희의 남편과는 서울대학교 경영학과 교수라 전혀 모르는 사이다. 그러나 그게 중요한 게 아니고 대략 이 시기를 노리고 있었다는 게 핵심이다.

여섯 명의 남편들 중, 오늘을 겨냥해 뒤를 밟아 볼 계획을 세워 두었던 사람은 저번에 아내인 비희를 무참하게 때렸던 청환과, 대문 앞에서 아내인 진자를 때리려고 했는데 갑자기 아들이 나타나 말리는 바람에 미수에 그쳤던 사광, 이렇게 두 남자이다.

두 남자는 아까 아내인 비희, 진자가 집에서 나올 때, 그는 집 주변에 잠복하고 있다가 그녀가 가는 방향으로 뒤따라 차를 운전했다. 그들은 지금 신도림 YP노래방 앞에 와 있다. 차 안에서 이런저런 상념에 젖는다. 집사람이 노래방으로 들어갔다는 것에 대해 여러 생각들이 머릿속을 꽉 채운다. 무척 궁금하고 의문도 생긴다. 안 되겠다 싶어 차에서 내려 노래방으로 들어간다. 손님인 것처럼 그렇게 해 본다.

그러는 중, 사광은 깜짝 놀란다. 왜냐면 청렴맑은당 박청환 국회의원을 문에서 부딪치게 되니 말이다. 평소 잘 알고 지내진 않았다고 하더라도 낯익은 인물이 아닌가!

반대로 청환도 깜짝 놀란다. 왜냐면 대법관 이사광을 문에서 부딪치게 되니 말이다. 이 또한 만남의 기회는 거의 없었지만 그래도 낯익은 인물이 아닌가! 이들은 서로 당황하고 있었다. 그러나 무슨 말은 하지 않는다. 멋쩍은가 보다. 그러면서 방 안을 이곳저곳을 훑어보는데 사장이 다가와 한마디 한다.

"아! 노래를 부르시려고요?"

"아아! 아닙니다. 누구를 좀 찾으려고 하는데… 중년 아줌마들을 찾습니다."

"아! 여자 도우미가 필요하신가요?"

"아니, 그게 아니라… 방금 전에 이곳에 들어온 아줌마 손님을 찾고 있어요. 제가 남편이라서… 같이 노래를 부르든가, 데리고 집으로 가든가, 해야 될 것 같은데…."

그러자 노래방 사장은 너무 놀라 눈을 휘둥그레 뜨면서 당황한다. 그러면서 얼굴이 굳어져 버린다. 좋지 않은 상황임에 틀림없다.

"아니, 그… 그런 아줌마 손님은 들어오지 않았는데요."

"아하! 내가 이곳으로 우리 집사람이 들어오는 걸 봤는데 어떻게 안 들어왔단 말입니까? 비켜 봐요. 어디 한번 방 좀 확인해 보게…!"

"아아아…! 안 돼요. 안 된단 말이에요."

그러자 청환, 사광은 이곳저곳 방들을 열어 본다. 여는 순간, 각각 여섯 군데 방에서 그 짝들은 서로서로 끌어안고 입을 맞추고 있었다. 그 중 청환, 사광의 부인들도 있다. 남편들은 끓어오르는 분노와 격분을 참지 못하고 부인을 향해 달려들기 시작했다. 그러자 파트너인 하철, 장순은 그들을 가로막으며 떼어 놓고 있다.

"넌, 뭐야? 이 새끼야. 이런 어린놈들이… 너희들 이젠 죽었어! 이런 후레자식아!"

"아아! 아저씨, 우리에게 그렇게 욕을 막 하면 안 되지! 우리도 다 먹고살려고 그러는 건데 말이야! 나도 당신에게 욕 좀 해 볼까! 나도 욕할 줄 알아!"

"아니, 이이, 이게 정말! 이런 개자식 봐라!"

이들이 이렇게 실랑이가 벌어지고 있는 틈에 그녀들은 쏜살같이 노래방을 빠져나갔다. 하철, 장순도 그들을 밀어 버리고 재빨리 빠져나가 각각의 차에 그녀들을 태우고 어디론가 닿는 대로 도망쳤다. 청환, 사광은 황급히 뛰어나와 차를 타고 달아나던 맨 뒤 차를 향해 맹추격전을 펼쳤으나 끝내 잡지 못했다.

신도림 테크노마트 주변에서 놓치고 사광은 차를 세우고 한숨을 푹 쉬고 있었다. 바로 얼마 떨어지지 않은 곳에 청환도 차를 세우고 서 있었다. 사광은 차에서 내려 그쪽으로 걸어간다. 그러자 청환도 차에서 내려 그를 바라본다.

"아니, 박청환 국회의원님 아니십니까? 어쩌다가 저와 같은 일이 벌어졌군요."

"아아! 어떻게 그렇게 됐네요. 저도 이사광 대법관님을 자주 뵌 적은 없었는데 여기서 이런 문제로 뵙게 되니 민망하기도 하군요."

"아니, 아닙니다. 그러실 것 없습니다. 이게 다 마누라를 잘못 둔 사주팔자 아니겠어요? 박 의원님 저, 마음도 울적한데 어디 가서 소주나 한잔하실까요?"

"아! 그거 좋지요. 갑시다."

이들은 서로서로 위로의 의미로 갈빗집에 들어가 소주와 갈비를 먹으며 울분을 토했다. 정신적 상처를 하소연하는 장이었다.

"아까 보셨죠? 세상에 여편네들이 그게 뭡니까? 여자들은 그저 집구석에 틀어박혀서 살림 잘하고 깨끗하게 청소도 하고 설거지 잘해 놓으면 되지! 딴생각은 하지 말고…. 근데 노래방에 가서 남자들과 껴안고 노래를 부르고…! 그런 식으로 내 위치와 명예와 위신과 체면을 완전 구기고 다닌 짓, 이게 대역죄지 뭐가 대역죄이겠어요? 이건 대역죄인들이라고요. 절대 그냥 둘 수 없죠."

"아! 박 의원님 말씀이 백번 맞습니다. 그래서 그런데 아까 그놈들 보아하니 남자 노래 도우미 같은 느낌이 드는데…. 이번 기회에 그런 놈들 더 이상 발붙이지 못하게 야당과 협의하여, 예를 들어 남자노래도우미근절법이나 남자노래도우미방지법 같은 특별법을 제정해서 한번 시행해 보는 게 어떨까요? 그래야 그놈들을 집어넣어 버릴 수 있지 않을까요? 콩밥 좀 먹어 봐야 세상 무서운 줄 알지! 그런 시건방진 놈들은…! 저희 부인이 자꾸 그러고 다녀서 제 명예와 체면과 위신도 말이 아닙니다. 으윽, 흑흑흑."

"오! 그거 너무 좋은 생각입니다. 제가 내일 당장 동료 의원들 만나서 의논해 보겠습니다. 역시 우리 이사광 대법관님은 법리에 해박하고 사리 판단 능력이 탁월하십니다. 존경스럽습니다."

"아니, 아닙니다. 우리 박청환 의원님이 저보다 더 뛰어나시지요. 자! 한잔하시지요. 법이 바로서야 이 세상이 의원님의 당명처럼 청렴 맑은 세상이 되지 않겠어요."

"하하하. 너무 고맙습니다. 저희 당 이름이 청렴맑은당인데 너무 좋지요? 사실 저도 그렇게 청렴하고 맑게 인생을 살아왔습니다. 지금도 그렇고 앞으로도 그럴 겁니다."

이들은 자신들의 부인들이 노래방에 가서 남자 도우미들을 만나 유희를 즐긴 것에 격분해 쳐들어갔지만 놓치자 서로 위로하고 있다. 그러다가 술에 만취하자 사광은 청환에게 피곤도 풀 겸, 인근의 안마 시술소에 가자고 제의를 한다.

"박 의원님, 우리 이렇게 짜증 나고 힘든데 저곳으로 가면 안마 시술소가 한 군데 있거든요. 가서 시원하게 안마도 받고 또 거기에 마음에 드는 아가씨 있으면 한번 회포도 풀고… 뭐! 세상 살아가는 게, 다 그런 거 아니겠어요. 솔직히 우리끼리 얘기지만 남자가 그런 재미도 없으면 이 세상 뭔 낙으로 살겠어요. 이런 얘기는 다른 데 가면 쉿, 쉿, 쉿… 특급 비밀입니다. 아셨죠? 우리 존경하는 국회의원님!"

# 14

## 끝없는 지도층의 색욕과 타락

♨

　이사광 대법관이 이렇게 말하자, 박청환 의원은 살며시 미소를 지으며 그의 손을 잡는다. 그리고 귓속말로 소곤거린다.
　"그건 그런데 솔직히 이 대법관님 그런 곳에 몇 번이나 갔습니까?"
　"아아아! 뭐, 몇 번인지 셀 순 없고 21살 때, 군대 가기 전부터 갔으니까! 꽤 됐죠. 솔직히 결혼하고 나서도 계속 자주 갔죠. 어떻게 콩나물만 먹고 삽니까? 명란젓도 좀 먹어 줘야지! 안 그래요? 근데 다시 한번 당부… 쉿, 쉿, 쉿… 특! 특급 비밀입니다. 아셨죠? 우리 존경하는 의원님!"
　"아아아! 그런 건 걱정 마세요. 제가 누구입니까? 현역 의원 중에 가장 입이 무거운 사람 아닙니까? 하하하."
　"그 비용은 제가 쏠 테니까! 그만 갑시다."
　이들은 차는 인근에 주차해 두고 한참을 걸어서 갔다. 그러다 보니 간판에 BX안마라는 곳이 나왔다. 그곳으로 들어갔다. 두 사람은 이곳에서 여자 종업원과 빨간색 장미꽃을 검은색 장미꽃으로 검붉게 색칠을 했다. 그리고 한숨 푹 자고 새벽녘에 나왔다.
　한편, 어젯밤 그 노래방에서 황급히 도망친 그녀들은 6인 남자 도우미들과 곧바로 강남구 청담동 쪽으로 갔다. 그곳으로 간 이들은 호프에 들어가 맥주를 마셨다.
　오늘은 왠지 불길하다는 생각이 들어 장미꽃을 꺾기 위해 모텔로 들어가는 부분은 다음으로 보류했다. 술은 마시고 있지만 그녀들은 무척 불안하고 괴로웠다. 알려졌으니 말이다. 집에 들어가는 게 두려워 사우나로 갔다. 남자들은 각자 돌아갔다.

아침이 되자 사광, 청환은 해장국집으로 들어가 한 그릇씩 먹었다. 주말이라 근무를 해야 하는 부담감은 없었지만 어젯밤 신도림 노래방에서 있었던 참담했던 장면을 생각하니 분하고 억장이 무너지는 듯했다.
계속 부인들에게 전화를 걸지만 계속 받지 않는다. 사광은 순간 아이디어를 짜낸다. 용서를 해 줄 것처럼 말이다. 그렇게 해서라도 일단 집으로 들어오게 하려는 술책이다. 그런 의미의 회심의 문자를 보낸다.

하하하. 당신 말이야, 뭐! 다 그럴 수도 있지. 나는 그런 거 다 이해하는 사람이야!
내가 누군데? 나는 당신의 모든 것을 좋아하고 사랑하는 사람이야! 난 마음이 태평양처럼 넓은 남자라고. 나는 지금 당신을 보고 싶어 기다리고 있다가 망부석이 됐음!

진자는 이 문자를 보고 깜짝 놀란다. 어제는 노래방에 쳐들어와 난리를 쳤는데 오늘 아침 이런 문자가 온다는 것에 대해 당황스럽지만 다른 한편으론 우리 남편의 마음이 갑자기 태평양처럼 넓어졌나! 이런 생각도 하며 우매하게도 그 유인구에 헛스윙을 하고 만다. 그에 보낸 답장은 이렇다.

호호호. 알겠어요. 원래 세상은 다 그런 게 맞긴 맞아요. 이따가 점심에 집에 들어갈 때 당신 좋아하는 오리고기를 사서 들어가 우리 오붓하게 구워 먹자고요.

이렇게 맥없이 속아 헛스윙을 해 버린다.
이 답장을 보고 사광은 회심의 미소를 짓는다. 그러면서 속으로 이를 갈고 또 간다. 그리고 속으로 외친다.
'그래, 점심 때 들어오기만 해 봐라! 내 명예와 위치와 체면을 구기다니 넌 이젠 반 죽었어!'
이 상황을 사광은 청환에게 힌트로 준다.
자신의 부인인 진자가 보낸 문자를 그에게 보여 준다. 그러자 청환은 이를 보고 자신도 한번 그 수를 써먹어 보려고 한다.
그는 사광이 보낸 문자 내용 그대로 글자 하나 안 틀리게 똑같이 보낸다. 그랬더니 박청환 국회의원 부인인 비희에게서 문자가 왔다.

일단 저녁 때, 집에 들어가서 대화를 해 봅시다.

이런 내용이었다. 비희도 맥없이 속아 헛스윙을 해 버린다. 이 답장을 보고 청환은 회심의 미소를 짓는다. 그러면서 속으로 이를 갈고 또 간다. 그리고 속으로 외친다.
'그래, 저녁 때 들어오기만 해 봐라! 내 명예를 더럽히다니 넌 이젠 완전 죽었어!'
이렇게 이들은 꼼수를 쓰고 해장국집에서 나왔다. 그곳에서 나온 시간이 오전 10시쯤 되었는데 더 얘기를 하려고 카페빈으로 들어간다. 아메리카노를 한 잔씩 시켜서 먹는다. 그러다가 청렴맑은당 박청환 국회의원은 국민밖에모르는당 최청순 국회의원에게 전화를 건다. 그 이유는 어젯밤 노래방에서 청순의 부인을 봤기 때문이다. 일러바쳐서 공동 대응을 하겠다는 포석이다.

국회에선 여와 야라서 서로 으르렁거렸지만 이런 부분에 있어선 일사불란한 모습을 보인다. 실제로 으르렁거렸는지 쇼였는지는 아무도 알 길이 없다.

"아! 최청순 의원님, 안녕하시지요? 별일은 없으시고요?"

"아, 네, 어떻게 이렇게 일찍 박청환 의원님께서 전화를 다 하셨어요? 하하하."

"근데 전화상으로 이런 얘기해도 될지 모르겠지만… 저도 그렇지만 최 의원님도 속 꽤나 썩으셨을 것 같네요. 참내! 너무 힘들군요. 체면과 위신이 말이 아닙니다. 이걸 어쩌지요."

청환이 이렇게 말하자 청순은 어느 정도는 감을 잡고 있다. 자신의 부인에 대한 문제로 그가 전화를 했다는 것을 이미 알고 있다.

국민밖에모르는당, 최청순 의원은 잠시 머뭇거린다. 그러다가 말을 이어 간다.

"어어! 아니 무슨 일로 그러십니까? 제게 어떤 안 좋은 일이 생겼나요?"

"아! 사실 제가 어제 이상하다 싶어 제 부인이 갑자기 어디로 가는 걸 보고 따라 갔는데 신도림에 있는 노래방으로 가더군요. 근데 그 안에서 최 의원님의 사모님도 오셔서, 뭐! 이건 좀… 그, 그, 그게… 말씀드리기가 송구하기도 하고… 그, 그, 그게… 흠, 흠, 흠."

청렴맑은당 박청환 의원이 자꾸 이렇게 머뭇거리자, 국민밖에모르는당 최청순 의원이 말을 한다.

"아! 박 의원님, 뭐! 괜찮습니다. 사실 저도 어느 정도 알고 있습니다. 그냥 말씀하십시오."

"흠흠, 흠… 그게 말이죠. 그랬는데, 아! 글쎄, 남자 노래 도우미들과 같이 막 노는 장면을 보게 된 너무 가슴 아픈 일을 겪었습니다. 제 체면과 위치가 흔들립니다. 전, 솔직히 괴롭습니다."

"아아아…! 그랬군요. 그 가슴 아픈 심정 공감합니다. 예에… 알고 있습니다. 저도 엄청 참고 있고 벼르고 있습니다. 근데 이렇게 거기까지 가셔서 상황을 보시고 무척 힘드시겠어요. 아무튼 그런 정보를 알려 주셔서 너무 고맙습니다. 다음에 시간 내어 식사라도 같이 하시지요."

"예에, 그래요."

이렇게 박청환 의원은 얼른 이 정보를 흘리고 최청순 의원을 우군으로 끌어들이려 하고 있다. 그런데 사광도 어제 노래방에서 어디선가 많이 본 듯한 얼굴의 여인들이었는데 정확히 기억이 나질 않아 몹시 힘들어하고 있는 중이다.

그러던 중 시간은 흘러 점심때가 다가오고 있었다. 바로 사광과 그의 부인인 진자가 집에서 만나기로 한 시간이 다가왔다. 이들은 그만 일어나자고 제의한다. 그리고 청환도 저녁 때, 그의 부인인 비희와 만나기로 되어 있어서 가야 된다고 생각하고 있다. 각자 자신들의 차가 있는 쪽으로 가서 차를 타고 집으로 향한다.

이사광 대법관의 집, 대림동 신광아파트 17동 305호에 그가 들어선다. 이미 진자가 와 있었다. 그녀는 남편을 보자마자 환하게 웃는다. 왜냐면 아까 사광이 다 이해하겠다고 말했었기 때문이다. 그에게 주려고 오리고기도 사 들고 왔다.

그런데 이게 무엇인가! 자충수인가 아님, 다른 무엇인가! 사광은 번개같이 진자에게 달려가 인정사정 봐주지 않고 마구 때린다. 그것도 있는 힘을 다해서 후려친다.

진자는 순식간에 얼굴 부위에 강하게 얻어맞아서 피를 흘리며 쓰러졌다.

"에잇, 어디서 건방지게 남자 노래 도우미들을 만나고 다녀…! 이런 개 같은 년…!"

"아아악…! 으윽, 흑…. 어어억…."

"너, 조만간에 이혼당하는 줄 알고 있어."

"맘대로 해!"

"이게, 에잇! 건방진 년아…!"

"으으윽, 흑…. 아아아…."

이사광 대법관에게 철저하게 속아 넘어가 유린을 당하는 순간을 겪었다. 그 후, 쓰러진 부인을 향해 귀싸대기를 연속으로 휘갈긴다. 참혹한 장면이었다. 한참이 지나자 사광은 분을 가라앉히며 소파에 걸터앉는다. 그리고 담배를 하나 꺼내어 피운다.

진자는 얻어맞은 얼굴 부위에 통증을 느꼈다. 얼굴을 감싸 쥐고 눈물을 흘리고 만다. 보복성으로 뭐라도 들고 남편을 향해 내리찍고 싶지만 참고 참는다. 가정 폭력으로 경찰에 신고해야겠다고 생각은 했지만 무척 망설이고 망설인다. 그러다 눈물을 흘리며 밖으로 나가 버린다. 그녀가 나간 후, 사광은 계속 줄담배를 피우며 흥분을 감추지 못하고 있다.

밖으로 나간 그녀는 아파트 놀이터 벤치에 앉아 통한을 아픔을 겪었다. 119를 부르려 하였으나 괜찮을 듯하여 참아 본다.

한편, 시간은 흘러 저녁이 되자 이젠 박청환 국회의원의 차례가 왔다. 청환은 자신의 집인 서소문동 선경빌라 11동 311호에 들어선다. 마찬가지로 부인도 이미 와 있다.

박청환 국회의원은 지난달 6일에 부인을 무자비하게 때린 적이 있었다. 오늘도 그날 같은 일이 벌어질 것인가! 벌어지고 말았다. 그는 부인을 보자마자 맹수같이 달려들었다. 그녀는 깜짝 놀라 뒤로 쓰러졌는데 위에 올라타 귀싸대기를 마구 때린다. 인정사정없었다. 강타를 당한 그녀는 얼굴에 피를 흘리고 있었는데 그는 개의치 않는다. 더욱 충격적인 일은 이렇게 피범벅이 된 그녀를 일으켜 세워 놓고 무릎을 꿇으라고까지 하며 마치 중고교 선생이 학생에게 기합을 주는 그런 행동도 서슴없이 자행했다.

"에잇, 이년아 어서 무릎 꿇어…! 이씨…! 확…! 어휴, 이걸…. 내 체면을 금 가게 만들고 다녀?"

"으윽, 흑… 흑, 흑…."

부인은 그야말로 참혹하고 처절한 아픔을 당하게 됐다. 도저히 분함을 가눌 길이 없어 얼른 경찰에 가정 폭력으로 신고했다. 그러자 얼마 있어 경찰관 두 명이 출동하여 초인종을 누른다.

"아니, 이게 어떻게 된 일입니까?"

"남편이 날 아무 이유도 없이 때렸어요. 그래서 신고한 겁니다. 얼른 남편 좀 붙잡아 가세요. 윽, 흑흑흑…."

이 말에 더더욱 혈압이 오른 남편은 얼굴을 붉히며 말했다.

"야, 이 여자야! 뭐가 아무 이유가 없어, 없기는? 이 세상에 아무 이유도 없이 남편이 아내를 막 때리는 일도 있냐? 다 맞을 짓을 했으니까 때리는 거지! 참나!"

그러자 경찰관 두 명은 남편을 쳐다본다. 그러더니 순간 깜짝 놀란다. 왜냐면 집권당 청렴맑은당 박청환 의원이기 때문이다. 그러나 청환은 대수롭지 않게 생각하는 얼굴 표정을 짓는다. 그가 부인을 우습게 생각하는 것만큼 경찰도 그렇게 생각하기 때문이다.

"어! 박청환 의원님께서 어떻게 이런 일이 있으셨나요? 그, 그게…. 아아…."

"아! 왜요. 뭘 어떻게 하려고…."

그러자 경찰들은 몹시 당황하며 말을 이어 간다.

"가정에서 벌어진 일이라 저희가 뭐라고 말할 수가 없군요. 두 분께서 잘 화해하시고 원만하게 지내십시오. 저흰 이만 물러가겠습니다. 안녕히 계십시오."

이렇게 말하고 경찰관 두 명은 쏜살같이 빠져나갔다. 이 사회의 현실을 나타내는 거울 그림자였다. 부인만 찢어지는 눈물을 흘리고 말았다. 사실, 그녀도 남편인 청환이 아주 오래전부터 스폰서로부터 로비를 받아 고급 룸살롱에 들락거린다는 것을 알고는 있었지만 이를 악물고 참았다. 화를 낸다고 되는 일도 아닐 뿐더러 하나 더 있다면 남편의 위신과 위치를 생각하여 그저 이해해 주는 쪽을 택했던 것이다. 근데 지금 벌어지는 상황을 보면 더 많이 지저분하게 살아온 남자가 최근에 조금 지저분해진 여자를 향해 융단폭격을 가하는 형국이다.

비희도 나름대로 자존심이 강하고 고집도 센 편이다. 그래도 교수로서 할 말을 다 하고 다니는 강경 소신파이다. 스스로 똑똑한 여자라고 생각하고 있다.

아무튼, 어떻게 대응할지 궁금하다. 이혼 신청을 할지, 여러 가지 대응수가 있을 것 같다.

아마 오늘 점심때 이사광 대법관에게 심하게 얻어맞은 진자와 이 부분에 대해 의논할 것으로도 보인다. 그런데 다른 한편 청환, 청순, 사광은 이번 9월 정기국회에서 남자노래도우미근절법을 발의하여 1일 신도림 노래방에서 목격했던 그 남자들을 법에 의해 엄벌에 처하려고 논의를 구체화할 것으로 보인다.

어쨌든, 상황이 이렇게 첨예한데 센영수트 봉제 공장 출신 5인 남자들은 앞으로도 손쉽게 돈을 벌겠다고 노래 도우미를 계속하려고 하니, 심각한 일이 아닐 수 없다. 그런데 연숙, 동희, 채화는 남편들에게 심한 의심은 받고는 있으나 아직까지 진자, 비희, 지선처럼 유희 생활이 구체적으로 남편들에게 알려진 것은 아니었다.

그렇지만 어디 그게 완벽할 수 있겠는가? 하늘 아래에서 살아가는 일인데 다 드러나게 되어 있다.

연숙, 동희, 채화는 아직까진 정신적으로 다소 자유로울 수도 있겠다. 아직, 진자, 비희, 같은 처참한 꼴을 안 당했으니 말이다.

그들은 더욱 날뛴다. 그런 기분으로 다음 날 일요일엔 엊그제 밤에 황급히 도망쳤던 하철, 장순, 영선과 양재동 꽃시장 입구 쪽에 있는 호프에서 오후 3시에 만나 수입맥주를 마시고 있었다.

그녀들은 무슨 여유에서인지 그들과 맥주도 먹고 꽃구경까지 할 생각이다. 물론, 맨 마지막 단계는 모텔로 들어가 서로 장미꽃을 꺾는 일이겠지만 그러기 전에 워밍업으로 꽃구경을 하려는 것일까!

오늘도 온통 남자 3명은 그녀들에게서 수고비를 더 많이 받아 내려는 생각만 하고 있으니 너무너무 어두운 새카만 진흙탕 거울 그림자가 아닐 수 없다.

또 오늘은 그녀들은 각각 값비싼 외제차를 한 대씩 몰고 왔는데 이 차들이 세워져 있는 장면을 빤히 바라보는 장순의 눈가엔 촉촉한 행복의 이슬이 방울방울 맺힌다.

매일 화물차만 타고 다녔던 그로선 선망의 대상이었으리라!

오후 5시가 되자, 호프에서 나와 이들은 보란 듯이 서로서로 손을 잡고 꽃구경을 시작했다.

그런데 이 시간에 이사관은 볼 일이 있어 이곳을 지나가다 자신의 부인의 차가 세워져 있는 것을 보았다. 부인이 이곳에 왔다고 생각하고 이리저리 돌아다니다가 아내가 한 남자와 손을 잡고 돌아다니는 모습을 보게 됐다. 이사관은 이 장면을 보고 무척 놀랐는데 더 놀란 것은 이경주 변호사의 부인인 김채화도 다른 한 남자와 그렇게 손을 잡고 걸으며 꽃구경을 하고 있었다.

사관이 경주의 부인의 얼굴을 아는 이유는 이사관 검사장과 이경주 변호사는 예전에 부장검사 시절에 부부 동반하여 여행을 떠났던 적도 있었기 때문이다. 안 되겠다 싶어, 사관은 얼른 경주에게 전화를 건다.

"아! 친구, 나 사관이야. 지금 시간 되면 빨리 여기 양재꽃시장으로 와야겠는데…."

"어! 왜 그래?"

"아! 일단 와 보면 알게 돼!"

"그래, 알았어."

사관의 전화를 받자마자 경주는 번개같이 신분당선 양재시민의숲역 4번 출구로 가서 그가 기다리고 있는 곳으로 뛰어간다.

"아니, 사관아, 무슨 일인데 그래?"

"야! 저기, 저기 좀 봐!"

경주는 사관이 가리키는 곳을 보고 얼굴이 굳어져 버린다. 자신의 부인인 채화가 한 남자와 손을 잡고 장난을 치며 꽃구경을 하고 있는 게 아닌가! 이들은 더 이상 두 눈 뜨고 볼 수 없다는 마음에 그들에게 맹수처럼 달려간다.

그리고 사관은 연숙을 사정없이 때리고 경주는 채화를 때린다.

"당신 여기서 뭐 하는 짓이야! 에잇… 이런 씨발년아!"

"으으, 으악…. 아아아악…."

그녀들은 남편에게서 소나기 같은 귀싸대기를 맞고 그 자리에 퍽 쓰러진다. 그러자 하철, 장순, 영선은 그들을 가로막고 세게 뒤로 확 밀어 버린다. 그러면서 고함을 지른다.

"아니, 당신들 뭐야? 왜 이 여자들을 막 때리는 거야? 이 자식들이 왜 지랄이야?"

"야! 이 자식아, 내 마누라다. 너희들 이젠 죽었어! 겁대가리가 없는 새끼들…!"

"뭐라고…? 그런데 왜? 이 아줌마들은 우리의 고객들이다. 왜, 니들이나 죽을 줄 알아."

"이게 정말… 고객 같은 소리 하고 있네! 이런 개자식들… 법정구속 감이다."

"웃기고 있네! 미친 개새끼들."

하철, 장순, 영선과 사관, 경주가 서로 밀며 엉키기 시작했다. 서로 큰 폭행은 발생하지 않았지만 거친 욕설과 밀고 당기는 몸싸움이 벌어진 것이다. 그러자 그녀들은 소리를 지르며 울먹이고 있다.

"아아아, 우린 얼른 도망치자! 안 되겠어!"

그녀들은 그러다가 안 되겠다 싶어 다른 곳으로 도망쳐 버렸다. 그런데 이때, 이 길을 지나가는 행인 한 명이 이 장면을 보고 곧바로 경찰에 신고했다. 얼마 있지 않아 경찰이 출동하여 이들 남자 5명을 연행해 간다.

인근 파출소로 들어간 이들은 조사를 받게 되었는데 이사관과 이경주는 몹시 난감한 표정과 심경을 감추지 못했다. 왜냐면 자신들은 일류 법조인이라고 생각하고 있기 때문이다. 그런데 경찰에게 조사를 받는다는 것 자체가 어쩌면 수치일 수도 있다고 생각했다. 사관, 경주는 이 선에서 끝내자고 제의를 했다. 그러자 하철, 장순, 영선도 동의했다. 서로 몸싸움이 벌어진 것에 대해 화해가 이뤄져 버렸다. 훈방으로 나오게 됐지만 앞으로 또 어떤 불상사가 일어날지 아무도 모른다. 사실 이사관과 이경주도 최근 들어 부인들의 행동을 줄기차게 의심은 했지만 그것을 뒷받침해 주는 구체적 상황은 오늘이 처음이다. 그러니 당연히 앞으로 경계와 감시가 강화될 것은 확실시된다. 그리고 이미 이사광 대법관, 박청환 국회의원은 부인들과 법정 이혼을 하려고 준비 중에 있다.

아마 그 후로 이사관과 이경주, 최청순, 조명환까지도 같은 결정을 하지 않을까 예상된다.

아까 남자들끼리 실랑이가 벌어졌을 때, 얼른 도망쳐 버린 경주의 부인인 채화, 사관의 부인인 연숙은 밤늦은 시간에 집에 들어왔다. 그러나 의외로 남편들은 화를 내지 않고 태연한 모습을 보인다. 속으론 더 큰 결정적 증거를 포착하여 끝장내 버리겠다는 복안인 것 같다. 일단 조용히 누워서 잠을 이룬다.

사관, 경주가 이렇게 나오자 연숙, 채화는 더 그런 문제로 상관하지 않는 줄 알고 속아 넘어가 편안한 미소를 지으며 꿈나라로 고요히 들어갔다.

어쩌면, 지금 남편들의 태연한 모습도 유인구인데 부인들은 맥없이 헛스윙을 하는 순간인 것 같다.

며칠 후 진자, 비희가 주도하여 다 같이 청담동에서 만나 자신들의 이혼 문제에 대해 4명의 친구들과 대화를 나누려고 만나게 됐다.

청담동 학동 사거리에 있는 BN호프에서 오후 3시에 만났다. 그녀들은 만나자마자 서로 최근에 벌어진 일들에 대해 하소연을 시작했다.

그런데 그녀들의 만남의 장소 뒤편에서 섬뜩한 일이 벌어지고 있었다. 그것은 바로 이들의 남편 6인들이 마누라의 뒤를 밟았던 것이다. BN호프 주차장에 차를 세워 두고 그 주변에서 담배를 한 대씩 피우려고 차에서 나오고 있는 것이다. 그런데 여기서 너무 기이하고 공교로운 일이 발생하고 말았다. 6명의 남편들은 오늘 이 시간에 서로 이곳에서 만나자고 약속은 하지 않았는데 우연의 일치로 모이게 되는 순간을 맞이했다. 그것은 최근 그만큼 부인들에 대한 감시 태세가 무척 강화됐다는 반증이기도 하다. 그런데 서로서로 같은 시간에 보게 되면서 자연스레 알게 되는 상황이다.

이미, 청순, 청환, 사광은 아는 사이이다.

지금 이 문제로 의논을 했던 사이였고 원래 왕래가 있는 사이이다. 나머지 세 명의 남편들 중 두 명인 사관, 경주를 보고 사광은 깜짝 놀란다. 요즘 자주 만날 수는 없었지만 아는 사이가 아닌가!

다 같은 법조인들이다. 이사관 검사장, 이경주 변호사였다. 그런데 그중, 한 명은 전혀 모르는 인물이다. 바로 서울대학교 경영학과 조명환 교수인데 그는 혼자서 이리저리 걸어서 왔다갔다 반복했다. 사광이 명환에게 다가가 묻는다.

"저! 실례지만 이곳에 어떻게 오셨어요? 혹시 저 호프에 있는 여자들 문제 아닌가요?"

그러자 명환은 눈을 휘둥그레 뜨면서 무척 당황한다. 그러면서 말을 이어 간다.

"아, 예, 그런데요. 그, 그걸 어떻게 아셨죠?"

"아아… 솔직히 저희도 그 문제로 이곳에 온 겁니다. 엄청 괴롭습니다."

"어! 그러셨어요. 윽, 흑흑… 정말 힘든 일이죠."

"근데 혹시 무슨 일을 하십니까?"

"아! 서울대학교 교수로 있습니다."

그러자 사광은 눈을 크게 뜨며 매우 놀라는 표정이다. 서울대학이라면 최고 대학이 아닌가! 또 자신도 그 대학을 나왔으니 말이다. 이번엔 사광이 자신의 신분을 밝힌다.

"저는 대법관입니다. 근데 요즘 마누라 문제로 속을 엄청나게 썩었습니다. 힘들죠."

"아, 예, 아니, 아아… 아니 대법관이세요? 이럴 수가….."

"아니, 그게 말이죠. 지금 제가 대법관이라는 게 중요한 게 아닙니다. 마누라가 제 속을 썩이고 있다는 게 핵심 사항 문제입니다. 제 위신과 체면을 손상시키고 다닙니다. 미칠 지경입니다. 으윽, 흑흑흑….."

이들이 이런 얘기를 하고 있을 때, 청렴맑은당 박청환 의원이 걸어와 말을 한다.

"우리 여기서 이럴 때가 아니야! 저 호프 안에서 무슨 일이 일어나는지 자세히 관찰을 해야 할 것 아니겠어요?"

"네, 맞습니다."

이렇게 되어 이들 6명은 오늘 이 시간에 이곳 주차장에서 서로가 서로를 알게 되는 상황을 맞고 있는 것이다. 그리고 살며시 걸어가 그 BN호프 안을 유심히 바라보며 관찰을 하고 있다. 눈이 빠질 정도로 예의 주시를 하였으나 이곳엔 다른 남자들은 나타나지 않았다. 한참이나 있어 보아도 마찬가지였다. 그러다 지쳐 돌아갔다. 그런데 그녀들이 호프에서 오고 간 얘기는 내일 금요일에 스트레스도 풀 겸 삼성동 선릉에 있는 뷔페에서 술을 먹고 그곳에 있는 노래방에 가자는 것이었다.

예전에 신도림 YP노래방에서 안 좋은 일이 있었기 때문에 그곳은 철저하게 피하기로 하고 다른 장소로 하자는 것이다. 그리고 하철, 장순, 영선, 완수, 홍철에게 전화를 하여 선릉에 있는 뷔페 위치를 알려주고 그곳으로 오라고 하는 방법을 택하는 것이다.

다음 날이 되자 그녀들은 어제 오고 간 얘기 그대로 한다.
진자는 하철에게 전화를 건다.
"그래, 하철아, 이따가 밤 7시에 선릉역에 있는 화란뷔페로 올 수 있어? 술도 한잔하고 거기에 있는 노래방이나 가자고. 화끈하게 놀아야지!"
"아니, 그래요. 알겠어요. 근데 수고비는 많이 주셔야 해요."
"야! 그건 걱정하지 마! 알아서 줄 테니까! 다 데리고 나와."
"아, 네, 알겠어요."
하철은 나머지 네 명에게 연락을 취하여 같이 그 시간에 그곳으로 갔다. 그곳에 도착한 남자들은 여섯 명의 그녀들과 신나게 술을 먹고 맛있는 뷔페의 음식들도 먹고 2차로 인근 노래방으로 직행했다. 이들 11명은 대형 단체 손님 방에서 신나게 노래를 부르고 맥주도 더 시켜 먹으며 완전 살판났다.
왜냐면 이곳은 저번에 남편들에게 들켰던 신도림 YP노래방도 아니도 그곳에서 멀리멀리 떨어진 곳이라서 완벽한 안전지대라고 생각하기 때문이다. 그곳에 들어가자마자 서로는 끌어안고 입을 맞추며 난리를 떨었다. 두 시간가량을 신나게 놀고 밖으로 나오고 있었다.
선릉역에 있는 ZK노래방에서 하나둘씩 서로서로 손을 잡고 나오는 도중, 날벼락이 떨어졌다.
왜냐면 바로 길 건너 앞 쪽에 있는 룸살롱에서 그녀들의 남편들이 술집 종업원들과 2차를 나가기 위해 서로서로 손을 잡고 나오고 있었다.

그러니까, 그녀들은 남자 도우미들과 2차를 가기 위해 노래방에서 나왔다면, 그 남편들은 룸살롱 종업원들과 2차를 나가기 위해 룸살롱에서 나오게 된 것이다.

그런데 그녀들의 최악의 불운이었을까! 6명의 남편들의 시선에 그대로 포착되어 버렸다.

6명의 남편들은 이곳 룸살롱이 예전부터 개인적으로 단골로 다니던 곳이었다. 그런데 하필, 오늘 이들은 불금 저녁을 맞이하여 최근 벌어진 부인들의 일탈에 대해 엄청난 스트레스를 받아오던 차에, 서로 의논도 하고 멋지게 회포도 풀 겸 왔던 것이다. 그러나 남편과 부인들은 서로 최악의 공교로움 속으로 빠져든다. 남편이든 부인이든 서로서로 유희를 즐겨 보겠다는 취지는 똑같은데 어쨌든, 이때, 남편들은 엄청난 분노를 느낀다.

순간, 옆에 손을 잡고 있던 술집 아가씨들의 손을 놓고 고함을 지르며 부인들에게 일제히 달려든다. 그리고 사정없이 귀싸대기 연타를 때린다. 그러자 부인들은 퍽 쓰러진다. 이 광경을 본 남자 도우미 5인은 깜짝 놀란다.

이미 그들이 남편들이라는 건 알고 있다. 예전에 신도림 YP노래방에서 봤기 때문이다. 또 며칠 전에도 양재꽃시장에서 실랑이가 있었기에 알고 있다. 그건 그렇다 치고 이들은 그래도 화가 났다. 자신들은 이게 돈 버는 수단일 뿐이었고 또 그들도 룸살롱에서 여자들을 데리고 나오는 주제에 이 부인들을 때린다는 것은 누가 봐도 앞뒤가 안 맞는 행동이기 때문이기도 하다.

그 순간 하철이 먼저 달려들어 진자의 남편인 사광을 향해 스트레이트를 날린다. 그러자 다른 이들도 그들을 향해 한 방씩 후려친다. 강편

치를 얻어맞은 남편들은 비틀거리기 시작했다. 그러자 이들은 더 강하게 남편들에게 스트레이트를 날린다. 이들에게 강펀치를 맞고 남편들은 비명을 지르며 퍽 쓰러졌다.

"아아악, 악."

"윽, 흑흑흑."

"어어, 억, 억억."

그래도 이들은 귀농을 했었고 농촌에서 일을 많이 했던 사람들이라 몸의 파워가 엄청 센 편이다. 그러니 매일 국회, 법원, 검찰청, 변호사로 근무만 했던 사람들이 그 파워 있는 주먹을 버텨 내기란 어려운 일이었다. 바닥에 쓰러진 그들은 충격을 받아 일어나진 못하고 분노의 고함을 지를 뿐이었다.

"야! 이놈들아, 내가 누군지 알아? 나는 대한민국 청렴맑은당 국회의원이다. 이 새끼야…! 너희들 이젠 박살 나는 줄 알아! 윽, 흑흑흑…."

"아아, 으윽, 우리가 누군지 알아? 난 국민밖에모르는당 국회의원이란 말이야, 이 자식들. 우리 같은 높은 분들에게 천한 거지 같은 새끼들이…!"

"이런 개새끼들아, 우린 무서운 사람들이야! 난 대법관이란 말이야!"

"이런 후레자식들아, 난 네놈들을 한 번에 확 보내 버릴 수 있는 사람이다. 난 검사장이란 말이야! 니들 다 집어넣어 버릴 거야!"

"이 새끼들아, 난 부장검사 출신 변호사다. 이런 건방진 버릇없이 못 배운 것들이, 무식한 새끼들이…!"

"이 개새끼들아, 난 대한민국 최고 대학교 서울대학교 교수야! 이런 돼먹지 못한 것들… 개돼지 같은 것들!"

남편들은 자신들이 생각할 때, 아주 천하게 느껴지는 사람들에게 스트레이트를 맞고 쓰러진 게 너무너무 분하고 원통하여 쓰러진 채 울분을 토하고 있다. 또 그렇게 자신들의 고위직 신분을 말하면 이들이 기가 꺾여 주춤할 줄 알았다. 그러나 장순은 한술 더 떠 크게 소리를 지르며 더 강력한 욕설을 내뱉는다.

"야, 인마! 하하하! 뭘 누구야, 누구는. 뭘 누군지 알아, 알긴? 그래서 뭐? 니들이 그렇게 대단한 놈들이니까 알아 달라는 거야? 뭐야? 너희가 국회의원이든, 대법관이든, 검사장이든, 변호사든, 대학 교수든 나하고 뭔 상관이냐? 니들은 나하고 아무 상관도 없는 놈들이야! 난, 그냥 돈 벌려고 노래 도우미 할 뿐이고 또 우리 여성 고객들에게 성실하게 최선을 다해 일만 할 뿐이다. 그 이상도 그 이하도 없다. 됐냐? 그리고 니들이 지금 네 부인들에게 화를 낼 자격이나 돼? 지금 저 룸살롱에서 아가씨 데리고 나오는 것들이 말이야! 똥 묻은 개가 겨 묻은 개에게 화를 내면, 야, 저기 저 하늘을 쳐다봐 봐. 저기서 내리는 천벌 받는 거야! 알았어? 몰랐어? 어서 대답해, 이 개자식들아…! 확 이것들을 죽여 버릴까!"

장순이 소릴 지르며 눈을 부릅떴다. 그들끼리 난타전이 벌어지자 그 부인들 여섯 명은 안 되겠다 싶어 쏜살같이 다른 곳으로 도망쳤다. 그리고 룸살롱의 종업원들도 다시 룸으로 들어가 버렸다.

장순은 여성 고객들이 도망치자 이것으로 화가 풀리지 않아 쓰러져 있는 그들을 향해 엉덩이를 사커 킥으로 아주 세게 걷어차 버린다. 그러자, 장순의 옆에 서 있던 일행들도 같이 사커 킥으로 아주 세게 걷어찬다. 이렇게 이들이 동시에 남편들을 걷어차자, 그들은 쓰러진 채 너무 아파 데굴데굴 뒹굴었다. 그러자, 이들은 더 거칠게 달려가 사정없이 연속으로 엉덩이를 향해 사커 킥 연타를 날린다.

퍅퍅. 착, 착착.

"아아아, 으윽, 아아."

"으윽, 너무 아파."

"으악, 악악, 어, 어어."

"야! 다른 데 부위를 차면 죽을 것 같아서 거기를 차 버린 거야! 엄청 봐준 거지! 우리 농촌에 가서 옥수수, 포도, 복숭아, 수박, 사과, 고추, 오이 갖다가 너희들 머리통에다 던져 박살 내 버리고 싶지만 그건 내가 참는다. 그 곡식들을 그렇게 쓰기엔 그조차도 너무 아깝다. 니들은 룸살롱으로 놀러 다니는 거지만, 우린 본업은 치킨 배달원이고 부업으로 한 푼 더 벌려고 노래 도우미 하러 다닌다. 알아? 이 더러운 새끼들, 쓸데없이 나타나 우리 여성 고객들이나 도망치게 만들고…. 우리 매출이 날아갔잖아! 앞으로 조심해! 앞으론 우리 눈에 나타나지 마라…! 재수 없으니까! 또 나타나면 그땐 정말 죽여 버릴 거야!"

엉덩이를 걷어찼지만 워낙 파워가 남달라 통증이 몰려왔다.

"그만! 아아아, 으윽, 흑흑흑. 나 죽겠다. 봐줘, 한 번만 봐줘요. 아아악. 아아악."

"어어어어."

"억, 억, 억, 억, 흑흑흑, 흐."

"<u>흐흐, 흐흐흐, 흑흑흑.</u>"

남편들은 쓰러진 채, 이들의 연속 사커 킥을 맞고 심한 통증을 느껴 비명을 지르며 울기도 한다. 그러나 장순은 인정사정 봐주지 않고 주변을 이리저리 훑어보더니 바닥에 뒹구는 소주병이 하나 있자, 그걸 들고 그들의 얼굴을 향해 아주 세게 집어던진다. 그 병은 그들을 강타한 후 바닥에 떨어져 깨졌다.

팍, 팍팍. 창, 창창.

그것으로도 분이 풀리지 않자, 바닥에 있던 맥주병까지 집어 들고 아주 세게 던진다. 그 병도 그들을 강타한 후, 바닥에 떨어져 깨졌다.

팍, 팍팍. 창, 창창.

쓰러진 그들의 얼굴은 소주병을 맞아 찢겨서 피가 줄줄 흐르고 있다. 장순은 예전 4월 7일에 고성에서 상미 문제로 그녀의 집 앞에서 홍선과 격돌할 때, 소주병을 깨서 막 휘두른 적이 있다. 오늘 바로 그때, 그 심정으로 부딪치는 것 같다. 그야말로 비장한 생계형 남자 노래 도우미의 절규였다.

이들 5명은 쓰러져 있는 그들을 바라보며 유유히 다른 데로 갔다. 아직 바닥에서 일어나지 못하고 있는 그들은 서서히 몸을 추스르며 일어나고 있다.

그들은 일어나자마자 빨리 경찰에 폭행을 당했다고 신고를 해야 한다고 하는 측과, 그렇게 되면 우리가 룸살롱에 왔었다는 단서가 되기 때문에 약점이 잡히는 것이라 조금 신중해져야 한다는 측으로 나뉘어 소동이 벌어지기도 했다.

이 사람들은 워낙 위신과 위치와 체면을 중시하는 이들이라 신중해져야 한다는 의견이 우세했다. 그 남자 놈들에게 스트레이트와 사커 킥으로 엉덩이를 심하게 강타당하고 소주, 맥주병으로 얻어맞은 것은 분하지만, 대의를 위해 감내하자는 쪽으로 합의가 났다. 그들은 재빨리 약국으로 달려가 약품을 구입하여 바르고 붙인다.

"아니, 대법관님, 병원에 가시지 않아도 될까요?"

"아, 예, 의원님, 약을 바르고 밴드를 붙이면 될 듯합니다. 괜찮아요."

# 15

## 사욕으로 점철된 사악한 정기국회 특별 법안

♨

　하지만, 치밀어 오르는 분을 억누르지 못하고 그들은 소주와 회를 먹으러 횟집으로 들어갔다. 그곳에 들어가 있는 소주 없는 소주를 마구 닥치는 대로 막 들이붓는다.
　이젠 그들의 분노를 다잡을 수 있는 길은 부인들과의 법정 이혼과 이번 9월 정기국회에서 조속히 남자노래도우미근절법을 통과시켜 아까 자신들에게 폭행을 가하고 달아난 이들을 구속시켜 버리는 방안이다.
　이런 절차를 밟아 가려고 단단히 벼르고 있다. 사광, 사관, 명환, 경주, 청환, 청순 이렇게 6인은 하철, 장순, 완수, 영선, 홍철 5인을 섬멸시켜 버리려고 이를 악문다.
　"아아, 그놈들에게 맞은 얼굴 부위가 몹시 아프고 통증이 몰려옵니다. 이가 조금 흔들리는 느낌도 들고요. 으윽. 내일 상황 봐서 병원에 가 봐야겠어요."
　"아! 말이야, 그 새끼들 완전히 깨끗하게 확 쓸어 버리자고요. 그리고 여편네하곤 깨끗하게 갈라서 버리고 말이야! 자, 자…! 한 잔씩 마시자고…. 마셔요."
　"그래요. 확 밀어붙여 박살 내 버립시다. 자, 건배. 우리를 위하여…! 위하여…! 위하여…!"
　앞으로 며칠 있으면 정기국회인데 엄청난 회오리가 일어날 것으로 보인다. 이렇게 여섯 명의 남편들과 부인들 그리고 다섯 명의 남자들이 현재, 색욕, 물욕, 교만으로 엎치락뒤치락하고 있는 시간을 보내고 있다.

이즈음 다른 한편으로 수원 연무동에서 필리핀 여성인 이라니와 동거 생활을 하며 함께 분식집을 경영하는 철수는 저번 달에 그녀가 다른 남자 두 명과 입을 부딪치는 장면을 보았기에 마음은 무척 괴로웠지만 뚝심으로 그녀를 향한 사랑을 쏟고 있다.

찢긴 자존심의 상처는 수원천의 흐르는 물로 하루하루 깨끗이 씻어 가며 이겨 낸다. 가끔 광교 저수지 물속에 자신의 그림자를 비춰 보며 마음을 닦는다. 맑은 물속에 비친 밝은 하이얀 그림자를 본다.

참된 사랑의 정신력으로 승화한다. 그럴수록 그녀에게 이래라저래라 절대 말하지 않는다. 그렇게 말하지 않는 게, 진정한 사랑임을 확신한다.

그러던 중, 10일 일요일에 안양 동안구 평촌동에서 전국노래자랑 예심이 개최되었다. 12일에 본선이 진행될 예정이었다. 철수는 이라니와 그날 예심 장소에 갔다. 결과는 본선에 진출했다.

화요일에 본선에 출전했는데 또 여기에서도 대상을 받았다. 그녀는 너무 기뻐했고 또 12월 왕중왕전 연말 결선에 출전할 수 있는 자격이 주어졌다. 만약 그때 또 대상을 받게 되면 지금처럼 수원에서만 할 수 있는 지역 가수에서 벗어나 명실공히 전국 가수로 도약할 수도 있게 된다. 그래서 더욱더 기쁨과 흥분을 감추지 못하였다. 철수와 이라니는 그런 일이 있은 후 더 힘이 나서 분식집 일을 하게 됐다.

그러던 어느 날, 하철이 철수에게 전화를 걸고 있다. 그 5인 남자들도 자신들의 앞날을 생각하니 갑갑했을 것이다. 좋아진 날씨에 광교산도 갈 겸, 또 수원에 있는 철수와 만나 함께 산행을 하고 싶었다. 그리고 그 부인들에게서 연락이 두절되어 버렸기에 VIP 고객들이 사라진 아쉬움이 몰려왔는지도 모른다. 당연히 더욱 갑갑했을 것 같다.

저번 달, 27일 일요일에 이어 이번 주, 일요일에 또 광교산을 가게 되면 옛 센영수트 6인 멤버들은 두 번째로 그 산에 오르는 셈이 된다.

"철수 형, 이번 주 일요일에 광교산에 갈 건데… 시간 되나?"

"그래, 좋은 생각이다. 전날 전화해."

며칠이 지나 토요일이 되자, 하철은 다시 전화를 한다. 만남의 시간과 장소를 정하기 위해서이다.

"철수 형, 그때 그곳 산 입구에서 만나는 게 낫겠지? 시간은 오전 10시로 하고…."

"그렇지! 그 정도가 괜찮은 시간이야!"

그날 일요일이 되자 그 시간에 철수는 산 입구에 나갔다. 그 5인은 이미 도착한 상태였다. 이들은 서서히 오르기 시작했다. 한 주의 피로가 풀리는 듯했다.

정상에 갔다 내려와 저번처럼 막걸릿집으로 또 들어갔다. 산행 후에 먹는 막걸리는 보약 같았다. 꼭 뭐든지 술이 많이 들어가면 말이 많아지고 실수를 한다는 게 문제 중의 문제가 된다. 그렇다고 안 먹을 수는 없겠지만 적당히 마셔야 할 것 같다. 그런데 먹다 보면 그게 그리 쉬운 게 아니라는 것이 또 문제가 된다.

참, 문제가 많은 세상에 살고 있다.

"철수 형, 저번에 우리가 너무 황당해서 더 말을 안했지만 어떻게 세상에 여자가 다른 남잘 만나고 다니는데도 그걸 다 이해하며 계속 교제를 하는 거야! 난 도무지 이해가 안 돼. 그리고 그 여자, 앞으로 분명 그 남자들 중에 한 명하고 나가 버릴 거라고…! 그것도 철수 형의 돈을 훔쳐서 나갈 거야! 우리도 예전에 그런 꼴을 당했잖아! 지금이라도 하루라도 빨리 그 여잘 내보내…! 얼른 끊어 버려…. 그게 형을 위해서 최상의 선택이야! 형을 위해서 해 주는 말이니까, 오해는 하지 말고….”

영선이 철수에게 이렇게 말을 했다. 그러자 철수의 얼굴이 일그러지기 시작했다. 그는 웬만한 건 참는 성격이지만 내 사랑 이라니를 비난하는 건 도저히 참을 수 없었다.

“아아…. 그래, 그런데 영선아, 넌 말을 너무 심하게 하는구나! 현재 벌어진 일도 아닌 것을 미리 그럴 거라고 단정지면서 그렇게 말을 막하면 결국 날 모독하는 것밖에 안 되는 것 아니냐? 그런 말은 삼가 줬으면 좋겠다.”

철수도 더 이상 가만히 있을 수 없었다. 그랬는데 이번엔 홍철도 영선을 두둔하면서 비슷한 말을 한다. 그러자 철수는 화가 치밀어 올랐다.

“철수 형, 영선이 형의 말이 맞는 것 같아! 뭐든 신중해질 필요가 있는 것 같아!”

철수는 잠시 침묵을 지킨다. 격분했을 땐, 침묵이 보약이 된다. 그러자 이번엔 완수도 영선, 홍철을 두둔해 버린다.

“철수 형, 영선이랑 홍철이 말을 귀 기울여 들을 필요가 있을 것 같아! 다 쓰라린 경험이 있는 사람들이잖아! 다 형을 위한 말들인 것 같으니까!”

이런 연합 공세에 대해 철수는 계속 침묵을 지키다가 드디어 폭발하고 말았다. 왜냐면 자신들이 아무리 그런 쓰린 경험을 했다 하더라도 그저 경험일 뿐이지, 이 세상 모든 여자들이 꼭 그렇게 되리라고 속단해 버린다는 것은 지나친 편견이고 선입견의 극치가 아닌가!

“야! 너희들 이러려고 나하고 같이 등산하자고 했냐? 너희들이 날 위해서 그런다면 고마운 일인지도 모르지만 사람이 사람을 판단하는 문제는 전적으로 자기 자신들이 판단하는 거야! 너희들이 지금 하는 말은 명분은 날 위한다는 것이지만 실상은 나의 사생활과 판단과 인생에 대해 시비 내지 간섭하는 것밖에 안 돼! 그만하길 바란다. 니들 인생에 대해 숙고하는 시간을 갖도록 해!"

"아니, 철수 형, 우리들의 조언을 무시하는 거야? 형을 위해서 이런 말을 해 줄 사람이 이 세상에 어디에 있어? 우리밖에 없지!"

"야! 그만들 하라니까!"

철수는 화가 치밀어 올라 갑자기 크게 소리를 지른다.

"내가 좋으면 그만이야! 니들은 사람을 의심만 하고 살아왔냐? 내면의 맑은 심성 같은 것이 더 중요한 거야! 그 여자가 누구를 만나든 말든 내가 그걸 이해하면 끝이고… 더 뭐가 필요한 거냐고…."

철수와 그들 5인들과 심한 언쟁이 벌어지더니 급기야 철수는 격분이 포화가 되어 소주병을 바닥에 집어던져 깨 버린다.

쨍그랑, 쨍그랑! 착착. 퍽퍽.

소주병이 깨져 산산조각이 나 버렸다. 오랜만에 옛 센영수트 봉제 공장 멤버 6인의 산행이 있었지만 서로 불미스러운 감정만을 남긴 채, 돌아서게 됐다. 그들 5인들은 자신들의 최근 벌어진 남자 노래 도우미 문제라든가 아줌마들과의 문제, 그리고 그 남편들과의 사건들 이런 부분들에 대해선 스스로 자책을 하진 않고 오로지 철수에 대한 개인적인 문제들에 대해서 말의 꼬리를 잡고 늘어지며 시비를 거는 시간들을 이어 갔다. 인간이란 이 세상에서 가장 지저분한 존재들인 것 같다. 자신의 문제들은 깊이 반성을 하지 않으면서 타인의 아주 소소한 일이라든가 철학적 가치관에 대해서만 물고 늘어지려는 본능과 아집을 지니고 있다. 오물 쓰레기나 다름없다.

왜 자신들의 검은 진흙탕 거울은 바라보지 못하는가? 남의 거울에 미세한 먼지가 끼어 있다고 흉이나 보고 있는가. 자신의 거울엔 도저히 모습조차 알아볼 수 없을 만큼 굵고 두꺼운 때가 끼어 있는데도 말이다.

거울에 검은 그림자가 수북이 쌓여 있다.

한편, 이라니는 전국노래자랑 연말 결선을 대비하여 분식집에서 일을 하면서도 계속 흥얼흥얼 노래를 부른다. 앞으로 석 달 남은 기간을 최선을 다한다는 계획이다.

이에 철수는 그녀에게 "노래 대회를 위해 당분간 분식집 일을 하지 말고 노래 연습에만 전념해."라고 말하며 자신이 혼자서 알아서 하겠다는 뜻을 전한다. 그의 이 말에 그녀는 눈시울이 뜨거워지고 있다. 자기를 위한 배려에 감동을 받는다.

사실, 그녀는 철수 몰래 두 남자를 만나고 다녔는데 이 부분도 조금씩 죄책감이 몰려오기 시작했다. 마음이 정돈되기 시작해서일까! 아님, 집중적인 노래 연습을 위한 일환일까!

그녀는 지금 만나고 있는 두 남자와 헤어져야겠다는 생각 쪽으로 굳어져 가고 있었다. 그래서 먼저 아셀에게 전화를 했다. 그 뜻을 말하자 그는 한 번 만난 후에 헤어지자고 제의를 한다. 그러자 그녀도 그러겠다고 말했다.

아셀은 차를 몰고 월요일 저녁에 연무시장 쪽으로 와서 이라니에게 전화했다. 그녀는 시장 쪽으로 갔다. 아셀은 이라니가 결별의 뜻을 전화로 말했기에 그녀를 보자마자 눈물이 글썽글썽했다. 아셀은 이라니와 헤어지는 것이 너무 마음이 아파 이것을 아쉬워하며 좋은 추억 속의 그녀에게 주는 선물을 준비했다.

그 선물은 강아지 인형이다.

그것을 건네며 갑자기 눈물을 펑펑 흘리며 그녀에게 입을 맞춘다. 그런데 문제는 이때, 철수가 어떤 물건을 사기 위해 마트로 들어가다가 그 장면을 보게 된다. 이라니는 입술을 떼고 아셀의 눈물을 닦아 주고 있는데 문득 옆쪽을 바라보니 철수가 서 있는 것이다. 철수는 얼른 고개를 돌리며 피한다.

그러나 이미 그녀는 그의 모습을 봤다.

그녀는 몹시 괴로웠다. 철수가 피했던 그 지점으로 달려간다. 이미 철수는 재빨리 다른 곳으로 피한 후였다.

그녀가 다시 아셀에게 돌아가지 않자 그는 잠시 기다리다가 그냥 돌아서 갔다. 완전히 그녀의 곁에서 떠났다. 그녀는 철수가 분식집에 갔을 거라고 생각하고 그곳으로 가 보았으나 보이지 않았다. 그러더니 몇 분 후에 그가 들어왔다. 그녀는 몹시 미안해하며 죄책감을 느끼는 표정으로 얼굴을 제대로 들지 못하며 말을 하고 있다.

"철수 오빠, 정말 미안해! 방금 전, 다 내 잘못이야! 앞으론 그런 일은 없을 거야! 오빠에게 보여선 안 될 모습을 보여 줘서… 으윽, 흑흑흑…."

이 말을 들은 철수는 마트에 가다가 연무시장 골목에서 그 장면을 봤기에 속으로 괴로움이 몰려왔지만 겉으론 태연한 척하며 오히려 미소를 짓는다. 그러면서 다른 데로 대화의 초점을 맞추려고 애를 쓴다.

"아니, 왜 그러는데? 난 계속 여기 분식집에 있었는데 네가 내게 뭘 보여선 안 될 모습을 보였다는 거야! 난 계속 여기에 있어서 아무것도 본 게 없는데…. 지금 무슨 말을 하는지 모르겠네! 아니, 요즘 노래 연습하느라 힘들 텐데 저녁 먹을 때가 됐으니 배고플 텐데 밥이나 먹자…."

"……"

철수가 이렇게 말하자 이라니는 우두커니 말이 없다. 그를 계속 빤히 바라보며 서 있다. 그러면서 속으로 생각하며 말한다.

'아! 철수 오빠가 아까 그 장면을 보고도 지금 내가 그걸 말하니 날 위해서…. 얼마나 끔찍이 나만 생각하면 내 마음 상하지 않게 하려고 그 대목을 아예 말을 안 하는 거지!'

그녀는 이렇게 속으로 말하고 속으로 미안함과 회한과 죄책감의 눈물을 속으로 흘린다. 그러나 겉으론 그의 얼굴만 물끄러미 바라본다.

"그래, 오빠, 밥 먹자! 내가 잠시 졸려서 졸음을 깨려고 바람 쐬러 나갔는데 오빠하고 너무 닮은 사람을 보았나 봐, 세상엔 닮은 사람도 많긴 해!"

"그렇지, 뭐! 어서 밥 먹자…."

그녀도 이런 분위기를 맞추고자 위와 같은 말을 한다.

그녀가 움직이기 전에 철수가 얼른 냉장고 안의 반찬을 꺼낸다. 그리고 밥통에 들어 있는 밥을 두 그릇 푼다. 그리고 탁자 위에 올려놓는다.

그녀는 지금 이 순간, 그에게서 진한 사랑과 위로를 받는다. 자신의 외도를 알면서도 모른 체하며 어떻게든 감싸 주려는 진한 푸른색의 애정의 몸짓이 그녀의 가슴을 세게 누른다. 이들은 이곳에서 저녁을 먹고 집으로 들어갔다.

다음 날이 되자 이젠 그녀가 자처하여 저번 달, 27일에 권선종합시장에서 독거노인 위문 공연을 하러 갔을 때 만났던 홍강석에게 결별을 통보하는 전화를 건다. 그때, 눈이 맞아 데이트를 하게 됐었는데 이젠 청산하려는 마음으로 정리가 됐다.

그만큼 철수의 지극정성이 하늘과 맞닿아 이라니도 큰 감동을 받았다. 그녀도 이제부터 그를 위해 모든 것을 다 하는 시간들로 채우고 싶은 것이다.

하늘은 스스로 돕는 자를 돕는다고 했다. 이젠 그녀가 하늘같은 마음으로 그를 위한 삶으로 들어가려고 하고 있다.

홍강석은 이라니의 결별 통보를 받고 그리 대수롭지 않게 생각하는 느낌이다. 왜냐면 그는 그녀를 그렇게 깊게 생각하며 데이트를 한 건 아닌가 보다.

어쨌든, 그녀는 올 연말에 치러지는 전국노래자랑 연말 결선에서 기필코 대상을 받아 그 모든 영광을 철수에게 돌린다는 마음으로 하루하루 최선을 다해 노래 연습을 하는 중이다.

다른 한편, 다음 주 월요일에 개원하는 9월 정기국회에서 기필코 남자노래도우미근절법을 통과시켜서 그때, 그 남자 노래 도우미 5인을 어떻게든 구속시켜 버리고야 말겠다고 결의에 결의를 다짐하는 그 6인 남편들은 구체적인 계략을 짜기 위해 이번 주 금요일에 그때 만났던 선릉역에 있는 그 룸살롱에서 만나기로 했다.

이곳이 최청순, 박청환 국회의원이 15년 전부터 자주 갔던 단골 술집이다. 그런데 세상사 모든 일은 순조로운 일은 아무 것도 없다. 굴곡이 있기 마련이다. 지금 이 상황에서 그런 조짐이 나타나고 있다.

이달 8일에 선릉역 주변에서 남자 노래 도우미들과 나오다가 남편들에게 들켜 황급히 도망쳤던 그 6명의 부인들이 집에는 무서워서 들어가지 못하고 그녀들끼리 지금껏 모텔을 얻어 생활을 하며 앞으로 벌어질 일에 대해 주시하고 있었다.

하지만 그녀들도 이젠 더 무서워할 것도 없다고 생각하고 집으로 들어가 당당히 법적 절차를 밟아 이혼을 강행해 버린다고 결의를 다졌다. 마침내 무려 13일간의 모텔 은신 생활을 접고 각자 집으로 향하고 있다.

23일 토요일을 기해 일제히 자신들의 집에 거의 다 도착했을 때, 시간이 저녁 7시쯤이었다. 진자는 대림동 신강아파트 입구에 들어설 때, 남편인 사광이 놀이터에서 누군가와 전화 통화 하는 소리를 듣게 됐다. 황급히 숨어서 집중하고 듣는다. 그랬더니 이사광 대법관이 그때, 선릉역에서 함께 있었던 자신의 일행들에게 내일 그때, 그 룸살롱에서 저녁 8시에 만나자는 말을 하는 것을 듣게 됐다.

"내일 꼭 룸에서 만납시다. 고급술도 좀 먹고 아가씨하고 놀기도 하고 다 그런 게 좋은 거 아니겠어요. 그리고 모레 개원하는 정기국회 일정에 대해 심도 높은 대화 좀 해 봅시다. 또 그때, 남자노래도우미근절법에 대해 깊이 있게 의논도 해 봅시다. 그리고 그때 옆에 있는 노래방에서 우리 여편네하고 같이 손잡고 나온 자식들을 감옥에다 집어넣어 버릴 철저한 대책도 세워야 하고 말이죠. 그리고 우리 여편네하곤 이혼해 버릴 거고요. 내일 봅시다. 하하하하."

이런 전화 통화였다.

진자는 발길을 멈추며 이 소리를 듣고 심장이 덜컹했다. 이대로는 안 되겠다 싶어 집에 들어가는 것을 접고 얼른 연숙, 동희, 채화, 비희, 지선에게 전화를 건다. 그리고 이 상황을 알렸다.

그리고 다시 이 시간에 사당역 주변 카페빈에서 만나자고 했다. 결국엔 그녀들은 집에 들어가지 않고 그곳에서 만났다.

그녀들은 어찌 됐든 간에 그 남자 도우미였던 이들을 보호해야 한다는 쪽으로 방향을 잡는다. 자신들의 이혼 문제는 차후의 문제라고 생각했다.

그렇다면 그 남자들에게 어디로 피하든지 아니면 노래 도우미를 안 했다고 끝까지 우기라고 알려 주든가 무조건 모른다고 하여 만약에 그

법이 통과되어 시행되더라도 묵비권을 행사해 증거 불충분 같은 상황을 만들어야겠다는 복안을 생각했다.

고민 끝에 진자는 하철에게 전화를 건다.

"하철아, 오랜만이야!"

"아니, 누님들 왜 그렇게 전화도 안 되고 어디에서 뭐 하고 있었어? 우리가 기다렸잖아, 보고 싶기도 하고…."

"야, 그게 문제가 아니다. 우린 뭐, 숨어 있었지! 그건 그렇고 지금 여기 사당역 쪽 호호카페로 좀 올래? 급한 문제이니까, 다 같이 와."

"아이, 그럼 누님이 오라고 하면 어디든 달려가야지! 기다려요."

하철은 전화를 끊자마자 영선, 완수, 장순, 홍철에게 전화를 하여 사당역 쪽으로 가자고 말을 한다. 그러자 그들도 좋다고 했다. 번개같이 그곳에 도착했다.

그리고 호호카페를 찾아 들어선다.

"누님들 너무 오랜만인데… 왜 요즘 연락을 안 했어?"

"일단 앉아 봐! 이렇게 급하게 너희들을 찾은 이유는 내일 말이야, 그때, 그 선릉역에 갔던 그 노래방 앞에 룸에서 내일 저녁 8시에 우리 남편들이 만나서 너희들을 구속시켜 버리려는 대책을 세우려고 한단 말이야, 뭐, 우리는 그들과 이혼해 버리면 끝이지만 니들은 감옥으로 들어가 버리면 신세가 참! 불쌍하고 암담하다."

이 말을 듣자 5인 남자들은 얼굴이 충격적인 얼굴이 되면서 완전 굳어져 버렸다.

"뭐야! 우리를 구속시켜 버리는 대책을? 그게 뭔데? 우리가 그들을 때렸다고 폭행으로 그런단 말인가?"

"야, 그게 아니라… 니들을 남자노래도우미근절법인 특별법을 만들어

감옥에 집어넣어 버리려고 한단 말이야. 너희들은 지금 먹고사는 생계 문제도 골치 아픈 사람들이잖아! 그런데 한번 걸려 들어가면 어떻게 하냐? 우리는 그래도 너희들과 정도 들었던 사람들인데 니들을 위해서 이런 사실은 알려 줘야지!"

진자가 이렇게 말하자 5인 남자들은 더욱더 상기되는 얼굴과 당황스러운 표정으로 말없이 우두커니 앉아 있다. 그러더니 장순이 침묵을 깨고 말을 한다.

"그래, 어차피 이렇게 된 마당에 우리도 이판사판이다. 우리가 먼저 선제공격을 해 버리는 거야! 아예 그런 똥딴지같은 생각을 하지 못하도록 초전 박살을 내 버리자고… 에잇, 못돼 먹은 새끼들…."

"맞아, 맞아, 장순이 형 말이 맞는 말이야, 그런 자식들은 깨끗하게 보내 줘야 돼! 이 사회에 오물 쓰레기 같은 것들이야! 지들이 어디 스폰서 받아서 고급 술집에 가서 환대받고 신나게 노는 것은 멋진 인생이고 멋진 사나이지? 여기 누님들은 집구석에서 매일 대청소나 하고 설거지나 해야 되는 거고…! 누님들 그렇게 살다가 늘그막에 노래방 와서 우리 같은 남자들 한번 만났다고 때리고, 이혼이 어쩌고저쩌고 하고, 뭐, 이젠 우리를 남자노래도우미근절법을 만들어 집어넣겠다고…? 어디 마음대로 해 보라고 해 봐! 우리가 그렇게 가만히 당하고 있을 줄 알아? 먼저 쳐 버리는 거야…! 쳐부숴 버리자고."

"그래, 홍철아, 참, 좋은 말인데… 먼저 쳐야 되는데… 어떻게 쳐야 할까? 뭐, 좋은 아이디어 있으면 말을 해 봐!"

"……."

홍철은 잠시 말없이 생각에 잠긴다. 그러다가 문득 좋은 아이디어가 떠올랐는지, 갑자기 자신의 무릎을 '탁' 친다.

"와우! 너무 좋은 생각이 떠올랐어, 너무 완벽하고 깨끗한 방법이야! 완전히 박멸시켜 버릴 수 있는 통쾌한 메가톤급이지!"

"어어! 그건 뭔데? 말해 봐."

홍철은 눈을 크게 뜨며 주먹을 불끈 쥐고 힘을 주어 말하기 시작했다.

"우리 강원도 홍천에 깊은 산에 가면 멧돼지가 많아, 그걸 잡아서 내일 그들이 모이는 룸살롱에다 집어넣어 버리는 거야! 그럼 그 멧돼지가 그들을 알아서 해결하겠지, 그렇게 해서 확실하게 보내 버리자고…."

"아니, 뭐야? 멧돼지를 그곳에 넣는다고…? 어어…! 그건 쉬운 일이 아닌 것 같은데…? 어떻게 멧돼지를 잡아서 그걸 가져다가 그곳에다 넣을 수가 있단 말이야?"

"……."

홍철은 순간 고민에 빠진다.

내일 저녁 8시까지 멧돼지를 잡아서 가져와 그곳에 넣어야 한다는 현실적인 어려움에 직면하는 것이다. 잡기도 힘들 뿐더러 그럴 수 있는 시간도 부족하다는 점을 느낀다. 이리저리 궁리를 하더니 말한다.

"뭐, 못 할 것도 없지, 내가 아는 분이 홍천에서 멧돼지 사냥을 하고 계신데… 혹시 지금 잡아 놓은 게 있느냐고 물어보면 될 것 같은데…? 내가 멧돼지를 사야 할 일이 생겼다고 말하면서 말이야…! 만약에 있다고 하면 우리가 지금 얼른 장순이 형의 화물차를 타고 가서 거기다 싣고 오면 되잖아! 그랬다가 내일 그 룸살롱에 그 자식들이 온 시간에 가서 그곳 안에다 밀어 넣어 버리면 될 것 같아, 하하하하. 오호… 나이스!"

"와아! 우리 홍철이는 정말 무섭기도 하고 화끈하기도 하고 멋진 데가 있어!"

그러자 6인 아줌마들은 매우 놀랍고 당황스러운 표정을 짓는다. 그렇지만 마음속으로는 무척 통쾌하다는 생각도 하게 된다. 하지만, 이 부분에 대해선 뭐라고 말하진 않는다. 그냥 꼴만 보겠다는 생각인 것이다. 홍철은 이 시간에 홍천의 멧돼지 사냥꾼에게 전화를 건다.

"안녕하세요. 아저씨, 별일 없으신가요? 혹시 잡아 놓은 멧돼지 있나요?"

"아! 있지. 그건 왜?"

"아니, 그게 필요해서 그러는데요. 있다면 지금 가면 가져갈 수 있죠?"

"아! 그래 아무 때나 와, 얼마든지 있으니까! 언제 오려고?"

"지금 늦은 시간인데… 괜찮을까요? 시간이 촉박합니다."

"아아! 신경 쓰지 말고 와, 내가 준비해 놓을 테니까! 근데 몇 마리가 필요한데?"

"두 마리는 있어야 될 것 같아요."

"어어! 두 마리나…? 그래, 그래 알았어! 일단 와…!"

"예, 갈게요."

홍철은 전화를 끊자마자 영선, 장순, 완수, 하철과 화물차를 타고 홍천으로 달려간다. 그리고 그녀들은 다시 자신들의 숙소인 모텔로 갔다. 지금 시간은 밤 9시가 다 됐다. 홍천에 도착하여 멧돼지 사냥꾼으로부터 두 마리를 받고 값을 지불했다. 그리고 화물차에 싣고 다시 서울로 올라왔다. 올라온 이들은 대림동 완수의 집에서 잤다. 하철은 봉제 공장을 다니기 때문에 내일 하루 결전을 대비하여 하루 연가를 냈다. 다른 이들은 치킨 배달을 하고 있기 때문에 그런 것은 없다.

이윽고, 날이 밝아 결전장으로 향하는 시간만이 남았을 뿐이다. 장순의 화물차에 실은 멧돼지는 밖에서 보이지 않게 천막으로 가렸다. 그들 남편들이 저녁 8시에 그곳에 온다는 정보를 어제 들었기에 넉넉하게 9

시쯤에 그 룸에다 이 멧돼지를 밀어 넣어 버리면 될 것으로 본다.

이들은 이 험난한 과업을 성공적으로 이루어 내야 한다는 의미로 화물차 안에서 아주 크게 파이팅을 외쳤다.

"파이팅…! 파이팅…! 파이팅…!"

드디어 결전의 시간 저녁 8시가 됐다. 이 시간이 되니 그 남편들이 고급 외제차를 타고 한 명씩 한 명씩 들어와 주차장으로 들어가고 있었다.

지금 당장 저 문을 열고 이 멧돼지를 밀어 넣어 버리고 싶지만 이럴수록 침착성을 잃지 말아야 한다고 거듭 다짐했다. 시간은 흘러 9시가 다 되어 간다.

지금이 적시라고 판단하고 이들은 화물차 뒤에 있는 문을 열고 그 엄청난 멧돼지 두 마리를 내렸다. 짐승들이 도망친다거나 물어뜯을 수도 있기에 다리 쪽을 쇠밧줄로 단단히 묶어 놓았었다. 힘겹게 그것들 두 마리를 내렸다.

그리고 얼른 그 문에 넣고 쇠밧줄을 풀었다. 혹시나 짐승들이 다시 문밖으로 나오려고 할지도 몰라, 아예 화물차로 막아 버린다.

그랬더니 그 멧돼지 두 마리는 룸살롱 지하 계단으로 쏜살같이 내려가고 있다. 지하로 들어간 두 마리는 이리저리 뛰어 다니며 문이고 뭐고 닥치는 대로 부수고 있다.

쨍그랑 쨍그랑, 짝짝짝, 팍 팍팍!

퍽 퍽퍽, 푹, 착, 착착, 쿵쿵쿵!

쿵! 캉! 쿵! 캉…!

그러던 멧돼지 두 마리는 더 거칠 게 여기저기 뛰어다녔는데 방 안에 있던 그 6인 남편들과 여종업원들은 밖에서 요란한 소리가 나자 술에 만취한 누가 들어와 그러는 줄 알고 무엇일까 싶어 여종업원들이 문을 열고 나왔다.

그러자 그녀들은 난데없이 멧돼지 두 마리가 주방에서 뛰어다니는 것을 보고 너무 놀라 기절할 지경이었다.

"아아아! 이거 멧돼지잖아? 어떻게 멧돼지가 들어왔지! 어어억!"

"아아아악!"

일단 살고 보자는 심정으로 후문 비상구 쪽으로 재빨리 허겁지겁 도망쳤다. 그리고 이곳의 주인이나 일하는 사람들, 다른 손님들도 이 광경을 보고 정신없이 빠져나간다.

그러자 이 룸 안에 지금 남아 있는 사람들은 그 여섯 남편들뿐이었다. 그들은 여종업원이 계속 안 들어오자 의아하게 느꼈지만 그냥 오겠지, 하고 생각하고 있을 때였다. 느닷없이 그 멧돼지 두 마리가 그들이 앉아 있는 방 안으로 거칠게 달려 들어오고 있다.

더군다나 그들은 술도 어느 정도 먹은 상태라서 알딸딸한 기분이었는데 이 무지막지한 짐승들이 들어오니 보는 순간 큰 충격과 엄청난 공포 그 자체였다.

"아아아, 이거, 이거 뭐야! 뭐, 어어, 어? 으으, 흑, 흑."

"흑, 흑흑."

그들은 온몸이 완전 얼린 동태처럼 딱딱하게 굳어 버렸다.

허겁지겁 자리에서 일어나 도망치려고 안간 힘을 다 써 보았지만 술까지 취했고 또 6명이 서로 빠져나가려고 하다 보니 서로 엉키고 부딪쳐 쓰러지기도 했다.

그 짐승 두 마리는 거침없이 달려들어 그들을 물어뜯고 할퀴고 있다. 그들은 멧돼지에게 뜯겨 몸에 엄청난 피가 나고 있었고 옷도 이리저리 다 찢어져 버렸다.

옷에는 핏자국이 피범벅이 되어 버렸다.

"아아아, 이게 뭐야, 뭔 짐승들이 들어와 아악악악, 윽, 윽! 흑흑흑흑."

"어서 피해요. 얼른 어서요. 피하세요. 빨리요."

그러자 그들은 어떻게든 살겠다고 가까스로 소파 뒤로 숨어 소파로 짐승들을 막으며 버텼다. 그러자 그 짐승 두 마리는 소파 위로 올라타 더 세게 쿵쿵 짓밟았다. 다시 밖으로 나가 또 이리저리 뛰어다니다가 열려 있는 후문 비상구로 빠져 나갔다.

# 16

## 결국 멧돼지 두 마리가 해결사

♨

멧돼지 두 마리가 선릉역 주변 도로에 이리저리 뛰어다니자, 이를 본 행인들도 너무 놀라서 얼른 119에 신고했다. 그러나 그 짐승들은 어느새 빠르게 삼성역 방향으로 달리고 있었다. 제보를 받고 출동한 119대원들은 그 짐승들이 달아났다고 하는 방향을 행인들에게 물어보며 뒤를 쫓아갔다.

그러나 삼성교에 다다를 쯤, 대원들이 멧돼지를 생포하려고 총을 쏘려는 순간, 그 짐승들은 다리 아래 한강물로 뛰어 들어가 버렸다.

이에 119대원들도 한강 쪽으로 내려가 짐승들을 생포하려고 움직였으나 멧돼지들이 너무 빠르게 헤엄쳐 도망치는 바람에 속수무책이었다.

이렇게 뛰어든 짐승들은 수영선수들 저리 가라 할 만큼 가공할 정도로 번개같이 헤엄쳐 하남시 쪽으로 간다. 한강변 벤치에 앉아 있던 사람들 산책하는 사람들과 자전거를 타며 운동을 하던 사람들도 이 광경을 보고 충격 속으로 빠져든다.

"어떻게 멧돼지가 한강에서 수영을 다 할까!"

"와아, 멧돼지가 수영선수들보다 수영을 더 빠르게 한다. 신기하다. 하하하하."

"이건 정말 기네스북감인데?"

어떤 이는 역사적인 일이라며 얼른 스마트폰을 꺼내어 동영상을 찍는 이도 있었다. 또 어떤 이는 맹렬히 헤엄쳐 가는 멧돼지에게 응원의 박수를 보내기도 했다. 그러자 119대원들도 속수무책으로 멧돼지 생포를 포기한 채, 바라만 볼 수밖에 없었다.

한편, 룸살롱에서 멧돼지에게 물어뜯겨 중태에 빠진 6인 남편들은 정기국회를 하루 남겨 놓은 시점에 119차에 실려가 인근 종합 병원으로 후송되어 응급치료를 받게 됐다. 불행히도 이들 다 심각한 상태이다. 이들 중에 2명은 내일 월요일에 정기국회개회식에 참석해야 하지만 엄청난 부상의 여파로 불참할 수밖에 없는 상황이 되고 말았다.
다른 사람 4명도 중태라서 당분간 자신들의 일을 할 수 없는 처지가 됐다. 사건 발생 직후, 경찰이 출동하여 현장 조사를 실시하였으나 이렇다 할 단서를 발견하지 못했다. 그 당시 목격자도 없었고 CCTV 오작동, 그리고 사람이 저지른 게 아닌 짐승들이 그랬기에 더욱 힘들었다.

물론 피해자 6인은 혹시 그 남자들 5인을 의심하는 마음은 조금은 있지만 결정적 단서가 나오지 않았기에 그렇다고 할 수도 없는 상황이다.
한마디로 미궁에 빠져 버린 사건이 되고 말았다.
더군다나 지금 종합 병원에 입원 중인 국회의원 2명은 내일 월요일에 개원하는 이번 정기국회에서 남자노래도우미근절법이라는 특별법을 다른 동료의원에게 의뢰하여 발의한다는 생각조차 접게 됐다. 그만큼 중태에 빠져 정신이 혼미하기 때문이다.
이날 이 사건이 터지고 나서 모든 방송, 언론은 1면에 앞다투어 기사를 보도했다.

선릉역 룸살롱에 멧돼지 출몰. 청렴맑은당 박청환 의원, 국민밖에모르는당 최청순 의원, 이사광 대법관, 이사관 검사장, 조명환 서울대학교 교수, 이경주 변호사 중태……

이런 기사가 전면을 차지했다.

이 소식을 듣자 많은 시민들의 반응은 별일이 다 벌어진다며 황당하다고 말했고 또 안타깝다고 말한 사람도 있고, 천벌이라고 말한 사람도 있었고, 7.5 지진을 보는 느낌이라는 시민도 있었다.

이들 6명이 인근 종합 병원에서 중태에 빠져 앓고 있을 때, 그들의 부인들 5명과 그 남자들 5명은 그 기사를 접하고 제주도로 밀월여행을 떠나며 환호성을 터뜨렸다.

그 6인 환자들은 엎친 데 덮친 격으로 병실에서 밤에 잠을 자려고 누워도 그 멧돼지 두 마리가 나타나 자신들을 물어뜯는 꿈을 계속 꾸게 된다. 그들은 완전히 심각한 공포와 불안증과 우울증에 걸려 버리고 만다.

위의 중환자 6인 같은 놈들이 사라져야 이 사회가 맑아진다. 이 자들은 오로지 자기 자신밖에 모르는 후안무치한 놈들이다.

자신만을 위한 색욕과 물욕과 교만이 더욱 심각하다고 강조되는 이유는 모든 범죄와 사회 문제는 다 이것으로 기인하기 때문이다. 남 생각 안 하고 자기 자신 한 사람 유희를 만끽해 보겠다고 이리저리 궁리를 한다는 것은 비단 이 한 부분으로 끝나는 게 아니다. 인간이란 어떤 한 가지 성향을 보면 그 외에 전체적 성향이 보이기에 그렇다.

이기심이 지배하여 나타난 사회 지도층의 색욕과 물욕은 이것으로 한정되는 것이 절대 아니고 다른 영역에도 큰 파장을 일으킨다.

즉, 그 두 가지 욕심을 채우기 위해 다른 불법적인 탈선이 나타난다는 것이다. 그것을 채우기 위한 도구가 필요한 것이다.

그 도구는 무엇인가? 바로 돈이 아니겠는가? 그래서 결론은 색욕과 물욕을 사회 지도층들이 버리지 않으면 이 사회는 끊임없이 어두운 수렁으로 빠질 것이다.

한편, 아줌마들과 제주도로 밀월여행을 떠난 그 5인 남자들은 그녀들과 신나게 놀고 유희를 만끽했다. 5인 남자들은 그 6인 남편들의 악마의 굴레에서 그녀들을 구출해 줬다고 생각하고 있고 그녀들도 생각은 같았다.

이윽고 5인 남자들은 그녀들에게 더 많은 무리하게 높은 액수의 수고비를 요구하기에 이른다. 그러자 그녀들은 이들을 조금씩 멀리하기 시작했다. 뭐든지, 어떤 일이든지 끝에 가서는 돈 때문에 무너지는 경우가 얼마나 많던가?

이들 남자들과 여자들도 이런 문제로 균열이 생기고 말았다. 그래서 제주도 여행을 마치고 돌아온 그녀들은 5인 남자들과 관계를 끊어 버리고 그들에게서 전화가 걸려 와도 받지도 않는다. 그리고 그녀들은 다른 곳의 호스트바나 노래방 남자 도우미들을 찾아 나선다. 그 후, 한 달쯤 지나자 남편들이 병원에서 퇴원하고 합의 이혼을 해 버렸다.

남편들 6인은 퇴원은 했지만 부상 후유증으로 계속 병원으로 통원 치료를 하며 고통을 겪게 됐다.

담당 의사의 말에 의하면 앞으로 최소 5년 이상은 신체적 정신적으로 지속적인 치료를 받아야 된다고 진단을 내린 상태이다.

어느덧, 세월은 흐르고 흘러 10월 말로 접어든다.

그 5인 남자들은 저번 달에 그 부인들과 헤어지게 된 후에도 고척동 쪽에 있는 노래방으로 계속 노래 도우미를 하러 다녔다. 이런 식으로 돈 있는 복부인들을 만족시켜 주고 많은 돈을 수고비로 받아 내려고 하는 계략은 그 언젠가는 덫에 물리는 수가 있을 수 있을 것이다. 그러나 이들은 너무 돈에 혈안이 되어 있어 앞에 아무것도 보이는 게 없다. 오로지 거액의 2차 수고비밖에 없다.

그러던 어느 날, 10월의 마지막 밤이 왔다. 날씨도 너무 좋았고 또 분위기도 좋은 개봉동에 있는 노래방으로 5인 남자들은 도우미를 하러 갔는데 이곳에서 구로구 최고의 복부인들을 만나게 됐다. 일단 겉으론 그렇게 보였다. 사실 그런지는 모른다.

"안녕하세요. 누님 만나게 되어 반가워요."

"그래요. 재미있게 놀아 봅시다. 호호호."

신나게 함께 노래를 부르고 예전처럼 또 그렇게 2차를 나갔다.

그녀들은 예전에 5인 남자들이 만났던 진자, 연숙, 동희, 채화, 비희, 지선이란 여자들보단 한참 젊어 보였다. 그래 봐야 50대 초반이다.

어쨌든, 오늘 새로 만난 여자들과 2차로 모텔로 빨간색 장미꽃을 검은색 장미꽃으로 검붉게 물들이러 들어갔다. 이곳에서 이리저리 장미꽃을 꺾고 있었는데 어느 누군가가 문을 거칠게 두드리는 것이다. 그러면서 고함을 지른다.

"이 개새끼들아, 얼른 나오지 못해? 남편 모르게 여기 들어와서 지금 뭐 하는 짓이야, 때려 죽여 버리기 전에 빨리 나오란 말이야!"

그런데 의아한 것은 5인 남자들이 같은 모텔에 방만 다를 뿐이었는데 그것도 똑같은 시간대에 5개 방에서 같은 일이 벌어지고 있는 것이다.

위와 같은 내용으로 고함을 지르는 것이다. 5인 남자들은 일제히 너무 놀라 당황하며 몸이 굳어져 버린다. 이게 무슨 날벼락이란 말인가! 하지만, 그녀들은 태연한 얼굴들이었다. 꽃뱀이었구나! 남자들은 직감했다. 그러나 때는 늦었다.

그대로 당하게 생겼다. 결국엔 문을 열고 그녀들의 남편들과 대면하게 됐다. 남편들은 "현행법대로 처리하겠다!"라고 말했다.

이 5인 남자들은 노래 도우미 생활 하면서 번 돈이 문제가 아니라 치킨 배달까지 해서 번 돈까지 다 잃을 위기에 몰렸다. 그래도 어쩌겠는가? 부정행위를 저질렀으니 손해배상책임을 물어야지!

결국 위자료를 엄청나게 물었다. 10월의 마지막 밤의 악몽이었다.

11월은 날씨도 점점 추워지는데 이들 5인 남자들은 몸과 마음이 피폐해져 버렸다.

이들은 지금 이 시간이라도 유희로써 손쉽게 복부인들에 돈을 얻어내려 했던 그릇된 과거를 반성하고 서로 알아서 힘을 모아 정진해야 할 것으로 보인다.

옛 센영수트 봉제 공장 멤버 6인 중, 5인이 이렇게 꼬여 있을 때, 지금 수원 연무동에서 살고 있는 나머지 1명인 철수는 다음 달 이라니가 전국노래자랑 연말 결선에 출전하기 때문에 그녀에겐 노래 연습할 시간만을 부여했다. 자신이 혼자서 분식집 일을 다 해야 하니 무척 피곤하고 몇 배 더 힘이 든다.

그러나 그는 행복하다. 그녀가 그 대회에 나가서 우승을 하고 그 기뻐하는 모습을 옆에서 지켜보는 것만으로도 더 바랄 게 없다.

어느덧 11월은 다 가고 이젠 이라니가 출전하는 전국노래자랑 연말 결선 날이 다가왔다. 12월 16일 토요일이 대망의 결선의 날이다. 중구 장충체육관에서 치러졌다.

"철수 오빠, 오빠를 위해서 혼신의 힘을 다할 거야, 대상 먹으면 상금은 다 오빠에게 줄게! 기다려…!"

"아니, 아니야! 대상 먹으면 그 돈은 다 이라니를 위해서 써야지, 내 생각은 하지 말고 부담 갖지 말고… 잘해! 파이팅…!"

"그래, 나도 파이팅…!"

그녀의 차례가 되어 노래를 하였다. 선곡은 〈단장의 미아리 고개〉를 택했다.

그녀가 노래를 시작했을 때부터 끝날 때까지 이곳에 모인 모든 이들은 얼떨떨하게 몸이 완전히 굳어 버렸다. 왜냐면 음정, 박자, 목소리, 감정이 하늘을 찔렀기 때문이다. 다 끝나고 돌아서 걸어갈 때도 모든 이들은 엄청난 가창력에 일제히 크게 환호성을 터뜨렸다.

심사 결과는 그녀의 대상이었다. 이라니는 대상을 받자 복받쳐 흐르는 눈물을 참지 못하고 펑펑 울었다. 지금 마음속에는 철수에 대한 고마움이 진하게 묻어 있었고 그가 자신에게 쏟아 준 참된 진정한 사랑에 대해 오늘 전국노래자랑 연말 결선 대상으로써 답례를 한 것 같아 그녀로서도 나름대로 뿌듯하기도 했다.

사회자인 정혜철이 다가와 대상 수상의 소감을 묻는다.

"아아! 이라니 씨, 먼저 오늘 이렇게 전국노래자랑 연말 결선에서 대상을 수상하셨는데 소감 한마디 해 주시죠."

"아, 네, 으윽, 흑흑흑…. 흠, 흠흠…."

"아아, 우리 대상 수상자이신 필리핀의 최고 미인 이라니 씨가 너무 감격한 나머지 말씀을 잘 못 하시는군요. 다시 한번 오늘의 우승자 이라니 씨에게 뜨거운 축하의 박수를 부탁드립니다."

와아아아아…! 짝짝! 짝짝짝…! 우아아아아아…! 앵콜, 앵콜, 앵콜.

"네, 이라니 씨, 이곳에 모인 모든 분들이 앵콜을 외치는데 한 번 더 하실 수 있겠습니까?"

흐느끼고 있어 제대로 말문을 열지 못하는 그녀였지만 애써 말을 하려고 노력하였다.

"아, 네, 으윽, 흑흑흑…. 흠, 흠흠… 하겠습니다. 그리고 소감을 말씀 못 드렸는데 드리겠습니다. 이곳에 가까이 있는 철수 오빠에게…. 오빠 난 그대를 다시 태어나도 죽도록 사랑할 거고… 다음 생은 이곳 한국에서 태어나게 해 달라고 하늘을 보며 빌 거야! 그래야만, 그래야만 철수 오빠를 다시 만나게 될 거니까, 반드시 행복할 거니까, 빌어야지! 하늘에게 그렇게 다시 만나게 해 달라고 말이야! 오빠, 난 다 알아! 그대가 날 얼마만큼 좋아하고 사랑하는지를… 오빠 부모님께 날 인사시키겠다고 용인 남사면에 갔을 때, 어머니가 우리를 향해 꺼지라고 물을 뿌리며 물대포를 막 쐈었고 그때 오빠는 내가 그 물에 맞지 않게 날 막으며 가려 주었지. 또 도망친 후로 계속 날 위로했고 또 내가 오빠와 연무동에 있을 때, 난 정신 나간 여자처럼 남자들을 두 명이나 만나고 다녔는데도 그대는 그걸 알면서도 날 위해서 날 신경 쓰이지 않게 하려고 했어…. 내게 '노래 연습하느라 힘들고 배고플 텐데 밥이나 먹자.'라고 말하며 따뜻한 미소를 보내 주었던 그 철수 오빠의 지극정성에 너무 미안해. 앞으론 난 그대만을 위한 삶을 살아갈 것이라는 것을 이 자리를 통해 서약합니다. 사랑해! 철수 오빠…. 으으, 흑흑흑."

그녀는 이렇게 말하면서 계속 흐느꼈다. 그녀가 이렇게 아주 길게 소감과 각오를 말하자 사회자인 정혜철도 눈시울이 뜨거워지고 만다.

"아아, 네네, 아니, 그건 그렇고 그 철수 오빠는 어디에 있습니까? 있으면 한번 이 무대로 올라오시지요."

그러자 철수가 무대로 올라왔다. 사회자가 그에게 한마디 부탁했다. 철수는 말한다.

"저는 내 사랑 이라니 씨가 오늘 대상을 받은 것에 대해 이 모든 기쁨과 영광은 제 앞으로 신부 될 이에게 전합니다. 이상입니다."

"아하! 그렇군요. 아예, 그럼 오늘 전국노래자랑 연말 결선의 주인공 이라니 씨의 앵콜 송을 다시 한번 듣는 것으로 모두 마치겠습니다. 여러분 안녕히 계세요."

그러자 그녀는 오늘의 대상을 받은 선곡인 〈단장의 미아리 고개〉를 다시 한번 눈물을 흘리며 흐느끼면서 불렀다. 그녀는 이번 대회의 대상을 계기로 전국 가수가 됐고 그 후 음반을 처음으로 냈는데 1천 300만 장 이상 판매가 되는 기염을 토해 냈다.

그리고 트로트, 발라드를 석권하며 대기록을 세웠다.

어느덧 2023년 한 해도 서서히 마무리되어 가고 있었다.

그 후, 해가 지나 2024년 3월 봄에 철수의 집, 용인시 남사면에 찾아가 그의 부모님께 결혼식을 올리겠다는 뜻을 밝혔다. 이에 그의 부모는 과거의 자신이 그녀에게 대한 냉대에 대해 진심으로 사과를 하였다.

그리고 다음 달, 4월에 용인시 기흥구 동백동에 있는 행복웨딩홀에서 결혼식을 올리게 되었다. 철수와 이라니 부부의 사랑이 아름답고 우아한 행복 꽃으로 피어나길 기원하겠다.

## 작가의 말

이 세상을 살다 보면 다양한 종류의 수많은 거울을 보며 하루가 그렇게 지나간다. 거울은 한 시간 한 시간 시간의 흐름 속에서 나타나는 일상이다.

그러나 정말 제대로 된 거울, 깨끗한 거울을 바라볼 수 있는 사람은 거의 없다. 내가 바라본 거울은 깨끗하고 잘 닦여 있어 투명하다고 할지 모르나 실은 먼지가 수북이 많이 끼어 있다. 그저 형식적으로 닦는다고 닦이는 게 아니다. 맑고 밝은 거울을 간직하기 위해선 말로 표현으로 겉으로 하는 게 더욱 아니다.

속으로 늘 외쳐야만 한다.

이렇게 외쳐야만 한다. 나는 색욕, 물욕을 갖지 않겠다고. 그것이 영혼으로 싹터 독버섯처럼 자라나 육신을 지배해 들어오더라도 이때 다시 한번 외쳐야 한다.

속으로만, 속으로만 외쳐 그때그때 정화해 나아가야 한다.

대부분 범죄의 원천은 그런 색욕, 물욕이 차지하는 게 전부라고 봐도 무방하다.

색욕과 물욕을 이루기 위하여 모든 범죄가 일어나는 것이다.

그것도 겉으론 아닌 것처럼 교묘하게 나타나는 것이다.

그렇게 이룬 부귀는 드러나 행세하더라도 기쁨도 아니고 행복도 아니고 아무것도 아닌 걱정거리 하나 더 추가될 뿐이다. 그 뒤에 기다리는 먹이사슬의 무서운 응보의 화살이 날아오기 때문이다.

지금 당장 날아오지 않아도 그 언젠가는 날아와 심장을 관통한다.

그냥 말하기 좋은 말로 긍정이라 표현하고 있다. 같은 사물과 사건도 그렇게 보려고 애쓰면 된다고 한다. 하지만 그건 위선이 된다. 왜냐면 부정으로 드러나는 현실을 외면하고 그것조차 긍정이라 표현하며 빠져나가려고 하면, 부정을 미화하여 이름만 살짝 바꿔 긍정이란 이름으로 탈을 씌워 더욱더 고착된 부정, 즉 부패와 타락으로 들어가 버리겠다는 의지로밖에 볼 수 없게 된다.

솔직하게 말하여 부정을 부정이라 말할 수 있어야 이것이 긍정으로 나아갈 수 있는 초석이 된다. 자기 자신이 모났다는 소릴 안 들으려고 이미지 관리 차원에서 시도 때도 없이 말하는 긍정주의는 위선이다. 더 무서운 탈선과 타락의 부정주의가 몸속에 독버섯처럼 자라나고 있다.

듣기 좋은 말이나 달콤한 글은 발전은 없고 퇴보만 있다. 계속 덮어주려고만 하니까 그렇다. 탈바꿈을 할 수 없다는 것이다.

그렇다면 참된 진정한 탈바꿈과 변화와 혁신을 위해 나 자신을 버려야만 하겠다. 모든 사건과 타락은 몸속에서 움트는 야욕과 이기심이 전부가 된다. 비워 내야만 살 수가 있다. 이것 말고는 이 힘난한 세파에 이겨 낼 수가 없게 된다.

이젠 더 이상 까마귀 목욕탕 가는 날은 존재하지 않길 기원하겠다.

**2024년 4월 17일**
**박종삼**